s Schwarz · Hunsrück Airport

Gartenstraße 10, D-55469 Simmern, Telefon 06761/71-

info@pandion-verlag.de, www.pandion-verlag.de

Druck/Weiterverarbeitung: DP System Richter, Andernach

Printed in Germany

ISBN 3-934524-45-1

Es ist so bequem,
unmündig zu sein
Immanuel Kant

Cogito, ergo sum
René Descartes

Du wirst Leid kennen
und kosten lernen,
Missgeschick und Ekel sehen,
an die Stätte fortwährender
Trauer und Trübsal
bist du gekommen,
wo sich der Schmerz erhebt,
wo es erbärmlich ist.
Altmexikanische Begrüßung
eines Neugeborenen.

PROLOG

Heute ist der 1. April 2004, aber kein Aprilscherz der eingemauerte Leichnam, welcher auf dem Hunsrück-Airport, wie der Flughafen Frankfurt-Hahn genannt wird, entdeckt worden ist. Bereits identifiziert. Ein amerikanischer Flight Lieutenant namens Stanley Frederic, sofern er so hieß. Den Behörden scheinen Zweifel angebracht. Wiederum ist man verpflichtet, den Fall aufzuklären. Mord verjährt nicht. Zugetragen haben musste er sich vor, sage und schreibe, fünfzig Jahren, etwa 1952, als die US Air Force begann, bei Lautzenhausen einen Fliegerhorst einzurichten. Die Einmauerung bewirkte den Erhalt des Leichnams unter Luftabschluss wie eine Mumie aus altägyptischen Königsgräbern. Denen der Maya in Mexiko auch. Ein weit hergeholter Vergleich, aber aktenkundig. Das liegt an dem Zufall, dass zur gleichen Zeit auf der Karibikinsel Liberty Harbor, wo ein US-Flottenstützpunkt entstand, der Marineoffizier Jim Pollack verschwand. Bis heute spurlos. Etwa kein Zufall? Was dann, wenn, wie es scheint, er und Stanley Frederic Brüder waren? Gesetzt den Fall, wieso trugen sie unterschiedliche Namen? Diese und andere Ungereimtheiten mehr.

Aus Militärkreisen ist, obgleich einen der Ihren angehend, nichts zu erfahren. Die US-Vertretungen, das Generalkonsulat in Frankfurt und die Berliner Botschaft, sehen sich mangels Unterlagen zur Stellungnahme außerstande. Die im Information Resource Center einiger Amerikahäuser beschäftigte, salbungsvoll erbötige Auskunftsdame, Specialist genannt, ist klasse, jedenfalls ihrer vom Büffeln der Amerikanistik geprägten Sprüche nach, aber historisch unbedarft. Klaus Dick, der Reporter der Rhein-Mosel-Nachrichten, bleibt am Ball. Ohne den Chefredakteur einzuweihen, nutzt er Ferien in der Karibik und in den USA, um auf eigene Faust zu recherchieren. Sogar das Internet gibt etwas her. Das Office of the Historian im State Department: http://www.state.gov/r/pa/ho ist zwar per E-Mail: history@state.gov zu erreichen, aber bei umfänglichen Anfragen schnell überfordert. Veröffentlichte declassified-Dokumente zur Außenpolitik finden sich unter Foreign Relations of the United States: www.state.gov./r/pa/ho/frus/c4035htm, zum Teil im Volltext. Welcher Datensalat!

Als Dicks Sohn Kurt spielerisch etwas anklickt, erscheint ein Bekennerschreiben, in dem ein deutscher Soldat behauptet, Stanley Frederic getötet zu haben, weil dessen Oberbefehlshaber mit Deutschland keinen Friedensvertrag mache, mithin der Zweite Weltkrieg fortdauere, was die Vernichtung des Feindes rechtfertige. Zurückgerechnet ergibt sich für den Reporter, dass mit dem Oberbefehlshaber nur General Eisenhower gemeint sein konnte; ihm unterstanden die US-Truppen in Europa. 1953 wurde er 34. Präsident der USA. Seine, des Vorgängers Truman oder Nachfolgers Kennedy Sache wäre gewesen, den Friedensvertrag mit Deutschland zu machen. Aus welchem Grund immer, es unterblieb. Heute schert das keinen. Vor einem halben Jahrhundert konnte schon einer, dem die Weltläufte nicht gefielen, daran Anstoß nehmen. Aber reichte das aus, einen GI zu ermorden, seinen Leichnam einzumauern sogar?

Wichtiges muss farbig sein, und umzuwerfen hat es und niederzuschmettern, und verteufeln muss es. Feindbildwert haben. Bedeutsame Zusammenhänge sollen in ihm verschlüsselt sein und die Zukunft des Jüngsten Gerichts. Der unendliche Krieg. Noch immer pflügen Geschosse die Erde um, die Leiber, die Herzen. Immer noch steigen die Aktienkurse, wenn gefallene Helden sinken. Daher hat Klaus Dick, als wäre die Zeit versteinert, deren Zeugen ermittelt. Einer, der ungenannt bleiben will, bei den Rhein-Mosel-Nachrichten als Mister X geführt, ist auf der Karibikinsel Liberty Harbor, zu erreichen mit dem Jumbojet Big Fun nonstopp vom Hunsrück-Airport. Flight ATL21; Route HP-LH; Type B747-100; Pilot Name Cpt O'Lynch. Altimeter 33 000 Fuß gleich Flugfläche 350. Dem Reporter dünkt, als sei, wo das Licht gleißend wird, Hurrikane kreißen und der Vulkan, die Hölle um die Ecke. Vorerst an Bord alles wohl.

01 Das Jacala genannte Hafenviertel, auch Schießgalerie genannt, gilt als übelstes der Westkaribik. Dick weiß das von früheren Besuchen. Wer zur falschen Zeit eine falsche Bewegung macht, vergisst die Viertelmeile für sein Leben nicht – sofern er dieses mit nach Haus nehmen darf. Geschossen wird mit Heroin, geschossen wird mit Blei. Auch beidem zugleich. Die einen brüllen, weil sie von jenem zu wenig, die andern, weil sie von diesem zu viel bekommen. Was nach Ausflug aussieht, kann als Abschied enden. Von gestyltem Unheil kün-

den die Mauern, den Heimsuchungen von gestern und deren Wiederkehr, wahrlich wie das Amen in der Kirche. Mister X, der aus Chicago stammt, scheint sich weniger gut auszukennen. Dem deutschen Reporter vertraut er an, nur des Falles wegen erschienen zu sein. Ansonsten interessiere ihn Liberty Harbor nicht, seien seine Urlaubsziele Florida oder Kalifornien.

„Während meiner Soldatenzeit bei der Air Force auf dem Hunsrück fuhren wir zum Schwimmen an die Mosel. In hinterlassenen Briefen meiner verstorbenen Mutter steht, dass mein Vater es dreißig Jahre zuvor genau so gemacht hatte."

„Bis er dort ermordet wurde", sagt Klaus Dick mitfühlend. Er muss an das seltsame Bekennerschreiben im Internet denken. Eher Geheimdienstmache als Gaunermasche, was der Sache Überschaubarkeit erschwert.

„Ja." Der Endvierziger aus Chicago nickt. „Seinen Bruder, der zur Navy gegangen war, erwischte es hier in Liberty Harbor. Warum er Marinefunker wurde, während mein Vater bei der Luftwaffe diente, habe ich zu Hause nie erfahren."

„Die Ermittlungen meiner Zeitung decken sich mit Ihrem telefonischen Hinweis, dass beide fast zeitgleich getötet wurden. Von dritter Hand! Könnten es nicht dennoch, wie es der Zufall wollte, Manöverunfälle gewesen sein?"

„Nein! Dann gäbe es Unterlagen. Unsere Militärbürokratie ist, wie die Ihre, in so etwas preußischer als die Preußen. General Steuben lässt grüßen. Auch leuchtet mir nicht ein, was Sie zum Motiv gesagt haben."

Klaus Dick entgeht nicht der Anflug von Erstaunen, ja Befremden im Ton des sonst freundlichen Amerikaners.

„Das stammt nicht von mir selbst oder meinen Zeitungskollegen", bemüht er sich zu versichern. „Ich habe es zufällig auf einer Internetseite des Pentagon entdeckt."

„Bei Ihnen freute man sich über das Kriegsende – auch ohne Friedensvertrag mit den Alliierten. Dass es ihn nicht gab, brachte keine Deutschen dazu, amerikanische Soldaten zu töten. Selbst wenn, träfe das für meinen auf dem Hahn stationierten Vater zu. Mein Onkel wurde zur gleichen Zeit hier ermordet. Niemand kann mir erzählen, dass einer weither übers Meer kam, um Jim Pollack umzubringen. Per Schiff … damals. Es gab noch keine Jumbojets."

„Welches Motiv könnte Ihrer Meinung nach mitgespielt haben?"

„Die Frage beschäftigt mich seit meiner Entlassung aus den Streitkräften." Der frühere Flieger der US Air Force überlegt. „Vermutlich fürchtete irgendwer die zwei Brüder als unerwünschte Zeugen … "

„Für was?"

„Wenn ich das wüsste!"

Auf dem Flachdach einer abbruchreifen, von Brandspuren gezeichneten Mietskaserne, die ein Mauerloch als Eingang hat, schleichen welche, entweder Schwarze oder rußige Weiße, verschanzen sich hinter Kaminen, dastehend wie aus der Sonne gestochen, was das Auge auf der Straße blendet, und bringen Gewehre in Anschlag. Es ist eine jener verwanzten Wohnhöhlen, die nichts erwirtschaften außer Versicherungsgeldern, sofern man in ihnen Feuer legt. Aus den Fenstern kreischt, scheppert, wummt, röhrt ständig Popmusik. Das Radio als Waffe, einander niederzumachen, indem man dem Sender, der nebenan eingestellt, einen andern entgegensetzt. Darin gleicht die kleine Bronx, als sollte es so sein, der amerikanischen in El Norte. So nennen die Einheimischen die USA, ihre Bewohner Norteamericanos. Oder Gringos. Wenn man wütend auf sie ist. Fast immer.

„Da", meint Klaus Dick, „braut sich etwas zusammen!"

„Scheint so."

„Ich möchte nicht im Sarg zurückfliegen."

„Keine Sorge." Mister X deutet ein Grinsen an. „Schlimmer als in Chicago kann es nicht werden. Meine deutsche Frau Paula arbeitete auf unserem Flughafen O'Hare. In zwei Jahren wurde sie während des Heimwegs acht Mal überfallen. Sie verbinden die Stadt mit dem Namen Al Capone?"

„Hm … ja."

„Der war gegen heutige Gangster ein Waisenknabe."

An der Ecke eine Nutte, schwarz, die weiße Wäsche trägt. Das zeigt sich unversehens, als sie eine Feuerleiter erklimmt, um den Strich zu verlassen. Alte und Kinder drücken sich in Eingänge. Leergefegt die Straße bis auf einen betrunkenen Harlekin, dessen Brot das Gelächter ist, sein komischer Hut zum Lachen, Totlachen, Totschießen. Sie lachen, die auf dem Mietskasernendach, schießen … zum Spaß und mehr. Mister X und Klaus Dick, uneins darüber, wie ernst das zu nehmen sei, drängen in eine Tür, welche, halb aus den Angeln gerissen, in einen Kellerladen führt. Rostige Fächer bedecken die Wände, dazwischen verstaubte Werbeschilder. Bier. Schnaps. Popcorn. Zigaretten. Schokolade. Damenbinden. Aftershavelotion. Es stinkt nach Katzenscheiße.

„Wir sollten einen andern Weg zum Hafen nehmen."

„Ach was … wenn das Pulver verschossen ist, gibt es Ruhe."

„Haben Sie Nerven!"

„Ich komme aus Chicago."

Das knallt, vereinzelt … in Salven auch. Inzwischen ist ein Polizeiwagen, das Wappen der Insel aufgemalt wie ein Schiffssignal, angerollt. Als seine Sirene aufheult, hat das die Wirkung eines roten Tuches. Die Knallerei wird heftiger. Hinter Mülltonnen, geparkten Fahrzeugen, Autowracks, schreien, fluchen welche. Am Boden kauernde Besoffene heben den Kopf, lauschen, fallen in ihren Dusel zurück. Lachen. Weinen auch. Der Blitz, der Knall, der Rauch von Handgranaten. Scheppperndes Blech. Man hört Querschläger zirpen; Geschosse kerben den Asphalt. Von oben feuern sie drauflos, als bestünde das Eiland nur aus Polizisten, die es alle zu machen gelte. Feuern wie zu ihrem Seelenheil. Der Reporter aus Koblenz verzieht das Gesicht.

„Nur, dass ich sehe, höre, rieche, fühle was läuft", versetzt er trocken, „hindert mich zu glauben, das sei Hollywoodkino." Seine Miene wird grübelnd. „Vermutlich gab es das schon dreiundfünfzig, als Ihres Vaters Bruder hier stationiert war?"

„Darüber zerbreche ich mir nicht den Kopf. Für mich zählt, dass mein Onkel aus einer Bar verschleppt wurde, bevor man ihn ermordete. So wie es Auftragskiller tun. Er kam nicht bei einer Straßenschießerei ums Leben."

„Nach unserem Wissen gilt das auch für Stanley Frederic. Ehe er spurlos verschwand, hatte man ihn mit einem deutschen Mädchen tanzen sehen. An sich unmöglich angesichts der Fußverletzung, die Ihr Vater im Koreakrieg erlitten hatte. Es gibt Ungereimtheiten, die zu klären ich hier bin. Mein Blatt führt Sie vorerst als Mister X."

„Ich heiße Ronald Frederic."

„Gewiss … aber der Name des Onkels ist Jim Pollack. Wäre er Tante gewesen, läge die Sache einfacher. Ferner, wenn es gelänge, diese Tanzpartnerin ausfindig zu machen. Erst recht würde uns der Aufenthalt Ihrer nach Deutschland zurückgekehrten geschiedenen Frau nützen. Sicherlich irgendwo auf dem Hunsrück?"

„Paula soll in die Sache nicht reingezogen werden", sagt der Mann aus Chicago, deutet hinauf zum Flachdach, wo die Verschanzten lärmen, sogar ein Feuer entzündet haben, und wechselt das Thema. „Die Typen ballern drauflos, kein wirkliches Schießen." Sein Ton wird verächtlich. „Theaterdonner … sie sollten beten."

Aber ob im Slum geballert oder gebetet wird, nichts ändert sich, Elend bleibt Elend, welchen Zuschnitts immer. Die Erde ist für Menschen nicht gemacht, der Slum einmal mehr nicht. Abdrücken, damit es knallt, sich schießen, brüllen, fluchen hören, um sich zu entlasten durch Taten, die den Körper aufleben lassen, wenn schon die Seele verkümmert ist, also das Gefühl haben, auf diese Weise eine Rolle zu spielen, wenn andere Bühnen verschlossen bleiben ... das ist auch etwas. Zumindest für jene, die daran glauben. Der Polizeiwagen bremst so hart, dass sein karibikblaues Heck mit dem gelben Inselstern emporsteigt. Dann wirft es ihn in die Federung zurück, seine Stoßstange eine Handbreit über dem Boden, auf welchem sich glänzende Lachen ausbreiten. Wie verärgert über einen schlechten Witz schüttelt Dick den Kopf.

„Mir kommt es vor, als narre mich wer", spricht er auf Deutsch zu sich. „Bei meinem letzten Hiersein brannte die Potrero del Llano, ein mexikanischer Tanker, der das Eiland mit Treibstoff versorgt. Ich sah den Schiffsjungen an Deck schmoren ... hüpfte umher wie ein Clown, wurde zum Häuflein Asche. Die Karibik ist Amerikas Hinterhof, es aber offenbar gesünder, amerikanische Hinterhöfe zu meiden."

„Dem widerspreche ich nicht."

In dem Augenblick, da Ronald Frederic und der deutsche Reporter das auslaufende Benzin riechen, zuckt es hell auf. Über die Straße fahren Blitze. Die Stichflamme breitet sich aus. Eine Explosion. Federgroße Rußwolken, als die Reifen brennen. Die Zwei im Polizeiwagen wollen raus, können nicht, umtanzt von Geflacker, roten Feuerzungen, blauen Flämmchen, blasigem Gaslicht, platzend wie mit Nadeln gestochen, Weiße oder Schwarze oder geschwärzte Weiße, Polizisten zwar, Menschen auch, Söhne von Müttern, Väter, Brüder, trommelnd gegen die Türen, die klemmen, nicht aufgehen, nach Atem ringende Verzweifelte, ein Anblick, welcher Klaus Dick rührt, weniger den Amerikaner, offenbar gewohnterweise. Er kommt, zufolge eigenen Worten, aus Chicago. Für ihn muss alles irre sein, und alles hat Kick zu haben, Schnauze und Gangsterformat, und zerschmettern muss es.

„Aua!", brüllt Klaus Dick, von einem Streifschuss erwischt, und reibt den Arm, „sie haben es auf uns abgesehen."

„Das war ein harmloser Querschläger", erheitert sich Mister X. „Manchmal kommt es schlimmer."

„Der Teufel soll amerikanische Hinterhöfe holen!"

„Sie sagen es."

Verstärkung rollt heran. Scharfschützen lassen sich herausfallen, schießen im Knien, Liegen, Beine angewinkelt, auf den Hinterhalt, der nicht ans Aufgeben denkt. Von dem Flachdach brüllen sie Schimpfworte herab. Den Stimmen nach sind es junge Leute – die Bullen auch nicht älter als dreißig. Hier büßen welche die Sünden der Väter, und im Krieg der Macher und Opfer der Verhältnisse gibt es nur Verlierer. Allein, beide Seiten sind zugange mit einem Eifer, der auf einen gehörigen Schuss Mutwillen schließen lässt.

An den Häuserwänden schaukelt sich die Ballerei zu Peitschenschlägen auf, untermischt vom plochenden Ton der Wurfgranaten. Tränengas. Das niest, das hustet, das röchelt. Trotz Löschschaum verbrennt das Auto. Der Qualm nebelt alles ein, dass keiner nichts richtig sieht, blind drauflos gefeuert wird. Es kann jeden treffen. Dick findet, dass die Kaltschnäuzigkeit des Amerikaners beruhigend wirkt.

„Allmählich denke ich auch“, meint er gelassen, um nicht zurückzustehen, „dass das Theaterdonner ist.“

„Meine deutsche Paula gewöhnte sich schnell an Chicago, erzählte mir, der Capone des Hunsrücks sei ein Schinderhannes gewesen.“

„Er wurde geköpft, ja … wo wohnt Ihre Frau?“

„Das sage ich nicht.“

Ein Blutschwall bricht aus dem Mund eines der Polizisten, bedeckt seine Brust. Er stirbt, das Staunen eines Schulknaben im Blick. Rotkreuzler stopfen ihn in einen Sack, Persenningtuch mit Klettverschluss, dazumal für Vietnamhelden entwickelt. Wenn das Leben danebengeht, muss der Tod entsorgt werden. Der zweite, dunkel wie die Nacht, zeigt das Weiß seiner Augen, alle auch er. Allegemacht mit Kaliber .45 ACP. Der Engel des Herrn schaut vorbei. In Liberty Harbor alles wohl. Noch immer kracht und scheppert es, schwärmen Kugeln wie Moskitos aus. Immer noch widerhallt das Gelächter, speien Gewehrläufe Feuer und Rauch. Dann … der Hinterhalt gibt auf, ohne sich zu ergeben. Nicht aus Erkenntnis der Lage, deren Aussichtslosigkeit, vielmehr weil alle alle sind. Allegemacht. Etwa nicht? Ein verspäteter Schuss. Um nicht umsonst umherzufliegen, trifft die Kugel Ronald Frederic ins Herz.

„Meine deutsche Paula heißt eigentlich Brück“, raunt er sterbend dem Reporter der Rhein-Mosel-Nachrichten ins Ohr, „und stammt aus Kappel im Hunsrück.“

02 Der Flughafen Frankfurt-Hahn, ein sanftes Bauernmärchen … ungewohnte Stille gegenüber den Jahrzehnten als amerikanischer Fliegerhorst. Zuweilen ein Hubschrauber, ein Sportzweisitzer, kleine Propellerkistchen mit dünnem, beinahe kläglichem Ton wie Schäflein auf der Himmelsweide, ihres Hüters verlustig. Der Ryanair flugplanmäßige Linienmaschinen, zweistrahlige Mittelstreckenjets, die den Hunsrück-Airport mit Varna, Gerona, Brindisi, Stockholm, Göteborg, Glasgow, London, Shannon, Bournemouth und anderen europäischen Plätzen verbinden. Fun Air fliegt vierstrahlig in die Karibik, was nicht jedem geheuer ist. Liegt nicht an den Triebwerken, weiß Paula Brück, lächelt vor sich hin. Wie verrückt muss einer sein, sich einen solchen Firmennamen auszudenken? Ihre alte Mutter Johanna, eine Trümmerfrau jener Nachkriegszeit, da Hunsrückerinnen antraten, das bombenverhunzte Koblenz aufzuräumen, Notstandspflichtarbeit genannt, bleibt gelassen.

„Früher", sagt sie, „als die Welt erkennbar aus Freund und Feind bestand, auch das Kino nichts anderes weismachte, gab es hier Verrückteres als Flieger, die sich verrückt nennen, um damit Geld zu verdienen."

„Wie meinst du das?"

„Die wahrhaft Verrückten taten alles, um als solche nicht aufzufallen. Die Unseren! Wer Uniform trug, erst französische, dann amerikanische, galt als verrückt, auch wenn er ein braver Kerl war. Wie der Vater deines Mannes."

„Er … den ich nicht gekannt habe. Sein Sohn konnte grob werden." Paula Brück sieht ihre Mutter an, ein Blick stillen, unverarbeiteten Bedauerns, dem Gefühl näher als dem Verstand. „Sonst wäre ich bei ihm in Chicago geblieben."

„Die Einheit hat ihn geschätzt."

„Man ist als Ehefrau nicht Kamerad seines Mannes."

„Oder gefiel dir die Stadt nicht?"

„Ich wurde in zwei Jahren acht Mal ausgeraubt."

Ob beide Frederics, Stanley, der Senior, und Ronald, der Junior, die Bravheit, welcher Machart immer, für sich gepachtet hatten … die Heimkehrerin lässt das offen. Einiges, über Jahr und Tag ans Licht gekommen, erlaubt Zweifel. Verhelfe einer unerwünschter Wahrheit zum Leben, zum Wiederbeleben! Ferner ist keiner verpflichtet, den Teufel an die Wand zu malen. Eine Anhalterin von fünfzehn, gestylt wie ein Popstar, winkt, drückt die Stupsnase an der Scheibe platt, will hitchhike nach Lautzenhausen. Dort soll es eine neue Disco geben. Es wäre nicht die Erste vor Ort.

„Geil!“, schreit sie beim Aussteigen. „Super!“

Gelegentlich geht, behutsam aufsetzend wie besorgt, die Landepiste zu beschädigen, eine dickbauchige Hummel von Frachttransporter mit vier Triebwerken nieder. Dann scheint der kleine Wald- und Wiesen-Flughafen, im Internet unter www.hahn-airport.de vertreten, aus allen Nähten zu platzen, sich nicht ohne Neid an seines Vorgängers große Zeit zu erinnern. Welcher Unterschied zu jener Ära der Jagdbomber, als Riesenschilder die US Air Base Hahn anzeigten, es röhrte, dröhnte, donnerte von morgens bis abends.

Dann Chicago O'Hare, der Großflughafen, auf dem sie arbeitete. In ihrer Erinnerung erscheinen hier unscharf, dort umrisssen Runway, Taxiway, Lounge und Tower, ihre Posthalle, der Frachhof sogar. Küchenwagen rollen umher. Lärmende Jets, aber auch leise, fast flüsternde Düsenriesen. Das Brummeln der Flugzeugschlepper. Glaswände, die Sonne spiegelnd, den Mond des nachts, Neonlichter. Lautsprecher schelten einander. Ungewaschen die Rucksacktouristen. Aus ihrer Mitte röhren Popradios. Und Soldaten, zu hunderten unterwegs. Zur Army diese, zur Navy jene. Paula Brück bedauert, nicht mehr dort zu sein. Weh tut es ihr nicht.

Nach der Rückkehr aus den Vereinigten Staaten, wo sie weniger gut als erwartet aber besser als manche andere klarkam, galt ihre Aufmerksamkeit dem Hahn zu allerletzt. Hier begann ihre missglückte Soldatenehe. Ronald Frederic hieß er, wohnte in Kappel, darin wie viele seiner Kameraden, die auf dem ganzen Hunsrück, bis nach Waldesch, privat einquartiert waren und, in schneereichen Wintern, Mühe hatten, pünktlich zum Dienst zu erscheinen. Mit fünfhundert Metern ist der Airport, Wasserscheide zwischen Nahe und Mosel, einer der höchstgelegenen Europas. Vielleicht gründete die Entzweiung darin, dass ein amerikanischer Großstädter, ein, was sein Verhältnis zum Whisky angeht, Nighthawk mit Barhockersitzfleisch bis zum Morgen, und eine deutschbiedere Landfrau, gleichsam schicksals- ja schöpfungsgewollt, nicht zueinander passen. Woran es wirklich lag, erfuhr sie, hierin wie manche andere, in seiner Heimat.

Es war nicht der feuchtkühle Wind, der, winters Schneesturm, Eisnadeln-gespickt, vom Michigan See ins Chicagoer Schlafzimmer wehte, oder die unverschämte, zu Haus nicht denkbare Masche des Supermarkts, seinen Kunden Großpackungen aufzunötigen. Gleich ob wer allein oder mit Familie dastand. An Ronalds Person lag es, wie man ihn erzogen hatte. Auch seitens der Army. Zunächst im doppelt eingezäumten Munitionslager des Bereichs 700 … dann versetzten sie ihn in den stickigen Bunker für Elektronik. Derlei haftet dem Erzogenen noch an, wenn die Erzieher längst verschwunden sind. Er machte seinen Job, irgendeinen, erledigte sonstwas für sonstwen, nicht bedenkend, was sein Tun anrichtete. Im Guten wie im Bösen.

Ob sie Sekten gründen, Brötchen backen, den Mond erkunden, Wohnblocks sprengen, Straßenbahnen, wie Anno dazumal, herausreißen, um mehr Autos verkaufen zu können, Mörder vergasen, Leichen schminken, Motoren frisieren, Schnaps brennen, Schuldner – im Gläubigerauftrag – verprügeln, Atombomben zünden … das ist für Amerikaner nichts als Job. Wiederum kommt die siebenundvierzigjährige Kappeler Paula nicht umhin, das Zusammensein mit ihm auf dem Hunsrück so zu werten, dass ihr bei näherem Hinsehen das eine und andere hätte auffallen müssen.

Da war der Verlust seines Vaters, Flight Lieutenant Stanley Frederic. Im Koreakrieg verwundet, hatte dieser den Dienst dort fortgesetzt, wo dreißig Jahre später sein Sohn stationiert werden sollte, auf der US Air Base Hahn. Am 13. Juli 1953 verschwand er spurlos. Obwohl in ganz Rheinland-Pfalz gesucht, der dreißigjährige Jagdbomberpilot blieb verschollen. Der Fliegerhorst befand sich im Ausbau, woran viele zivile Helfer der Firma Holzmann beteiligt waren: Erdarbeiter, Betongießer, Eisenflechter, Maurer, übernommen aus Besatzungszeiten der Franzosen. Diese, nicht die Amerikaner, hatten im Februar einundfünfzig mit dem Vorhaben begonnen. Vorher sah man sie eifrig dabei, die Wälder abzuholzen, kahl bis aufs Dornengestrüpp. Zum Verbleib Stanley Frederics wusste keiner etwas zu sagen. Noch weniger zu gewissem Weiterem, etwa, dass er von Haus aus anders hieß, auch kein echter Flight Lieutenant, dieser Rang, im Nachhinein besehen, so etwas wie seine Tarnkappe war.

„Wir alle wurden nach ihm gefragt", sagt die alte Kappelerin in Gedanken. „Erst von der Militärpolizei, dann kamen deutsche Beamte. Sogar von der Koblenzer Feuerwehr, die beim erfolglosen Suchen mithalf."

„Auch Amis kennen den Spruch, dass das Haus nichts verliert, vorausgesetzt, man macht sich die Mühe, wirklich überall nachzusehen."

„Daran lag es vielleicht, ja. Die Hunsrücker hatten damals, schon zur Franzosenzeit, schlechte Erfahrungen gemacht. Mancher überfällige

Soldat, als tot in den Wäldern vermutet, erwies sich als Deserteur. Einige hauten nach Dänemark, Schweden ab, als der Vietnamkrieg begann. Zunächst dachten wir, das schert uns nicht. Dann kam heraus, dass die Eingefangenen vom Militärgericht übel belangt, sogar verprügelt wurden, eine Art Spießrutenlaufen wie bei den alten Preußen. Das hat uns bewogen, den Abhauern zu helfen. Auch der Bauarbeiter, der Frederic oft begleitete, einer mit Gesichtsnarbe, blieb unauffindbar. Die meisten von uns erkannten ihn auf Polizeifotos wieder. Aber genützt hat es offenbar nichts. Was geschieht in Amerika, wenn Leute verschwinden?"

„Noch weniger als nichts." Paula Brück verfällt in ein kleines Lachen, mit einer Spur Schadenfreude auch. „Allen Ernstes, Mama."

Jetzt blickt sie ab Kirchberg ins Gelände längs der B 50. Ein schöner Frühlingstag, der Raps goldblühend, dampfender Mist, die Polizei zugange, Autos zu überprüfen. Kinder pflücken Schlüsselblumen. Zwischen Turmwolken blinzelt die Sonne, lässt die Dächer von Sohren bleigrau schimmern wie gewisse Paläste Venedigs, und ein Bauer verprügelt seinen Hund. Von einer Brücke pinkeln welche, verregnen Windschutzscheiben. Hühner zerpicken eine verendete Blindschleiche. Was dem einen sein Tod, ist dem andern sein Brot. Aus dem Einwurfschlitz einer beigen Altkleiderbox hängt, flatternd im Wind, ein Jackenärmel. Irgendwo lärmen Motorsägen, stirbt der Wald ... man wird ihn aufforsten. Wenn Geld da ist, eine Einschränkung à la Staatspleite.

„In Sohren war ich zuletzt vor zwanzig Jahren", versetzt die Mutter und mustert ihre Tochter. „Hattest du dort nicht einen Schatz namens Heinrich?"

„Der Mildenberger, ja."

„Ihr wart oft zusammen tanzen."

„Nur auf Dorfkirmessen – nicht in Amikneipen."

„Hättest du es bei ihm bewenden lassen, wäre dir dieses Chicago erspart geblieben."

„Sowas", gesteht Paula Brück, „merkt man hinterher."

„Jedenfalls hat sich hier wenig verändert."

„Bis auf den mörderischen Verkehr."

„Ja ... wegen ihm sind mir meine achtzig Jahre recht. Nach deines Vaters Tod habe ich seinen Opel verkauft. An einem GI, der ihn beim Blümlingshof zu Bruch fuhr. Hätte ich ihn behalten, er würde verrosten, hinterm Mist vergammeln. Kein Schwein brächte mich zum Autofahren."

Der alte Hunsrück, der von gestern, von vorgestern auch. In Lautzenhausen sind hier umgebaut, dort belassen Häuser, Ställe, Schuppen und Scheunen, allerlei Kneipen sogar, ihr vertraut von damals. Eine Katze miaut, schweigt gekränkt, steif der Schwanz. Sieht aus, als wären die Mäuse weg. Unbekannte Gesichter, aber auch solche, die Paula Brück kennt, zu kennen vermeint. Ein großes blondes Mädchen, Typ Männeraugenweide. Ist das nicht … ? Die einundzwanzigjährige Gilla Recker freut sich, als die Kappelerin ihr versichert, sie zum letzten Mal im Alter von fünf im Kinderkarussel des Beller Marktes gesehen zu haben. Mit Zöpfen und Puppe.

„Derweil war ich sechzehn Jahre in Amerika."

„Dahin komme ich auch als Flugbegleiterin von Fun Air."

„Die Gesellschaft verspricht dicke was, um zahlende Reisende anzulocken", argwöhnt Annegret Recker, die Großmutter der Blonden, deren Eltern tödlich verunglückten. „Es wird sich herausstellen, ob sie auch ehrliche Löhne zahlt."

Jemand ruft nach einem Willi, um ihn zu fragen, ob er Gottlieb gesehen habe. Der da der Bürgermeister – war er schon Anno dazumal. Schlaglöchrig die Dorfstraße, noch oder schon wieder? Und Airport-Brötchen, mit Fingern zu essen. Rundum gesehen, denkt die Heimgekehrte, ohne enttäuscht zu sein, alles wie früher. In Amerika nichts versäumt! Ärgerlich allenfalls, dass Amerika überall ist, auch dem, der es loswerden will, weltweit nachläuft … hier noch immer oder schon wieder. Der Golfplatz, Yankee-typisch üppig. Verbraucht so viel Wasser wie eine Stadt von achttausend Einwohnern. Im Terminal 1 zeigt sich, dass bei dem, was sie hergeführt hat, eine Änderung eingetreten ist. Recker's Boutique, Antiquitäten- und Altwaffen, hat einem Jeansladen, geführt von Westerngirls, Platz gemacht. Da sie nichts wissen, wendet sich Paula Brück an zwei Streifenbeamte. Die Polizistin, fesch kostümiert, trägt einen Pferdeschwanz. Der gleichfalls beschwanzte Polizist, etwas älter, größer auch, trägt eine Maschinenpistole. Diese trägt last, not least das Markenzeichen Heckler & Koch.

03 Die Wache des Flughafens Frankfurt-Hahn liegt nahe dem Sperrzaun zur Piste. Videokamera davor. Sichert den Eingang. Man kann nicht wissen … passiert ist noch nichts. Toi, toi, toi! Sie ist Zweigstelle der Polizei Simmern, diese dadurch betraut mit Aufgaben,

für die nicht alle jüngeren Beamten ausgebildet sind. Kein Geld da. Jedoch für die Befreiung des Südpols vom ewigen Eis. Eine Dame, die suchend umherblickt, erkundigt sich nach einem früheren Geschäft. Während Margot sich bemüht, möglichst hilfsbereit zu wirken, wie in der Ausbildung eingepaukt, schaltet, der Wachorder vom Vortag eingedenk, der dienstkundigere Albert schnell. Rückt an der Mütze und erklärt betont leutselig, um Hinhalten bemüht, keine Ahnung zu haben, aber den Einsatzleiter anrufen zu können. Dieser antwortet wie auf dem Sprung, als hätte er darauf gewartet, dass jemand nach Recker's Boutique fragt.

„Wer ist der Jemand?"

„Zwei Frauen."

„Mithin Jemande ... Näheres bitte!"

„Eine der Sprache nach Deutsche Mitte vierzig in Begleitung einer als ihre Mutter erkennbaren Alten von etwa achtzig."

„Es gab neunzigjährige Giftmischerinnen."

„Danach sehen sie nicht aus."

„Mit oder ohne Gepäck?"

„Handtaschen – das sind keine Passagiere."

„Wer Moneten hat, kann heutzutage in der Unterhose Erster Klasse rund um die Welt fliegen, ohne anzuecken."

„Wie sollen wir vorgehen?"

„Sicherstellen, dass tatsächlich der Laden von Recker gemeint ist."

„Die Kollegin nickt mir zu."

„Augenblick." Leises Stimmengewirr im Funkgerät. „Stellen Sie beider Identität fest, ohne den Ausweis zu verlangen. Dann hinhalten! Ich schicke wen in Gaunerzivil, der sie stiekum fotografiert. Kripo Koblenz wie Staatsanwaltschaft wollen Bildbelege."

„Was soll ich ihnen sagen?"

„Höheren Blödsinn meinetwegen. Aber nicht erkennen lassen, dass was im Busch ist, Bestimmtes in Frage steht. Kommissar Ungers Anweisung!"

„Von dem erfährt man nur die Hälfte eines Zehntels vom Hundertsten."

„Weil er selbst ungewiss ist. Es geht um Sicherung von Quellen. Deren Ausschöpfen kommt später. Unsere Sache ist das nicht. Also – halten Sie beide hin!"

Streifenpolizist Albert wendet sich an die Fragerin.

„Unsere Wache weiß nicht genau Bescheid", schwindelt er von Amts wegen. „Sind Sie sich des Namens Recker sicher?"

„Wie so gut von allem an diesem schönen Ort." Die Dame lächelt spöttisch. „Ich bin Paula Brück und habe hier gearbeitet."

„Wir sind noch neu vor Ort", verlautet die Polizistin nach einem Augenzwinkern ihres Kollegen. „Entschuldigung!"

Ein Mann mit bauchiger, ausgestopft wirkender Reisetasche, eine Kamera umgehängt, betritt den Terminal 1, der stark besucht, ja überlaufen ist, und schlendert zum Infostand der Rheinland-Pfalz Tourismus GmbH, wo zehn Rucksackler, Spazierstöcke quer, die Heimatfahne hoch, Auskunft begehren. Wendet sich unwillig, als sei er zum Elften nicht geschaffen, ab, sieht die Streifenbeamten, die vor dem Press Point mit den Leutseligen, Tochter und Mutter Brück, schwatzen, nachbarlich übern Gartenzaun sozusagen, knipst sie geschwind gleich einem, der Schnappschüsse für zu Haus sammelt, und verschwindet zum Terminal 2, um dort in ein Auto zu steigen, das Richtung Polizeiwache davonfährt, von keinem beachtet, wie es sich für Knipser in geheimer Mission gehört. Seit dem Fund des Skelettes, von dem es heißt, das sei ein GI, ein Ami, ein Bimbo, ein Yankee, sogar, man bedenke, ein Mensch gewesen, sind der Gaffer viele. Allhier.

„Das wäre es", sagt Albert.

„Schönen Tag noch", wünscht Margot.

„Danke", freut sich die alte Kapellerin. „Nett von Ihnen."

Die beiden Polizisten, nicht nur im Dienst ein Paar, gewissermaßen – so Gottvater nebst Innenminister genehm – ein Streifenpaar fürs Leben, wollen demnächst heiraten. Wird familiären Kuddelmuddels halber ungern gesehen. Von wegen Glaubwürdigkeit. Für die Ehekandidaten wirft das Zukunftsfragen auf. Zum Glück gibt es die Schurkenstaaten, Alibibösewichter. Da sind die nichtschurkischen Staaten froh für Bullen als Freund und Helfer. Voriges Jahr soll Falschgeld vertrieben worden sein. Dann hieß es, aus Museen geraubte irakische Kunstschätze gingen via Hunsrück-Airport in alle Welt. Tatsächlich tote Hose, jedenfalls winters. Man ist froh, Schnee vor der Wache kehren zu dürfen. Albert stößt Margot an, zeigt zum Idarkopf, früher, als es im Sprechfunk hoch herging, scherzhaft Idar Head oder Mount Idar genannt.

„Da oben liegt noch welcher."

„Wir könnten mal", so die Polizistin unternehmungslustig, „raufspazieren." Ihr fällt es mit dreiundzwanzig Jahren nicht schwer zu glauben, dass der bewaldete Höhenzug, der bei Regen herausgeputzt wirkt, als sollten die Wolken sich niederlassen, von einer heute befreundeten Nation, den vor einem halben Jahrhundert feindlichen Franzosen, nach Art gemeiner Holzräuber kahlgeschlagen worden war. Bis auf den letzten Baum, wenn die Legende zutrifft. Margot sieht die Kahlschläger, im Sauhaufen angetreten. Den mit der Säge, den mit der Axt sieht sie. Den Stammankreider, fünf Hungerleider in Lumpen. Die lothringischen Sägemüller, zum Beutemachen Sieger-befugt, unter ihnen der mit dem Weinfass, das statt Lohnkasse seinen Inhalt ergießt. Sie sieht den Kameradenschinder, der mit dem Ergebenheitsgrinsen ... allein, es kann ihr gestohlen bleiben.

„Ich nehme dich beim Wort." Albert, am Aschermittwoch fünfundzwanzig geworden und nichtdestotrotz kein Fastenheiliger, grinst. „Mit Spätlese und Schinken."

„Vielleicht begegnen wir dem Berggespenst."

„Toi, toi, toi – lieber nicht."

„Wir könnten auch Kartoffelsalat mitnehmen."

„Oder es bleiben lassen!"

Verblüfft über dessen unversehens ernsten Ton schaut Margot ihren Verlobten an.

„Was hast du?"

„In Walter's Futterkrippe erzählte mir voriges Jahr ein Lautzenhausener beim Bier, im Idarwald habe man einmal tagelang nach einem verschwundenen GI gesucht. Zwar wurde er nicht gefunden. Aber der Hunsrück ist eine Weltecke des Gerüchts wie kaum eine andere, bis auf Widerruf für jeden Unsinn gut wider die gottgewollte Langeweile. Schinderhannes lässt grüßen."

„Ich habe meinen Eltern etwas vorgeschwärmt, mich freiwillig nach hier gemeldet, als flögen gebratene Tauben mit Mayo umher. Oder Zöllnerin. Die Oberfinanzdirektion Koblenz hatte mir Werbekram zugeschickt. Dem Frankfurter Airport-Zollamt fehlten hundert Beamte, hieß es. Dann sagte wer, dort sei es nicht auszuhalten. Viele meldeten sich weg. Zur Bundeswehr? Der Mann wird Elitesoldat der Schürzenjägerbrigade, die Frau Gulaschkanonier. Dann lieber Bullin!"

„Zu deinem Glück." Der Polizist gibt sich nachsichtig wie einer, der seiner Belange sicher zu sein glaubt.

„Was du nicht sagst?" Margot rümpft die Nase. Jetzt eine Durchsage. Ankunft der Ryanair Nachmittagsmaschine aus London-Stansted. Aus dem Friseurladen, der sich Hairport nennt, stürzt ein Eiliger, rennt auf die Besucherterrasse. Schreiende Kinder.

„Was du nicht sagst?" beharrt die Polizistin.

„Sonst hätten wir uns nie getroffen."
„Wer wäre es an meiner Stelle?"
„Die kantenlos griffige Gilla Recker." Der Streifenführer verdreht die Augen und schielt zum Dorf Lautzenhausen. „Eine Maid mit Holz vor der Tür."
„Ich kann meine ja aufpumpen."
„Dann schieße ich ein Loch rein, Süße."
„Süßer", fragt die Süße ihren Süßen, „bist du sauer?"
„Nur zum Zeitvertreib."
Sie schlendern zum Parkplatz, der, für die Jahreszeit, gut belegt ist. Stotternd springt ein Motor an. Der Auspuff riecht nach Verbranntem. Ein bezopftes Mädchen, Majonäse an der Nase, die Lippen ketchuprot, verspeist Fritten. „Das", erklärt Albert angesichts von zwei Männern, die ein Auto mit Koblenzer Kennzeichen, dessen Frontscheibe den Aufkleber Presse zeigt, verlassen und sich recken, als hätten sie tausend Meilen hinter sich, „sind welche von den Rhein-Mosel-Nachrichten." Er wird leiser, zieht die Brauen hoch. „Wenn die kommen, ist was im Busch."
„Der jüngere Typ heißt Klaus." Margot kichert anzüglich.
„Woher weißt du das?"
„Er hat es mir neulich gesagt."
„Bestimmt nicht grundlos."
„Ich habe ihm nichts gesagt – wenn dich das interessiert."
„Einer seiner Sorte macht niemand an, wenn er nichts auszukundschaften hat", meint Albert, rückt an der Mütze, schiebt das Schießeisen zurück, mustert seine Zukünftige argwöhnisch. „Wo bist du ihm begegnet?"
„Beim Joggen nahe der Koblenzer Ausfahrt. In seiner Begleitung eine Frau, die den alten Schießstand fotografierte."
„So alt ist der nicht."
„Sieht aber vergammelt aus." Margot rümpft die Nase.
„Innen wurde er erneuert."
„Und die bemoosten Hangars für Urweltviehzeug – Saurier könnten darin bequem den Hals recken?"
„Stammen gleichfalls nicht aus grauer Vorzeit", sagt der Polizist in Gedanken. „Die Airbase wurde mit den Jahren ausgebaut."
„Wie lange wird das Entsorgen der Altlast dauern?"
„Erstens fallen unter den Begriff keine Gebäude. Er meint nur die Verschmutzung des Bodens. Zweitens beteiligt sich der Staat an den

Kosten. Rund dreihunderttausend Euro für einen Bunkerabriss. Günstigstenfalls geschieht das in einer Woche. Der zerkleinerte Beton wird hier weiter verwendet."

„Das nimmt sich rosarot aus wie die Werbesprüche von Fun Air."

„Das hast du gesagt."

In den neunziger Jahren gingen die Amis home. Ihre Kasernen konnte man gebrauchen; für den Schießstand interessierte sich keiner. Dann erschien der Waffenhändler Recker, in Koblenz als Oswaldo stadtbekannt, obwohl er eigentlich Oswald hieß, und übernahm die verwaiste Anlage. Soll ihn eine Viertelmillion gekostet haben. Geschossen wurde wenig. Man sah Leute reingehen, etwa Piloten der Fun Air ... zu hören war kaum etwas. Der Geschäftsmann mit Geschäften, die auf den zweiten Blick nach dem Mann, der sie betrieb, fragen ließen, starb vergangenes Jahr unfallhalber. Sein Ausflugsdampfer, mit dem er eine Rheinfahrt unternahm, rammte aus Gründen, über die mehr als eine Behörde nachrätselt, einen Tanker. Alles ging in Flammen auf.

„Wie wird man Waffenhändler, Albert?"

„Durch Waffenhandel." Der Gefragte überlegt, ob die Antwort nicht vereinfacht, zuckt die Achseln. „Vererbt sich offenbar. Kinder sehen bei den Eltern Schießeisen, betrachten sie als Spielzeug wie in Musikerfamilien die Instrumente. Allerdings soll Reckers Vater, dem Vernehmen nach, Maurer gewesen sein."

Gegen Dienstende beschreiben die Streifenpolizisten die Dame, die sich im Terminal 1 nach Recker's Boutique erkundigt hat. Der wachhabende Einsatzleiter wirkt nicht sehr aufmerksam, eher wie der Pflichtübung mit lästigem Papierkram genügend. Als jedoch Albert und Margot gegangen sind, wählt er eine Nummer der Koblenzer Kripo, die auf den Anruf gewartet zu haben scheint. Man ist für die Meldung dankbar. Hingegen wird nicht hingenommen, dass auf dem Hahn offenbar der Eindruck vorherrscht, Nachfragen dieser Art seien harmlos. Kommissar Unger räuspert sich ins Telefon.

„Wie kommen Sie zu der Annahme?"

„Nun", entgegnet der Wachstubenchef vom Hunsrück-Airport leicht herablassend, „die Nachfragende hat sich den Polizisten der Streife als Paula Brück aus Kappel vorgestellt. Das unterlässt ein Hase, den die Hunde jagen."

„Ich werde sie mir vornehmen."

04 Alles ist möglich, wie jeder weiß. Beim Neustart des Juweliergeschäfts Collier im Koblenzer Löhr-Center mit Blumen, die einem Staatsbegräbnis zur Ehre gereicht hätten, vom Fürsten Metternich selig der Schaumwein, und einer Smaragd-Königin, die, für den Festtag eigens gekürt, mit Pappkrönchen auf dem gestylten Wuschelhaupt, geschliffen dastand, blindgeblitzt von Fotofreaks, war daran gedacht worden. Nicht öffentlich, aber so doch. An Diebe und Räuber, deren Zugriffsverhinderung. Nichts geschah derweil, was die Befürchtung begründet hätte, das neue Schmuckhaus angehalten, etwa, wie von der Kripo empfohlen, für den Fall der Fälle wachsam zu sein, einen Sicherheitsbeauftragten zu bestellen. Alles läuft bestens. Daher ist es außer Betracht geraten. Nach vierjährigem Geschäftsbetrieb, der gelungenen Ausstellung, Goldbergbau der Jahrtausende, sieht man sich heute, obzwar ohne Bammel, gezwungen, eben diese Kripo anzurufen, um nicht in Verzug seiner Anzeigepflicht zu geraten. Vom Opfer zum Täter, es ist ein kleiner Schritt. Wie vom Paulus zum Saulus. Von der Dame zur Dirne auch.

„Wer ist der Sachbearbeiter?"

„Da muss ich nachschlagen. Ah ... Kommissar Unger."

„Verbinden Sie mich mit ihm."

„Er scheint nicht in seinem Büro zu sein." Die Vermittlungsperson räuspert sich, ist offenbar damit beschäftigt, Kaffee zu kochen. Pfeifen eines Wasserkessels. Jemand ruft herein, am Bahnhof sei ein Knallfrosch entschärft worden. „Es läuft einiges. Ich kann Ihnen die Durchwahl geben. Oder, wenn Sie mir sagen, worum es sich handelt, jemand anderes, der sich auskennt."

„Vorhin hat eine Kundin mit einer neuen Banknote bezahlt, die bei näherem Hinsehen nicht echt zu sein scheint."

„Einen Augenblick, bitte."

Leitungsknacken. Einige Takte des Schängelsongs, der gegenwärtig in aller Ohren ist. Womöglich wird im Präsidium am Moselring zur Kripodirektion mehr durchgestellt als selbst erledigt. Schaltzeichen folgen aufeinander, unverständliche Gesprächsfetzen. Hört sich an, als schimpfe wer, behelligt zu werden. Knallgeräusche, Gaulgetrappel. Lautes Gähnen. Im Hintergrund scheint das Fernsehen zu blödeln.

„Falschgeld – meinen Sie?"

„Jedenfalls sieht es unecht aus."

„Wenn ja", sagt der annehmende Beamte kratzig, als verzehrte er sein Vesperbrötchen, und lässt Tastaturklicken vernehmen, „muss das nichts

Selbstgemachtes sein. Nichts ist leichter, als Blüten untergejubelt zu bekommen."

„Mein Jubel", so die Anruferin, „ist begrenzt."

Sabine Ellern, die fünfundvierzigjährige Leiterin von Collier, lacht unwillig. Nicht eben frauenüblich, hat sie das Goldschmiedehandwerk, ein Mangelberuf, der vormals gesalbte Häupter mit der Krone versah, die auf dem Schafott herunterfiel, von der Pike auf gelernt, sich dem Echten verpflichtet. Das macht das Falsche doppelt falsch, zum Ärgernis des Gemüts neben dem des Verstandes. Vom Glanz des Goldes, vom Gold und seinen Unheilsschein! Wie die Häuerlinge die Buckel krumm zum Zerbrechen machten, was von ihnen gefordert wurde, das der Goldader abzutrotzen wäre, und wie sie in ihren Stollen klaglos verschieden ... auch Psychologie studiert übrigens. Das Horten von Gold sei, so ihr Mainzer Professor, eine verkleidete Wiederholung des Erfolgserlebnisses, das dem Baby die Erfahrung verschaffe, seinen Stuhl willentlich zurückhalten zu können, um ihn dann vor die Tür zu stellen, wenn sich damit etwas erreichen lasse. Kleines Augenzwinkern des großen Meisters, und die Kommilitonen stießen sich grienend an.

„Ein falscher Fünfzig-Euro-Schein", kommt es beinahe schadenfroh aus dem Hörer, „wird den Kollegen Unger ergötzen."

„Ihren Humor möchte ich haben." Die Juwelierin überfliegt verstohlenen Blickes die Tageseinnahmen in der Kasse. Der Packen Fünfziger unter dem Klemmbügel nimmt sich bescheiden aus. „Was geschieht weiter mit ihm?"

„Wird abgeholt gegen Beleg. Sie erhalten einen echten."

„Es ist der erste Fall im Geschäft. Wegen der Warnungen neuerdings passen wir auf. Lob dem Euro! Früher bei Auslandssorten war das schwieriger. Ah – soeben erscheint jemand aus der Apotheke. Dort hat man auch einen erwischt."

„Mir liegt keine Meldung vor. Oder bis jetzt im Haus nicht durchgestellt. Beschreiben Sie die Kundin."

„Ungern."

„Höre ich recht – warum das?"

„Des Datenschutzes wegen. Die Leute sind kleinlich."

„Wenn Falschgeld Handel und Wandel stört, ist es das mittelständische Gewerbe, dem dadurch am nachhaltigsten zugesetzt wird."

Die Leiterin des Collier ruft den zuständigen Verkäufer, einen gemütlichen Dicken Typ Handwerksmeister, der kleine Schäden an Schmuckstücken von Hand behebt, als sollte das Werk den Meister loben, und fragt ihn nach der Erscheinung der Überbringerin.

„Anfang dreißig, mittelgroß, blond, grauäugig, Kameratasche dabei."

„Demnach eine Nackte?"

„Hahaha!"

„Das ist kein Witz." Drohendes Hüsteln im Telefon. „Welche Kleidung?"

„Mütze, Jacke, Hose ... Sneakers."

„Kann man das mit Latschen übersetzen?"

„Ungefähr." Sabine Ellern bleibt ernst, versichert sich heimlich des Tresorschlüssels in der Innentasche ihres Kostüms, überschaut die Vitrinen. „In Begleitung der Kundin ein etwa siebenjähriger Knabe, offenbar ihr Sohn. Einen Moment, bitte!" Ausgestattet mit dem bei Juwelieren wichtigen Blick für Einzelheiten, das, was am Karat das Karätschen erkennt, die Würze des Echtedlen gleichsam, liest sie den ihr von dem Dicken gereichten Zettel. „Wir haben die Anschrift der Kundin, die ein Armbandschloss hat ersetzen lassen. Der Fünfziger war zur Begleichung der Rechnung."

„Die Polizei dankt! Aber noch etwas ... hm. Können Sie für Ihre Person ausschließen, das Falschgeld nicht selbst eingebracht zu haben?" Es folgt die Aufzählung möglicher Fälle von Amts wegen. „Denkbar sind Unternehmensreisen ins Ausland, Urlaub unter karibischen Weißkragengaunern, die Seeräubern von einst etwas vormachen."

„Ich gehe nirgends hin, weil andere hingehen."

„Alles klar, Frau Ellern. Ihre Meldung ist vermerkt. Wie ich Kommissar Unger kenne, wird er bei Ihnen vorbeikommen."

Das geschieht knapp drei Stunden später, als habe es damit mehr Eile als Weile. Was der Leiterin vom Collier, die Leute einzuschätzen versteht, auffällt, ist das gewundene Betragen des Beamten. Es geht um einen falschen Fuffziger. Aber man könnte meinen, hinter der Fünf stünden zehn Nullen. Dass Unger sein Handy wegsteckt, soll vermutlich andeuten, fremde Ohren, elektronische wie die der Verkäufer, seien bei dem Gespräch unerwünscht. Geschäftsschluss jetzt. Eins der Mädchen deckt das Computerdisplay mit einem Tuch ab, schiebt die Maus darunter wie zum Schlaf der Gerechten. Ein zweites, anscheinend Auszubildende, leert die Abfallkörbe beim Tresen, entzupft der strengen Ladenfrisur einige Feierabendsträhnen ... weg ist das Personal des Schmuckgeschäfts.

„Sie wollen die Blüte abholen, Herr Kommissar?"

„Nicht nur das."

„Den Eindruck erwecken Sie in der Tat." Sabine Ellern lächelt gewinnend. „Also – was kann ich weiter für Sie tun?"

„Ich muss offen sprechen dürfen."

„Wir sind unter uns."

„Bei Ihrer Eröffnung war ich zugegen, als Zaungast ... Sie verstehen. Ein Geschäft der Goldbranche ist kein Kramladen. Das Löhr-Center, Stolz jeden Schängels, soll frei von Zwielichtigem bleiben. Eine gelungene Veranstaltung." Markus Unger ereifert sich. „Der Stehgeiger, ein Kunstgenuss! Die Maxiwunderkerzen, Traum des Pyromanen. Seeechter Seelachs, der Sekt vorzüglich. Haus Metternich, spricht für sich. Und Oswald Recker."

„Geht es um ihn?"

„Neben dem Falschgeld, ja, womöglich vor ihm. Der Waffenhändler starb voriges Jahr bei einem Schiffszusammenstoß, der offiziell als Unfall geführt wird. Es könnte auch ein Mordanschlag gewesen sein ... ich hoffe es nicht! Gesetzt den Fall, ergäben sich heikle, sehr heikle Fragen. Die sollen mich vorbereitet treffen. Man hat Sie zuweilen mit ihm im Stadttheater gesehen?"

„Am meisten schätzte er Bootsfahrten, förderte das Rudern. Fast ein Turnvater-Jahn-Getreuer ... seine Zunft ist, wie die der Jäger, altmodisch. Wir waren gemeinsam in der Frankfurter Oper, bei den Bayreuther Festspielen und Kurkonzerten in Bad Kreuznach, zum Skifahren im Schwarzwald, in Spielkasinos von Wiesbaden, Mainz und Neuenahr, ziemlich langweilig, beim Düsseldorfer Karneval, einmal und nie wieder – freilich nicht auf dem Koblenzer Standesamt."

„Wie bitte?"

„Oswald wollte mich heiraten", erklärt Sabine Ellern. „Den Antrag machte er mir im Fahrstuhl des Pariser Eiffelturms nach einer Weinprobe auf dem Montmartre." Ihr Ton wird plötzlich heftig. „Behalten Sie das für sich, Herr Kommissar!"

„Ehrenwort ... ich bin überrascht. Recker war Koblenzer, sein Vater Brasilianer. Die Vorfahren kamen vom Hunsrück, ausgewandert zu Bismarcks Zeiten." Der Kripomann zieht ein fleckiges Fotoalbum hervor, die Aufnahmen schwarzweiß, einige in der Pose des Postbiedermeier. „Das fanden Kollegen bei ihm, nachdem es erkennungsdienstlich erforderlich geworden war, seine Wohnung am Gülser Moselufer zu durchsuchen."

„Dort wurde sein Vater dreiundfünfzig ermordet."

„Ein bislang unaufgeklärter Fall. Kennen Sie dieses Fotoalbum?"

„Ja", sagt die Ellern nicht ohne einen gewissen Groll, „er hat es mir oft zu betrachten angedient. In sowas, Beweihräucherung des Vorgestrigen, war Oswald ein Hinterwäldler. Das verdross mich an ihm. Siebenundachtzig, als es darum ging, das Reiterstandbild am Deutschen Eck zu erneuern, gehörte er zu den Schreiern, die den alten Kaiser Wilhelm wiederhaben wollten. Ich war dagegen. Kurz, aus der Ehe wurde nichts."

Markus Unger weist auf ein bestimmtes Bild im Postkartenformat. An der Reling eines Schiffes, welches, dem Hintergrund nach, einen Steinwurf oberhalb des Deutschen Ecks vertäut liegt, stehen zwei Männer Ende der Dreißig, Anglern oder Seglern oder Ruderern zusehend. Der eine raucht eine Pfeife, die geschwungen wie ein Saxophon ist, und trägt einen Strohhut, keck nach hinten geschoben. Der andere hat keine Kopfbedeckung, aber eine Gesichtsnarbe, die vom rechten Ohr über die Wange, diese gleichsam zerteilend, bis zur Nase verläuft. Klar zu sehen auf der Nachvergrößerung, die der Erkennungsdienst vom Mainzer Landeskriminalamt hat anfertigen lassen. Rechts oben ist die Codenummer des Labors mit Erstellungsdatum sichtbar.

„Frau Ellern", sagt er dringlich, „versuchen Sie sich zu erinnern, ob Recker dazu etwas hat verlauten lassen … um wen es sich bei beiden handelt."

„Wenn es weiter nichts ist." Die Goldschmiedemeisterin nickt. „In dem Strohhutträger erkennen Sie, nehme ich an, wegen der Ähnlichkeit Oswalds brasilianischen Vater. Von Haus aus hatte er mit Bauen zu tun, gelernter Maurer, falls ich mich recht erinnere. Der andere kam aus der Schifffahrt. Sie waren sich in Südamerika begegnet." Ihr fällt Ungers Grübelmiene auf. „Genügt Ihnen das nicht?"

„Nein … soweit sind wir im Bilde. Der Seemann heißt Uwe Hinnerk, ein Bremer. Hier ist ein weiteres, zehn Jahre früher gemachtes Foto von ihm. Schauen Sie! Fällt Ihnen der Unterschied auf?"

„Die Gesichtsnarbe fehlt."

„Das ist der Knackpunkt! Wir müssen herausfinden, welche Verletzungsursache in der Zeit von Kriegsanfang bis dreiundfünfzig zu der Narbe geführt hat. Jemand meinte, solche Entstellungen seien Splittertypisch. Dem Alter nach könnte Hinnerk tatsächlich Soldat gewesen, an der Front verwundet worden sein. Jedoch die acht Nachkriegsjahre! Vielleicht erwischte es ihn bei oder durch etwas, von dem uns

Heutigen, zumindest bis zu den jüngsten Bombenanschlägen, undenkbar schien, dass es sich in der zivilisierten Welt ereignen könnte. Mein Wunsch wäre, Wolkenkuckucksheimern die Geschichte des Möglichen einzupauken. Zu viel wird zu schnell vergessen."

„Unter Umständen wusste auch Oswald es nicht. Zwar war er sieben Jahre älter als ich, aber ein Kleinkind, als das Foto am Deutschen Eck gemacht wurde. Hm ... vergessen Sie den Heiratsantrag. Wir sprachen niemals darüber. Unsere spätere Beziehung war rein geschäftlich. Ich habe für ihn Gutachten in Goldsachen erstellt. Was den Wunsch angeht, ist Bedacht angesagt. Kennen Sie die Sage vom König Midas?"

„Nein", gesteht der Kommissar wahrheitsgemäß.

„Hier ist ein Büchlein betitelt Goldbergbau der Jahrtausende." Sabine Ellern lächelt. „Sie sollten sich die lehrreiche Geschichte zu Herzen nehmen."

Der König Midas! In einer Stunde unfrommer Begehrlichkeit wünschte er sich, alles von ihm Berührte möge zu purem Gold werden. Und siehe – wurde es. Die Ziegenmilch, das Steinofenbrot, seine Pfaueneier. Der Wein schmeckte nach ihm. Auch weg sein Bock auf Weiber. Wer möchte auf die um alles Gold der Welt verzichten?

05 Herbert Liesner, an diesem 7. April 2004, einem graumiesen Frühlings-Mittwoch, dreiundfünfzig Jahre alt geworden, ist Chefredakteur der RMN genannten Koblenzer Rhein-Mosel-Nachrichten, oft liebevoll-abfällig als Blättchen bezeichnet. Vergucke sich keiner! Alles liest BILD, logo. Wenn es jedoch ans Glauben geht, vertraut man auf den Alten der RMN, der als junger Volontär herausfand: wie Winzer den Moselwein panschten, dass er echtem Moselwasser glich, welche Mühen sie auf sich nahmen, und wie wenig ihnen dafür gedankt wurde. Seit Jahr und Tag ist ihm, dem Schängel aus der Goldgrube, die Wahrheit teuer, jedenfalls das, was er darunter versteht. Keiner liebt Liesner, alle schätzen ihn. Für diese stille Gunst zeugen Dutzende von Leserbriefen, allerdings ohne Unterschrift.

Das gilt auch für seinen schlitzohrigen Reporter Klaus Dick, Ehemann jener Kundin mit Kameratasche, ihres Zeichens Fotofrau der RMN, die dem Collier, wissentlich oder nicht, einen falschen Fuffziger andrehte, und Vater des siebenjährigen Kurt, kitschlieb Kurtchen gerufen, der beim Andrehen als Mittäter fungierte. Kaum böse gemeint oder ernsthaft böse, überhaupt nicht böse. Immerhin ist das Kind, neben der gleichaltrigen Tochter Paddy von Staatswanwalt Stubenrein, als Simser gefürchtet, was Rückschlüsse auf die Erziehungsweise des Vaters, gegebenenfalls beider Väter zulässt. Nun schaut dieser erstaunt vom Computer auf, als der Chefredakteur mit Verschwörermiene eine fleckige, nach Moder riechende amerikanische Generalstabskarte aus dem Zweiten Weltkrieg vorzeigt. Ob er sie zu lesen verstehe?

„Na ... diese Höhe", sagt der in Simmern geborene und in Koblenz aufgewachsene Klaus Dick unsicher, „ist der Idarkopf."

„Wie er achtundvierzig war, beinahe völlig abgeholzt."

„Etwa von den Amis?"

„Ach was!" Liesner putzt das Glas der Leselupe blank. „Die Franzosen betrieben den Kahlschlag als Kriegsentschädigung." Er kramt einen Packen Schwarzweißfotos hervor, um sie fast zärtlich, teuerer Leihgabe gleich, auf dem Schreibtisch auszubreiten. Einige tragen Stempel mit Hakenkreuzen, von Adlerkrallen gehalten. Deren ansichtig, nimmt eine verschreckte Mücke Reißaus. Wolken verhängen die Sonne. Am Florinsmarkt bellt, Schwanz gegen den Wind gestellt, ein Hund.

„Kostbare Originale."

„Woher stammen die?"

„Aus dem Freiburger Militärarchiv."

„Das da sieht nach Baugelände aus." Der Reporter beginnt zu grinsen, als stünde ein fauler Witz an. „Vielleicht vom Hunsrück-Airport?"

„Der französische Plancode war Aérodrome Est X-500, wobei die Zahl für die Höhe über dem Meeresspiegel stand. Im Nachhinein scheint mir, er habe den lothringischen Sägemüllern als Vorwand zum Holzeinschlag gedient ... jedenfalls", Herbert Liesner wird lebhaft, „sprach man ab zweiundfünfzig von der US Air Base Hahn. Nicht immer rühmlich, wie Sie wissen. Ein amerikanischer Fliegerleutnant verschwand dort spurlos. Das wäre etwas für eine Serie." Seine Miene verfinstert sich. „Als wir vorige Woche in der Staatskanzlei waren, hatte ich allerdings den Eindruck, der Landesregierung sei dergleichen nicht genehm. Mainzer Duckmäuserei, wenn man mich fragt."

„Am liebsten würde ich mich auch ducken, Chef."

„Wieso?"

„Wegen des seltsamen Bekennerschreibens. Entweder stammt es von einem dummen Gauner oder ist das Werk eines gerissenen Agenten.

Unsere Ankläger sind beherzt. Als Stubenrein gestern Internet-Adressen haben wollte, riet ich aber ab. Was Washington offiziell verlauten lässt, ist zurechtgestutzt. Quellen, die sich eignen, US-Präsidenten mies zu machen, als Schwindler zu entlarven, hält man zurück. Dort wird mehr gelogen als in allen andern Hauptstädten zusammen."

„Die Geschichte des Hunsrück-Airport ist nicht aus der Welt zu reden. Hm … warum verziehen Sie das Gesicht?"

„Als sich eine Hamburger Illustrierte, der Stern glaube ich, vor fünfzig Jahren daran versuchte, setzte es Drohbriefe. Bei meinem Aufkreuzen heißt es bestimmt, es sei etwas im Busch. Dann spekuliert alles. Bundesgrenzschutz, Polizei und Zoll kennen mich. Sie auch, schien mir vorgestern. Die Streifenfrau guckte rüber – hübsche Bullin übrigens."

Klaus Dick zuckt die Achseln. „Doch, Sie haben Recht, Chef! Wer mit Fun Air in die Karibik will, kommt am Hahn nicht vorbei. Christa ist scharf drauf, hat sich mit Filmen eingedeckt und die Simmerner Oma beschwatzt, unseren Sohn zu hüten. Kurtchen wird der Armen einheizen. Auch haben wir in Liberty Harbor auf dem Hotelschiff Baquine gebucht, erste Klasse Gästekajüte Bootsdeck."

„Ersauft mir da nicht."

„Meine Frau schwimmt wie Nessie von Loch Ness."

„Eine höhere Schlangenschmeichelei … man kann auch im Rum ersaufen", versetzt der den Dicks väterlich zugetane Chefredakteur der Rhein-Mosel-Nachrichten, der sich, selbst kinderlos, das Reporter-Ehepaar als seine künftigen Nachfolger vorstellen kann, und schlägt vor, Reckers Schießstand in Augenschein zu nehmen. „Mit Christas Fotos ist es nicht getan." Er mimt den Gedankentiefen, dabei einzuschauen, wie das Gestern, um der Ewigkeit Bestand, das Morgen überholt. „Es gibt Hinterhöfe, die nur durch Begehen erfahrbar sind."

Ein Standard-Apriltag, kalendergerecht. Schauer angesagt, kleine Windhose, frisches Rauschen. Von der Eifel pfeift es herüber. Zunächst Sonne, Regen alsdann. Halb Gold, halb Blech. Auf der Hunsrückhöhenstraße mit ihrem vom Gewicht schwerer Fernlaster wundgescheuerten Asphalt beginnt hinter Kastellaun Dicks Handy zu piepsen. Seine Frau eröffnet ihm mit der Bissigkeit, die sie scheibchenweise zu verabreichen versteht, unter die Falschmünzer geraten zu sein. Soeben habe ihr die Kripo mitgeteilt, im Löhr-Center sei eine von ihr eingezahlte 50-Euro-Blüte sichergestellt worden. Einerseits reizt ihn das zum Lachen. Andererseits … er behält es für sich. In solchen Sachen kann jedes Wort zuviel sein. Du siehst die Betrogenen dumm dastehen, was alles sie sich ob ihres Leichtsinns, hereingefallen zu sein, sagen lassen müssen, und wie sie zum Schaden noch den Spott haben. An nächster Kasse widerfährt dir dasselbe.

Alsbald erreicht man den scherzhaft Hunsrück-Airport genannten, dem Zivilluftverkehr dienenden früheren amerikanischen Fliegerhorst Hahn, der, weil leicht anzuvisieren, zur Zeit des kalten Krieges auf der sowjetischen Erstschlagliste an oberer Stelle stand. Ein ungeschützter Präsentierteller von Garnison, des vielen Zivilpersonals wegen besonders empfindlich. Und der Geschichte gemacht hat wie kein anderer seiner Art außerhalb der Vereinigten Staaten; nahe dem Dorf Lautzenhausen, von dem in den fünfziger Jahren Hollywoodregisseure wie Elia Kazan träumten. Später der neudeutsche Frühvollendete Fassbinder, in dessen Film Der amerikanische Soldat, gedreht 1970, hiesige Eindrücke einflossen. Eine den Presseleuten bekannte Geschichte. Was Liesner und Dick außerdem wissen, ist, dass ungern darüber gesprochen wird. Neben den überschaubaren muss das unüberschaubare Gründe haben.

„Der Schießstand ist verschlossen und vom Staatsanwalt versiegelt."

„Ich möchte wenigstens das Bauwerk von außen ansehen", sagt der Chefredakteur zu dem Reporter und grinst breit gegen seinen Willen. „Woher wissen Sie herrjenochmal das schon wieder?"

„Von einer Lautzenhausenerin namens Gilla, die es mit einem Flugplatz-Polizisten hat. Nicht sehr ernst, aber so doch. An den Schlüssel kommen wir nicht heran, weil er auf der Wache sicher verwahrt wird." Dick grinst, breiter als sein Boss, ebenfalls. „Derweil hat auch Kommissar Unger geplaudert – vertraulich! Ich habe Schweigen zugesagt. Markus ist mein Freund, der nichts verlauten lässt, wenn ich ihn hereinlege. Das gilt für alle von den Rhein-Mosel-Nachrichten."

„Ich möchte im Fall Recker kein Amtsermittler sein. Der geplagte Stubenrein. Er muss als Staatsanwalt ran, auch wenn ihm unangenehm. Mord verjährt nicht. Wenn überhaupt, dürfte am Ende herauskommen, dass es sich um einen Racheakt handelte. Für uns ist das unergiebig. Wir kennen das Opfer. Aber wer sich für was rächte, ist schleierhaft … auch wegen der Tatumstände. Die Einmauerung des Leichnams, der Skelettfund fünfzig Jahre später, himmelarsch! Ausgerechnet auf dem Hunsrück."

„Es gab und gibt etliche Gründe, einem Amerikaner den Garaus zu machen, gerade auf dem Hunsrück, wo Washington sich, aller Herrlichkeit auf Erden sicher, über Jahrzehnte als Brimborialmacht aufgeführt hat."

„Klaus", entfährt es Liesner, „sagen Sie das in diesen Bombentagen nicht laut. Wenn es knallt, hängt man Ihnen Mitwisserschaft an."

„Ich befasse mich mit dem Fall seit längerem, ja ... nicht ohne Anlass, wie Sie mich kennen. Der Ersttipp stammt von Unger. Als Polizist hat er nicht die freie Hand des Reporters, muss Vorschriften beachten. Der Ermordete war zwar Flight Lieutenant der US Air Force, aber nicht in den Staaten geboren, vielmehr eingebürgert nach dem Lodge Act, Public Law 597, einem Kongressgesetz aus dem Jahr fünfzig. Nichtamerikanern, die außerhalb der Vereinigten Staaten lebten, erlaubte es, GI zu werden. Nach fünf Jahren Dienst konnten sie die amerikanische Staatsbürgerschaft erwerben. Was sich scheinbar harmlos anhört, war es in der Praxis nicht. Einiges lässt vermuten, dass Frederic seinen Leutnantsrang zu Schein erhielt, um ihn als normalen Soldaten zu tarnen. In Wirklichkeit gehörte er einer Sondertruppe an."

„Ah – deswegen sind Sie am Ball?"

„Wie der Kommissar." Klaus Dick lacht. „Getrennt marschieren, vereint schlagen, in der Preislage." Seine Miene wird ernst. „In Kappel wohnt eine Paula Brück, Mitte der Vierzig, die vor etlichen Jahren des Ermordeten Sohn, Ronald Frederic, der jüngst auf der Karibikinsel Liberty Harbor in meinem Beisein erschossen wurde, heiratete und mit ihm nach Chicago ging. Die Ehe lief vermutlich schief. Jedenfalls ist sie seit einiger Zeit wieder auf dem Hunsrück. Das ist die eine Gewährsperson. Die zweite heißt Annegret Recker, eine fünfundsiebzigjährige Lautzenhausenerin. Dreiundfünfzig war sie mit dem Vater, Stanley Frederic, zusammen."

„Zwei verwandte Amis binnen dreißig Jahren auf der Hahn Airbase stationiert, das ist eine familiäre Beziehungskiste außer der Reihe. Aber kein Knüller. Oder haben Sie noch etwas in petto?"

„Und ob, Chef! Als damals der Fliegeroffizier spurlos verschwand, kam es zu einer Suchaktion auf dem Hunsrück, an Rhein, Mosel und in der Eifel bis Luxemburg, an der die Koblenzer Feuerwehr teilnahm ... nicht ganz freiwillig, wie vermutet werden darf. Jedenfalls hat Unger von Wölfenrath, deren heutigem Leiter, unter der Hand erfahren, dass in der von der Militärpolizei ausgegebenen Marschorder der Verschwundene mit einem zweiten Namen angeführt wurde, Maksim Franzischak."

„So heißt kein Amerikaner."

„War er auch von Geburt nicht, sondern stammte aus Minsk, Weißrussland. Dass es ihm notwendig erschien, sich bei Eintritt in die US-Streitkräfte anders, nämlich Stanley Frederic, zu nennen, gemahnt an die Fremdenlegion. Der Unbescholtene behält seine Identität. Der Gauner legt sich eine neue zu. Wer in eine andere Haut schlüpft, hat dafür Gründe. Die Sache stinkt, Chef! Seltsam auch die Preisgabe des Geburtsnamens. Als hätte die Militärpolizei vorbauen wollen, falls sich das Verschwinden als Fahnenflucht erwiese. Sowas schadet dem Ansehen jeder Truppe."

„Gehen Sie dem nach." Der Chefredakteur bedenkt seinen Reporter – angesichts der von diesem öfter als häufig verzapften Eigenmächtigkeiten – mit einem nachgerade drohenden Blick. „Aber klammheimlich!"

06 Seit Januar 2002 fliegt die auf der Ferieninsel Liberty Harbor beheimatete Fun Air nonstop von der Nordostkaribik zum deutschen Flughafen Hahn, auch Hunsrück-Airport genannt. Trotz des abenteuerlichen Namens der Gesellschaft, die, als sei es damit nicht genug, ihre Maschinen in Rosarot hält, hat das Reporterehepaar Klaus und Christa Dick schon öfter gebucht. Nicht nur, weil die Reisespesen von den Rhein-Mosel-Nachrichten getragen werden. Das letzte Mal war Sohn Kurt dabei, kaum zu bändigen im Eifer, das Cockpit besichtigen zu wollen. Sein jetziges Bravsein bei der Simmerner Oma, die ihn ihrerseits unbrav verwöhnt, hat man erkauft durch das Versprechen, ihm eine Voodoo-Trommel mitzubringen. Gilt kulant als Reisegepäck. Der karibische Zoll, verkörpert von bezopften Rastafaris, die, wenn sie nicht Marihuana rauchen, Bier von Heineken zugetan sind, lässt sie augenzwinkernd durchgehen.

Früher flog man gemeinsam hin und zurück, döste händchenhaltend über dem Atlantik, zählte die vorüberhuschenden Wolkenfetzen, besah die Offertenliste der Duty-free-Ware. Auf ihr, Selection genannt, fanden sich hier erträgliche, dort Tollhauspreise für Spirits: Danish Vodka, Whisky Scotch, Whiskey Irish, Brandy und Liqueurs, Tequila und Wein vom Rhein sogar. Alle Angaben in Euro, als gäbe es keinen … keinen Dollar. Dann die Perfumes. Dior: 49.50; Gaultier: 45.00; Chanel: 40.00; Davidoff: 33.50. Andere zudem. Lacôme/Kenzo/Sander/Miyake/Armani/Rabanne. Unter den Confectionery Napolitains von

Lindt, sortiert: 13.00; und Mirabell Mozartkugeln zu sechsfuffzig. Die bekäme man beim Aldi halb so teuer nachgeworfen, pflegte Christa, die Naschwerk der Figur wegen verschmäht, ohne zuzugeben, dass ihr die Entsagung schwer fällt, zu moppern ... diesmal ist es anders, fliegt sie allein heim.

Denn Klaus will in Sachen Kunsträuberei, über die er schreibt mit der so beharrlichen wie gefährlichen, von Berufsarchäologen gefürchteten Inbrunst des Laien, welcher keine Rücksicht auf akademische Standesübung nimmt, im mexikanischen Yucatán ermitteln. Zwar gefällt Christa, selbst zu Alleingängen neigend, der seine gar nicht. Zwischen ihnen besteht ein gleichsam innerehelicher Wettbewerb, Bett ausgeschlossen. Sie schickt sich aber drein, pfiffig darauf setzend, dass es ihrem Liebeskonto zum Haben gereicht, er am Ende die begehrt, welche diese Pfiffigkeit verkörpert. Als Mutter freut sie sich überdies auf das Gesicht, das Kurtchen ob der mitgebrachten Voodoo-Trommel machen wird. Und die Simmerner Oma, die – auch das ist wahr – heilfroh sein dürfte, das so quengelnde wie simsende Enkelkind vom Hals zu haben.

„Was soll ich dem Alten ausrichten?“, fragt Christa vor dem Anbordgehen. Gemeint ist der Chefredakteur ihres Blattes, zuweilen auch Papa Liesner genannt. Ihm gefällt das aus einem Grund, den kein Außenstehender kennt. Er ist ein Verehrer jenes österreichischen Tonkünstlers, der als Tanzbodengeiger anfing, Meisterwerke schuf und als Papa Haydn, von allen geliebt, zu den Unsterblichen der Musikgeschichte gehört. „Er bezahlt unser Flugticket“, fügt sie hinzu, „und kann Ergebnisse erwarten.“

„Sage ihm unter, nun ja, Irrtumsvorbehalt, dass Oswald Reckers von hier nach Koblenz verbrachte historische Waffen Diebesbeute aus mittelamerikanischen Museen sind.“ Der Reporter wirft einen abschätzigen Blick auf die rosarote, in der Karibiksonne funkelnde Maschine der Fun Air, gewissermaßen doppelt verrückt. „Merkwürdigerweise hat der als geschäftstüchtig geltende Schießeisenkrämer das geklaute Zeug überbezahlt. Wer nicht nach den Kosten fragt, findet immer Helfershelfer. Aber dann erhebt sich die Frage, ob er echter Geschäftsmann ist.“

„Der Augenschein spricht dafür, sonst gäbe es seinen Laden nicht. Auch stelle ich mir vor, dass man Waffenhändler überwacht.“

„Seinen Bestand, Gewehre, Pistolen, Munition ... nicht seine Buchhaltung. Jede Wette, dass etwas faul ist! Frau Ellern vom Collier kennt als Juwelierin Edelmetalle, verfertigt Gutachten. Nach ihr sind das, was

Recker anbietet, echte Kunstwerte. Etwa die Pistolen Santa Anas, dem mexikanischen General im Grenzkrieg mit Texas, später mehrfacher Präsident seines Landes. Die vergoldeten Dinger, mit aztekischen Gravuren versehen, gingen an einen Sammler zum Spottpreis von zehntausend Euro."

Christa schüttelt belustigt den Kopf.

„Deine Vorstellung von einem Spottpreis", versetzt sie kichernd, „nimmt dir mangels Ernsthaftigkeit keiner ab."

„Immerhin Unger, der das wie ich im Verhältnis sieht. Wenn es zutraf, dass Recker für die kriminelle Beschaffung, also Museumsdiebstahl, beinahe ein Vermögen aufwendete, konnte es nicht angehen, dass er die Beute zum Gestehungspreis verscherbelte. Schon seiner gesalzenen Ladenmiete im Löhr-Center wegen nicht! Für den Kommissar habe ich ebenfalls eine Mitteilung. Der Alte namens Hinnerk, der ihn interessiert, war in Liberty Harbor. Obregón vom Hotelschiff Baquine versichert, einen Europäer mit Gesichtsnarbe wie auf dem Foto an Bord gehabt zu haben. Wann das war, weiß er nicht. Rufe Markus an und sage es ihm. Hm ... du musst deinen Platz einnehmen."

„Ja, ja, ja." Christa ist den Tränen nahe und küsst ihn leidenschaftlich. „Nimm dich im Urwald in Acht!"

Eine Stunde nach dem Abflug startet ihres Mannes Chartermaschine zum Festland. Der Pilot, früher bei Ryanair, für die er Shannon–Hunsrück flog, stammt aus Irland. Was ihn zur Fun Air führte, weiß Dick nicht. Für ihn ist wichtig, an jenen, der den Waffenhändler in Mittelamerika umherkutschierte, geraten zu sein. Voriges Jahr in Liberty Harbor hatte sich Brian O'Lynch, nebenbei aber so doch, über Reckers flüssiges Spanisch gewundert. Portugiesisch sprach er auch. Erklärtermaßen keine Fähigkeiten, die einem Schängel von sich aus zufallen. Wiederum erwiesen ist, dass er 1953 in Koblenz geboren wurde. Vater Brasiliendeutscher, Mutter eine Gülser Weinhändlerstochter.

„Ich hatte auch schon einen andern Chartergast aus Ihrer Stadt", tönt die Stimme des Flugzeugführers, der Buschkleppermühlen und Jumbojets der Touristenbomberklasse gleichermaßen zu fliegen versteht, worauf der Reporter den Hörer der Bordsprechanlage ans Ohr drückt, auf dass ihm nichts entgeht. „Eine sachkundige Goldschmiedemeisterin namens Sabine Ellern."

„Ah ... die Leiterin des Juweliergeschäfts Collier." Klaus Dick hält inne und schüttelt den Kopf. „Wen alles indianische Altertümer interessieren!"

„Meistens geht es nur ums Umherkutschieren.“ Der Irishman erheitert sich. „Neulich zwei Spinner aus Veracruz, die in Las Vegas mit einarmigen Banditen kämpfen wollten. Nach zwei Stunden waren sie flugkrank, kotzten die Kabine voll. Ich musste in El Paso notlanden, Drogenfahndern Auskunft geben. Dort gilt unsereiner als Schmuggler, der seine Unschuld zu beweisen hat. Übrigens gab es zwischen der Juwelierin und Recker ein Techtelmechtel, das sie zu verbergen suchten. An Bord sah ich sie nie zusammen, wohl aber beim Strandspaziergang.“

Dick, ob der Eröffnung verblüfft, bewahrt die Fassung.

„War unter Ihren Chartergästen mal einer mit Gesichtsnarbe wie dieser?“ Er reicht das Foto von Hinnerk über die Sitzlehne nach vorn ins Cockpit. „Eine Entstellung solchen Ausmaßes bleibt auf lange Zeit in Erinnerung.“

„Nein … das wüsste ich.“

„Man kann in Gesichtern, aber nicht in Köpfen lesen.“

Kurs West. Von der Marinereede blitzt die Sonne aus Panzerglas und Radarspiegeln, fällt ab, wechselt die Seiten. Die ungetarnte Pier gibt graue Schuppen, menschenleere Rollwege frei, allerlei Gerät, das bestellt und nicht abgeholt herumsteht. Ein Autokran senkt den Ausleger wie zu Verneigung vor einer einsamen Palme. Aus der Luft dünken Funkmasten und Fahnenstangen umrankt von Kletterpflanzen, als sollten sie in tödlichem Griff gehalten werden. Geschützrohre auch. Die Tanks der Treibstofflager scheinen auf Öllachen zu schwimmen … alles in Olivgrün, der Farbe des Abschieds, des Sterbens, der Niederlage. Nach Umrundung des Feuerbergs geht Brian O'Lynch auf Trippelhöhe fünf Fuß, sicher, so tief am Wasser das Navy-Radar zu unterbuttern.

Bei Puerto de Morelos Einflug ins mexikanische Festland, gleichweit entfernt von den Airports Cancún und Cozumel, deren Flugsicherung die Maschine ebenfalls nicht ortet. Und wenn! Wollen kann man ihm nichts. Nur ist es Brauchtum der Buschpiloten, jene, Zoll und Küstenwache, zu nasführen, die gegebenenfalls etwas wollen könnten. Obwohl Schmierschichten toter Fliegen, die von vorgestern zuunterst, fast die Fenster bedecken, lässt sich unschwer erkennen, dass man, voraus die Provinz Quintana Roo, eintönige Gestrüppwildnis überfliegt, Dornensträucher bis zum Horizont, dazwischen Sisalagaven, Zuckerrohr, Orangen und Zitronen. Cannabis auch. Verglast von einer Sonne, welche höllisch niedersticht auf die hellen Hüte der Campesinos, die da unten schuften, dann, weiter im Süden, eine dunkel wirkende, ansteigende Wand, die den Piloten zwingt, Höhe zu gewinnen, Yucatáns tropischer Regenwald oder das, was von ihm übrig geblieben ist, weil die Motorsägen gestreikt haben.

„Nicht jeder der Interessenten interessiert sich wirklich für das", sagt Brian O'Lynch anzüglich, „was ihn angeblich interessehalber in diese Gegend geführt hat."

„Meint das auch Waffenhändler?"

„Ja. Schon die Besuchsabsicht kann ein Vorsündenfall sein. Immerhin gilt die Karibik als Hinterhof der Vereinigten Staaten. Als ich herkam, gab es zu Haus die neue Währung. Keine drei Monate vergingen, bis in Liberty Harbor falsche Euros auftauchten. Wussten Sie, dass Recker an Fun Air beteiligt war?"

„Ungefähr", entgegnet Dick zögernd, starrt voraus. Dort zucken Gewitterblitze, ohne Donner vernehmen zu lassen. Dafür Wortfetzen im Funkgerät, spanische und englische und Rauschen und Knacken ... Äthergetöse. Dass die Luft feuchter wird, ist körperlich zu spüren. Es riecht nach Fäulnis, blumiger Verwesungssüße. Einen Weihnachtsbaum fräße der Dschungel in drei Tagen auf. Leichen beginnen in diesen Feuerbreiten alsbald zu stinken. „Meine Frau hat es auf dem Hunsrück-Airport gehört." Er räuspert sich ins Ohrbügelmikrofon. „Kamen Sie durch ihn zu der Gesellschaft?"

Statt die Frage zu beantworten, zeigt der Pilot nach unten zum Hondo, dem Grenzfluss zwischen Mexiko und Belize. Der sonnenhelle Streifen, eingegraben zwischen dunklen, schon dämmerungsverschatteten Ufern, die aus der Höhe erscheinen wie Wucherungen, die über den Rand eines Blumenkastens quellen, führt nach Südwesten. Dicks Garmin GPS 12 CX Satellitennavigator weist 225° aus, damit Bordgerätewert. Hier und dort Palmsümpfe ähnlich Wüstenoasen. Wenn das Wasserband zeitweise verschwindet, geht es durch Trockensteppe wie in Afrika. Eine Gruppe Pechkiefern brennt. Das knistert und prasselt, hörbar trotz des Fluggetöses, und Rauch dringt herein. Dann schließt sich der Wipfelteppich des Regenwalds, von dem es heißt, seine Blätter drehten sich nach dem Sonnenstand wie Segel im Wind. Brian O'Lynch gibt seinem Chartergast zu verstehen, dass man in fünf Minuten zur Landung ansetzen werde.

„Aber noch schnell zu dem, was Sie wissen wollten", äußert er sich bezüglich seiner Verbindung zu dem Koblenzer Waffenhändler Oswald Recker, einem, wie offenbar zu werden scheint, abenteuernden Paradiesvogel, von dessen Tod bei einem Dampferunfall auf dem Rhein er nicht ohne Betroffenheit durch den Reporter erfahren hat. „Ich fand ihn in Ordnung, als wir uns kennen lernten."

„Zuweilen erfordert ein Eindruck zehn Blicke."

„Tja ... das stimmt. Einmal flog ich ihn zum archäologischen Museum in Mérida, von dort zu den Ruinenstätten der Maya. Er schaute sich die Fügung der Quartersteine an, lobte ihre Festigkeit über die Jahrhunderte. Nebenbei entfuhr ihm die Bemerkung, einer Steinmetzfamilie zu entstammen. Vorfahren hätten in Brasilien ein Baugeschäft gehabt. Sein Vater sei Maurer gewesen."

„Wo fand ihre erste Begegnung statt?"

„Auf dem Hotelschiff Baquine, wo auch Sie wohnen ... wie alle Deutschen, die nach Liberty Harbor kommen."

„Das", argwöhnt Klaus Dick, „ist nicht alles?" Sicherheitshalber überprüft er den Sitz seines Anschnallgurtes.

„Ihre Spürnase!" Der Mann aus Shannon lacht, wird ernst, fährt das Fahrwerk aus. „Sie haben Recht. Keinen gewöhnlichen Deutschen, der Oswald heißt, nennen die Inselleute Oswaldo. Reden mit ihm Spanisch, Nordostkaribenslang. Den kann nur kennen, wer auf Liberty Harbor zu Hause ist, jahrelang und länger. Recker führte ein Doppelleben. Sowas bringt es mit sich, dass einer stirbt vor der Zeit."

„Darüber werde ich nachdenken."

Dessen Ergebnis ist für Sabine Ellern nicht schmeichelhaft. Wenn ihre Beziehung zu dem Waffenhändler, worauf einiges hindeutet, näher als geschäftlich war, musste sie, überlegt der Reporter, von dem Doppelleben gewusst, zumindest geahnt haben. Sollte Recker länger als kurz auf dem Eiland gewesen sein, war es unvermeidlich, Jimenez, dem Mexikaner, zu begegnen ... ihm, der ihr ebenfalls näher als geschäftlich steht. Das wäre, gesetzt den Fall, die missliche Beziehungskiste Zwei-Mann-eine-Frau. Verbunden damit das Waschen schmutziger Wäsche, wenn nicht heute, dann morgen. Der Teufel soll die Sorte Knüller holen!

07 Von der Tankstelle fährt der Kommissar zum Moselring, wo ihn ein Zettel mit einer Rufnummer erwartet. Zudem heißt es, für einen erkrankten Kollegen sei dieses und jenes zu erledigen. Verhasster Kleinkram! Größere Sachen behält jeder für sich. Meistens ist ein Pennertreff zu beäugen oder ein Schulhof mit Jungkiffern. Kein

Gedanke an eigenen Urlaub. Er lässt die Einkaufstüte von Globus mit Yoghurt, Brötchen und Fleischwurst, angeblich Magerstufe, im Wagen und geht in sein Büro, wo das Radio, beim Weggang angelassen, weinerlich vor sich hindudelt. Hingegen widerfährt ihm fast nie, dass er den Computer in Betrieb lässt. Das Gedudel wird unterbrochen von einer Lobeshymne des Südwestrundfunks auf die Pfälzer Küche. Markus Unger schüttelt unwillig den Kopf, schaltet ab und wählt die Rufnummer. Ah – ja! Wer sich meldet, ist jener Hunsrücker Amateurfunker, von dem jüngst nützliche Hinweise eingegangen sind.

„Gibt es in der Sache etwas Neues, Herr Hühnlein?"

„Ja." Der Mann aus Kappel räuspert sich. „Es ist eine uralte Geschichte, aber mir jetzt erst eingefallen ... mit Vorsicht zu genießen, weil sie in meine Kindheit zurückreicht."

„Reden Sie freiweg von der Leber."

„Ich muss fünf oder sechs Jahre alt gewesen sein, als mein verstorbener Vater Besuch bekam von jemand, dessen Gesicht von einer Narbe entstellt war."

„Wie jene auf dem Ihnen jüngst vorgelegten Foto?"

„Vorbehaltlich Irrtum – ja. Da ich dreißig bin, könnte das Ende der Siebziger gewesen sein. An mehr als die Entstellung erinnere ich mich nicht."

Markus Unger bedankt sich auf seine leutselige Masche – die von einfältigen Gaunern oft missverstanden wird.

„Fällt Ihnen Weiteres ein", sein Ton wird anmahnend ohne Anmaßung, „lassen Sie es mich wissen." Er will den Hörer auflegen, stutzt, fährt seinerseits fort. „Da ist noch was, hm ... von dem Skelettfund auf dem Hahn haben Sie gehört?"

„Die bissige Glosse im Blättchen darüber gelesen, ja."

„Ist Ihnen jemand bekannt, der bei den Amis arbeitete?"

„Meine Tante Paula Brück, hatte sogar einen geheiratet." Hühnlein senkt die Stimme. „Dieser Tage wurde er in Amerika zufällig erschossen."

Da das die deutsche Polizei nichts anzugehen hat, unterbleiben seitens Unger gezielte Fragen danach. Das hindert ihn nicht, für sich festzustellen, dass das Wort Zufall in dem Zusammenhang fragwürdig sein kann ... zumindest, wenn amerikanische Verhältnisse angesprochen sind. Er macht sich einen Vermerk mit Datum, Uhrzeit und Rufnummer, hinterlässt, zu seinem Hausgebrauch, Anweisung, unter Hühnlein eine Datei anzulegen, deren Sicherungskopie, fährt zum

Rhein, der verhangen ist vom Aprilregen, isst im Auto Yoghurt nebst – altbackenem – Brötchen, bekommt von der Fleischwurst, Magerstufe angeblich, fettige Finger und wartet auf einen, der herzukommen versprochen hat. Die Japaner am Deutschen Eck, zuhauf unterwegs trotz schlechten Wetters, stören ihn nicht. Es waren andere da, die sogar schossen. Nicht mit Kameras, sondern Kanonen. Nach Napoleon, die Reußen, die Preußen, die Amerikaner. Fremde auch. Viele Fremde. Jede Menge Fremde. Confluentes – seit Römerzeiten eine Fremdenstadt. Befestigt, belagert, beböllert, zerbombt, ausgehungert, vielfach gestürmt ... das Leben ging weiter. Der Liebe seiner Jungfrauen zu den Landsknechten aller Herren Vaterländer entsprang der Schängel. Daher seine Unübertrefflichkeit in jedwedem.

Zu Hause hat er ein Foto des Reiterstandbilds von 1945, schwarzweiß, aber deutlich in dem, was es zweifelsfrei beweist. Wilhelm I. liegt – tatsächlich wie symbolisch für das zerborstene Heiligreich der Kaiser und des Gefreiten im Führerrang, Private first class gleichsam – kopfunter, über ihm, wie ausgebeint, des Schlachtrosses eiserne Eingeweide, ein wirres Eisengerippe. Es sieht aus, als sei Allerhöchstderselbe samt Gaul aus dem Bett gefallen. Lieutenant Stuck aus Port Tampa City, Florida, ein Artillerist mit Gespür für ballistische Schnäppchen, hatte mit seiner 155 mm Haubitze draufgeballert. Befehl vom Chef der 3. US-Armee, Vier-Sterne-General George S. Patton Jr., Old Blood and Guts genannt. Zwei Polizisten schlendern heran.

„Hallo, Herr Kommissar!"

„Grüßt euch, Männer!"

Der also Hofierte ist beliebt, aber das nützt ihn nichts. Sowenig wie er die Japaner als störend empfindet. Dafür etwas anderes. Im Löhr-Center hat jemand, der inzwischen identifiziert ist, die Fotografin vom Blättchen, mit einer 50-Euro-Blüte bezahlt. Unger kennt Christa, die Frau seines Freundes Dick, gut genug und weiß, dass sie ahnungslos war, zwar im Collier, um ein Schmuckstück abzuholen, aber nicht in der Apotheke, wo auch eine – erfolgreich – angedient wurde. Vor dem Brandunglück auf dem Rhein vor einem Jahr, bei dem Recker umkam, waren davon hunderte aufgetaucht ... plötzlich nicht mehr. Wie weg, der Spuk. Die jetzigen sind die ersten gleicher Machart seit zwölf Monaten. Gibt es einen Zusammenhang? Möglicher Auslandsberührung wegen hat es die Frage in sich. Nicht ohne Sarkasmus freilich. Etwa wird Friedrich II., dem Großen, alias Alter Fritz, nachgesagt, im Siebenjährigen Krieg, um Sachsen eins auszuwischen, von Amts wegen, gleichsam im Namen der Krone, Geld fälschen gelassen zu haben. In Umlauf gebrachte Blüten verschwinden nicht von selbst. Sie sind aus dem Verkehr zu ziehen. Genau so wichtig ist, die Quelle zu stopfen, damit keine neuen hinzukommen.

Das scheint der Fall zu sein.

„Karl“, wendet er sich an Wölfenrath, seinen langjährigen Freund bei der Koblenzer Feuerwehr, Fachmann für Mineralölbrände, der auf seine Bitte zum Deutschen Eck gekommen ist, „wie war das damals?“

„Der Kripodirektion liegt unser Bericht vor.“

„Du sollst es mir vor Ort zeigen.“

„Das Passagierschiff kam aus der Mosel, kriegte die Kurve rheinaufwärts nicht. Sei aus dem Ruder gelaufen, so der Kapitän. Kann sein – auch nicht. Die Meinung ist geteilt. Dr. Kämper-Ehrlich scheint es zu bezweifeln, rief mich deswegen an. Aber was versteht ein Oberstaatsanwalt von der christlichen Seefahrt. Der Schweizer Benzintanker, der auf der Ehrenbreitsteiner Seite fuhr, wurde jedenfalls gerammt.“

„Wo genau?“

„Gegenüber bei den Hochwassermarken. Der Crash erfolgte im Winkel von neunzig Grad, querfrontal. Ausweichen konnte der Gerammte nicht.“ Sichtlich erstaunt mustert Fritz Wölfenrath, dessen Großvater die Feuerwehrschule Oberwerth leitete, bis ihn am 6. November 1944 eine RAF-Bombe zerriss, den als nüchtern geltenden Kommissar. „Hat sich Neues ergeben, dass du das auskramst? Die Tankerbesatzung wurde gerettet, vier Tote auf dem Passagierschiff ... aber die Schuldfrage scheint geklärt.“

„Darum geht es nicht.“ Markus Unger blickt umher, ob jemand in der Nähe ist, und stupst den Brandchemiker. „Du behältst für dich, was ich dir sage! Die Leichen sind identifiziert. Darunter könnte einer gewesen sein, der Falschgeld in Umlauf gebracht hat. Wegen der Feuersbrunst laufen keine Ermittlungen. Die Sache haben wir an die Staatsanwaltschaft abgegeben.“

„Verstehe“, sagt Karl Wölfenrath augenzwinkernd, als gelte es Verschwörerschaft zu signalisieren. Tatsächlich drückt sich seine Unsicherheit aus, was Unger merkt. Man ging zusammen zur Schule, spielte gemeinsam Fußball. Skat auch. Die Verlegenen, als die gemeinsame Freundin beide versetzte. Wie das so geht. Der Kripomann scheint der bessere Menschenkenner zu sein.

„Es ist ein vom Schwanz her aufgezäumtes Pferd“, sagt er zögernd. „Mit dem Tod der vier Ausflügler versiegte die Falschgeldquelle. Hm ...

zumindest die Vermutung ist erlaubt, einer könnte damit zu tun gehabt haben." Unger beobachtet einen belgischen Tanker, der mit rauchendem Auspuff und schäumender Bugwelle in Rheinmitte einen Schubverband überholt. Benzingeruch weht über den Strom. „Diese Spritkerle können fahren. Und dann sowas! Gerammt von einem Musikdampfer. Dagegen ist kein Kraut gewachsen. Ladung soll ausgelaufen sein."

„Davon steht nichts in unserem Bericht an die Kripodirektion."

„Wo der steckt, weiß keiner."

„Schande über deinen High-Tech-Club! Mein Altvorderer besitzt Löschprotokolle aus preußischer Zeit, als die Garnisonsoldaten ihre Strohsäcke anzündeten, um den Wanzen darin den Garaus zu machen. Zur Strafe wurde Spießruten gelaufen!"

„Das fehlt dem heutigen Weicheischängel, von dem nicht jeder weiß, wer sein Vater ist. Natürlich geht ein, was ihr schickt. Aber bis es mich erreicht, ist das Papier vergilbt und die Schrift verblasst, der Täter im Ruhestand."

„Oder es liegt an eueren Quotenfrauen, die im Kaffeekochen gut sein sollen."

„Das hast du gesagt."

„Bei der Feuerwehr lassen sich die Schönen selten blicken." Wölfenrath lacht. „Man könnte ihnen auf der Leiter unter die Röcke gucken."

„Hm ... wenn die Ladung nicht auslief mangels Leck, wie du zu wissen scheinst, was sonst führte zu dem schrecklichen Brandunglück?"

„Die Leichtbauweise des Ausflugsbootes. Beinahe wie ein Drachensegler für Juxsport. Kein Fahrzeug vom Rhein, Fremdbau irgendwo aus der Walachei. Sein Vorschiff schob sich auf das Tankerdeck, riss die Drehverschlüsse der Luken auf. Die Deckel kippten nach hinten. In das offen liegende Benzin sprangen Funken. Der tollste Feuerofen seit dem Zweiten Weltkrieg."

„Vielleicht sollten wir daran erinnert werden."

„Die Zeit wäre danach."

Markus Unger notiert sich einiges, steckt Schreibblock und Kuli weg. Er ist nicht der Durchschnittsmeinung, es mache keinen Sinn, sich des Gestern zu erinnern, es sei eine Altlast zum Kotzen, dieses Gestern, es habe keinen Anspruch auf Gehör, auf Bewertung, auf Berücksichtigung, den der großen Glocke, das Gestern der Vorgestrigen, verfehltes Ergebnis verpfuschten Lebens ... denn, so seine Überzeugung, die Geschichte ist die Heimat der Völker. Aus dem Gestern kommt das Morgen. Die Zukunft ist geglückte Vergangenheit, so und nicht anders. Zerrede ihm das keiner!

„Was“, meint er eher beiläufig, „geschieht mit auslaufendem Sprit, bei dem es nicht zur Entzündung kommt. Verdunstet doch, oder?“

„Gewiss. Sonst dürften Flugzeuge keinen ablassen. Auf dem Hunsrück lief den Amis mal ein Tankwagen aus. Es war anfangs, als die Hahn Air Base errichtet wurde. Mehr als eines ging damals schief“, befindet der Koblenzer Wehrleiter brummig, als stünde ihm etwas Bestimmtes vor Augen. „Man ließ das Jetpetrol einfach versickern, verbot den Bauarbeitern das Rauchen. Damit hatte es sich. Der spätere Brandtest blieb negativ. Das Erdreich war natürlich vergiftet.“

In Gedanken an das Telefonat mit dem Amateurfunker aus Kappel schaut, schnuppert Unger einer fernöstlichen Mandelblüte nach. Ihr dunkles Haar trägt eine krönchenartige Spange, wie sie die Juwelerie Collier im Löhr-Center verkauft. Mächtig parfümiert, die schmächtige Japanerin! Hm ... was ging auf dem Hunsrück damals schief? Er lässt nicht locker, bis Wölfenrath erzählt, aufgemüpft hätten enteignete Bauern nicht, vielmehr ihren Verdruss darüber, Äcker in Pisten verwandelt zu sehen, in sich hineingefressen. Die GIs! Ihre Lotterkneipen! Das sollen Soldaten gewesen sein? Der König von Preußen hätte sie verprügeln lassen. Adolf erschießen. Gedacht in dieser Art.

„Verstehe.“ Der Kommissar nickt vor sich hin. „Das kann auf Dauer abträglicher sein als kurzfristige Aufmüpferei.“

Des Verstehens Grenze ist für ihn dann erreicht, wenn einer sich unbeliebt macht und seinen Mitmenschen verübelt, dass sie ihm deswegen die kalte Schulter zeigen. Doch das zu Verstehende will offenbart sein. Unger weiß nicht, dass die Franzosen bei Holzmann frühere Nazis, im Rahmen der Notstandsarbeit zwangsverpflichtet, entlarvt hatten. Als das Deuxième Bureau im Mai 1952 vor der deutschen Baufirma warnte, übergingen die Amerikaner das mit der Folge, dass sich auf dem Hahn Parteibonzen breit machten. Das erregte der Hunsrücker Zorn. Was an Hitler erinnerte, hatte man ihnen bei Kriegsende abgenommen. Nun, sieben Jahre später, führten SS-Offiziere das große Wort, feierten Kameradschaftsabende. Wüsste der Kommissar davon, würde er sich, wie dazumal die Bauern, gleichfalls ärgern.

08 Das Koblenzer Bahnhofstaxi, von der B 9 abgezweigt, hält in Boppard vor dem Hotel Rheinstrom, ein Drei-Sterne-Haus nächtens erhellt wie die Paradiespforte, auf Satellitenfotos erkennbar. Trotz früher Jahreszeit gut besucht: allerlei Berufsreisende, unterwegs zum Brötchenzugewinn. Einzeln, zu zweit desgleichen. Spesenfürsten sind sofort erkennbar, Schweinsledernes ... den Chef mit Dame, Vorzimmer oder ehelich, sieht man. Und diesen und jenen. Der Kaiser käme, gäbe es einen. Alles hat zickig zu sein, und Spaß muss es machen zur Erinnerung, im Ruhrpott aufzuschneiden. Borussia Dortmund. Am Ballermanntag Begegnung deutscher Waffenhändler. Gedenkminute dieses Jahr für Oswald alias Oswaldo Recker, den Getreuen vom Rhein-Mosel-Eck. Großmüttertreff. Coiffeurmeeting. Hirnforscher-Symposium. Die Snobiety feiner Leute tagt. Man trägt Homburg, Nackenspeck auch. Alsdann fehlt Tafelsilber. Der Rocksender Big Fm, vertreten von einer wasserstoffblonden Popröhre im Minitanga, verspricht eine Million demjenigen, der sich die Zunge tätowieren lässt.

Viel Unsinn geht auf das Konto der Glosse Kurtchen in den Rhein-Mosel-Nachrichten. Kürzlich soll, unter Berufung auf unterrichtete Kreise, ein Konzert für Patentzünder und Gasmaske stattgefunden haben ... Jux à la Blättchen! Desgleichen, als zu lesen stand, Radio Erotika versteigere Jungfrauen. Tatsächlich gibt es, wie alle wissen, weder jenes noch diese. Übel genommen wird das von der Leserschaft nicht, notfalls hingenommen, um keine Arbeitsplätze zu gefährden. Auch Unsinn will erdacht, erfunden, erschwindelt, will gedruckt sein. Überdies sind die Hochwasseraale, von denen behauptet wurde, sie baumelten – zum Gaudium der Kinder – an den Masten, welche das Hotel Rheinstrom umzäunen, eingerollte Fahnen der Vaterländer, aus denen man Gäste erwartet. Noch immer gilt, dass umso mehr Wertschätzung, von je weiter her einer anreist, den Staub des Empire im Frack. Immer noch wird der Briten gedacht, deren Schuhe mitgebrachte Butler putzten. Nüscht zu verdienen. Aber der Ehre wegen!

Anerkennend nickt der Taxifahrer angesichts der tollen Schlitten, die, glänzend in der Frühlingssonne, vor dem Portal parken. Mercedes, von Pestschwarz über Giftgelb bis Furunkelrot, livrierte Chauffeure. Dazwischen ein Fahrrad, Vorderreifen platt. BMW der Oberklasse. Jaguar und Ferrari und ... sogar der neueste Porsche, eine Kriegswaffe von Sportauto! Hatten nicht Dr. Porsche und sein Sohn Ferry Panzer für Hitler gebaut? Auf dem Rhein paddeln vier Waghalsige, anscheinend eine Familie, Kinder zwischen sich, im Bug etwas, was ein Hund sein könnte, am Heck die Piratenflagge, lustig winkend Mitte Fahrwasser talwärts, als wären sie, vertraut mit dem nassen Element, in der heimischen Badewanne unterwegs. Von der Fähre, welche unter Segel fährt, um Diesel zu sparen, wird ihnen bedeutet, sich am Ufer zu halten, weil die Großschifffahrt nicht ausweiche. Wolkenkuckucksheimer der Generation Golf, auf dem Hedonistentrip. Geraten die unter einen Frachter, dessen Kapitän sie nicht sieht, machen die Schrauben Hackfleisch aus ihnen. Der ultimative Kick, wie man es nimmt.

„Alles klar, Otto?" Der das fragt, heißt Julius, Jule genannt. Langjähriger Chefkoch des Hauses. Zuweilen jobbt er anderswo, um fremde Töpfe auszukundschaften. Kehrt alsbald zurück, im Notizbuch Blaupausen neuer Menüs. Ein Weißwurst-Oberbayer, der an der Unterelbe gelernt hat, Labskaus zuzubereiten, am Bosporus die Kunst, einen Hammel in Scheibchen zu zerlegen. Im rheinischen Boppard bewundern Kanadier mexikanischer Herkunft mit amerikanischem Pass den Hunsrücker Dippekulles, dem er nach Art des Schinderhannes eine Räuberkruste überbrät. Seine Bouillabaisse auch, und die kommt aus der Provence. Man kennt sich seit den achtziger Jahren. Der Gefragte, nach Verkauf der Cafebude, mit der er Pleite gegangen war, Taxifahrer geworden, nickt vor sich hin, was allerlei bedeuten kann. In seiner Hand der Fünfziger, den er vom Fahrgast erhalten hat. Eine neue Banknote. Beguckt sie kritisch.

„Es soll Falschgeld in Umlauf sein, Jule."

„Schon welches erwischt?"

„Nein", versetzt Otto grüblerisch. Seine Stirnfalte gilt einem Reisebus, der sich in die Parkanlage zwängt, als sei das sein angestammter Platz. „Jedenfalls nicht wissentlich. Ein Kripotyp hat es mir gesteckt."

Der Hotelmann ist ernst geworden. Gleich wird er die Löffel kreuzen. Sein Tower von Mütze steht schief. Am Hosenbein ein Soße-Olga-Fleck. Jede Henkersmahlzeit gelingt so einem. Napoleon hätte ihm ein Corps unterstellt. Jule ist der Enkel eines in der Branche berühmten Großvaters, Schöpfer des bajuwarischen Kümmel-Bratens. Bazi-Sepp, wie er geheißen, starb 1945 durch die Kugel eines Schützen der 101. US-Infanteriedivision, der, aus siegerlaunigem Überschwang, als Wilddieb oberbayerische Gemsen jagte. Übrigens einer jener Befreiungskrieger, die in bester Absicht und mit Wissen ihres Vier-Sterne-Generals Mark W. Clark, Kommandeur der amerikanischen Truppen in Österreich, die Jagdhütten deutscher Schlotbarone plünderten. Die des Kanonenkönigs Krupp etwa.

„Voriges Jahr hatten wir ein halbes Dutzend Fälle." Er zeigt stiekum in unbestimmte Richtung dorthin, wo der Hunsrück vermutet werden darf. „Die Blüten stammten vom Hahn. Wie es hieß, seien sie aus der Karibik eingeschmuggelt worden ... mit Fun Air. Der Name wäre danach."

„Auslandsware", meint der hinzutretende Stehgeiger, besorgt, seine Stehgeigerei, vom Hotel Rheinstrom ermöglicht, könnte, mitsamt Brötchengeber und den Seinen, dadurch Ansehensschaden nehmen. Kein guter Geist ohne guten Ruf.

„Selbstredend", bekräftigt sein Musiksozius, der Klavierspieler im Frack, „kein Bauer versteht sich auf Falschgeld."

„Zum Glück", versetzt der Schängel Otto trocken, als wären das ihm bestens bekannte Pappenheimer, und zeigt eine spöttische Miene. „Sonst wimmelte es von Millionären, die ihre Kühe zu melken vergäßen."

Julius alias Jule wiegt den Kopf wie einer, der sich mit Bedenken trägt. Jüngst bot ihm ein Unbekannter den Chefkochposten auf dem Hotelschiff Baquine in Liberty Harbor an. Supersalär. Vielleicht hätte er erkundungsweise, Probezeit vorbehalten, zugesagt. Aber dann erwies sich, dass der Anruf vom Hunsrück kam. Irgendwie schreckte ihn das ab. Mag der Bauer sich nicht auf Falschgeld verstehen. Seine Schlitzohrigkeit in anderem, etwa dem Verstecken, belegen viele Schauergeschichten. Vor fünfzig Jahren verschwand dort ein Amisoldat. Sein Verbleib ist ungeklärt, von Skelettfund die Rede. Wovon alles die Rede ist! Das tönt, das lärmt, das brüllt, das wettert. So wichtig kann die Wahrheit nicht sein. Ein hartnäckiger Frager würde herauskriegen, dass Julius es versteht, derlei mit eigener Deutung zu versehen. Der Taxifahrer weiß, was ihn dazu befähigt, seine oberbayerische Geschichte, ihm erzählt, nachdem man sich angefreundet hatte. Die Geschichte eines Feindbildes.

„Ciao!" empfiehlt sich Julius. „Ich muss in die Küche."

„Ich zum Bahnhof."

Bei der Rückfahrt nach Koblenz ist das Taxi genötigt, am Rheinufer anzuhalten. Die Reisegesellschaft des Busses, der vorschriftswidrig parkt, dreißig Leute etwa, versperrt die Straße. Man knipst. Die Sonne ist hervorgekommen, beste Fotohelle. Als wäre es Nacht, umsteuert ein bulliger Kohlenfrachter mit lauten Motoren, kreisendem Radar und verhangenen Ruderhausfenstern die Filsener Lay gegenüber, Blinklicht an Steuerbord. Vom Frühlingswind aufgemotzt herrscht Wellengang.

Von den Touristen, die über dem Ufergeländer hängen, als reiherten sie McDonald'sche Buletten, meint wer auf Deutsch mit amerikanischem Tonfall, Blücher müsse ein verwegener Bursche gewesen sein, wenn er an der Stelle den wilden Rhein überquert habe.

„Irrtum", ruft der auskunftsfreudige Otto, begierig, nach Koblenz zu kommen, um sich eine so genannte Taxi-Pizza, auf Treu und Glauben zu essen, reinzuschieben, „das war sechsundzwanzig Kilometer stromaufwärts in Kaub."

„Und hier? Es sieht aus wie am Hudson River."

„Setzten im März fünfundvierzig die Amis über."

„Gewiss", outet sich die also belehrte Ausflüglerin landsmannschaftlich stolz, „jeder Amerikaner ist ein Marschall Vorwärts."

Ist die fladige Hefeteigbackware, wie fast immer, mit dem Papier verwoben, benutzt Otto einen Spachtel, verspeist Abgeschabtes. In seinem Kopf verbindet sich, als gehörte es zusammen, der Marschall Vorwärts der Lady aus den Staaten mit dem, was ihm Julius erzählt hat. 1955 prügelten sich Wings und Legs, US-Fallschirmjäger und -Infanteristen, in der Bad Tölzer Kneipe seines Vaters, dass Stühle zerbrachen. Die Zerbrecher kamen aus der Unteroffiziersschule oder gehörten zu einem Haufen namens Green Berets. Er hauste in der Flint-Kaserne, in der die Hitler-SS ausgebildet worden war, trug, anders als die gewohnte Bürstenfrisur, Bärte und langes Haar ... angeblich zur Tarnung. Nicht nur das erregte der oberbayerischen Einödbauern Misstrauen. Auch das fortgeschrittene Alter der unheimlichen, die Gesichter schwärzenden Typen. Ferner beherrschten sie, wiewohl in amerikanischer Armeeuniform, den Jargon der Nazis. Erschien der Wirt am Tisch, vernahm er holpriges Englisch. Sonst redete man slawisch oder baltisch, jedenfalls in Umgangssprachen à la Iwan.

Tatsächlich waren es keine Amerikaner, sondern osteuropäische frühere SS-Veteranen, etwa der weißrussischen Mordbrigade Kaminsky, die als Weltmeister des Holocaust zu gelten hat, auch Ukrainer, Kroaten, Esten, Litauer, Letten, Polen, Tschechen, Slowaken, Ungarn, Bulgaren, Rumänen, die an Judenerschießungen beteiligt gewesen waren, als wäre nichts gewesen. Unter Tarnbezeichnung über den Umweg Bremerhaven, Kassel, Pfaffenhofen, München an den Alpenrand verlegt, um längs der Isar, von Bad Tölz bis zum Achenpass, den Guerillakampf gegen die Sowjets zu proben. Sternenweit entfernt vom Soldatenkrieg Blüchers, des deutschen Marschall Vorwärts, ohne dass es je zu dem Osteinsatz, den sie Befreiungsschlag nannten, gekommen wäre, stattdessen zu wüsten Kneipenschlägereien, wie sie Oberbayern noch niemals, auch nicht zu Napoleons Zeiten, erlebt hatte, und einer Häufung von Fahnenflucht, die der US Army den Ruch einbrachte, die Streitmacht mit den meisten Deserteuren zu sein.

Befehligt wurden die Grünmützen vom Paramilitärkaziken Aaron Bank, Oberst beim Armeegeheimdienst mit ungewöhnlichen Deutschlandkenntnissen. Drosch Skat wie ein Einheimischer, stemmte die Maß Bier wie dieser. Ein fingerhakelnder Zweikämpfer, der die Bad Tölzer übern Tisch zog. Von denen wusste keiner, dass er mit Klaus Barbie, Ex-Gestapochef von Lyon, und Mykola Lebed, Ex-Polizeiminister der Ukraine, beide NS-Massenmörder, zusammenarbeitete und ihm bekannt war, dass es unter seinen Leuten Kaminsky-Soldaten gab, die grausam den Warschauer Gettoaufstand niedergeschlagen hatten. Gesetzt den Fall, hätte man geschwiegen, froh, die Wald- und Flurschäden durch scharfen Schuss und Sprengmittel der Untergrundkämpfer, wenn überhaupt, bezahlt zu bekommen. Zuweilen ging Bank mit einem hochstirnigen, streng blickenden gebürtigen Thüringer, der am Starnberger See wohnte, auf Pirsch ... beide in deutschem Jägerzivil. Niemand hielt sie für verkappte Militärs. Der Argusäugige war Hitler-General Reinhard Gehlen. Befreites Deutschland – wunderbar.

09 Musisch veranlagt ist Kommissar Unger nicht, keiner, der eine Kulturgeschichte des Gelächters lesen würde. Dienstlich vielleicht, nicht spaßeshalber. Am Jazz gefällt ihm das Miteinander gemischtrassiger Musiker. Dass Junge und Ältere sich verstehen auch. Wenn freilich jemand statt zu blasen, zu fiedeln, zu zupfen, zu trommeln, zu klimpern Staubsauger in verschiedenen Tonarten, wie behauptet, heulen lässt, dass Hunde bellen, Katzen miauen, Raben krächzen, ist ihm das zuviel. Etliche Jahre zurück, sein letzter Discobesuch. Ins Kino geht er. Aber keine so genannten Krimis! Gegenüber, wenn ihn nicht alles täuscht, der Saxophonist, der ihm vorhin aufgefallen ist. Knackige Spielweise. Sitzt im Wagen auf dem Kirchberger Markplatz und zählt erkennbar kopfschüttelnd ein Bündel Banknoten, wie wenn ihn Zweifel ob der eigenen Zählerei plagten. Kann das? Als Bulle bist du immer Dienst, wenn nicht Wächter dann Schläfer der Staatsräson. Also hin. Gucken. Zumindest Kennzeichen notieren. Und ein Döner. Die Kebabbudike scheint geöffnet zu haben ... da haut der Musiker ab.

Selbiger, der Saxophonist Bernd Kirck, ist von seinem Job in der Band des Musicals Hair, der ihn europaweit herumgeführt, Überlandtörns gewöhnt, döslige Gumminächte auf unendlicher Autobahn, wo die Kilometer sich boshaft zu Meilen längten. Zugegeben anstrengend. Das steckt man weg oder bleibt außen vor. Nach seinem heutigen Gig beim Hunsrück-Airport-Jazztreff 2004, dem kleinen aber feinen Kenner-Meeting, wird er, kaum losgefahren, hinter Lautzenhausen unruhig, obwohl nichts im Weg ist, biegt von der B 50 nach Kirchberg ab zur Tankstelle, die folgenden könnten geschlossen sein, hält zuvor auf dem Marktplatz, um nachzusehen, wie es um seine Barschaft bestellt ist, und schaut sich argwöhnisch im Wagen um, als befände sich Unerwünschtes in Spuckweite. Sein Blick streift das Handschuhfach, in dem ein Mehrkornbrötchen vergammelt, und den Umschlag auf dem Beifahrersitz.

In ihm befinden sich, das Geringste nicht, fünfhundert Euro Vorschuss, gezahlt vom Produzenten der Fun Music, ansässig, wenn das Label glaubhaft, auf der Karibikinsel Liberty Harbor, für den Mitschnitt seines Auftritts. Beim Nachzählen stimmt die Pinke.

Wider Willen reizt es ihn zum Lachen. Nur ein Snobist empfindet zehn Fünfziger als unerwünscht! Indessen gelingt ihm auf der Heimfahrt nach Sankt Goar nicht, sich des lästigen Gedankens zu entledigen. Irgendwas ist faul wie beim Fallobst. Gesunde Äpfel bleiben am Ast. Der Wirt von Hermy's Garden merkt es, als Bernds Grübelmiene am Tresen erscheint. Sie sind seit Jahren dick befreundet. He, was schief gegangen? Kirck schüttelt unsicher den Kopf.

In dem Pavillon am Rhein, zur Saison überlaufen, einige einheimische Gäste. Von draußen guckt ein Dackel rein, schwanzwedelnd. Pinkelt auf die Schwelle. Geruch nach Hochwasser. Jemand überpfeffert sein Steak, dass dessen Poren schwitzen. Die Barfrau liebkost die Tropfkerze, als dächte sie an etwas anderes. Man unterhält sich über das Festival, aufgetretene Jazzer. Sonny Rollins verhindert. Wäre er nicht gestorben, hätte Herbie Mann geflötet. Dass Alte gehen, besagte wenig, kämen Junge nach. Bernd, der als Flötist begann, in Jazzerkreisen Flute zubenannt, grübelt, gegen seine Art, betroffen vor sich hin. Jetzt ein Ruck. Er trinkt sein Bier mit einem Zug, bestellt ein neues und bittet den Wirt, das Geld im Umschlag zu zählen.

Fünfhundert Euro, alles bestens also. Vielleicht auch nicht. Wer Wind säht, wird Sturm ernten. Die Pinke muss echt sein. Stimmig sein muss sie. Sonst stimmt die Welt nicht. Hermie zählt hurtig. Welcher

Wirt verstünde nicht zu zählen! Er hält einen Schein gegen das Licht, lässt ihn am Ohr knittern und befühlt kundig das Papier, wobei seine Miene einen bedenklichen Zug bekommt. Ähnlich ergeht es des Jazzmusikers Frau Friedrika, als Journalistin nicht die Schüchternheit in Person. Kaum dass ihr Mann heimgekommen ist, die Instrumente abgestellt und, bezüglich des Geldes, etwas angedeutet hat, prüft sie die zehn Banknoten. Wie eine Schatzamtsbeamtin. Da schaltet auch Bernd, der auf Treu und Glauben setzt. Sein Urvertrauen in die Welt. Trotz schlechter Erfahrung, die er, wie viele Künstler auf Achse, bei der Gagenabrechnung immer wieder macht. Scheißkram! Du jammst all night long, dass die Kanne dampft. Dein Reichtum lässt auf sich warten. Kurz darauf klingelt anderswo das Telefon.

„Kripo Koblenz, Markus Unger."

„Hallo", tönt der Anrufer, dem die Verärgerung anzumerken ist, und stellt sich vor, „ich habe beim Hunsrück-Airport-Jazztreff 2004 Falschgeld angedreht bekommen."

Seine Stimme wird um ein Quentschen Vorsicht leiser. „Sagen wir mal, damit es keine Irreführung der Behörden wird, möglicherweise."

„Wann war das?"

„Heute gegen sieben nach Auftrittsende. Nachgezählt habe ich, sogar zweimal. Der Betrag stimmt. Wer denkt an Falschgeld!"

Der Angerufene räuspert sich laut wie einer, dem ein Einfall unversehens die Stimme verschlägt, und geht über in behutsamen Frageton, um des Anrufers Autokennzeichen zu erfahren. Dann lacht er wider Willen.

„Haben Sie bei der Rückfahrt auf dem Kirchberger Marktplatz geparkt?"

„Ja, vor dem Anfahren der Tankstelle."

„Und mehrfach ein Bündel Banknoten durchgescheckt?"

„Auch das, Herr Kommissar. Sind Sie Hellseher?"

„Das hängt von meiner Anwesenheit ab. Weder stets von mir gewollt noch von andern gewünscht. Ich bin ebenfalls in Kirchberg gewesen."

„Verstehe." Kirck wird spöttisch. „Der Polizei entgeht nichts."

„Dass mir Ihre Zählerei auffiel, ergab sich zufällig, als sich zur Dönerbude schaute."

„Die war geschlossen."

„Demnach wollten Sie essen?"

„Nicht unbedingt."

„Wozu dann Ihr Marktplatzaufenthalt?"

„Des Geldes wegen. Auf dem Hunsrück-Airport herrschte derartiger Trubel, dass keine gescheite Überlegung möglich war. Ab Lautzenhausen argwöhnte ich, etwas könnte faul sein. Doch der Betrag stimmte."

„Ihre Miene war danach nicht."

„Wegen des unguten Gefühls, das nicht weichen wollte."

„Wie das so geht."

„Eben ... für stimmiges Falschgeld kann ich mir nichts kaufen."

„Vielen Dank für Ihre Meldung. Je schneller desto frischer die Spuren." Unger wird förmlich. „Wer hatte die Blüten im Vorbesitz?"

„Das", zögert Bernd in Anbetracht seiner Verpflichtungen als Jazzmusiker, welcher nicht wie ein Schlagerheini Zucker in den Arsch geblasen bekommt, von des öffentlich-rechtlichen Rundfunks Überheblichkeit ganz zu schweigen, „sage ich der Produktion eines Albums wegen ungern."

Der Rhein-Mosel-Städter Kriminalbeamte, kein Neuling im Dienst, räuspert sich. Ihm sind dergleichen Bedenken vertraut, sein allmählich unbezahlbarer Erfahrungsschatz, die Zuträger von Hinweisen, um sie bei Laune zu halten, auf Roh-Ei-Art zu behandeln, wie unlängst vom Innenminister unmissverständlich formuliert. Man ist auf die Mithilfe der Öffentlichkeit angewiesen.

„Herr Kirck", versetzt er nachgerade beschwörend, „Sie gehen kein Risiko ein! Es ist nicht strafbar, ahnungslos Falschgeld anzunehmen."

„Darüber denkt unsereiner kaum nach."

„Beherzigen Sie es zukünftig. Wegen dem besonderen Empfangsort, dem Flughafen Frankfurt-Hahn, komme ich persönlich, um die Sache aufzunehmen. Selbstredend werden die Blüten umgetauscht. Sagen wir morgen früh um elf."

„Dann bin ich zu Haus, ja." Wohl ist dem Hornbläser ob des Bullenbesuchs nicht. Ihn schätzen die Hunsrücker, gute Zuhörer wider Erwarten derjenigen, welche die höhere Tonkunst für sich gepachtet zu haben vermeinen. Aus seiner Sicht, die nicht alle Jazzer teilen, gemütliche Leute, denen er keinen Ärger wünscht. Etwas bleibt immer hängen.

„Ist der Airport verdächtig?"

„Nicht mehr als andere ... behalten Sie es für sich."

Nachdem Markus Unger den Hörer aufgelegt hat, drängt es ihn, Oberstaatsanwalt Dr. Kämper-Ehrlich, Leitender Beamter der Koblenzer Strafverfolgungsbehörde und Tennis-Bruder seines Vaters, ins Vertrauen zu ziehen, was nicht das erste Mal wäre. Es beruht auf Gegenseitigkeit, ohne nur an der dem Juristen nachgesagten Leutseligkeit zu liegen. Vielmehr schätzt dieser, der durchaus gewisser Leute Feind sein kann, den zwanzig Jahre jüngeren Sohn seines Sportsfreundes als tüchtigen, von alten Zöpfen freien Kripomann. Heute ist es zu spät. Dann morgen früh als Erstes. Apropos Zöpfe! Bei Erwähnung seines Gesprächs mit Kirck lässt Unger einfließen, der sei Jazzsaxophonist vom Musical Hair, und pfeift die Melodie vom Wassermann. Hierauf streicht sich der Oberstaatsanwalt über die Glatze wie um anzudeuten, in Sachen Haare nicht mitreden zu können.

„Was führt Sie zu mir?"

„Ich möchte wegen dem Brandunglück vergangenes Jahr auf dem Benzintanker erneut ermitteln." Der Kommissar erwähnt den Tod von Waffenhändler Recker, dessen Vaters Name Oswaldo merkwürdigerweise in einer Liste der Bauarbeiter, die auf dem Hunsrück für die Amerikaner arbeiteten, enthalten sei. Dem wolle er nachgehen, was voraussetze, dass Staatsanwalt Stubenrein, der seines, des Oberstaatsanwalts Weisungen unterliege, als Sachbearbeiter die rechtliche Wertung des als Schiffshavarie geltenden Ereignisses vorerst ruhen lasse. „Es gibt neben der erkennbaren Verkettung tragischer Umstände eine geringe Attentatswahrscheinlichkeit."

„Eine neue Einsicht von Ihnen?"

„Die diesbezüglich ältere ist in den Vordergrund gerückt."

„Unterstellt, es wäre ein vorsätzliches Tötungsdelikt", sagt Dr. Kämper-Ehrlich mit der Reservatio mentalis des ausgebufften Juristen, „wer hätte den angesehenen Geschäftsmann erledigen wollen?"

„Keiner aus seiner Zunft. Was den Umgang mit Waffen angeht, verhielt Recker sich nach Vorschrift. Pulverversuche sprechen dagegen nicht. Jeder Jäger laboriert zuweilen, stellt Mischungen zusammen. Bleibt die Falschmünzerei. Ihretwegen ermittele ich nach wie vor. Als Drittes käme in Frage, dass man ihn umbrachte, weil er zu viel wusste. Ich dachte anfangs daran, ließ es aber dann außer Acht. Sein Vater wurde dreiundfünfzig am Gülser Moselufer ermordet. Nicht kurzerhand! Sondern durch einen der heimtückischen Nierenstiche, die sofort lautlos töten. Das spricht für jemand als Mörder, dem Dritte es beigebracht hatten, Militärs, Killer, Agenten. Es könnte bei Vater und Sohn dasselbe Motiv gewesen sein."

„Das ist weiter hergeholt, als ad hoc nachvollziehbar. Diese Morde von gestern! Mir kommt es seit dem Skelettfund auf dem Hahn so vor, als narrten uns Geister, die wir nicht gerufen haben. Hm ... woran denken Sie noch?"

Ehe der Kommissar sich versieht, ist ihm entschlüpft, was er nicht hat verlauten lassen wollen. Das geheimnisvolle Narbengesicht! Zu wem es gehört, steht fest, jedoch nicht die Rolle, die sein Träger, heute betagter Greis, im Jahr 1953 spielte. Dass der Leitende Beamte der Koblenzer Staatsanwaltschaft der Ansicht zu sein scheint, es handele sich gleichsam um eine Amtsversion des großen Unbekannten, auf den sich gewitzte Missetäter zu berufen pflegen, bewahrt ihn vor der Notwendigkeit schwieriger Beweisdarlegung. Das Gesicht mit der Narbe verschwindet aus dem Gespräch.

„Hm ... ich werde mit dem Kollegen reden", sagt Dr. Kämper-Ehrlich und nickt vor sich hin. „Auch mit dem Zuständigen der Feuerwehr."

„Das ist mein Freund Wölfenrath."

„Klingt nach Kungelei?"

„Nein." Ungers Gesicht gewinnt einen Zug hintergründigen Schalks, „Karl lässt sich bei Mineralölbränden nicht dreinreden. Er hat einen Mängelblick für Tankanlagen. Sein Pyromanenehrgeiz duldet keine fremden Einsprüche."

Der Oberstaatsanwalt lacht schallend, als sei das der beste Witz seines Lebens, sofern Oberstaatsanwälte Witzekenner sind. Nach Ungers Weggang beißt er knackig in einen Handkäse wie andere in ihren Apfel, sein amtsbekanntes Magerfrühstück. Es hat ihm die Zubenennung Harzer Roller eingebracht, ohne dass ihn das über Gebühr ärgert. Als er sein kleines Radio einschaltet, meldet der Südwestrundfunk, in Zürich sei ein Fluglotse erstochen worden. Wiewohl Dr. Kämper-Ehrlich seine Sauermilchquarkstücke, tüchtig gekümmelt, schätzt – irgendwie verdirbt ihm diese Mitteilung den Appetit.

10 Als Betreiber einer amtlich genehmigten Amateurfunkstelle in Kappel, wo die Empfangslage hervorragend ist, genießt Jakob Hühnlein das Vorrecht, sich in seinem Garten eine riesige Kurzwellenantenne, fachmännisch abgespannt, zum Rund-um-die-Welt-Gespräch leisten zu können. Glücklich sein darf er außerdem, dass niemand ihm das neidet. Kunststück – keiner versteht etwas davon! Man grüßt unterwürfig, Beweis für jenes Unwissen, das bescheiden macht. Vorzüglich auf dem Hunsrück, wo die Leute, so eine der Legenden, die einen Bart haben, der ständig nachwächst, eher verhungern, als zu essen, was sie

nicht kennen. Wiederum ist noch keiner Hungers gestorben, zumindest nicht aus diesem Grund. Dass ihn die Sache, der Zeitvertreibe billigster nicht, bezaubert, kann der Dreißigjährige, von Brotberuf Elektroakustiker für Bühnenbeschallung, nicht behaupten. Man muss einen langen Atem haben wie beim Angeln, bis ein Partnerfisch einem ins weltweite Netz geht.

„Sie erfordert viel Geduld."

„Na", meint der Koblenzer Kripomann, auf Hühnleins Anruf herbeigeeilt, als hätte er ihn sehnlichst erwartet, die Akte Oswald Recker in der Tasche, „die müsste auf dem langweiligen Wald- und Wiesenbuckel aufzubringen sein."

„Wegen des Zeitunterschiedes ist es." Hühnlein junior zeigt auf eine posterähnliche Tabelle an der Wand und fährt mit dem Finger über die Weltkarte daneben. „In Manila ist gegenwärtig Mitternacht."

„Bedeutet das Funkstille?"

„Im Gegenteil! Es gibt Städte, die niemals schlafen, singt der Blues."

„Machen Sie Musik?", will Unger wissen.

„Als Gitarrist in einer Rockband."

„Und die vielen Lautsprecherboxen in Ihrer Garage?"

„Vermiete ich an Festivalveranstalter."

„Bringt das etwas ein?"

„Ja, derweil hat jede Kirmes ihren Sound."

Genehmigungsträger der Anlage, größte ihrer Art zwischen Rhein und Mosel, war sein Vater Friedolin Hühnlein, der im April 2002 tödlich verunglückte, so dass ihn der einzige Sohn als, wie der Notar verlautete, Gesamtrechtsnachfolger beerbte. Der Großvater hatte auf dem Hahn Ackerland besessen … enteignet, als die Hunsrückhöhenstraße wegen des Flughafenbaus verlegt wurde. Vom Entschädigungsgeld waren die Funkgeräte bezahlt worden. Nun standen sie herum, verrotteten … veralteten auch. Das vor allem! Unfug zu glauben, es sei Stand der Dinge, verscheuern zu können, was einem überflüssig dünkt, an Bruderherzen, die nur darauf warten, fremden Zeugs, Trödels, Plunders teilhaftig zu werden. Dass es einzig eines brauche, der, aus seiner Sicht, Besonderes besitze, dieses zu verallgemeinern, damit es die Seinsweise des Krempels, Gerümpels, Zinnobers, dessen Odem bis Odium verlöre. Es bereite letztendlich, um zum Zug zu kommen, Freiheit von den Sachen zu erlangen, der Macht der Dinge zu entrinnen, keine Schwierigkeit, über den eigenen Schatten und den seines Krimskrams et cetera zu springen. Des Irrtums größter! Die Welt verliert nichts. Was heute vorn raus geht, kommt morgen hinten rein, von aftern gewissermaßen.

Es ist seine Liebhaberei, geteilt von Gleichgesinnten rund um den Globus. Eine Art Freimauerei des Äthers. Vom Fudschijama bis zum Idarkopf. Mit den Funkstellen in Wladiwostok, Wellington, Port Moresby, Cape Town, Buenos Aires, Antofagasta, Rio de Janeiro, Lima, Panama, Houston, Chicago, Toronto, Singapore, Bombay, Kairo, Beirut, dem Westjordanland, dem blutigen Gaza ... der Erdkreis brüderlicher Mörder und zerstrittener Heiliger. Alles auf Sendung, auf Empfang auch. Funker, die im ewigen Eis, des Nordens wie Südens, die Stellung halten, Morsetaster mit erfrorenen Nasen, Lichtgeschwindigkeitsdenker. Der Mensch ein Wesen der Ferne. Jakob Hühnlein, der Hunsrücker Bauernsohn, fühlt sich entrückt, das, was er an seinem Alten bewunderte, ohne es begreifen zu können, das, was dich überkommt dann, wenn du es verstehst, die Morsetaste zu beherrschen. Save Our Souls. Rettet unsere Seelen. Der Notruf, den der Vater empfing, weitergab an Chiles Marine. Barg einen sinkenden Segler. Drunten beim Cabo de Hornos, wo die Welt nichts verzeiht.

„Jedenfalls haben Sie sich entschlossen“, stellt Markus Unger für den Zweck seiner Notizen klar, „die Funkerei irgendwie weiterzuführen.“

„Wozu es eine Lizenz braucht.“

Erpicht darauf war Jakob, dessen Freundin Anna Mutterfreuden entgegensah, nicht. Es musste gebüffelt werden, mehr als beim Führerschein. Dann fand er im Nachlass des Verunglückten, der Verbindung zu Gleichgesinnten per Ätherruf und Postkarten mit blumigen Stempeln unterhalten hatte, rätselhafte Botschaften. Weit und breit niemand, der beim Enträtseln helfen, ihr Zustandekommen erklären konnte. Blieb nichts anderes übrig, als den Kram zu erlernen. Schwierig hierzulande der Vorschriften wegen. Das glaubt der Kripomann aufs Wort.

„Mir geht es ähnlich.“

„Hinzu kommt die Physik!“

Gemeint ist unerlässliches Grundlagenwissen dergestalt, dass jede Menge kosmische Einwirkungen den Ätherverkehr stören, was aber auch bei einer Atombombenexplosion der Fall ist. Als Jakob Hühnlein dem nachging, entdeckte er unter den Papieren einen auf Englisch geführten Schriftwechsel seines Vaters, weiland Mitglied des Deutschen Amateur-Radio-Clubs, Sitz Baunatal, Kreis Kassel, mit einem sowjetischen Funkpartner der siebziger Jahre. Dieser früher Geheimdienstoffizier der Sektion Fernost, offenbar Fachmann in Kernwaffenfragen. Die Rede war davon, ob Hitler über die Atombombe verfügt haben könnte.

Der Iwan aus Sibirien, ein, so Hühnlein seniors Randnote, kundiger Morsetelegrafist etwa der deutschen Lizenzklasse B mit 750-Watt-Anlage, verweist auf Einsteins Brief an den amerikanischen Präsidenten Roosevelt. Ihm zufolge versuchte das Dritte Reich nach Entdeckung der Kernspaltung 1938 durch die Berliner Forscher Straßmann und Hahn überall Uranerz aufzukaufen, womit die Atombombe machbar wurde. Was Hitler machen konnte, machte er. Die heutige Welt sein Machwerk. Also steht zu vermuten, dass ihm das Ding, wenn nicht in Händen, zumindest am Herzen lag.

Das schert Jakob, der Zukunft zugetan, nicht sonderlich. Andererseits gibt es keine Legende ohne wahren Kern. Etwas könnte an des Schlapphuts Überlegung, angestellt in der sibirischen Taiga Einsamkeit, drangewesen sein ... und wenn! Statt Antworten auf offene Fragen diesbezüglich wüsste er lieber, wozu Funksprüche seines Vaters in die Karibik gedient hatten. Keine der üblichen Rundrufe. Da war ein Empfänger gerichtet angefunkt worden! Aus der erhaltenen Computer-Auflistung geht hervor, dass im Jahr 2000 bei gleicher Einstellung Dauerverbindung bestand. Online wie im Internet. Sowas ist unter Morsern unüblich.

Je öfter Hühnlein junior darüber nachdenkt, desto stärker sein unangenehmes Gefühl, Oswald Recker sei der Auftraggeber gewesen. Obschon oder weil es nicht zu seinem Typ passte. Erschien der Koblenzer Waffenhändler einmal wöchentlich im schwarzen Volvo, fast ein Panzerwagen von Auto, wie es auf dem Hunsrück keiner fährt, zogen er und sein Vater sich zum Vieraugengespräch zurück. Dann sprang die Lichtmaschine an, ein Zeichen dafür, dass – unabhängig vom Netzstrom – sicher gefunkt werden sollte.

Wiewohl nicht vom Fach, vielmehr zuständig für Falschgeld, kann der Kriminalbeamte das nachvollziehen, gibt sich jedenfalls so. Er blättert in der mitgebrachten Akte.

„Reckers Unfalltod ist Ihnen bekannt?“

„Inzwischen ... ich las es im Blättchen. Voriges Jahr fiel mir nur sein Ausbleiben auf. Er soll verbrannt sein. Schreiben kann man viel.“

„Die Rhein-Mosel-Nachrichten sind stets gut informiert. Der Waffenhändler starb zur gleichen Zeit wie Ihr Vater.“

„Besteht ein Zusammenhang?“, fragt Hühnlein erschrocken. Er dreht an den Knöpfen des Wattmessgerätes, mit dem sich Sendeleistung,

Feldstärke und Stehwelle ermitteln lassen, und dem tassengroßen, abgewetzten Handrad des Stationsscanners, der etwas von der Unförmigkeit eines vorgestrigen Dampfradios hat. Das fünfstellige Balken S-Meter blinzelt vertraulich. „Ich will Ärger vermeiden."

„Nein ... zumindest kein erwiesener. Ich bin nicht hier, weil es mir gefällt. Vielmehr Ihres Anrufs wegen. Als es passierte, fuhr Recker per Schiff nach Boppard. Dort fand im Hotel Rheinstrom die Jahrestagung der Waffenhändler statt."

„Kein Fall für die Polizei?"

„Mann", entfährt es Markus Unger ungewollt grob, „die haben wir schärfer im Auge als andere! Verkauft so einer Schießeisen, durch die Kollegen sterben, geht es an unser Eingemachtes. Reckers Läden waren ordentlich, in Koblenz wie auf dem Hahn. Warum schauen Sie mich zweifelnd an?"

„Kein vernünftiger Mensch handelt auf einem Flughafen mit Waffen. Wohin damit? Neulich bin ich mit Fun Air nach Jamaika geflogen, um einen Funkfreund zu besuchen. Der Zoll filzte meine Hosentaschen. Kein Knallfrosch wäre durchgegangen. Wie hätte ich eine Pistole ins Flugzeug bringen sollen?" Hühnlein räuspert sich. „Nee ... wenn Sie mich fragen, da stimmte was nicht. Mein Vater war kein Schützenvereinsmeier, konnte nicht schießen. Etwas anderes musste mitgespielt haben."

Der Kripomann starrt auf das grünlich schimmernde Scannerdisplay, dessen putziges Wellenreiten zwischen 25 und 1300 Megahertz.

„Dann erlauben Sie mir die Nachfrage", reißt er seinen Blick von dem Funkempfänger los, „ob Recker je seinen Vater erwähnt hat?"

„Unweit von hier", antwortet Hühnlein kopfnickend, „an der Hunsrückhöhenstraße zwischen Kappel und Blümlingshof, gab es eine Richtfunkstelle. Über sie wusste er besser Bescheid als von einem Koblenzer Budiker anzunehmen. Das galt überhaupt für die Einrichtungen der Yankees."

„Hat er die Herkunft dieses Wissens erklärt?"

„Nicht freiweg, aber so lala. Gesprächsweise rutschte ihm heraus, sein Vater habe den Ausbau der Hahn Airbase mitgemacht ... meiner war auch dabei, als Fahrer der Firma Holzmann. Die suchte dauernd Leute. Manche kamen von Lothringen, aus Straßburg den Rhein herunter. Auch Frauen. Aber was für welche! Obwohl Elsässer, machten sie auf Franzosen. Entlassene Kriegsgefangene, frühere Fremdenlegionäre. Etliche verkappte Altnazis, neue Nazisprüche im Mund. Sogar

Nordlichter gab es, Dänen und Schweden. Einer mit Himmelfahrtsnase hieß Hulli Lelledalle. Den Namen vergesse ich nicht. Der Lohn war mies, zwang zur Kotzelei. Schmuggel mit Luxemburg. Als die Amis die Sache übernahmen, wurde er besser. Zudem stellten die nicht jeden ein."

Markus Unger liegt, was die Hitler-Leute angeht, ein Einwand auf der Zunge. Seines Wissens arbeiteten Ingenieure aus dem Umfeld von Albert Speer, dem Architekten des Führers, als Rollbahnspezialisten auf dem Hahn, erledigten mit deutscher Gründlichkeit die schwierigen Nivellierungsaufgaben. Schwer vorstellbar, dass das den amerikanischen Dienststellen, zum Beispiel der Spionageabwehr, unbekannt gewesen sein sollte. Aber das könnte Einstiegsthema für eine spätere Unterredung sein.

„Sprechen wir von dem Mann mit der Gesichtsnarbe", zieht er das Gespräch an sich, dankbar für des Amateurfunkers Mitteilungsbereitschaft, die Bauernauskünfte übersteigt. „Haben Sie ihn als Kind wirklich persönlich gesehen?"

„Ja", Hühnlein nickt lebhaft, „auf unserem Hof."

„Erweckte er den Eindruck des Vertrautseins mit den Gegebenheiten?"

„Das ist mir nicht erinnerlich, wohl aber, dass es ein älterer Mann war. Im Alter von sechs gilt jeder Faltige als Opa. Bedenken Sie, dass alle Fremden, die herumliefen, von der US Air Force sowieso, junge Leute waren."

„Die Amis!"

„Eben."

Längst weg, die Amis! Doch noch immer geht von ihnen die Rede, erinnert man sich ihrer mit gemischter Heiterkeit. Der Arn! Der Mac! Der Kil! Der Joy! Der Abs! Der Reg! Der Mik! Der Gil! Der Art! Der Jim! Der Tom! Der Lip! Der Joe! Der Sig! Der Geb! Der Ric! Der Han! Der Stanley, wenn er denn so hieß ... der Ronald, wenn er denn so hieß. Komische Burschen, aber umgänglich. Manche kamen aus dem Hinterwald Montanas, Kinder des Brunnens, fließendes Wasser ungewohnt; aus der Prärie, dem Grasland der Great Plains, wo man in Quadratmeilen denken muss, um nicht als Nichts unterzugehen; aus den Panhandles des mittleren Westen, deren Grenzen mit dem Lineal gezogen sind, zum nächsten Shop eine Autotagesfahrt. Der Hunsrück langweilte sie am meisten. Daher ihre Unsinnsbereitschaft. Etwa mit ihren großkalibrigen Pistolen auf Straßenschilder zu schießen, bis sie löchrig wie Siebe waren ... von der deutschen Verkehrswacht klaglos ausgetauscht. Amerika entkomme man nicht, pflegt des Amateurfunkers Tante Paula Brück, die in Chicago gelebt hat, zu scherzen. Gelegentlich scheint es, als hörte sich der Ernst hinter dem Spaß heraus, klinge ihr Ton bitter.

11 Unversehens sind sie gelandet, steckt die Kanzel im Gebüsch, erstirbt der heiße Motor, schwingen die Drehflügel aus. Als hätte der Dschungel darauf gewartet, den Hubschrauber zu verschlingen! Die plötzliche Stille wirkt beklemmend. Klaus Dick macht ein verdutztes Gesicht, grinst unsicher. Es kommt ihm angesichts der steilen, ja senkrechten Landung vor, am Seil vom Himmel gehangelt zu sein. Was von oben wie eine Lichtung erschien, erweist sich als Loch zwischen Urwaldriesen. Der Regenwald Yucatáns! Von seltsamem Brauchtum, dem fließenden Blutes, kündet er dem, der es wissen will, und vom Hurrikan der Götter, der mit Gelächter endet. Der Reporter der Rhein-Mosel-Nachrichten schüttelt sich und zieht das schweißklebrige Hemd von der Haut. Wasserperlen auf dem Glas seiner Uhr. Hier schwitzt du – du schwitzt hier. Und schwitzt und schwitzt. Des Dschungelofens ewiges Feuer. Es ist, als schwitzte dir die Seele aus dem Leib ... sofern du eine hast.

„Puh, ist das feuchtheiß!"

„Luftfeuchtigkeit fast hundert Prozent", erklärt O'Lynch, seinen Helm von Größe und Farbe eines Kürbisses, rosa gerändelt mit schwarzer Aufschrift Fun Air, absetzend, und prüft den Heli, indem er Instrumentenpaneel und Motorengestänge abtastet, wie Ärzte es bei bestimmten Körperteilen zu tun pflegen. „Das erzeugt Schwitzwasser."

„Werden wir zurückfliegen können, Brian?"

„Ich kam noch immer weg, mit Recker, mit Jimenez, mit allen Chartergästen. Notfalls funke ich Mayday nach Chetumal. Dann erscheint ein Sikorsky S-64 Skycrane, der uns auf seinen Haken nimmt. Er trägt zehn Tonnen angehängte Last."

„Wieso Mayday und kein SOS?"

„Der gleiche Notruf, einmal im Sprechverkehr, einmal im Tastfunk."

„Das alles wegen einem Toten, von dem unsicher ist, ob es ihn jemals gegeben hat." Klaus Dick seufzt. „Ich wäre lieber Flieger als Reporter."

„Was ich inzwischen von Ihnen weiß, erlaubt mir den Schluss, dass Sie keiner sind, der einem Hirngespinst nachjagt. Schon deswegen nicht, weil auch andere nach dem Mann fragen, von dem feststeht, dass er Offizier der amerikanischen Marine war. Sein Tod ist auch erwiesen. Also muss es einen Leichnam geben, jedenfalls damals gegeben haben. Jimenez kennt den Trick der Maya, so einen dauerhaft zu erhalten."

„Deswegen will ich zu ihm. Es kommt nie zur Begegnung."

„Weil er fürchtet, hereingelegt zu werden wie durch Recker, der es schaffte, ihn, das Schlitzohr, und seine Crew mit falschen Euro zu löhnen. Sie könnten seine deutsche Freundin um Vermittlung bemühen, diese Goldschmiedemeisterin Sabine Ellern. Zwar tun beide so, als mieden sie sich, aber das ist Mache."

In Liberty Harbor hieß es hinter hohler Hand, jener der Missgunst, der Pilot habe seine vierzig Jahre alte sowjetische Jak-18 für tausend Dollar auf Kuba ersteigert. Indessen ist über Yucatán deutlich geworden, dass die bullige Maschine mit ihrem Nashorngesicht, Standardtrainer bei der Roten Luftwaffe, hervorragende Flugeigenschaften hat, neueren Baumustern ebenbürtig. Sie benötigt freilich eine Piste, kurz zwar aber so doch. Daher ist der Irishman wie immer, wenn die im Dschungel liegenden Stätten mexikanischer Grabfunde anzufliegen sind, auf den Mula, Maulesel genannten Hubschrauber BO 105, einst in Deutschland gebaut, umgestiegen. Dessen gleichsam vaterländische Herkunft beruhigt Klaus Dick.

„Er sieht nach Biedermeier aus ... der Zeit des deutschen Michel."

Brian O'Lynch lacht gemütlich. Als Buschpilot kannst du was erleben. Jüngst wollten zwei Schöne aus dem Hafenpuff La Chalupa von Liberty Harbor nach Cancún geflogen werden, um dort anzuschaffen. Für hundert Dollar nebst Gratisnummer.

„Ein kreuzbraver Heli für Subcharter." Er dippt mit dem Fuß gegen die Landekufen. „Ich leihe ihn mir dann und wann aus."

„Wann treffen wir den Mexikaner?"

„Gleich ... wenn ihn nichts verhindert."

„Mir hat er Pünktlichkeit zugesagt."

„Was Hiesige darunter verstehen."

„Der Unterschied scheint in der Tat wichtig zu sein. Auf den zweiten Blick ist alles anders. Die meisten Europäer dürften das zu spät merken."

„Jimenez gilt auf dem Festland als Bandit."

„Eine zuvorkommende Sprachregelung." Klaus Dick mimt den Erheiterten, kratzt zwischen den Fingern. „Was unterscheidet hier Gelten von Sein?"

„Die Höhe des Schmiergelds für den Polizeipräsidenten." Der Buschflieger von Fun Air lässt nicht erkennen, dass das scherzhaft gemeint ist, und zeigt auf die Hand seines Chartergastes. „Mit der Kratzerei treiben Sie den Sandfloh unter die Haut."

„Ich sehe keinen. Ist der schlimm?"

„Das Weibchen Chique. Wird rund wie eine Kugel, stößt seine Eier ab nach außen, wo man sie sich einfängt. Das gibt Entzündungen."

Klaus Dick schaut mit gemischten Gefühlen umher. Das nasse Laubwerk leuchtet im gebrochenen Licht sattgrün. Dringt die Sonne durch, sind die Schatten kurz. Alles hat einen bläulichen Schimmer, und die Luft ist voll von Gerüchen. Kein Windhauch regt sich in diesem Dschungelverlies, obschon droben die Passatwolken wandern. Andere surfen im Internet, er surft in der Wildnis. Jede Bewegung führt zu Schweißausbrüchen. Zum Glück ist Christa nicht dabei. Statt lockerer Wäsche müsste sie stramm gewickelt sein, ganzteiliger Badedress. In Alleingegenwart von Männern verleiht er die gewisse Sicherheit eines Kampfanzugs. Sogar die Simmerner Oma weiß das. Eine Frau hält sich bedeckt, pflegt sie anzumahnen.

Das gilt nicht nur für Hunsrücker Bauernkirmes. Auch im tropischen Regenwald, wie sich sogleich zeigt, sofern es räuberische Blicke gibt, die von Raubmenschen, gegen die alles andere harmlos ist, Sandflöhe eingeschlossen. Hier trägt das Unheil Springerstiefel. Xactel 4 nennt sich das Wandercamp der Holzfäller, die in fünf Minuten Urwaldriesen, welche fünfhundert Jahr brauchten, um majestätische Pracht zu entfalten, mit deutschen Motorsägen den Garaus machen. Das würde Christa Dick dazu bringen, sich zehnmal als Frau zu opfern, um einen einzigen Baum zu retten. Ihr Ehemann kann sich das bildlich vorstellen: wie sie den Frevlern, die ihr Schmachtblicke zuwerfen, Vorwürfe macht, was mehr es bedarf, Leute, die ihrem Job nachgehen, von diesem abzubringen, und wie sie unter der Vergeblichkeit ihres Bemühens leidet. Homo homini lupus ... der Mensch als Wolf des Menschen. Die unberührte Wildnis, wie vom Schöpfer gewollt, wirkt dagegen heimelig. Dass die großen Fische die kleinen fressen, ebenso.

„Was für Leute sind das?"

„Sträflinge." Der Irishman grüßt hinüber, und der Gruß wird erwidert.

„Mir kommen sie wie Waldbauern vor.“

„In diesem Höllendschungel Holz zu fällen ist Sträflingsarbeit. Jede Woche wird einer von ihnen beim Baumniedergang getötet.“

„Aber der Raubabbau geht weiter?“, fragt Dick missbilligend, eingedenk dessen, was er vom kahlgeschlagenen Hunsrück weiß.

„Man lockt die Leute mit falschen Versprechungen. Richtig ist allerdings, dass hier nie Polizei erscheint. Die daran interessiert sind, sammeln Geld, um sich von deren Besuch freizukaufen. Eine alte Sitte. Sie soll auf den Banditen Pancho Villa zurückgehen.“

„Gehört der Mexikaner zu ihnen?“

„Nein.“ Im Gesicht des Piloten zuckt es wie vor einem Lachanfall, so ihm als Iren diese Kunst der Selbstentäußerung gegeben ist. „Dank erwähntem Schmiergeld genießt er eine Art Narrenfreiheit.“ Brian O'Lynch wird ernst gleich jenem, der einem geschenkten Gaul ins Maul blickt. „Das kann in diesen Bakschischbreiten, wo du andern nur traust, soweit deine Spucke reicht, nichts überschaubar ist, merkwürdige Folgen zeitigen. Voriges Jahr verprügelten ihn Inselschläger, die von ihm falsche Euro bekommen hatten. Später hieß es, Pedro sei selbst ahnungslos gewesen, Blüten gehabt zu haben.“

„Die vom Hahn, ich begreife.“

„Der Mexikaner ist gescheiter als ihm anzusehen. Ihn erfolgreich hereinzulegen will gekonnt sein. Das spricht für Reckers Hintertreppenschläue.“

Bestelzt, berüsselt, bestachelt wie Turnierreiter, fadige Sporenkreise bildend, hüpfen glasseidene Insekten, Kristallfliegen über zerzauste Tümpel, in denen die Fäulnis gährt, giftige Blasen wirft, üble Dünste erzeugt. Ein Jabiro beschnäbelt sein Gefieder, ein Getue von beinahe gewollter Eleganz, als umgäben ihn Schaulustige im zoologischen Garten, dem Ort der Verstellung selbst unschuldiger Kreatur. Aus dem Verhalten des Storches zu schließen, er bekäme im Dreiländereck Belize, Mexiko, Guatemala oft Gaffer zu sehen, darauf kommt Klaus Dick nicht. Es offenbart sich ihm, als am jenseitigen Ufer Schüsse krachen, Geschrei, eine weitere Salve.

„Wer ballert da drüben?“

„Banditen.“ Von hüben ballert es zurück. „Auch Banditen.“ O'Lynch lacht. „Aber dann saufen sie zusammen. Der Tod ist Mexikaner, heißt es … vorher lebt man.“ Er sieht den Reporter an. „Ich liebe diese Leute, mehr als die eigenen.“

Das Wandercamp Xactel 4 ist keine Staatseinrichtung, sondern ein der Privatwirtschaft überlassenes Straflager, das ein Betreiber befehligt, dem an Strafe nichts, am Dollar alles gelegen ist. Neben Mexikanern gibt es englischsprechende Mulatten, dem Slang nach aus Jamaika, ein indianisches Halbblut, dessen Typ am besten herpasst, und ein überlebender Malariatoter britischer Abstammung. Der Weiße um die dreißig, ein zahnloser Greis mit der flammenden Granate der Fremdenlegion auf dem tätowierten Arm, ist keine Empfehlung für die menschliche Rasse. Doch auch ihn hat eine Mutter geboren.

„Gleich vier post meridiem", sagt der Reporter vom Deutschen Eck, der die Greenwich Mean Time seines GPS-Standortrechners auf Ortszeit umgestellt hat, und mahnt deutsche Pünktlichkeit an, „aber kein Pedro erscheint?"

„In Mexiko gehen die Uhren anders. Erwarten wir ihn beim Mayatempel."

Auf Trampelpfaden gelangt man im Gänsemarsch zum Rio Hondo, wo an modrigem, von Schlingpflanzen umwachsenen Steg eine der flussüblichen Pirogen liegt. Überhöhte Seitenplanken mit aufgenageltem Reifengummi als Kugelfang, hinter den die Ruderer sich bei Schießerei ducken können. Purer Aberwitz, befindet Klaus Dick, wenig angetan. Achtern verunziert ein Motorbock den schlanken Einbaum, dessen Feuerhöhlungsspuren frisch wirken, als wären sie soeben eingebrannt worden, obschon das viele Jahrzehnte zurückliegt, was auf des tropischen Holzes Härte verweist. Zu seiner Verblüffung muss gepaddelt werden, wiewohl ein Außenborder im Boot liegt.

„Was ist mit dem Motor, Brian?"

„Sein Getöse könnte indianische Greuelgötzen erwecken." O'Lynch bleibt ernst, fast dass es aussieht, er glaubte daran. „Ich kenne dieses Land." Er ermahnt den Chartergast, seinen Paddel leise einzustechen um der Himmelsmächte Willen, und stößt die Piroge vom Steg ab. „Mexiko verzeiht nichts." Seine Miene wird bedeutsam. „Vielleicht starb Recker, weil er das missachtete. Andern erging es vor ihm ebenso."

„Sind Sie abergläubisch?"

„Nein … aber ich habe gelernt, dass es nützlich sein kann, gewisse Zeichen zu deuten. Wenn der Vulkan von Liberty Harbor dunkel funkelt, ohne eigentlich Feuer zu speien, sehen die Josefinos aus den Bergen eine Vorwarnung. Als ich für Ryanair flog, war mir immer etwas mulmig, auf dem Hahn zu landen."

„Ach", Dick blickt den irischen Piloten erstaunt an, „dort gibt es meines Wissens so gut wie keine Unfälle?"

„Aber ein angeblicher Flight Lieutenant der US Air Force verschwand in den Wäldern um den Idar Head auf Nimmerwiedersehen. Ich weiß das von dem Waffenhändler, der es mir an der Bar der Baquine erzählte. Hm ... Sie verziehen das Gesicht." O'Lynch stutzt, das Erstaunen auf seiner Seite, will wissen, ob die Geschichte nicht stimme. „Er neigte beim Daiquiri zum Übertreiben."

„Sie ist eine erwiesene Tatsache. Wie kommen Sie auf angeblich?"

„Das bezieht sich auf des Offiziers Person. Zwar flog er eine US Maschine, steckte in Uniform der Air Force, doch Amerikaner war er nicht. Vielmehr, laut Oswaldo Recker, ein ehemaliger Soldat von Kaminsky ... was immer darunter zu verstehen ist. Übrigens hat Obregón, dieses wandelnde Gedächtnis von Barkeeper, das Gespräch mitgekriegt. Fragen Sie ihn danach."

Der Reporter der Rhein-Mosel-Nachrichten, enttäuscht über das Nichterscheinen von Pedro Jimenez, nickt dem fünf Jahre älteren, der schlanken Gestalt nach als junger Mann auftretenden Iren dankbar zu, schweigt sich jedoch zur Sache aus, in diesem und jenem unsicherer als zuvor. Viele Schlösser, keine Schlüssel. Stand der Dinge wie gehabt. Auf dem Rückflug nach Chetumal, dem Silberband des Rio Hondo folgend, redet man über die Schönen des Hafenpuffs La Chalupa, die für innovative Liebeskünste bekannt sind – klasse, würde es in Deutschland heißen! Einen Tag später auf der Insel spricht er mit dem Kubaner, der für zehn Dollar bestätigt, dass der Name Kaminsky fiel. Damit nicht genug. Noch vor dem karibischen Sonnenaufgang, am Rhein ist es zehn Uhr vormittags, ruft Klaus Dick in Koblenz an.

Suchmaschine. Querverweise im Internet führen zum früher streng geheimen, nunmehr per Freedom of Information Act vom US Foreign Office freigegebenen Consolidated Orientation and Guidance Manual, einem umfänglichen Bericht der 970. CIC-Einheit des Armeegeheimdienstes über weißrussische Nazis wie Radislaw Ostrowsky, Stanislaw Stankiewitsch, Franz Kuschel und Bronislaw Kaminsky, als Führer von SS-Brigaden verantwortlich für den Massenmord an Zehntausenden von Juden, bestätigt vom Simon Wiesenthal Dokumentationszentrum und dem Zionistischen Zentralarchiv in Jerusalem. Hinweise auf Milizionäre aus Minsk, als Mordbrüder bezeichnet, Maksim und Smitrok Franzischak. Sie vermochten mit der Maschinenpistole MP 40 ein Standard-Massengrab lückenfrei zu füllen. Kopf an Fuß – Fuß an Kopf. Hatte der Bulldozer es eingeebnet, wuchs binnen kurzem Gras darüber.

12 Zum Kaiser von Koblenz, eingetragener Lokalname des nach dem Gründungsjahr zubenannten Club 2002, hat montags geschlossen. Also fährt Pianist Amadeus mit den Mädchen aufs Land, wo es am städtischsten ist, der Hunsrück nahe dem Billigflughafen Frankfurt-Hahn. Davor liegen die Dörfer. In Ehr wartet die alte Schnorbach Magarete, auf den Krückstock ihrer Großmutter gestützt, eine halbe Stunde, bis sie die von jungen Rasern heimgesuchte B 327 überqueren kann. Gödenroth zu, eine Massenkarambolage. Blech wider Blech. Drei Verletzte. Ein totes Schwein. Auslauföl stinkt zum Himmel, der sein Wolkenfenster schließt. Auf einen Sprung ins Kastellauner Cafe Claus. Bauernkäse gefällig? Am Bahnhof Bell ein Bauer, der einem Luxemburger Scherenschleifer, von dem er hereingelegt wurde, wütend hinterherbrüllt, ihn möge der Blitz beim Scheißen erwischen. Die Zwillinge, mannsbildkundig, sind angetan.

„Mit dem würde ich allein in den Wald gehen", erklärt Karin unumwunden.

„Ich auch", bekräftigt Medea.

„Soviel mir bekannt ist", spöttelt Amadeus im Wissen darum, was er von der braven Zweibeiden Sprüchen zu halten hat, „fehlt euch der Jagdschein."

Zwischen Kirchberg und Sohren steht das blauweiße Nuttenauto B50, über welches kürzlich in den Rhein-Mosel-Nachrichten eine um das Leibeswohl der Diensthabenden besorgte Glosse erschien: *Wie ihre Freier genannten Nutzvögte nach der Einkehr gegen die Reifen pinkeln, dass der Gummi krause Wellen wirft, was alles sie anstellen, von faulem Schmus bis falschem Geld, um sich vor dem Löhnen zu drücken, und wie sich der Aktenordner füllt mit Heiratsanträgen, in neuer deutscher Rechtschreibung sogar.*

Verfasser ein gewisses Kurtchen, was sich lausbübisch ausnimmt. Aber dahinter steckt, wie jeder Koblenzer weiß, der Reporter Klaus Dick. Einer, der in manchem nicht dem entspricht, was Allgemeinvorstellung von seinem Job ist. Dazu gehört seine Gewohnheit, Ereignisorte zu vermessen mit Hilfe eines GPS-Navigationscomputers, den zu bedienen er, der Teufel weiß wieso, irgendwie gelernt hat.

Somit steht das Nuttenauto B 50 auf 49° 56' 143" Nord, 007° 21' 193" Ost. Angabe ohne Gewähr. Karin, die strengere der Zwillinge, befindet, die drinnen taugten nichts, worauf Medea, die lässigere der Zwillinge, widerspricht. Selten genug. Zumeist ist man einer Zwillingsmeinung. Ihr das Auto fahrender Gönner, der hauptfachlich Philosophie studierende Klavierspieler Amadeus, hält sich, was die Liebestüchtigkeit angeht, an das Hohe Lied Salomons, von dem er bedauert, dass es zum niederen Gassenhauer entartet, verjazzt wird. Beim Durchqueren des Diller Waldes kommt ihnen, trotz der Seitengitter aus Maschendraht, ein Hase, seiner Häsin hinterher, unter die Räder. Leichter Ruck. Es knallt wie Reifenplatzen. Die Häsin haut ab. Es gibt genug Hasen. Zum Glück kriegen es die Mädchen nicht mit. Ihr weinerliches Getue bei sowas!

Vor ihnen ein Flughafen-Shuttlebus, aus dem Kinder winken. Jetzt der Airport-Exit Mainz, das Dorf Lautzenhausen, oft als Filmkulisse vorgesehen, aber von Regisseuren verworfen, weil sich kein Dörfler fand, stumme Rollen zu spielen. Wollten mitreden, halt! Da sind Kneipen wie Bajazzo, Bermuda Dreieck, Stern von Asien ... Namen eines Hafenviertels würdig. Bauernflieger auch. Von dieser, ländlich aufgemotzt, heißt es, dass man gut essen kann. Trinken ebenso. Irisches Bier sogar. Sie würde zum Hunsrück passen, säßen in ihr nicht Dunkelbestrumpfte, die Klamotten blau wie das Weltmeer, Rocklänge züchtig bis Kniemitte. Der Ryanair berühmte Flugbegleiterinnen. Man geht ins Barackenrestaurant Toros, besucht, wie auf der Suche nach jemand, das Lokal Zum Flugplatz. Einziger Gast eine dunkelhäutige Mutter, die ihr dunkelhäutiges Baby stillt. Es macht brav sein Bäuerchen, wie es hellhäutige Babys tun.

Über die hellen, boulevardbreiten Pisten, einst Rollbahnen der Vernichtungswaffen, säbelnasigen, Heißgas speienden Düsenmonstern, vor denen die Engel Reißaus nahmen, rollen Billigflugreisende ihre Billigflugreisekoffer, und nicht einmal in Eile. Auf dem Hunsrück scheinen, der Karibik gleich, die Uhren anders zu gehen. Fun Air eben! Das rumpelt wie auf einer Geröllhalde, was Duldsame zum Schimpfen bringt, zumeist auf Englisch. Alles ist zwar ein wenig zu klein, um die Größe zu haben, welche Erstaunen hervorruft, ein wenig zu beschränkt, um einen vermuten zu lassen, man sei am Nabel der Welt. Ein Schild Fightin Tenth Sabres, grünbemoost, verweist auf die Nummer 1040, die wichtig gewesen sein muss ... jetzt pinkelt ein Hund dagegen. Die Flachbaracke Nr 406 ist als Housing Office bezeichnet, was Rückschlüsse à la Biedermeier zulässt. Wie hausbacken manches, oder gerade deswegen, der Hunsrück-Airport heimelt einen an mit etwas, was sein Frankfurter Großbruder nicht hat: Gemütlichkeit.

Bis auf die der Ordnungshüter fehlen auch Uniformen. Wenn Militärs nicht auffallen, besagt das freilich nicht, dass keine zugegen wären.

Noch immer arbeitet wie dazumal der Funkmast, ferngesteuert von der US Air Base Spangdahlem, für die amerikanischen Streitkräfte. Und es gibt ein stilles Abkommen, wonach Militärjets einfliegen, die Piste benutzen können, wenn die Sicherheitslage es erfordert. Auch das Bundesvermögensamt in Koblenz behält, wiewohl verdeckten Blickes, das privatgeschäftige Treiben im Auge. Die Baulichkeiten, das, was gehegt und gepflegt, entsorgt werden muss, hat der Staat an die Flughafengesellschaft Fraport verscheuert. Sollen die Zivildackel den Barrasmüll schlucken! Ein Fass ohne Boden an Sanierungkosten, so das Gerücht. Enteignet ist, bei neuem kaltem Krieg alter Machart, die Rollbahn sogleich, remilitarisiert. Ein Wink von Washington nach Berlin genügt. Erinnerungsgemeinschaft Deutschamerika – aber nach wie vor kein Friedensvertrag.

Während die Zwillinge, im Bauernflieger eingekehrt, eine große, ja riesige Salatplatte, eine Zwillingssalatplatte gleichsam, verspeisen, schaut Amadeus sich auf dem Flughafen um. Damit hat es Weile. Ein Herr Bock, Prediger seines Zeichens mit Bauchladen voller Kirchenschifflein aus Pappe, Werbepreis ein Euro, setzt sich zu den Mädchen, fängt ein Gespräch an, bringt die mit seinem Namen verbundene gewisse Männereigenschaft zur Geltung, wird abgewiesen. In der Glotze das Schrödermännchen, macht Faxen ... dürfte keiner hinsehen. Der Nachbarkanal mit Ratgeber für Geschiedene, Rieseneinschaltquote.

Der Wirt spült seine Gläser, schaut ernst in die Kasse, die blank bis zum Boden ist. Ein gemaltes Schild zeigt an, dass geraucht werden darf. Gegen Enträucherungsgebühr. Zwei Katzen, Schwänze steif, balgen vor der Tür. Dorfruhe – bis der nächste Jet startet. Karin schiebt ihre Pfefferschote durch ein Salatblatt, dass es wie ein grünes Gesicht mit roter Spitznase aussieht. Unversehens stößt sie ihre Schwester an, zeigt nach draußen, wo ein dunkler Audi vorgefahren ist.

„Guck mal dort der Typ, der aussteigt, ist das nicht Stubenrein?"

„Ja, vielleicht auf Freiersfüßen."

„Woran du denkst – und zwar sofort."

„Es sichert vor Überraschungen."

„Mit uns hat er nichts am Hut."

„Den kann man erfahrungsgemäß jedem aufsetzen." Medea lacht, denkt nach. „Wenn mich nicht alles täuscht, habe ich ihn unlängst auf der Kellertreppe bemerkt, wie er die Preistafel studierte."

„An der Bar ist mir nichts aufgefallen."

„Er hat sich umgeguckt, dann Reißaus genommen."
„Danach sieht der Amtsmensch nicht aus."
Der also Benannte kommt ohne Eile herein, schaut sich im Bauernflieger um, sucht am Tresen ein Schinkenbrötchen aus. Das Fernsehen bringt eine Stellungnahme, welche unwiderleglich des Irakkriegs Notwendigkeit begründet. Was heiße zu viele Tote? Noch nie sei jemand umsonst gestorben, wie unzählige Denkmäler bezeugten. Vom Dank der Vaterländer ist die Rede ...
„Guten Tag, Herr Staatsanwalt!", ruft Karin herausfordernd laut.
„Ah – die Bardamen vom Zweitausendzwei." Stubenrein macht gute Miene zum bösen Spiel. „Sind Sie der frischen Landluft wegen hier?"
„Hier gibt es auch frische Landeier." Medea lächelt anzüglich. Man kennt sich seit der Strafanzeige, in welcher ein enttäuschter, als Fickerich abgewiesener Freier den beiden vorwarf, ihn an der Bar geneppt, ja ausgeplündert zu haben. Es endete mit Einstellung des Verfahrens wegen Geringfügigkeit. „Auch hat der Club montags zu."
Weil es nichts weiter zu sagen gibt, zudem der Wirt die Ohren spitzt, wäre es bei der Floskel geblieben. Doch Karin, ansonsten Männern gegenüber eher vorsichtig, deutet unvorsichtigerweise an, man werde vom Hunsrück-Airport in die Karibik fliegen. Ohne dass es ihm anzumerken wäre, lässt das den Staatsanwalt aufhorchen. Seine Behörde ist befasst mit seltsamen Vorgängen, die hier begonnen zu haben scheinen ... dass Recker ums Leben kommen musste! Seine Aussage könnte vieles, womöglich alles aufklären.
„Wohl ein Frühsommertrip zum Braunwerden?"
„Nee." Medea gibt sich leutselig. „Wir kriegen in Liberty Harbor einen Saisonjob."
„So ohne Weiteres?"
„Unser Pianist hat das vermittelt über einen Typ von Fun Air."
„Die verrückte Gesellschaft."
„Zahlt aber gut", erklärt Karin.
„Wann werden Sie heimkehren?"
„Das wissen wir nicht."
„Man sollte sich am Anfang über das Ende unterrichten."
„Fun Air bringt uns per Freiflug zurück."
„Dann wünsche ich Ihnen viel Erfolg", sagt Carolus Stubenrein, Carl genannt, und leert die Kaffeetasse. Liberty Harbor! Zufälle ... gibt es die? Er lächelt den Bardamen zu. „Es wird sicher interessant werden."

Beim Verlassen des Bauernflieger, vor dessen Eingang die zerstrittenen Katzen dösen, begegnet der Staatsanwalt dem eilig herankommenden Amadeus. Doch dieser kennt ihn nicht, so dass der Pianist nichts vom Gespräch der Mädchen mit ihm erfährt. Er berichtet von dem Versprechen des Typs von Fun Air, dass das mit dem Job in Liberty Harbor in Ordnung gehe, ihm zugesichert von Mister Gent, wie der Gentilhomme auf dem Eiland genannt werde, und fährt mit den beiden, deren Mienen etwas bänglich wirken, über die Hunsrückhöhenstraße zurück nach Koblenz. An der Abzweigung Schwarzen liegt ein Bierauto im Graben, der Fahrer schnarchend am Steuer. Zwei Bauern in verklumpten Stiefeln, die Mützen schief, beratschlagen, was zu tun sei. Ein Streifenwagen nähert sich aus Richtung Kastellaun. Die Bullen lachen, ehe sie brüllen.

„Zu Amizeiten soll es hier toll gewesen sein", versetzt Medea im Bedauernston des Nichtdabeigewesenseins. „Dutzende von Maurern, jede Menge Soldaten."

„Woher willst du das wissen?"

„Das geht dich nichts an – Amadeus ohne Mozart."

„Von Mama." Karin gibt ihr Missvergnügen zu erkennen. „Vor unserer Zeit war sie mit einem dieser Sorte verheiratet."

„Das mit den Zeiten ist so eine Sache", glaubt ihre Schwester ergänzen zu sollen. „Man kommt stets zu spät zur Welt."

„Wenn ich es richtig verstanden habe", entgegnet der Klavierspieler vom Club 2002 geradezu philosophisch bedächtig, „brachten sich GIs aus Heimweh um. In einem Blues der Fünfziger, als viele Neger auf dem Hunsrück waren, heißt es von Hahn Air Base – The trouble is ahead."

„Fang nicht zu singen an", sagt Karin erschrocken.

„Immerhin suchten sie damals nach einem überfälligen Flieger."

„Der musste sich nicht umgebracht haben."

„Vielleicht", mutmaßt Medea kichernd, „versteckte ihn ein Dorfmädchen im Bett."

„Den Bauern war das wurst." Karin rümpft die Nase. „Wetten?"

„Das steht auf einem andern Blatt." Gas gebend braust Amadeus los. „Und ich lese nicht alle Noten."

Die Bauern! Der Wechsel der Jahreszeiten, die Artenvielfalt der Gerüche, die Farbe der Dämmerung, bevor die Nacht aus den Wäldern schwärmt, der Morgennebel mit seinen Spukgestalten … ist ihnen vertrauter als Geschichten, die der Mensch in die Welt setzt. Fremdes wird abgelehnt. Man geht zum Arzt, wenn der Wind durch die Rippen pfeift.

Nach dem Zweiten Weltkrieg glaubten sie, nun sei Schluss mit dem Säbelrasseln. Aber die französische Armee erschien, errichtete ohne Zustimmung der Eigentümer Zelte auf deren Äckern. Dann wurde die Trikolore eingeholt, das Sternenbanner gehisst. Hahn, Bärenbach, Büchenbeuren, Lautzenhausen verloren die Hälfte ihrer Gemarkung, als der Flughafenausbau begann. Nun geschahen Dinge, welche die Bauern um ihr Rindvieh, die Bäuerinnen um ihre Töchter bangen ließen. Alte Kämpfer von 14/18, des Knutenbarras' der Kaiserzeit erinnerlich, verblüffte die Leichtfertigkeit, die in allem zu erkennen war. Ihre Dollars schätzte man. Bruderwesen wurden die Amerikaner selten.

13 Um das Jahr 1948 gab es am Fußgängertunnel zum Bremer Überseehafen, eine Halsabschneiderecke à la Dreigroschenoper wie der Bahnhofstunnel in Hannover, die Seemanns- und Soldatenkneipe Mutti Weiß. Suchte ihresgleichen. Einige Dutzend der als Anschafferinnen bezeichneten, von Hildegard Knef mit dem unerbittlichen Charme der Hildegard von Bingen filmisch verewigten Muttis zwischen achtzehn und fünfzig boten darin Liebesdienste an. In der Nachkriegszeit sah jeder zu, wo er blieb. Dass Frauen das im Liegen erledigten, war anatomisch, nicht moralisch bedingt. Vor allem amerikanische Matrosen der Seelenverkäufer von Liberty-Schiffen, die heute Bammel hatten, morgen nicht über Wasser zu bleiben und übermorgen zurückzukehren dorthin, von wo sie vorgestern, die gleiche Angst im Nacken, abgedampft waren, wussten es zu schätzen, so dass auch jenseits des Atlantiks Mutti-Weiß-Typ-Puffs eröffneten. Etwa in New Jersey, Ecke Pitkin, ein berüchtigter Gangstertreff, und den Docks von Brooklyn. Keiner reichte an das Original heran.

Das lag nicht nur, jedoch auch an Rausschmeißer Uwe, der heute, ein dickes halbes Jahrhundert später, ungern darauf eingeht, Erinnerungslücken vorgibt. Einmal mehr gegenüber der hoheitstragenden Obrigkeit, die, in niederes Amtsgewurstel verstrickt, einmal Vernommenes bis zum Sankt-Nimmerleins-Tag archiviert. Derlei muss einem Achtundachtzigjährigen zugestanden werden, und Bremens Polizei macht sich darin keines Übergriffs schuldig. Einmal mehr deswegen, weil aktenkundig ist, woher die schreckliche Narbe stammt, welche den Greis entstellt. Die Gegenwart schwindet, wird zur Vergangenheit, überwuchert von der Zukunft, die im Schatten der Ewigkeit steht. Doch wächst kein Gras über ein Gesicht, das lebt als Seelenspiegel seines Trägers. Es liegt an der Staatspflicht, der Organpflicht zur Amtshilfe, selbst gern wahrgenommen, aber ungern andern gewährt, dass man gezwungen ist, Uwe zu verhören.

„Leider", entschuldigt sich der Vernehmer von der hansestädtischen Kripo, „habe ich Ihnen für die Staatsanwaltschaft Koblenz Fragen zu stellen. Kennen Sie einen Oswaldo Recker, etwa in Ihrem Alter, Brasilianer deutscher Abstammung?"

„Dass der ruppige Himmelhund noch lebt!" Uwe Hinnerks bange Miene hellt sich auf, als verriete der Name, für ihn selbst stehe nichts zu befürchten. „Gemeinsam malochten wir auf dem Bau. Er als Maurer, sein Brotberuf. Ich spielte den Handlanger, manchmal auch Koch. Alle Seeleute können kochen, wie Sie als Hafenstädter wissen. Es war eine verdammte Gegend, der Hunsrück zwischen Rhein und Mosel. Rundum nur Bauern, die uns ablehnten. Für das Militär, anfangs die Franzosen, dann die Amerikaner, sollte eine Piste angelegt werden. Dazu war Ackerland enteignet worden. Womöglich ärgerten die Einheimischen sich deswegen. Aber wir Holzmänner, so genannt nach unserer Baufirma, konnten nichts dafür. Es ging happig zu, in jeder Hinsicht!"

Der Beamte stutzt, blickt auf, runzelt die Stirn.

„Was meinen Sie damit?"

„Hm ... die GIs misstrauten uns aus Angst vor Racheakten. Es war wie hier mit den Briten, die Bremen hundertachtzigmal bombardiert hatten. Allein ging keiner raus. Zu Mutti Weiß kamen sie im Haufen. Als einer bei der Getreideverkehrsanlage verschwand, fischten sie in der Weser nach ihm, umsonst. Wochen später wurde er in Heilbronn gefunden, von Ratten angenagt im Weizen, den ein Schiff an der GVA geladen hatte.

Damals hieß es, ein Stauer aus dem Holzhafen, der im Krieg Waise geworden sei, habe den Briten hineingestoßen. Sowas fällt nicht auf. Der Staub verdeckt alles. Zum andern rutscht man nach unten, erstickt im Getreide. Amis ist in Japan dasselbe passiert. Wegen der Atombomben." Der ehemalige Rausschmeißer nickt vor sich hin. „Es gibt Schatten, die keiner überspringt, wie ich glaube."

„Zum Glück ist das mein Bier nicht", versetzt der unangenehm berührte Beamte. „Sagt Ihnen der Name Hahn etwas?"

„So hieß ein Dorf nahebei."
„Und Roter Hahn, Au Coq Rouge?"
„Das war eine Nuttenkneipe in Straßburg."
„Sind Sie allein oder mit Recker dort gewesen?"
„Daran erinnere ich mich nicht. Das liegt fünfzig Jahre zurück. Sagen Sie, um was es geht. Vielleicht fällt mir etwas ein. Zu Sauftouren sind wir oft weg. Anfangs gab es nur die Dorfkneipe. Dann häuften sich die Pinten. Auch welche wie Mutti Weiß. Die Wirte waren Pufflouis aus Luxemburg."
„In einem alten Mordfall ist das Tatmotiv rätselhaft ... in einem jüngeren Unglücksfall wird Vorsatz vermutet."
„Das klingt nach Kuddelmuddel."
„Aber nicht der unsere. Man hat vom eigenen Leben am meisten, wenn einen fremdes am wenigsten angeht. Sie sagen, dass es dort happig zuging. Wie vernommen gebe ich das weiter. Damit hat es sich."
„Kurz nach dem Krieg war jeder auf jeden sauer, bereit, ihm für einen Apfel und ein Ei die Rübe einzuschlagen." Hinnerk beginnt zu grinsen, schüttelt lachend den Kopf. „Du hattest etwas, der andere nicht. Sein Neid! Er hatte etwas, du nicht. Dein Neid! Als wir begannen, gab es noch Lebensmittelkarten. Bauleute bekamen Schwerstarbeiterzulage. Nur – die Läden waren leer. Die Franzosen hatten wenig, aber die Amis fast alles. Sie wurden am meisten beneidet, und beklaut. Oswaldo machte die Schufterei nichts aus. Als sie mir stank, ging ich nach Koblenz, um zu kellnern. Unversehens erschien auch er, bedeppertes Gesicht ... es musste etwas passiert sein. Scheißegal! Wir betrieben auf der Mosel ein Kneipenschiff, in dem die Fremdenlegion anwarb. Wie kommt es, dass jetzt, ein halbes Jahrhundert später, danach gefragt wird?"
„Ich habe keine blasse Ahnung", sagt der Vernehmer vorwurfsvoll, „wie meistens bei Amtshilfen! Ein Kollege der dortigen Kripo, der kürzlich anrief, ließ durchblicken, auf einem ehemaligen Militärflughafen sei das Skelett eines vor fünfzig Jahren ermordeten amerikanischen Soldaten entdeckt worden. Bekannt ist mir hingegen, dass der ruppige Himmelhund, den Sie meinen, nicht mehr lebt. Die Fragen zu dem Unglücksfall betreffen seinen Sohn, Oswald oder Oswaldo Recker, einen Waffenhändler, den es, vermute ich, erwischt hat. Was das andere angeht, will Koblenz wissen, wie der Brasilianer, mit dem sie arbeiteten, zu den Amerikanern stand."

„Auf Kriegsfuß.“

„Erzählen Sie!“

„Aber nicht für das Protokoll.“

„Zugesichert ... es interessiert mich.“

„Im Grund ist es meine eigene. Ich kam neununddreißig, unter kanadischer Flagge, als Seemann nach Frisco. Keinen scherte, wer ich war. Bis ... mir gefiel eine Japanerin, die mich an Land zog. Alles bestens bis Pearl Harbor. Nun wurden die Japse gejagt wie die Juden unter Hitler. Meine kam weg im Viehwagen. In den Rocky-Mountain-Staaten gab es für japanische Zivilinternierte, auch mit amerikanischem Pass, Konzentrationslager, die den Namen verdienten. Wenn nicht nach Adolf, dann nach Stalins Josef. Ich konnte über Mexiko türmen, kriegte in Tampico eine Heuer. Die Reise ging nach Brasilien. Hier schlich sich Oswaldo an Bord, als blinder Passagier.“

„Weiter!“ Der hansestädtische Vernehmer lässt sein Schreibzeug verschwinden. „Die Story bleibt unter uns.“

„Mit einer Kokosfracht fuhren wir von Belém, dem miesen Amazonasstinkloch, wo dir die Moskitos die Eier anstechen, dass dein Sack zum Euter anschwillt, und du Satan in der Hölle rumoren hörst, nach Marseille im unbesetzten Frankreich. Deutsche Truppen, zu denen er wollte, waren nur im Norden stationiert.“

„Hatte er für sie eine Schwäche?“

„Soweit es mir erinnerlich ist, nein – auch nicht für Hitler, den ich gleichfalls ablehnte.“

„Das steht auf anderem Blatt.“

„Na“, macht der Alte, „die Wahrheit wird erlaubt sein.“

„Aber kann auch ins Auge gehen.“ Der Beamte holt eine Fotokopie hervor. „Zufolge unserem Wissen, das wir nicht weitergeben, so lange keiner danach fragt, hatten Sie ein Entnazifizierungsverfahren. Die Spruchkammer entschied auf Mitläufer. Obschon nicht schwerlich, eine Belastung bestand. Ohne diese wäre es unmöglich gewesen, Ihnen die Verpflichtung zum Minenräumen aufzuerlegen. Acht Ihrer Kameraden starben dabei. Sie kamen verletzt davon, daher die Narbe im Gesicht.“

„Seit neunundfünfzig Jahren lebe ich damit.“

„Ist Ihnen eine Entschädigung bewilligt worden?“

„Nein“, sagt Uwe Hinnerk, „weil es mir nicht gelang zu beweisen, von wem der Befehl zum Räumeinsatz kam. Die Minenexplosion geschah auf der Grenze des amerikanischen und britischen Sperrgebietes.

Bremerhavener deutsche Stellen hatten dort nichts verloren. Mit den Alliierten war nicht zu reden. Konnten sie einen großen Nazi gebrauchen, wurde er zum kleinen runtergestuft ... der kleine blieb ein großer, wenn er ihnen keinen Nutzen versprach. Ich gehörte der Hitlerjugend der Marine an, Bereich Wehrsport und technische Ausbildung, die Seemannschaft angehender Matrosen. Politik kam selten zur Sprache. Der Führer, schön und gut ... für uns eine Landratte. Wenn Ihnen das seltsam erscheint, so war es nun einmal seinerzeit. Was die Reckers angeht, hatten sie mit den Nazis nichts am Hut, wurden aber als solche verfolgt. Amiagenten verleiteten brasilianische Milizen dazu, deren Baugeschäft in Sao Luís niederzubrennen. Dabei kamen Oswaldos Eltern ums Leben. Das verzieh er den Yankees nie."

„Gab es bei der Überfahrt Zwischenfälle?"

„Das ... ist Privatsache."

„Erzählen Sie!"

„Wegen Tomioka Sawako."

„Ihre japanische Freundin aus San Francisco?"

„Ja – ihr war die Flucht aus den Staaten nach Liberty Harbor gelungen. Dort luden wir Zusatzfracht. Großes Wiedersehensbesäufnis! Auf der Karibikinsel, die vor Vertriebenen wimmelte, lernte sie Recker kennen."

„Aha!" Der Kriminalbeamte von der Weser lacht zweideutig. „Derlei Zwischenfall Typ Dreiecksverhältnis hat es in sich."

„Nein, nein, nein", wehrt Hinnerk ab, ernst bleibend. „Wäre es das gewesen, würde ich auch lachen. Vielmehr zeigte mir der Brasilianer eine Pistole, die in Belém noch nicht in seinem Besitz gewesen war. Tomioka hatte sie ihm verkauft, ohne es mir zu sagen. Wäre ein Prisenkommando an Bord gekommen, um den Dampfer zu durchsuchen, hätte das die Flaggenneutralität gefährdet. Damals musste ein Kapitän zusichern, dass die Besatzung keine Waffen besaß."

„Das leuchtet ein ... weiter!"

Uwe Hinnerk gibt noch einiges zum Besten. Über mehr als das Erstaunen, zu was die Vätergeneration fähig gewesen, kommt der Vernehmer nicht hinaus. Ihm als Heutigem unvorstellbar, dass es einundfünfzig, als bekannt wurde, auf dem Hunsrück würde ein Flugplatz gebaut, alle möglichen Leute dorthin zog. Vom Bayerischen Wald bis an die See. Leute, denen es wichtiger war, nicht nach der Herkunft gefragt zu werden, als vage Lohnreichtümer zu sammeln. Leute, die es, vor allem andern, zu schätzen wussten, von der Polizei unbehelligt zu bleiben, so lange man Besatzern unterstellt war. Franzosen, Amerikanern. Engländern. Sowjetmenschen auch. Wer gut arbeitete, durfte Nazi sein. Antinazis mit linken Händen galten nichts. Dass die Sache an sich schwierig, ist das eine, ein anderes, dass dem Bremer Einblick fehlt in die Zusammenhänge, die zur Anfrage des rheinischen Staatsanwalt geführt haben. Dieser erfährt nicht, was Uwe Hinnerk, geprägt vom Argwohn seines Greisenalters, nebenbei mitgeteilt hat, weil ihm Verschwiegenheit zugesichert worden ist. In dem Fall wäscht keine Hand die andere.

14 Nachdem Karl Wölfenrath, um Sachlichkeit bemüht, seinen Vortrag beendet hat, legt Dr. Kämper-Ehrlich, betroffener als ihm anzusehen, die Tankerbrandfotos beiseite. Wie damals im Krieg, denkt er, als Koblenz abfackelte. Quirlende schwarze Wolken. Rußflocken von Federgröße. Der Rhein ein Feuerspiegel. Diese vergessene Geschichte, Vergangenheit genannt, von keinem gewusst, allen unbewusst gewärtig ... groß ist der Mensch, am größten in seinem Unterlassen. Das Schiff! Der Ölkahn! Die Benzinschute! Ventile, Rohre, Pumpen, Laufstege an Deck tragen dicke Löschschaumkrusten ... allein, dem Oberstaatsanwalt will das Überspringen des Funkens nicht einleuchten. Angeblich sind die Lukendeckel beim Zusammenprall der Havaristen hochgeschlagen. Kann das? Zweifelnd schaut er Wölfenrath an.

„Das kommt in der Tat selten vor", sagt dieser kopfnickend. „Es sind zentnerschwere Eisenplatten, die nur dann angehoben werden, wenn die Tanks betreten werden sollen. Auf Benzinern alle Jubeljahre mal. Dann mit Sauerstoffgeräten. Oder vorher muss das Schiff entgast werden. Das Eigengewicht schließt die Deckel dicht. Zusätzlich werden sie verschraubt. Hier rissen die Lukenränder ein, als das Ausflugsboot anrammte. Die Metallreibung entzündete das Benzin."

„Geht das so schnell?"

„Wie die Patronenzündung. Deswegen benutzt man Kupferhämmer, bei deren Schlag nichts überspringen kann."

„Schön", räumt Dr. Kämper-Ehrlich, gleichsam Logiker von Amts wegen, nachsichtig ein, „die Entstehung des Brandes beweist, dass eine Zündung erfolgt sein muss. Aber das Schiff ist nicht in die Luft geflogen, warum?"

„Ein gefüllter Tank enthält kein Gas, Bedingung für eine Explosion. Allenfalls kommt es zur Oberflächenverpuffung. Das Benzin fackelt ab.

Durch die Hitze erzeugter Druck geht nach oben weg, wenn die Brandstelle offen ist."

„Hört sich fast harmlos an?"

„Ist es beinahe auch … aber nur beinahe! Sofern die Bedeckungsschicht brennt, etwa auf zementiertem Garagenboden. Das Benzin verzehrt sich, aber der Beton bleibt kalt. Bei vollem Tank wirkt es als Trägerschicht, aus der sich die Oberfläche nachspeist, und flammt nieder bis auf den Boden, ausreichende Sauerstoffzufuhr vorausgesetzt. Ein solcher Brand ist nur durch Ersticken zu löschen. Schnell oder überhaupt nicht. Da muss gekämpft werden. Man kommt sich als Frontsoldat vor, vergisst im Gefechtseifer die Gefahr. Besser als wochenlang Vermisste suchen."

„Wo … hier in Koblenz? Davon weiß ich nichts."

„Es ist eine Weile her, um dreiundfünfzig." Karl Wölfenrath wirft sich in die Brust. „Steht in der Wehrchronik! Auch war mein Vater dabei, erzählt davon gelegentlich. Der Hunsrück wurde durchkämmt nach einem GI, der aus dem Flying Cock, einer der vielen Amikneipen, nicht in die Kaserne zurückkehrte."

„Oder ein französischer Soldat?"

„Nein … es war nach Übernahme des Hahn durch die Amerikaner."

Der Leitende Beamte der Strafverfolgungsbehörde nickt vor sich hin, sagt aber nichts, obwohl ihm vielleicht dazu etwas auf der Zunge liegt. Einem verborgenen Beobachter würde auffallen, dass seine bisher ruhigen Hände sich fahrig bewegen. Natürlich hat der Feuerwehrmann gelesen, dass auf dem früheren amerikanischen Fliegerhorst das Skelett eines Mordopfers aus den fünfziger Jahren gefunden wurde. Davon im Rundfunk gehört. Aber offenbar fällt ihm kein Zusammenhang zu anderem ein. Dann ist es hier und jetzt nicht erforderlich, ihn eigens daraufhin zu weisen.

„Jedenfalls", verlautet er nach einiger Überlegung etwas betulich nach Ohrenbläserart, „nachträglich meinen Glückwunsch für den Löscherfolg!"

„Danke, Herr Oberstaatsanwalt." Wölfenrath räuspert sich. „Es gibt brandchemische Eigengesetzlichkeiten. Wer die nicht draufhat, den pickt der rote Hahn. Leider haben wir keine Möglichkeit, sie zu Lehrzwecken zu simulieren, etwa tausend Kubik Benzin abzufackeln. Wegen der Hitzewirkung. Ein Minibrand kommt nicht zum Brodeln. Erst bei großer Trägermasse beginnt, nach einer gewissen Zeit, die Oberfläche zu kochen, wobei Heißgas entsteht. Eine Temperatur, die Eisen schmelzen lässt. Die berüchtigte blaue Flammenkerze, die hunderte Meter hoch steigen kann. Meine Generation kriegt sie selten zu sehen. Wir sind auf alte Berichte angewiesen", sagt der Feuerwehrmann im Ton spöttischen Bedauerns, doch seine Miene meint eher das Gegenteil. „Hier", er entnimmt seinen Unterlagen eine Zeitungsausschnitt, „das Zeugnis Klaus Dicks von den Rhein-Mosel-Nachrichten, der in der Karibik sowas erlebt hat."

„Ah", entfährt es Dr. Kämper-Ehrlich unwirsch, „der Herr rasender Blättchen-Reporter! Ich möchte herrjenochmal wissen, wieso der das Glück hat, stets dort zu erscheinen, wo irgendetwas im Busch ist."

„Ich auch. Das hat er nicht erfunden. So kann nur schreiben, wer dabeigewesen ist. Das Rauschen der Flammenkerze, derlei muss man gehört haben, gespürt den Luftsog, den sie um sich erzeugt." Karl Wölfenrath hält inne, lächelt kennerisch, beinahe andächtig, wie ein Feuerpriester. „An sich könnte ihr ein Sprengsatz, dessen Druckwelle am Zündherd den Sauerstoff wegfegt, den Garaus machen. Das erfordert Riesenmengen Nitroglyzerin. Am sichersten wäre eine Atombombe."

Man unterhält sich weiter über den Tankerbrand, gestützt auf Bildmaterial, welches das brennende Koblenz zeigt. Rauchschwaden und, in Schwarzweiß, seltsam falbe Flammen. Sehen aus, als seien sie der Ohnmacht nahe. Über dem Rhein ein Fesselballon, der zu schlafen scheint … wer hat ihm das Himmelsbett bereitet? Am Boden Rußgestalten, die Schläuche ausrollen. Einer, der die Lippen zum Wassermarsch formt. Da trifft ihn ein Bombensplitter oder dergleichen. Aus ist es mit ihm gewesen, darf man vermuten, aus wie mit jener alten Stadt … die neuerstellte ist eine andere. Als der Feuerwehrmann sich empfohlen hat, liest Dr. Kämper-Ehrlich den zurückgelassenen Zeitungsausschnitt, der, was aus den Zeilen springt, in Erregung verfasst zu sein scheint. Dieser RMN-Bursche muss das hautnah miterlebt haben.

„Fuerte! Das Hafenvolk schreit. Alles starrt hinüber. Ja, der mexikanische Zubringer, ein Küstentanker aus Coatzacoalcos, brennt. Jetzt … die Fackel springt über, huscht, von Mannloch zu Mannloch, entlang den Pumpleitungen nach vorn, wo die Matrosen über Bord springen. Sie färbt blau ein, steigt und steigt, erhitzt das Eisen, verstärkt die Gasbildung, das Benzin beginnt zu kochen, stößt in Fontänen hoch, lässt den Himmel Feuer regnen. Aus der Flammenkerzen lecken, springen Seitenzungen, fahren begierig am Mast empor, fressen die Flaggen im Nu, schwingen, wie mit Flügeln, über Deck, fauchen in ihresgleichen hinein, dass es Feuerkreise

wirft, die Potrero del Llano einen Heiligenschein bekommt. Der Schiffsjunge, ein Kind noch, schafft es nicht mehr. Sein Körper wird zum Brandbündel, das einen lustigen Tanz vollführt und in sich zu einem Häuflein Asche zusammensinkt. Von irgendwoher ertönt eine Voodoo-Trommel. Und der Opferpriester von Liberty Harbor hebt an zum Gesang.

Es klopft. Wer erscheint, ist Stubenrein. Setzt sich.

„Ich habe das Vernehmungsprotokoll von dem alten Bremer Seemann, Herr Oberstaatsanwalt. Auch seine Entnazifizierungsakte liegt mir vor. Den Staub von fünfzig Jahren weggeblasen, ergibt sich ein interessanter Lesestoff. Unter dem, was Hinnerk angeht, brummelt ungut der Zeitgeist. Alle Deutschen waren Täter. Die andern Opfer. Wider die Logik zuweilen. Fast dass der Achtundachtzigjährige einem Leid tut. Hier sein Bild aus den Fünfzigern." Der Sachbearbeiter reicht ein Schwarzweißfoto über den Schreibtisch. „Hinter ihm ist die Balduinbrücke erkennbar."

„Herrje", erschrickt sich Dr. Kämper-Ehrlich, „ist sein Gesicht entstellt!"

„Die Narbe könnte der Schlüssel zu manchem sein."

„Wo hat er sie sich zugezogen?"

„Laut Randnotiz des Vernehmungsbeamten beim Räumen von Minen. Die Amerikaner sollen ihn dazu auf der Reede von Bremerhaven gezwungen haben. Der Mann neben ihm ist der Vater von Waffenhändler Oswald Recker."

„Gezwungen – angeblich oder tatsächlich?"

„Das wird zu ermitteln sein", sagt Carl Stubenrein nachdrücklich. „Die Befreier übten mehr Zwang auf die Befreiten aus, als man heutzutage einzugestehen bereit ist. Dieser Seemann, der geistig rüstiger zu sein scheint als in Bremen erkannt, war Hitlerjunge."

„Mein Vater auch – ebenso der Ihre."

„Damit nicht genug. Es gab eine Auslandsorganisation der NSDAP, geleitet von einem Gauleiter Bohle, in England geboren und Südafrika aufgewachsen, ab siebenunddreißig Staatssekretär im Auswärtigen Amt. Seine Abteilung betreute Stützpunktleiter in aller Welt. Zu ihnen gehörte Uwe Hinnerk in San Francisco."

„Wie alt kann er gewesen sein?"

„Als Jahrgang sechzehn Anfang der Zwanzig."

„So einer ist kein Propagandaredner." Der Oberstaatsanwalt schüttelt den Kopf. „Was war seine wirkliche Aufgabe?"

„Der Entnazifizierungsakte nach eine Art Betreuung von Seeleuten und Hitlerfreunden unter den Dockarbeitern Kaliforniens."

„Nicht eben umhauend, mein lieber Stubenrein."

„Das finde ich auch", sagt der Sachbearbeiter hörbar unwillig. „Es gab Schlimmeres von Schlimmeren, das nirgends aktenkundig ist. Als sich mein Vater vor Jahr und Tag an das Ludwigsburger Zentralarchiv wandte, besaß man dort nur Unterlagen über Gewaltverbrechen der Nazis. Als hätten die alliierten Truppen aus Heerscharen charmanter Engel bestanden, unfähig jeder Barbarei."

„So pflegt Siegermoral sich zu geben. Freilich nicht erst seit vorgestern! Jedenfalls dürfte sich die Auslandsorganisation dieses Gauleiters Bohle, angesichts weltweiter Deutschfeindlichkeit, nicht viel erlaubt haben können. Man wird ihren Mitgliedern auf die Finger gesehen haben." Dr. Kämper-Ehrlich ist anzumerken, dass das Thema ihm näher geht, als einzugestehen ihn reizt. „Was Ihren Vater betrifft, wir haben uns öfter unterhalten. Gutes Gedächtnis bezüglich alter Fälle, hinsichlich der Besatzungszeit besonders. Wer sie nicht miterlebt hat, sitzt falschen Bildern auf ... Unvergessliches ist ein Wert an sich. Noch als Student hörte ich bitter Klage darüber, dass deutsche Kriegsverbrecher hingerichtet wurden, aber der Alliierten Völkerrechtsverletzungen ungesühnt blieben. Heute wird das für selbstverständlich gehalten. Gott schütze die Alma Mater vor herrschender Lehrmeinung!"

„Oder es liegt an kritikloser Übernahme amerikanischer Lebenseinstellung. Gestern Feind, heute Freund. Gestern Bomben, heute Schokolade. Übertragen auf den Zweiten Weltkrieg. Als wäre das so einfach."

„Mit der Weile eines Richters im Ruhestand kommt man sicherlich auf mehr als eine Ungereimtheit im Siegergebaren."

„Eine geradezu beängstigende Stärke meines Vaters", erheitert sich Stubenrein, wird ernst. „Dieser Tage hat er mir zu beweisen versucht, dass die NATO die Hitler-Allianz der Moderne ist. Tatsächlich kämpften Soldaten aller Mitgliedsstaaten als Freiwillige der Waffen-SS gegen den Bolschewismus."

„Das ist weiter hergeholt als den Zeitgenossen zumutbar."

„Ich muss einen Mordfall bearbeiten, der sich nicht von selbst erledigt. Keine Wohltat der Verjährung! Also Motivergründung. Die Lautzenhausener Zeugin Annegret Recker hat mich auf die frühere Kreisverwaltung Sankt Goar gebracht. Ihr zufolge gab es in den Fünfzigern etliche Polizeieinsätze auf Befehl der Amerikaner, die gebietsweit wohnten, im Winterschnee aber oft nicht durchkamen. Dann wurde die Hunsrückhöhenstraße für Zivilisten gesperrt, bis alle Wagen mit Kennzeichen USA den Hahn erreicht hatten. Die in Koblenz arbeiteten Pendler waren die Dummen. Sowas schaffte Verbitterung! Aber deswegen der Soldatenmord?“

Der als Harzer Roller zubenannte Oberstaatsanwalt überlegt.

„Nein“, entgegnet er bestimmt. „Ich halte es für ausgeschlossen, dass ein Deutscher den Amerikaner aus solchem Grund tötete. Die Rache mag auf einem Auge blind sein. Das andere sieht doch dieses und jenes. Auch der in dem ominösen Bekennerschreiben erwähnte fehlende Friedensvertrag dürfte kein Tatmotiv sein. Man könnte das Gefühl haben, es sollte uns eingeredet werden.“

„Im Ernst, ja!“

„Bleibt die Verhaltensbetrachtung. Soldaten, die sich selbst als Befreier feiern und als solche gefeiert werden möchten, dürfen nicht als Besatzer auftreten. Es ist Unsinn, die Städte derer, die befreit werden sollen, zu zerstören, ihr Eigentum zu vernichten, ihre Angehörigen zu töten und dann zu erklären, man sei als Befreier erschienen. Was kann der Befreite mit der Freiheit anfangen, wenn es nichts als Trümmer und Tote gibt? Der Zerstörer bleibt Zerstörer, wird niemals zum Wohltäter. Es war nun mal nicht Hitler, der fünfunddreißig Mal Koblenz bombardiert hat, sondern Roosevelt und Churchill. Es gibt eine Entsprechung im amerikanischen Bürgerkrieg. Den gewann die Nordstaatenunion. Als deren Truppen jedoch in den besiegten Südstaaten als brutale Besatzer auftraten, schlug ihnen wilder Hass entgegen. Sogar von befreiten Negersklaven, die zu ihren Herrn zurückkehrten. Offiziere der Konförderierten setzten sich ab nach Mexiko, bildeten Banden. Von dort machten sie den Yankees mit Nadelstichen das Leben schwer.“

„Was den Satz bestätigt, dass einer begrüßt wird, wie er daherkommt, und ein einziger Rabauke genügt, eine Stadt in Verruf zu bringen. Offenbar gab es zu viele Amerikaner, die ihre Armeepfründe verteidigten.“ Stubenrein hält inne, wird ironisch. „Und mit den verbliebenen Nazis zusammenarbeiteten! Beinahe liebäugelten, es sogar mussten. Weil sie sich in Deutschland nicht auskannten. Zufolge meinem Vater gab es zwischen ihnen Neidereien, die Unfrieden stifteten. Beinahe wie im Ersten Weltkrieg, als Koblenz unter amerikanischen Soldatenlaunen mehr litt als im Zweiten unter amerikanischen Bomben. Die Offiziere machten sich die Jobs in der Stadtkommandantur streitig, kungelten mit dem Bürgermeister, einem alten Kämpfer der kaiserlichen Garde, der sie seinerseits nach Strich und Faden hereinlegte. Untereinander lieferten sie sich Kneipenschlägereien, wie sie die Altstadt bis dahin noch nicht erlebt hatte.“

„Trotz Riesengarnison der ehemaligen Festung, den durchmarschierenden Truppen Napoleons. Auch die Russen wussten sich zu benehmen. Hm ... das Thema hat unter uns zu bleiben."

„Selbstverständlich", beteuert Stubenrein. „Abgesehen von meinem Vater spreche ich mit niemand darüber."

Indessen behält der Sohn des Richters im Ruhestand sich vor, weitere gedankliche Betrachtungen anzustellen, falls das von der Sache her geboten erscheint, auch um mit beiden Beinen auf dem Boden zu bleiben. Dass die USA jedem anderen Land der Erde überlegen sind, lässt sich nicht leugnen. Nur ist die Macht des Herrn nicht zwingend die der Knechte, schon gar nicht solcher, die, wie den Amerikanern nachgesagt, alle fünf Jahre umziehen, was sie zu fliegenden Holländern macht. Ein dummer Bürger wird nicht gescheit dadurch, dass er sich auf seinen Staat beruft. Steht der Einzelne dem Einzelnen gegenüber, entscheidet das Einzelkönnen, nicht die Feuerkraft eines Heerhaufens. Eine dem amerikanischen Nationalbewusstsein fehlende Binseneinsicht. Stubenrein vermutet darin den Grund für den Hass, der dieses große Volk kleiner Leute überall verfolgt.

15 Nichts los im Terminal 2 des Hunsrück-Airport, dessen Leere die Schritte hallen lässt. Stimmen auch. Die von zwei Angeschickerten am Check-In, welche, ohne reisen zu wollen, zum Duty-Free-Shop, der Zollausland ist, eilen, wohlfeiler Schnäpse begierig. In Pizza & Pasta, Bit-Shop und Back-Shop jeweils ein Pärchen, mehr turtelnd als tafelnd. Einige Typen mit Fähnchen des Vereinigten Königreichs auf den Rucksäcken, halbstark hingeflegelt, Joints in der hohlen Hand, erwarten ihrem Abflug, der sich verspätet, was, im Gegensatz zu Frankfurt oder London, kaum Aufregung hervorruft wie stets dort, wo die Uhren anders zu gehen scheinen, hier Hahn-Zeit etwa ... in Liberty Harbor, das Fun Air anfliegt. Die rosarote Gesellschaft. Ein knallbuntes Plakat, auf dem sich Palmen zum Meer neigen, als beteten sie es an, wirbt für die karibische Ferieninsel, ein Pappkamerad mit Cowboyhut für den Anbau der texanischen Essigpflaume Condolezza. Hinter Fritten döst, strohblond wie ihre Röstkartoffeln, die Pommesmamsell.

„Wo ist hier der Bahnhof?", fragt jemand die Streife.

„Es gibt keinen."

„Aber einen Hafen."

„Auch nicht."

„Doch", belustigt sich Margot, als der Frager mit seesackähnlichem Luftgepäck weg ist, „am Simmerbach."

„Wie gewöhnlich hast du Recht." Der Streifenführer schaut ins Schinderhannesland. „Vor zweihundertfünfzig Millionen Jahren schwammen Haie umher."

„Und die großen Fische fraßen die kleinen."

„So war es – so ist es."

Fast eine Idylle für denjenigen, der zu sehen eine nötig hat. Von der Schläfrigkeit des Ländlichen kündet sie und vom verräterischen Augenschein des ersten Blickes: als wäre gestern nichts gewesen, dessen man sich heute schämen müsste, vom Vorgestern nicht zu sprechen, als hätten himmlische Heerscharen die Geschichte entsorgt, ließe sich, bar der Vergangenheit, auf der Zukunft Fügung setzten. Zahlen, mildblau bis rosarot, scheinen es zu belegen. Millionengrenze erstmalig überschritten, heißt es unter Verkehrsergebnisse.

Allein, zu diesem passt jenes nicht, nicht zu jenem dieses. Mit der schönen Jazzfete, auf der sich Saxophonist Bernd Kirck, weniger schön, Falschgeld einhandelte, ist es nicht an dem, wie es zu sein scheint. Der Bürgermeister von Bell neidet den Hasselbachern ihr einträgliches Ravefestival, welches die Lautzenhausener wiederum gern bei sich hätten. Knatsch nach Hunsrücker Art, zumindest auf den zweiten Blick. Allerdings ist keiner verpflichtet, ihn zu haben. Im Dorf Hahn kräht der Dorfhahn.

Zwei Bärtige in Hemden grün wie die Fahne des Propheten kommen herein, schauen sich verstohlen um. Margot stößt Albert an. Guck mal! Die beiden schlendern langsam zum Flight-Shop, eine Quetschkommode von Minibudike, wo man Pilotenzubehör und Cockpit DVDs kaufen kann, Flimmerfilme der Luftfahrt aus Reichsmarkzeiten, in Euro zu bezahlen. Von seltsamen Flugmaschinen an einsamen Himmeln unter träumenden Sternen erzählen sie und vom rätselhaften Tod des romanschreibenden aviateur Antoine de Saint-Exupéry. Dass der eine Bärtige sich, Genick eingezogen, Blick starr voraus, hinter dem andern Bärtigen, dieser mit tarnender Sonnenbrille, bewegt wie bei einem Spähervorstoß, erscheint der erst unlängst dem Schulungsnest entschlüpften Polizistin, einem Polizeiküken sozusagen, verdächtig. Komme mehreres zusammen, ohne dass erkennbar der Zufall mitspiele, verstärke eines das andere, was doppelte Wachsamkeit erfordere, sagte der Ausbilder im Ton eines, der mehr an die große Glocke hängt, als diese zu läuten bereit ist. Dass sich nichts ereigne, könne die Ruhe vor dem Sturm sein. Welchem, erfuhr die Schülerschaft nicht. Sie tastet nach dem Pferdeschwanz, ob noch vorhanden. Die Bärtigen tuscheln konspirativ.

„Glotz nicht", mahnt Streifenführer Albert, im Bett ihr Bräutigam, und schaut nach der Uhr. Gleich wird man abgelöst. „Weil einer einen Bart im Gesicht und Sprengstoff im Koffer trägt", beliebt es ihm zu scherzen, „ist er noch kein Terrorist. Je nach Parteibuch und Bibelvereinszugehörigkeit kannst du die Atombombe abwerfen, ohne dass es deinem Leumund schadet. Den Engeln sind Minitanga aus dem Otto-Shop gestattet, jedoch keine Kopftücher. Es könnte sie in den Ruch bringen, Gespielinnen des Propheten zu sein. Mal was von Unschuldsvermutung gehört?"

„Nee." Margot kichert.

„Hätte ich mir denken können … es gibt keine Jungfrauen mehr."

„Frechheit!"

Von den Bärtigen hat der eine eine Flasche hervorgeholt, und der andere kramt in der Tasche nach einem Öffner. So benehmen sich Schickerbolzen von der grünen Insel, aber keine Säbeltänzer aus der Wüste des Morgenlandes.

„Die Gotteskrieger trinken Wacholder."

„Um sich Mut anzusaufen."

„Wir halten uns zurück", entscheidet Albert, überlegt … dann ruft er die Wache an. Für alle Fälle. Keiner soll sagen können, man sei vor Ort, aber nicht auf Draht gewesen.

„Und?"

„Am Ball bleiben."

„Das kann auf ein Eigentor hinauslaufen."

„Dann haben wir Pech gehabt."

Mit den eingeübten Verzögerungsschritten des Wacheinsatzes, die Bedacht erfordern, folgt man unauffällig den Grünhemden zum Terminal 1, wo sie mit den Damen von Fun Air, den Schüchternsten nicht, schäkern, dass das Reisepublikum kichert. Margot, keine Trauerweide, gibt sich gleichsam auf Vorschuss heiter, und zwar zu Recht. Nach einigem Hin und Her zeigt sich, dass die Zweibeiden, unbeschadet ihrer Bärte, Jungmanager der Gesellschaft sind, per Freiflug unterwegs, die Airports kennen zu lernen, morgen Liberty Harbor in der Karibik.

„Man kann sich auch", feixt Albert, „amtlich blamieren."

Seine Streifen- und Bettfrau sieht sich bestätigt.

„Falschgeld taucht ebenfalls nicht mehr auf." Ihr Pferdeschwanz macht einen Hüpfer, als sie erleichtet den Kopf schüttelt und an die Umguckerei erinnert, die vor einem Jahr befohlen worden war, obwohl von ihr nicht erlebt und nur vom Hörensagen bekannt. „Hm ... und das Waffengeschäft ist weg."

„Weil dieser Recker tödlich verunglückte. Wie ich auf der Wache mitbekommen habe, entwickelt sich das zu einem Fall für sich. Es soll neue Ermittlungserkenntnisse geben."

„In welche Richtung?"

„Dass er ermordet wurde." Albert sagt das bestimmt. „Etliches spricht dafür."

„Es wäre der Tod eines Waffenhändlers."

„Eben nicht, Schatz. Genau das nicht!"

„Aber was sonst?"

„Vermutlich wusste Recker zu viel in einer Hinsicht, die mit ihm als Geschäftsmann nichts zu tun hatte. Hoffentlich ist keine Politik im Spiel! Andernfalls, sage ich voraus, haben wir mit landesweiten Vertuschungsunternehmen zu rechnen. Jemand meinte auf der Wache, es müsse seinen Grund haben, dass der Schießstandbunker laut Verfügung der Koblenzer Staatsanwaltschaft versiegelt bleibt. Auch drückt sich Kommissar Unger hier herum. Und wo der erscheint, fährt kein Zug mehr ab. Wie schon immer gilt, dass mit dem Tod des Bäckers die Brötchen nicht sterben."

„He", tönt die Polizistin, „mach nicht auf Guru!"

„Der bin ich nicht. Nur tut sich Seltsames. Kennst du Gilla?"

„Dein Lautzenhausener Schwarm."

„Ach was", wehrt Albert ab, „sie ist ein braves Mädchen, zuweilen versponnen, aber sonst in Ordnung ... ein bisschen vorlaut, zugegeben. Gestern erkundigte sie sich nach Fun Air, die sie als Flugbegleiterin haben wolle."

„Normalerweise wollen Flugbegleiterinnen Fun Air haben."

„Eben! Jeder ist froh, einen Job zu kriegen. Aber sie hat für diesen keine Ausbildung, ist noch nie im Leben geflogen. Was findet die Gesellschaft an ihr, dass sie ein solches Angebot macht?"

„Vielleicht ist es Angeberei", versetzt Margot zweifelnd.

„Hätte ich den Eindruck, wäre mir wohler. Nicht anders, was den Skelettfund angeht. Ermittelt muss werden. Bedenklich ist die Richtung! Kein Opfer ohne Täter. Wurde der Tote ermordet, gab es einen

Mörder. Nur – wieso versucht man uns weiszumachen, das müsse ein Nichtamerikaner gewesen sein? Verdächtigt werden enteignete Bauern, böse Kneipenwirte, Luxemburger Zuhälter, Altnazis bei der Baufirma Holzmann ... jedoch niemand von der US Air Force. Als wenn GIs Waisenknaben wären! Ich denke nicht an Kameradenmord. Zwei, die sich hassen, erledigen das vor der Bar. Aber schneiden sich nicht drinnen die Kehle durch. Es würde mich nicht wundern, falls herauskäme, dass der Mord einen politischen Hintergrund hat."

„Noch einen."

„Letztlich steckt Politik hinter allem. Nur merken wir, die Dummen vom Dienst, es stets zu spät. Unsere Generation scheint es nicht wert zu sein, die Wahrheit zu erfahren. Aber wenn wir Jungen die Zeche der Alten zahlen sollen, müssen wir wissen, was sie getrunken haben. Da kommt unsere Ablösung."

Polizei überall auf dem Hunsrück-Airport, Bewaffnete ... fast wie zu Amizeiten. Ist plötzlich da, wie hergezaubert. Weiblein und Männlein, jenes mit unaufdringlichem Make-up, dieses mit Heckler & Koch-Maschinenpistole, vom rechten Arm verdeckt, aber nicht so, dass sie unsichtbar wäre. Die auf Einzel- und Dauerfeuer einstellbare vollautomatische Kugelspritze im Kaliber 9 mm PARA, aus der sich für Leute, die es bequem beim Töten haben wollen, eine kurze Schulterstütze herausziehen lässt, hat zwei Magazine, eins am andern befestigt wie die Ersatzreifen eines Wüstenrovers. Beim Wachwechsel versucht man, sie den Kollegen unauffällig zu übergeben. Freilich gelingt das selten, und geglotzt wird immer.

Albert ist froh, das Blicke unerfreulicher Art auf sich ziehende Schießding los zu sein. Es könnte sich geschmeichelt fühlen, von selbst zu ballern beginnen. Außerdienstlich, Besitzanspruch zeigend, umarmt er seine Pferdeschwänzlerin. Befummelt ihre griffigen Möpse, wissend, dass sie bei weiterem Fummeln steif werden, bei weiterem Fummeln noch steifer ... und so weiter. Ein Liebespaar in Uniform, und das auf dem Hunsrück! Sie ersteigen die Aluminiumetage, wo, so ein Werbespruch, Sorgen an Gewicht verlieren. Hier gibt es von Fun Air gesponserte Shirts mit Aufdrucken wie Bushshit und God shave the Queen. Nach Ansicht der flotten Margot, der eine rasierte Königin so wurst ist wie eine unrasierte, passt das zu der rosaroten Firma, die nach Geschäftsbelieben die Farbe wechselt. Auch Joints gibt es, freilich nur als Gummibärchen für Kids.

Drei Schottenröcke mit Schnurrbart, Dudelsäcke geschultert, in der Snackbar Flying Angel. Deren Galionsfigur, ein schwebender Nackedei, hat Möpse wie Kugelblitze, die Rubens gemalt haben könnte. Der Polizist unterdrückt ein Lachen. Ihm ist aufgefallen, dass seine Zukünftige, wenn man vorbeischlendert, ihre Oberweite spielen lässt. Wie beim Busenwettbewerb. Verübele einer Frauen, dass sie Frauen sind. Jetzt löst Margot die Klammer ihres Pferdeschwanzes. Eine Loreley von Polizei. Ihr, die sie ihren Albert nicht minder zu kennen glaubt, fällt wiederum auf, dass er, ansonsten im Zulangen nicht zimperlich, mit seinem Fastfootschnickschnack lustlos umgeht, den Kaffee gleichsam kaltrührt. Auf seiner Stirn eine Grübelfalte.

„Ist was, Schatz?"

„Ich muss an den toten Waffenhändler denken. Über seinem Tresen hing ein Poster von Liberty Harbor. Oft wartete er auf Leute, die mit Fun Air aus der Karibik kamen und ihn lauthals mit Oswaldo begrüßten ... sein Spanisch konnte Recker kaum aus Koblenz haben." Der Polizist kaut nachdenklich an dem 2,50-Euro-Salami-Brötchen, dessen durchscheinender Belag für die entstofflichte Vergeistigung des Schlachters zeugt. „Man müsste in seinen Schießstandbunker gucken können."

„Davon war bisher keine Rede." Margot drückt ein hühnerkackfarbenes Würstchen aus der Senftüte. „Wieso ist das nun wichtig?"

„Die Versiegelung muss, wie gesagt, ihren Grund haben. Jede Wette, dass sich darin noch anderes befindet als Musketen von vorgestern. Einer, der zu offenkundig Altes herausstellt, erweckt den Verdacht, damit den Handel mit Neuem zu tarnen. Recker war kein Anfänger auf seinem Gebiet."

„Meines Wissens hast du ihn nicht persönlich gekannt."

„Aber Kommissar Unger. Wenn der am Ball bleibt, ist was im Busch. Er hat seine Art, einen zu fragen, dass es Würmer aus der Nase setzt."

Später joggen beide, sie mit kürzeren Schritten als er, aber ihm mithaltend ohne Mühe, zur Ausfahrt Koblenz. Bei einem der alten Hangars der US Air Force, zuletzt auch von der NATO genutzt, bleibt die junge Polizistin unversehens stehen.

„Du", wendet sie sich an den Verlobten, „wie viele Heerscharen von GIs haben damals diese hässlichen Jetgewölbe errichtet?"

„Überhaupt keine."

„Aber sie sind da?"

„Hingestellt von Hiwis." Albert lacht schnaufend. „Die Pläne kamen vom Militär, das die Bauaufsicht führte. Gegraben, gegossen, gemauert wurde von Zivilarbeitern, die aus allerlei Walachei anrückten ... Nutten übrigens auch. Wenn der Hahn erzählen könnte! Die Amis wurden nicht müde, den Hunsrückern weiszumachen, wie böse die Russen seien. Das sollte ihre eigene Anwesenheit rechtfertigen. Inzwischen fliegt die russische Aeroflot seit vier Jahren her, hat vierundvierzigtausend Tonnen Fracht umgeschlagen." Er verzieht das Gesicht komisch, deutet eine Bedauernsmiene an. „Aber keine einzige Bombe abgeworfen."

Margot findet das bedingt witzig, keiner Erheiterungsmühe wert. Zwar ist die Welt für sie im Trend, tauscht rührig die Klamotten. Auf dem Hunsrück sogar. Weg die Zöpfe von gestern, jedoch nicht abgeschnitten. Stecken unterm Hut. Die alte Amifestung Hahn, die betonierte Bunkerwiese, die Monsterpistenlandschaft! Die soll verschwunden sein? Dass ich nicht lache, so vorgestern Annegret Recker, eine betagte Lautzenhausenerin, ohne zu lachen, alles noch vorhanden ... jedenfalls, so lange sich jemand erinnert.

16 Die Hitze hat eigene Gesetze, Träume auch. In der Koje ein Aas, das nicht seine Frau ist. Die fühlt sich anders an. Auf Stirn, Wangen und Kinn seltsame Zeichen, der Haut entwachsen scheinend, keimartig, wurzelartig, die Lippen überspannt vom Fell einer Trommel. Ah, das Meer, die Küste, der Vulkan der Trommeln! Wer paukt wen herbei? Klaus Dick erwacht, flucht, schläft wieder ein. Nichts als sein Kopfkissen, das Aas. Liberty Harbors verdammte Albträume! Nun träumt ihm, er träume sich preiswert in die Zukunft hinein, gleichsam im Angebot. Das wäre etwas anderes ... verstehe dich als der, welcher du sein wirst. Kreisende Bilder erzählen von Gedanken, die noch nicht gedacht, von Schlachten, die erst geschlagen sein wollen. Die Ewigkeit, unrasiert. Das gibt Berichte von Leibesfrüchten, die man feierlich zu Grabe trägt, bevor die Sonne sie an den Tag gebracht hat. Dieses und jenes mehr, wenn die Nacht lang ist.

Gegen halb vier weckt ihn merkwürdige Helle im Moskitonetz, ein rötliches Flimmern anders als das der Scheinwerfer, die für gewöhnlich von der Marinereede herüberfingern. Über dem Krater Feuerbuckel wie von Flammen, die sich in Erdentiefen räkeln, dehnen, strecken, zum Aufbruch, der Ausbruch heißt, bereithalten, wartend auf das Zeichen des Anfangs vom Ende. Die Welt hört nirgends auf, schrieb einst ein Weiser. Wenn sie doch aufhört, denkt Klaus Dick, dann in Liberty Harbor. Zeichen überall! Von der Menschen Ängste scheinen sie zu künden und vom Jüngsten, wenn nicht Allerjüngsten Gericht in Form des Gerüchts, der hausgemachten Selbstverdummung … dessen, was man in sie hineinlegt. Nichts sonst! Ein erleichternder Gedanke, nicht ohne Schweregefühl. Denn etwas bleibt immer hängen, das, was den Tag zur Nacht macht. Von außen zeigt sich vor dem Kajütbullauge des Hotelschiffs Baquine eine dunkle Hand. Ein Unsichtbarer fragt mit raunender Stimme, ob er Jimenez am Rio Hondo gesucht habe.

„Ja." Der Reporter der Rhein-Mosel-Nachrichten, fern des Rheins, der Mosel auch, bekommt Herzklopfen. „Leider vergeblich."

„Gedulden Sie sich."

„Wie lange?"

„Die Frage stellt man nicht. Morgen kann gestern sein. Manche Tote leben ewig", so der vor dem Kajütbullauge, „ohne davon zu wissen. Zu erkennen am leeren Gesicht. Ist Ihr Fetisch ein Schnäppchen?"

„Ich habe keinen."

„Sollten Sie kaufen. Aber nicht im supermarket. Das ist Ramschware."

„Danke für den Tipp." Dick bemüht sich, ernst zu bleiben. „Was sagt Jimenez?"

„Im Augenblick nichts."

„Ich bin seinetwegen hier."

„Er hat mich beauftragt, Ihre Internet-Adresse zu erfragen. Wenn Sie eine haben, bitte rausreichen. Sie geht telefonisch an den Mexikaner weiter."

„Das kann belauscht werden."

„Ja … von den Horchfunkern der Marine." Meckerndes Lachen. „Völlig harmlos."

„Wieso?"

„Die bekommen mehr mit, als sie behalten können."

Es hört sich an, als würde durch viele Frequenzen gescannt. Noch ein Suchlauf. Radio Caribbean meldet Sturm. Andere bleiben verhalten stumm, wie mit der Hand vor dem Mund. Jetzt Rauschen und Gewisper, aber weder Worte noch Musik, ein Unding für die Karibik, das heiße Meer der Trommeln. Es passt zu des Vulkans buckelndem Feuer, traulich und doch wundersam entrückt. Klaus Dick ist, als hätte man die Insel von der Welt abgeschaltet, abgekoppelt, abgehängt, wäre sie ankerlos, steuerlos, richtungslos am Dahintreiben. Der Scanner piepst, pfeift und quietscht ... von den Geistern des Äthers erzählt er und vom Solarzellenfetisch, neuerdings im Angebot. Dazu führt es, wenn den Dingen zugestanden wird, eigene Stimmen zu haben.

„Sind Sie noch da?"

„Gewiss", raunt es zurück. „Vom Hafen ist der Feuerberg besser zu beobachten als aus der Stadt. Jimenez meldet sich nicht. Dann morgen, übermorgen. Bei uns läuft die Zeit im Kreis. Ich bin ein Josefino aus dem Nebelwald. Pedro beschäftigt mich seit Jahren. Ein guter Patron. Kein Leuteschinder von Hacendado."

„Hat die Revolution diese Sorte nicht geköpft?"

„Zu ihrer Zeit ... ja. Viva Villa! Aber die Brut wächst ständig nach. Es gibt nicht genug Revolutionen, um Hacendados zu köpfen."

„Sagt Ihnen der Name Recker etwas?"

„Das war dieser Deutsche, der Jimenez beschäftigte. Wir nannten ihn Oswaldo. Trat auf wie ein spanischer Latifundista mit silbernen Sporen. Dann stellte sich heraus, dass er Altertümer sammelte ... seine Frau Sabina auch."

„Soviel mir bekannt ist, war er unverheiratet", sagt der von der Eröffnung verblüffte Reporter. „Überdies ist Sabina kein deutscher Name."

„Sie stammte aus Ihrem Land und hieß Sabine Ellern, war dauernd am Sammeln, auch im Hochland, wo es keine Altertümer gibt."

„Wie soll ich das verstehen?"

„Von dort lässt sich die Marinebasis beobachten, jede Schiffsbewegung knipsen, ohne dass das in Liberty Harbor einem auffällt."

San José ist die einzige Ansiedlung im Inselinnern, die sich von der Küste aus sehen lässt, doch schwarze Finsternis umgibt die Stelle, wo der deutsche Reporter sie liegen zu wissen glaubt. Der Kajütsteward hatte darauf hingewiesen, worauf Christas Teleobjektiv zum Foto verhalf. Dick denkt weiter. Mochten die Josefinos, wie allen Bewohnern unter dem Krater nachgesagt, den Feuerberg anbeten. Bei einem Ausbruch würde es sie nicht davor retten, als Erste in Asche verwandelt zu werden. Hinsichtlich dessen scheint ihm bezeichnend, dass die Amerikaner der Marinebasis so tun, als sei das Innere der Insel unbewohnt. Die Hänge werden beharkt, weil sich Lavafelder vorzüglich dazu eignen, Sprengmunition zu testen ... heute wie gestern. Vorgestern, nicht zu vergessen. Brave Ballermänner. Ballern ständig, ihr Job eben.

O Rauschen, o Gewisper! Äonenzirpen auch. Es wirkt irgendwie mitteilsam, als rieben sich Blätter im Wind, murmelten verborgene Bäche, ein Klangmusterzeichenwerk, wie aufgespielt der Stille, die der Bergesröte einhergeht, diesem gespenstischen Schweigen, das voller Symphonien ist. Will der Schwarzer Riese genannte Vulkan, indem er sich launisch wie ein wechseljähriges Frauenzimmer gibt, das lauschende Ohr täuschen? Die sich aufbäumenden Flammen übersteigen kaum den Kraterrand, eher ein Feuerleuchten wie fernes Gewitter, statt blitzsilbern am Himmel der schwarze Purpur der Hölle. Auch als der RMN-Reporter länger hinaufschaut, bleibt das Naturschauspiel bedeckt, kommt nur gewunden dem Auge entgegen, was den spukhaften Eindruck verstärkt. Dort droben gibt es nicht nur Asche, Lava und Basalt, den Nebelwald mit Baumfarnen, Apostelbärten gleich ... auch Menschen. Deren einer sitzt vor dem Bullauge, macht Suchläufe mit dem Handscanner. Dick reicht ihm ein Bier hinaus.

„Heineken."

„Besser als nix, danke Mister."

„Haben Sie Recker näher gekannt?"

„Wie in Liberty Harbor all jene", tönt es überraschend nachdrücklich herein, „die um seine Einstellung wussten."

„Zu was oder wem?"

„Er mochte die Yankees nicht – so etwas zählt auf der Insel."

„Den Eindruck habe ich inzwischen auch." Der Reporter, wissend um die Heikelkeit des Themas, ist bemüht, beiläufig zu bleiben, um zu verbergen, dass ihn das interessiert. „Aber der Grund leuchtet mir nicht ein?"

„Um die Marinebasis auf der Nordinsel errichten zu können, brauchten die Amerikaner das Fischereihafengelände. Unsere Bootseigentümer erhielten Schecks, in denen sie den Kaufbetrag selbst festsetzen konnten. Dann musste der Liegeplatz geräumt werde, ohne dass wer hätte zurückkommen dürfen. Jimenez wusste von dem Brasilianer, dass dessen Leute auch reingelegt worden waren."

„Recker junior war Deutscher, kam aus meiner Heimatstadt."

„Aber sein Vater und Vorvater hatten in Brasilien gelebt. Übrigens zahlte er besser als jeder Gringo in Liberty Harbor."

„Dann kann ich mir seine Beliebtheit erklären."

„Caramba!", flucht der vor dem Bullauge derart laut, dass es damit einen Haken haben muss. „Die hielt nicht lange."

Wegen des Falschgelds, schießt es Klaus Dick durch den Kopf, ohne dass er etwas sagt. Die Bergdörfler gelten als bettelarm. An der Küste heißt es, sie hassten das Meer, das ihre Vorfahren aus Haiti hergeführt, und verböten ihren, die Stadtschule besuchenden Kindern, dem Wasser nahe zu kommen. Zwingt das nicht zur Folgerung, dass Menschen ihres Schlages, im Hafen die Tagelöhner der Nacht, froh sein müssten für jeden Cent, den mehr zu ergattern es gelingt? Schließlich erfuhren sie erst, dass es Falschgeld war, als die Bank es ihnen sagte. Was weiß der Josefino noch?

Sein unbestimmtes Gefühl, es sei wichtig, die Frage vor allen andern zu beantworten, drängt ihn, die Kajüte zu verlassen, um mit ihm vis-a-vis zu sprechen. Aber dessen Platz an Deck unter dem Bullauge, wo er unbequem gekauert haben muss, ist verlassen. Seine leere Bierdose schaukelt auf dem Wasser, welches, von See her angeregt, das Blinklicht der Hafenmole gebrochen spiegelt. Das von Cancún über den Yucatánkanal kommende Postflugboot sucht mit dem Scheinwerfer die Landebojen, deren Radarreflektoren kurz, wie aus dem Schlaf geschreckt aufblitzen. Obwohl vor Sonnenaufgang, ist der Himmel im Osten über der Zuckerinsel noch finster. Als verschmähten die Subtropen die Farbe der Dämmerung.

Zwei singende Matrosen, Rumflaschen schwenkend, torkeln heran. Einer setzt sich auf den eisernen Schuhputzerstuhl, ein Foltersitzmöbel aus dem vorgestrigen Mexiko, das zwischen Palmen auf dem Kai vor dem Hotelschiff steht. Sein Bordkumpel spuckt ihm auf die Barfüße, wienert mit einem eingebildeten Tuch drauflos. Obregón, der Baquine Nachtportier, als Beschaffer von Drinks und Nutten geschätzt, verjagt die beiden. Seine beflissene Frage, ob Dick, der vom Kajütdeck niedergestiegen ist, nach Deutschland telefonieren wolle, enthebt diesen unversehens seiner Grübelei.

„Hm … ja, wenn die Verbindung zustande kommt." Er schaut auf die Uhr. „In Koblenz ist jetzt eine Stunde vor Mittag."

„Ich weiß, ich weiß", beteuert der aus Kuba stammende Obregón mit der Wichtigkeit eines weltläufigen Götterboten. „Unsere Kapitänskajüte war auf Dauer an Herrn Oswaldo Recker von dort vermietet."

„Meines Wissens gehörte ihm die Baquine?"

„Aber dem Personal war anbefohlen, sich so zu verhalten, dass seine Landsleute ihn für einen gewöhnlichen Gast hielten. Vor einem Jahr reiste er ab … ist seither ausgeblieben. Derweil wissen wir von seinem Unfalltod. Ein Herr Stubenrein, ebenfalls aus Koblenz, hat es uns erzählt. Sagt Ihnen der Name etwas?"

Am liebsten würde der Reporter der Rhein-Mosel-Nachrichten nein sagen. Nichtwissen kann, je nach Gelegenheit, das beste Wissen sein. Aber damit entfiele seine Möglichkeit unvermittelter Rückfrage.

„Bei uns heißen mehrere Leute so", gibt er ausweichend zur Antwort. „Hat er oft nach Haus telefoniert?"

„Jeden Morgen um diese Zeit – zumeist mit dem Flughafen."

„Bei uns gibt es keinen."

„Ich meine den von Fun Air für Urlauberflüge nach hier benutzten." Der Nachtportier des Hotelschiffs, um äußerste Zuvorkommenheit bemüht, schlägt sich gegen die Stirn. „Meine Vergesslichkeit, zum Teufel mit ihr! Ah, jetzt fällt es mir ein. Hunsrück-Airport heißt er. Der mit dem Zombie."

Klaus Dick kriegt den Schluckauf vor Verblüffung.

„Was", stottert er, „soll das heißen?"

„Ich helfe zuweilen an der Bar aus", sagt der Nachtportier, einer der Begnadeten, die aus Wissen jene Kraft schöpfen, die andern aus der Bratpfanne, wie sie glauben, zu teil wird, vertröstet einen Anrufer, der Bier gebracht haben will, auf den Morgendienst, und lacht vor sich hin, als sei das seiner Jobs vergnüglichster. „Einmal erzählte Herr Recker nach dem zehnten Daiquiri, auf dem Flughafen geistere seit langer Zeit ein Yankee als lebender Toter umher. Hätte ich nicht ernst genommen. Doch mir fiel ein, sowas schon gehört zu haben. Fast ein Menschenalter zurück. Auch von einem Landsmann von Ihnen, der aus einer Stadt namens Bremen kam."

Da suchst, forschst, ermittelst du, wetzt dir die Sohlen ab, stehst die Beine in den Bauch, mager das Ergebnis. Dann der Zufall, des Schicksals General! Unversehens kommt von selbst, was dir bislang entwicht, denkt der Blättchen-Reporter, himmelarschnochmal! Geschichte trägt sich zu, bestes Knüllerformat, blinzelt aus gestrigem Dunkel hervor, als sei ihr unwohl im Licht, erzeugt ihre Taten, die sich zu verlaufen scheinen. Doch die Welt verliert nichts, speichert in Datenverliesen X-facher Rechnergröße, man zerstöre denn ihr Gebäude. Als sei, wo Bilder wirken, Stimmen erschallen, Gebärden traulich winken, die Toten nur ein Wort kennen – leben, das Jüngste Gericht nicht fern. Mit uralten Urteilen.

„Würden Sie ihn auf Fotos wiedererkennen?"

„Sofort ... sein Gesicht war von einer schrecklichen Narbe entstellt."

17 Dass er sich eher in Schleichfahrt über den Hunsrück fortbewegt, liegt nicht an der Ortsunkenntnis von Richter im Ruhestand Gottlieb Stubenrein. Ebenso wenig kann das Wetter dafür verantwortlich sein. Strahlender Sonnenschein. Wie er selbst sind die Leute mit Familie unterwegs; plattgedrückte Kindernasen an den Wagenfenstern. Und da die Liebe durch den Magen geht, hat in Kirchberg ein Straßencafé geöffnet. Eher stören ihn die Radiomeldungen aus dem Irak. Wie im Herbst vierundvierzig. In Paris feierten die Amerikaner Siegesparaden, tönten, Berlin in vier Wochen zu erobern. Dann wurden sie in den Ardennen, im Hürtgenwald zusammengeschossen. Einheiten verbluteten bis auf den letzten Mann. Binnen einer Stunde gingen achttausend GIs in Gefangenschaft. Nun die Aufstände in Bagdad ... das kann nicht gut gehen.

„Opa“, tönt von hinten ein besorgtes Kleinmädchenstimmchen, „was geschieht, wenn die Welt entzwei ist?“

„Klebt der liebe Gott sie zusammen.“

„Du erzählst dem Kind Unsinn“, rügt wer vom Beifahrersitz.

„Getreu nach Augenschein.“

Ärgerlich auch der Trubel auf der B 50. Wird das Vaterland zum Verkehrsschlachtfeld? Autokennzeichen aus ganz Europa, Vorderasien sogar. Ein Russentruck, grüngrau wie die sibirische Taiga, stößt Abgaswolken aus, als rauchte sein Fahrer eine Riesenpfeife. Typisch Iwan! Keine Polizei auszumachen, stellt er überdies, obschon außer Dienstes als Richter für Verkehrsstraftaten, mit stillem, gleichsam eingefleischtem Verdruss fest. Wiederum riecht der Hunsrück noch immer nach Hunsrück. Auch etwas! Einige Kilometer hinter Kirchberg, wo der Idarkopf sichtbar wird und, so die Legende, der Schinderhannes sein Julchen Kühe hüten sah, ist ihm wohler. Hier biegt der Zubringer über Lautzenhausen ab in Richtung Flughafen Frankfurt-Hahn, einer Paradiespforte der Billigklasse mit Pfiff. Fußgänger allenorts, wie überall, wo kleine Leute sind. Mütter mit Kinderwagen, Kinder mit Puppenwagen. Ein Knirps auf dem Dreirad, sein Handy bedienend. Die Haupteinfahrt nennt sich Main Gate. Daneben ein Witzschild mit der Forderung, die frühere US Air Base müsse Hunsrück-Airport heißen.

„Das könnte den Bauern so passen“, entrüstet sich Stubenreins Gattin Hermine, eine jener Beifahrerinnen, die durch lausige Bemerkungen, vorzüglich unerbetene, nerven und als Verkehrsheldentote enden. Hier herrscht Zockeltempo. Auf dem Rücksitz regt sich, Püppchen Rüppchen an sich gedrückt, ein kleiner Blondschopf.

„Oma“, kommt es dringlich, „Rüppchen muss auf den Topf.“
„Du wohl auch?“, ahnt die Oma.
„Weil wir schon tausend Stunden unterwegs sind.“
„Demnach zählst du sie?“
„Nein, die Zeit ist eine Uhr ohne Ziffern.“ Paddy zeigt auf die Propeller-Maschine des Amadeus Flugdienstes. „Guck mal, ein Flieger mit Hasenohren.“
„Das sind Luftschrauben“, beugt sich Großvater Stubenrein der verspäteten, beinahe unendlichen, an der Erträglichkeitsgrenze liegenden Fragelust seiner Enkelin. „Bringen ihn nach Berlin.“
„Kann man Luft schrauben, Oma?“
„Wenn Opa es behauptet.“
„Ihr redet altklug daher ... jedenfalls, hoffe ich zu Gunsten des Genius Loci, wird es auf diesem Spatzenairport ein Puppenklo geben.“
Von der Piste dringt Geheul herüber, schwillt an, wird zum Tosen. Ein riesiger weißer Hai, geschuppt von den Buchstaben Ryanair, regt die Schwanzflosse. Auf dem Tower kreist ein fahles, sich aufblähendes Licht, das aussieht, als machte es pro Umdrehung ein Nickerchen, Schein rauf, Schein runter, wüsste um die Spielereien der Zeit und den kalten Ernst der Ewigkeit, mit Andacht zu betrachten. Überhaupt wirkt der Flughafen schläfrig, dauerdösend ... abgesehen vom Gedränge im Terminal 1. Leute wie Sardinen, in der Dose zugange. Wie das schubst, wie das rempelt. Behutsam aber. Und vor den Schaltern lange Schlangen, auf Rollkoffer gebettet. Man sieht Engländer, das Vereinigte Königreich im Brotbeutel, Regenschirme wie Kavalleriesäbel umgehängt. Holländer mit Holzklumpen, dem Schuhwerk der Bescheidenheit. Den Ritter von der traurigen Gestalt aus dem Spanien Ihrer Allerkatholischsten Majestät sieht man, und diesen und jenen, darunter den Mildenberger Heinrich vom nahen Sohren, rotgesichtig auf seinem Traktor. Durchsage. „Fun Air Flight sowieso nach Liberty Harbor ausgebucht. Wer in die Karibik will, muss in Lautzenhausen übernachten. Scheunenhotel mit Bauernfrühstück. Erleben Sie Hunsrücker Lebensart!“
„Das war es“, seufzt Hermine, als sie mit der Enkelin und deren Rüppchen von der Toilette zurückkehrt. Die Siebenjährige ist eigentlich übers Puppenalter hinaus. Aber besser so als die Simserei, auf welche Paddy von ihrem Schulfreund Kurtchen, einem Reportersohn, neuerdings ungut gebracht zu werden scheint.
„Opa“, behauptet sie jetzt, „ich sehe Papis Flugzeug.“

„Unmöglich."
„Warum?"
„Er kommt erst in einer Stunde aus London in England."
„Vorhin hast du gesagt Amerika."
„Das ist manchmal dasselbe. Jedenfalls nach Ansicht der Amerikaner, die die Welt erfunden zu haben glauben. Man muss genau hinsehen."
„Du erzählst dem Kind schon wieder Unsinn, Gottlieb."
„Weil er unerschöpflich ist."
Die kleine Flugzeugseherin, Tochter von Stubenreins Sohn Carolus, einundvierzig, seit elf Jahren Staatsanwalt, reckt auf der Besucherterrasse den Hals, als der nach Arvidsjaur startende Jet, der mit der Haiflosse, dem Blick entschwindet, mit vollem Schub, einem Getöse zum Steinerbarmen davonbraust. In südliche Gefilde, wie ihr Opa glaubt. Eine Dame mit Paukerrucksack, dem Outfit der Vielreisenden, einem Touch Quotenfrau auch, meint schulmeisterlich, aber nicht ohne Nachsicht, die nach Arvid, dem Adler, benannte Stadt befinde sich in Mittelschweden. Er bedankt sich für die Freundlichkeit und nimmt sein Enkelkind auf den Arm.
„Jetzt weißt du Bescheid."
Die also Beschiedene, mit dem Bescheider auf Augenhöhe, gibt darauf nichts. Wenn überhaupt, gilt in der Schule der Adler als Wappentier à la Papiertiger. Eigentlich heißt sie Paddy-Anna, womit, ohne viel Federlesens, dem Zeitalter der Hänger, Rocker, Kiffer, Simser, Surfer wie des Neuen Testaments entsprochen ist. Dem seinerseits entspricht, dass ihres Vaters Name auf Carl verkürzt ist. Die ewigliche Jurisprudenz tut gut daran, sich, außer in der Gerechtigkeit, im Alltäglichen Platzhalter zu verschaffen, den Leuten aufs Maul zu schauen. Zu derlei herrschender Lehrmeinung gewisser, hinter den Ohren grüner Neuerer pflegt Stubenrein senior, dazumal bester Lateiner unter den Koblenzer Richtern, gute Miene zum bösen Spiel zu machen. Jedoch nur, wenn nötig! Den Sohn Carolus zu nennen, wie von Rechtsmeistern im Rom der Zwölftafelgesetze geübt, war sein Vorschlag gewesen. Das Enkelkind beginnt zu quengeln, was der Großvater auf das verspätete Fragealter zurückführt.
„Paddy", versetzt er streng, „ich habe dir gesagt, dass dein Vater von Liberty Harbor übers Meer fliegt nach England, wo er die Maschine nach hier erwischt."
„Die rosarote Himmelsente."

„Voller Engel“, ulkt Hermine.

„Lasst mich ausreden, ihr zwei … wenn er sie erwischt. Sonst erwischt ihn Londons Regen. Ich war noch nie dort, ohne nass zu werden. Würde mir zudem überlegen, mich einer Gesellschaft namens Fun Air anzuvertrauen. Dieses Rosarot zum Halbseidenen hin. Wie die Tapeten eines fragwürdigen Etablissements. Man könnte als Mann auf dumme Gedanken kommen.“

„Ohne die Verrückten wäre die Welt um Gelächter ärmer.“ Die Gattin des Richters tut überlegen, kichert. Es ist jedoch nicht wie vor der Mattscheibe, wenn sich Glotzenblödel die Ehre geben. Je nach Gefühl kann das Besorgnis ausdrücken. „Carl wird die Buchung nicht zum Jux vorgenommen haben.“

„Das erfahren wir nach seiner Ankunft, sofern es ihn zu reden drängt. Der Fall ist nicht danach, treibende Kraft der Oberstaatsanwalt, der ihn vom Tisch haben will. Damit wird es vermutlich Weile haben.“

„Hm … was hältst du von seinem Verdacht?“

„Unbegründet ist er nicht“, versetzt Stubenrein sinnend, lässt den Blick schweifen, deutet mit der Hand umher. „Hier tut sich so allerlei.“

Hermine blickt ebenfalls in die Runde.

„Die früheren Fliegerkasernen sehen anders aus als unsere in Koblenz.“ Sie rümpft die Nase. „Beinahe wie Zuckerbäckerfassaden auf Postkarten aus San Francisco.“

„Sie haben Deutsche im amerikanischen Stil gemauert.“

„Für mich ist das ein gemütlicher Bauernflughafen.“

„Deswegen, meine Gute! Wer grenzüberschreitend krumme Geschäfte machen will, benutzt ihn in der Hoffnung, dass die staatliche Aufsicht Schlafmützencharakter hat. Denke an die Figürchen! Ein Teil von dem, was nach Kriegsende aus Bagdads Museen gestohlen wurde, ging über den Hahn an Kunstsammler in aller Welt.“

„Woher willst du das wissen, Gottlieb?“

„Stand im Blättchen.“

„Die Landesregierung hätte“, befindet Hermine Stubenrein leicht anzüglich, „auf der Hut sein müssen!“

„Hätte … ihr fehlt die Erfahrung, beim Militär kaum zu kriegen. Zivile Flughäfen wie den Frankfurter, der Lehrstück für alles ist, gibt es in Rheinland-Pfalz nicht. Ich möchte kein Innenminister sein. Carl dürfte Recht haben, dass das Falschgeld aus der Karibik kam. Aber das nützt ihm als Staatsanwalt wenig.“

„Wieso? Derlei beschäftigt ihn nicht zum ersten Mal. Gewöhnlich erfahre ich nichts als Mutter – Waltraud als seine Frau schon gar nicht! Dieses Mal bin ich, ohne gefragt zu haben, eingeweiht worden. Vor seinem Abflug nach Liberty Habor. Fast dass es schien, ihn bedrücke was."

„Er hätte es mir als Richter zu beweisen." Das sagt Stubenrein der Ältere trocken, als waltete er weiter seines Amtes auf Zeit und Ewigkeit, und hält die quängelnde Paddy fest. „Wohin willst du, herrjenochmal?"

„Nach draußen zum Simsen an Kurtchen Dick."

„Die Polizei kassiert das Handy."

Im Zweierset nähert sich gemächlich, wie die Obrigkeit es zu halten pflegt, eine Streife vom, so die Amtsbezeichnung, Terminal 1/Level 2 treppenabwärts, auf unterster Stufe Ausschau haltend. Männlein. Und Weiblein auch. Letzterem Blondschopf hüpft, wie ein kleiner Hase, ein Pferdeschwanz hinterher.

„He", rennt das auf seine Rechte bedachte Kind den Polizisten entgegen, „darf ich vor der Tür simsen?"

„Selbstverständlich." Margot tut erfreut.

„Sagt dir irgendjemand", will Albert, die Maschinenpistole rückwärts schiebend, im Vollzug seiner Pflicht als Streifenführer wissen, „dass du es nicht darfst?"

„Mein Opa Gottlieb, der ist Richter." Die Richterenkelin weiß, was sich gehört, stellt die Ihren vor. „Das ist Rüppchen, mein Püppchen."

„Angenehm."

Nach Ankunft des Sohnes erkennt Hermine Stubenrein sofort, dass ihm etwas auf der Zunge liegt, er sich mit dem Vater unter vier Augen unterhalten möchte. Und so geht sie mit Paddy spazieren. Erst zum Gift Shop der Kunst- und Geschenkegalerie auf Ebene 2, dann zum Pressestand im Untergeschoss auf der Suche nach Kinderbüchern.

„Was ist passiert, Carl?", fragt oben der Richter.

„Nichts Dramatisches, nur ... etwas Seltsames." Der Staatsanwalt sieht seinen Vater unsicher an. „Möglicherweise werfe ich in einen Topf, was nichts miteinander zu tun hat. Sollte ein Zusammenhang bestehen, könnte es verwirrend ausufern. Die Rede ist von Flight Lieutenant Frederic. Das war sein Aliasname bei Eintritt in die amerikanischen Streitkräfte. Tatsächlich hieß er Maksim Franzischak, geboren im weißrussischen Minsk. Der Sommer dreiundfünfzig in Liberty Harbor verschwundene Offizier der US Navy war auch ein Weißrusse Franzischak aus Minsk, Vorname Smitrok. Sollten beide Brüder gewesen sein, wurden sie Opfer der gleichen Tat. Was würdest du daraus schließen?“

„Dass der oder die Täter das gleiche Motiv hatten.“

„Des Pudels Kern! Mir kommt es so vor, als sollte uns weisgemacht werden, beide GIs seien von Einheimischen ihrer Stationierungsländer ermordet worden. Verschleppt aus Bars, dann umgebracht. Eingemauert wurde Frederics Leichnam auf Militärgelände, dem Fundort des Skeletts. Somit hätte er von draußen hereingebracht werden müssen. Wahrscheinlicher als Tatort ist das Sperrgebiet, das nur von Soldaten betreten werden durfte. Nicht einmal deren zivilen Angehörigen! Eingemauert wurde der Tote, um ihn verschwinden zu lassen. Im Bunkerbereich fanden keine Nachforschungen statt.“

Stubenrein senior wiegt den Kopf.

„Hm“, macht er mit Blick zum Sohn, „deutsche Behörden bis hin zur Feuerwehr haben auf dem Hunsrück nach dem überfälligen Soldaten gesucht.“

„Aber nicht innerhalb des Fliegerhorstes. Alte Einsatzberichte enthalten den Vermerk, der Zutritt sei von US-Millitärpolizei verwehrt worden. Wenn zutreffend, muss es seinen besonderen Grund gehabt haben.“

„Das finde ich auch ... seltsam, in der Tat!“

„Eine Seltsamkeit reiht sich an die andere. Es ist wie bei einem Computer, der einen eindeckt mit Verknüpfungen, auf die man keinen Wert legt. Der Skelettfund auf dem Hahn und die Falschgeldsache haben nichts miteinander zu tun. Dennoch scheint es von der Täterseite her, als existierten personale Überlappungen.“

„Die lassen sich gegen dich verwenden.“

„Darüber“, sagt der Staatsanwalt gedehnt, „bin ich mir in der Karibik klargeworden.“

18 Unterwegs hat Sabine Ellern, die Koblenzer Goldschmiedemeisterin, in der Rhein-Mosel-Stadt die einzige weibliche ihrer Herrenzunft, drei Seiten eines Romans mit dem merkwürdigen Titel Gleise ohne Abschied, Züge ohne Wiederkehr gelesen, aufgehört, nachdem der mitlesende Sitznachbar, ein Grandseigneur in Cordhose und Samtjacke, die Baskenmütze schief, der Spazierstock knorrig, eingedöst ist, das Kinn herabhängend wie zum Abmontieren. Nach einer Minute

des Taktes wieder angefangen, um nicht selbst in Schlaf zu fallen als Hüterin ihres gepanzerten Taschentresors. Von gespenstischen, weit hergeholten Ereignissen innerhalb einer Reisegesellschaft Gesichtsloser erzählt er und vom guten, unglaublich guten Ende nach einer Beinahkatastrophe. Dank was? Pfäffischer Fürsprache! Ein Traktat, denkt sie verärgert, angedreht. Da wird die Hölle verunglimpft, als Hades, Orkus, Lokus, Tartarus, Erebos, Abyssus, Inferno beschimpft, in der Sprache des Himmels jedoch. Das soll ein Roman sein?

Verabschiedet oder nicht, wiederkehren möchte jeder, sicher am Boden landen. Noch immer hängt der Mensch am Leben, betet, flucht, dass es ihm erhalten bleibe, die Sonne Satans am Himmel. Immer noch gilt, dass Wasser keine Balken, die Luft keine Netze hat, Glück, wer unten ist, aber nicht nur. Heil gelandet auch. Das Die-Erde-hat-mich-zurück-Gefühl, Verlustangst voraussetzend, auf die das Traktat abstellt. Für zehn Euro fuffzig. Bordabschied. Fun Air wünscht was, nicht nur Verrückten. Nun setzt die Linienmaschine aus London-Stansted, nach einiger Luftbummelei, zur Landung an, sogar pünktlich, als erwarte sie ein Ständchen. Lob der rosaroten Gesellschaft, nicht vor dem Abend, aber so doch. Bisher hat ihr die Juwelierin, übler Nachrede folgend, wenig Vertrauen geschenkt. Am Himmel klarkommen, das schafft Gottvater nicht! Wenn das Nachtflugverbot für Frankfurt eintritt, wird es auf dem Hunsrück-Airport eng werden. Schon jetzt nehmen Hasen Reißaus, ist den Spatzen wohl nicht vor Ort.

Geschubse beim Gepäckförderband. Drei Marmeladeneimer. Fünf Margarinekartons. Einundzwanzig Rucksäcke, Schlafsäcke angedockt. Spazierstöcke und Golfschläger und Angelruten. Köpfmaschinen im Andenkenformat, von Kindern fernzuhalten. Eine Wiege aus Schottland, handgeschnitzt, achtzehntes Jahrhundert. Made in Taiwan steht dort, wo man es nicht sieht. Ein Papageienkäfig rollert durch, ohne dass wer zugreift; bei einer Hutschachtel gleiches. Man erklärt beide zur Fundsache. Eine orientalische Dame nimmt irgendwelches, zu Bündeln geschnürtes Flitterzeug herunter, als wollte sie einen Shop für Bauchtanzzubehör eröffnen. Koffer! Die meisten Ankünftler sind billigfluggewöhnliche Plastikkofferreisende in Hedonistentrendklamotten. Gingen, wenn es darauf ankäme, als Otto Normalverbraucher durch. Die Reisende mit dem gepanzerten Taschentresor bildet eine Ausnahme, bekannt als eine solche.

„Guten Tag, Frau Ellern."

„Ihnen gleichfalls ... da bin ich wieder."

„Länger nicht gesehen?"

„In hässlichen Zeiten ist Schönes wenig gefragt."

Sittsam sitzt ein Zollhund, treuherzig der Blick, neben seiner Zöllnerin, die, offenbar vor der Ablösung, hingebungsvoll mit ihrem Makeup beschäftigt ist. Einem mickrigen Bürstenhaarigen mit Schnauzbart missfällt das, vielleicht, weil ihm die fesche Zöllnerin gefällt. Den Umstehenden zugewandt meint er, hier kriege man eine Kanone durch, ohne dass es jemand auffalle, und sucht bestätigende Blick ringsum. Den meisten scheint das wurst zu sein. Die Leiterin des Koblenzer Juweliergeschäfts Collier nickt unbestimmt, um nicht etwas verlauten zu lassen, was ihr vorgehalten werden könnte, und erledigt den leidigen aber unvermeidlichen Zollpapierkram. Großes Getue um Kleines, aber Feines. Wegen einer Münze Alexander des Großen, der das Gold Indiens und Persiens raubte, dass es eine räuberische Wucht war. Ersteigert in London, das kostbare Kleinod, das gebettet ist auf Samt, dieses Wappen verziert.

„Und was ist das?", so die Zöllnerin, die mit dem Zollhund, der, seine Amtspflicht, an dem gepanzerten Taschentresor schnüffelt.

„Ein weiteres Kleinod."

„Das wären zwei Kleinöder."

„Es muss Kleinodien heißen ... eine Nachbildung der goldenen Nachttöpfe des Marcus Antonius aus römischer Zeit."

„Dass sich Leute von heute für sowas interessieren?"

„Es sind Gestrige mit Ansichten von vorgestern, aber Kenner." Die gelernte Koblenzer Goldschmiedin lächelt gewinnend. „Habe ich aus dem Besitz Ihrer Majestät der Königin von England redlich erworben."

„Das glauben wir Ihnen."

„Der Hof versilbert seinen Kronschatz wegen der Irakkriegskosten. Millionen Briten gehen auf dem Zahnfleisch, sollen, wie es heißt, ihre Hunde essen. Und ein Dutzend Generäle macht sich verdient um den Staatsbankrott."

„Das glauben wir Ihnen erst recht."

„Danke ... ich zahle die Einfuhrgebühr."

Der Zollhund wedelt mit dem Schwanz bei dieser Erklärung, als gehörte es zu seiner weiteren Amtspflicht, zur Bereicherung des Staatssäckels das Seine beizutragen. Aber die Zöllnerin gibt sich nicht zufrieden, bedenkt die überraschte Sabine Ellern strengen Blickes. Gibt es womöglich neue Vorschriften?

„Können Sie sich dafür verbürgen“, so ihre bestimmte nach Argwohn tönende Frage, „dass der Vorbesitz in Ordnung war?“

„Allenfalls bedingt, um ehrlich zu sein. Alexander der Große und Marcus Antonius sind mir nie begegnet. Schon gar nicht kenne ich ihr Strafregister.“

„Auch das erscheint glaubhaft. Wie steht es mit der Queen?“

„Ihre Britische Majestät ist über Zweifel erhaben.“

„Von Königin Elisabeth der Ersten heißt es, sie sei dem Seeräuber Drake verbunden gewesen, habe ihm wechselschichtig beigeschlafen. Hundert und eine Bettgeschichte. Sind davon hundert erlogen, wird die eine wahr sein. Stand neulich im Blättchen.“

„Das ist kein Amtsblatt.“

„Deswegen lese ich es gern.“

„Ehrlich … ich auch.“

Die Zöllnerin lacht; der Zollhund bellt. Und da lacht alles.

„Jedenfalls“, macht Sabine Ellern, nunmehr im Ernst, geltend, „ist bei mir von Ihnen noch niemals etwas beanstandet worden, obwohl ich laufend zu Versteigerungen nach London und in die Karibik fliege. Neuerdings sogar mit der rosaroten Fun Air.“

„Seien Sie froh.“

Eine weitere Zöllnerin, welche, am Computer anstehende Dateien bearbeitend, bisher nichts gesagt hat, räuspert sich verlegen. „Heute Morgen“, sagt sie unsicher, wie der Dienstvorschrift verlustigt, und zeigt auf eine Replik des Reiterstandbilds vom Deutschen Eck, etwa in Andenkengröße, „wurde das in einem herrenlosen Marmeladeneimer entdeckt. Welchen Wert hat es nach Ihrem fachlichen Dafürhalten?“

„Keinen.“ Sabine Ellern kichert. „Ein billiges Kunststoffding, goldbedampft. Geschieht in der Nebelkammer. Eine reingehaltene Hand vergoldet sich, dünn wie Tau auf Glas. Es gibt einen Film Goldfinger. Darin tötete ein Bösewicht seine Schöne, indem er sie mit Gold überzieht. Die Schöne erstickt mangels Hautatmung.“ Aus ihrer Miene schwindet der Anflug von Spott. „Allerdings“, fügt sie betont sachlich hinzu, „lassen Unkundige sich damit täuschen.“

„Wer Wertloses für wertvoll erklärt, muss Zoll zahlen, was kein vernünftiger Mensch tut. Dahinter steckt etwas anderes, dem wir nachgehen werden. Täuschen … das könnte ablenken bedeuten. Man lässt sich von der Oberfläche blenden.“

„Geschieht seit Jahrtausenden. Was wie Blech wirkt, weckt kein Begehren, eher das Gegenteil. Schimmert etwas golden, übersteigt die

Nachfrage das Angebot, ausgenutzt von Schwindlern. Auch zur Ablenkung von anderem."

„Denken Sie an etwas Bestimmtes?", platzt die Zollhundeführerin raus.

„Kürzlich bezahlte in meinem Koblenzer Geschäft eine Kundin mit Falschgeld, das sie sich hier auf dem Flughafen Frankfurt-Hahn eingehandelt haben wollte." Die Ellern zeigt auf den schwanzwedelnden Schüffelköter. „Riecht der sowas nicht?"

„Dazu müsste es stinken."

„Mit Gold ist es dasselbe."

Nachdenklich geht Sabine Ellern zum Wagen. Die Frontscheibe ist sauber, ja blank wie frisch gewaschen. Trotz ihrer einwöchigen Englandreise. In Koblenz verstaubt er binnen einem Tag. Die gute Hunsrückluft! Entschädigt für vieles. Ihr Blick gilt dem bräunlichen, einem Fabrikschlot ähnelnden Sendemast aus Amizeiten. Die Richtfunkantennen, altertümliche Parabolspiegel im Pfannenformat, von denen sie bis unlängst behauptet hätte, dass kein Museum ihnen ein Quentchen Platz einräumen würde, weisen nach Westen, noch immer dorthin, wo Washington liegt. Überall Rost – Rost überall. Das alles gab es bereits zur Zeit ihrer Geburt, als der Flight Lieutenant Ronald Frederic, den jüngst die Rhein-Mosel-Nachrichten erwähnten, spurlos verschwand, sie den Hunsrück nach ihm absuchten, die Eifel, die Pfalz, die Koblenzer Altstadt wie den Pariser Montmartre, vergeblich. Doch scheint es neuerdings, dass das kein Schnee von gestern ist, die Sache mit dem Soldaten nicht abgetan. Überdies sollen die Richtfunkantennen, von Spangdahlem aus gesteuert, weiter in Betrieb sein. Na und? Als Geschäftsfrau hat man anderes zu tun, als sich mit derlei Männerkram zu befassen.

Die Juwelierin vom Collier, zufrieden mit dem Ergebnis ihres London-Besuchs, erlaubt sich, wie seit Jahren nicht, den Umweg über Simmern und Bacharach und die B 9 längs des Rheins nach Hause. Grüß dich, Loreley! Eine historische Wegstrecke, gesäumt von verborgenen Gräbern, mit Gebeten zu öffnen. An ihr wurden einstmals, besonders im frühen Mittelalter, des Abendlandes Geisterzeit, Edelmetalle abgebaut, Schinderwerk Geschundener, die mit dreißig starben. Federlesenlos. Für sie erübrigt die Geschichte keinen Buchstaben, geschweige denn einen Satz. Rheingold – vorgefunden der Legende nach im Magen der Fische, an deren Fangort das Waschen, das Schürfen begann, die Fischer zu Knappen wurden. In Sachsen und

Thüringen waren es Gämse und Hirsche, die durch ihr, wie man glaubte, rätselhaftes Verhalten Goldadern anzeigten. Könige und Fürsten fielen darauf herein, gruben nach Schätzen bis zum Staatsbankrott. Der arme Mann erflehte des Himmels Barmherzigkeit.

Wehe, wehe dem ohne Schutzengel! Es war ein gefährliches Handwerk, gleichsam ausgeschrieben für den Tod. Der launige Strom, als Vater verehrt, daher unbändig wie alle verehrten Väter, drückte, hier mehr dort weniger, durch den brüchigen Schiefer, riss Spalten ein, sickerte durch, oft nur tröpfelnd ... fortwährend aber. Wasser drang in die Stollen, machte sie glitschig bis zur Unbegehbarkeit, formierte sich zu Rinnsalen mit der Beharrlichkeit solcher, überzog das Gestein mit Algen, die Faulgas erzeugten, besiedelte es mit Sumpfblumen, aus denen giftige Säfte quollen, mit Hexennasen zu riechen. Wider den Geist der Tiefe auch! Stützbrüche. Steinschläge. Böse Wetter, unbemerkt sich entwickelnd, und die Grubenlampen verlöschten. Das Bergmännlein, lächelnd aus dem Gestein, bekam seine Opfer, Häuerlinge zuhauf. Aber die Ausbeute war gering, weiß Sabine Ellern, die Schinderei nicht wert. In Sankt Goar vorbei an Hermy's Garden, in Boppard am Hotel Rheinstrom. Stätten ihrer Zweisamkeit mit Oswald Recker. Hätte es zur Ehe geführt, wäre sie jetzt Witwe.

19 In der Staatsanwaltschaft Koblenz, zuständig für die Megastadt der Schängel und den Rhein-Mosel-Hunsrück-Erdkreis, werden die Flure farberneuert. Von Gesellen wie Papageien bunt: der mit den roten Socken, die im gelben Hemd, brustverknotet, einer, der grüne Hose trägt, jene, welche lila beschuht sind, den Blauen, den Bronzedunklen, den Weizenhellen, mehrere Handlanger, klecksig zu nennen, der Meister in Ocker, mit Spraydose hantierend ... beklemmend freundliche Verklemmte, an dem Ort zumindest. Schnell-fertig-werden-Mienen. Keiner mag Ankläger. Die beiden Erscheinenden geben sich freundlich, umgehen Bretter, Leitern, Farbtöpfe, Rollkästen und Pinselbüchsen, die amtsfremde Gerüche absondern. Dr. Kämper-Ehrlich öffnet prustend das Fenster seines Büros. Hier riecht es nach Käse, abgestandenem Kaffee. Sein sinnender Blick trifft den Kollegen Stubenrein, als läge es an ihm, dass eine gewisse unerfreuliche, ja heikle Sache noch auf dem Tisch ist. Das Verbrechen des Mordes kenne keine rechtsvernichtende Verjährung, sagt er trocken wie manchmal zu

Referendaren, die sich von der Universität her in der Begriffswelt höherer Geistigkeit bewegen. Hier geht es um Aktenwälzen. Man ist gefordert, ob genehm oder nicht.

„Sie muss baldigst erledigt werden. Wie gedenken Sie vorzugehen?"

„Ohne polizeiliche Mithilfe."

„Das könnte Ihnen verübelt werden."

„Mir scheint es geboten."

„Wegen etwaiger Enthüllungen?"

„Unter anderem." Stubenrein tut besorgt, obwohl er es nicht ist, Vorbauen immer gut. „Ich möchte die Sache ungestört bearbeiten können." Er blickt auf die Uhr, reibt das Glas blank, schnuppert verstohlen, rümpft wider Willen die Nase. Der scharfe Farbgeruch ist durchsetzt vom milden, gleichwohl penetranten Harzer Roller des Oberstaatsanwalts. Auf einer Serviette ein angebissener Apfel mit des Beißers Zahnprofil. Dr. Kämper-Ehrlich, gut für Blitzbesuche dort, wo keiner ihn sehen will, scheint das Frühstück unterbrochen zu haben. Am Kinn Brötchenkrümel, altbacken. Der Kaffee ist kalt. „Nicht dass ich der Kripo misstraute, Markus Unger persönlich", ergänzt der Sachbearbeiter nachdrücklich, um eigenes Wohlwollen für den allseits geschätzten Kommissar auszudrücken. „Aber je weniger Eingeweihte desto besser."

„Halten Sie deren Anzahl für bedenklich?"

„Zumindest sind es mehr als uns bekannt."

„Feind hört mit, hieß es im Krieg."

„Sicher nicht zu Unrecht ... auch das Bruderherz, das mithört, kann einen behelligen. Der eine Fall verträgt es, der andere nicht. Hier steht der alte gegen den neuen, ohne dass ein Zusammenhang erkennbar wäre. Jedenfalls nicht auf den ersten Blick. Ich gehe von den ungünstigsten Bedingungen aus. Hinzu kommt, dass der Zeuginnen Gutgläubigkeit berücksichtigt werden muss."

„Ah", macht der Oberstaatsanwalt, „davon war bislang keine Rede?"

„Weil niemand Genaueres, allenfalls die Hälfte vom Ganzen wusste. Einen Fall wie diesen hatte ich noch nicht. Selbst mein Vater, ein altgedienter Richter, der schwer zu täuschen ist, findet ihn seltsam. Ich gehe nicht so weit zu behaupten, die Sache mit dem Falschgeld sei von Dritten, die darauf aus sind, uns zu verwirren, auf Schlapphutweise in die Welt gesetzt worden ... immerhin könnte es so sein. Jedenfalls – für Annegret Recker, Paula Brück und Sabine Ellern, die Frauen beziehungsweise Freundinnen der verstorbenen Männer, waren diese Täter,

Opfer oder beides zugleich. Sie ahnten nichts von dem, was wir ihnen im Nachhinein anlasten. Es gibt schließlich auch anständige Amerikaner. Als die Lautzenhausenerin Frederic traf, sprach sie kein Wort Englisch und konnte nicht heraushören, dass das seine das eines Ausländers sein musste."

„Die Fliegerkameraden dürften es gemerkt haben."

„Ja ... seine osteuropäische Herkunft. Besagt für die US Army nichts! Mein Vater hat erzählt, dass jeder fünfte amerikanische Kriegsgefangene außerhalb der Staaten geboren war und schlechteres Englisch als seine deutschen Vernehmer sprach. Jedenfalls wusste auf dem Hahn niemand, dass Frederic eigentlich Franzischak hieß."

„Mir wäre wahrlich lieber, es auch nicht zu wissen. Die, um Alibiphilosoph Kant zu zitieren, selbstverschuldete Tragödie der Amerikaner besteht in der Unfähigkeit, ihrer Besten Weisheit zu beherzigen. George Washington warnte vor entangling alliances, den auswärtigen Abenteuern, die mehr kosten als bringen. In zweihundert Jahren rund drei Millionen gefallene amerikanische Soldaten – wozu? Nach ihrer Unabhängigkeit sind die USA nie von außen ernsthaft bedroht worden. Man führt keinen Krieg, um zu überleben, sondern spielt ihn, um beschäftigt zu sein. Typisch kleiner Mann, der groß mitreden will."

Carl Stubenrein nickt zustimmend.

„Man sollte dagegen angehen", sagt er, „und wenn nur zum Spaß."

„Wie Schopenhauers Entrüstung über die Welt als schlechteste aller möglichen." Der Oberstaatsanwalt lacht, wird ernst. „Es genügt nicht, sich zu entrüsten. Bessermachen ist angesagt. Wie steht es um diese Karin und Medea?"

„Betschwestern sind das keine. Hotelierstöchter, an die Theke gewöhnt. Ihre Mutter war in erster Ehe mit des Waffenhändlers Vater Oswaldo Recker verheiratet, womit sie nichts zu tun haben. Wir machen keine Sippenhaftung."

„Das will ich meinen! Droht beiden Gefahr?"

Stubenrein nickt mit dem Kopf, was ja und nein heißen kann.

„Zumindest", befindet er, „scheinen sie unwissentlich verplant, in eine Machenschaft eingespannt zu sein. Genaueres weiß ich nicht, sowenig wie der Kommissar, der dichter am Ball ist. Apropos Schopenhauer. Am Schlechtesten wären wir dran, wenn da Politik eine Rolle spielte. Die von gestern, vorgestern gar. Schlägt die Vergangenheit zu, bleibt immer was hängen."

„Was bringt Sie darauf?"

„Nun, ich habe per Amtshilfe in Bremen den alten Seemann Uwe Hinnerk vernehmen lassen. Ihm zufolge starben Oswaldo Reckers Eltern einundvierzig in Brasilien bei einem Brandanschlag auf ihr Baugeschäft. Verantwortlich dafür waren von der amerikanischen Bundespolizei angeheuerte einheimische Totschläger als Nazijäger. Laut Zeugenaussage haben aber die Ermordeten niemals die geringste Sympathie für Hitlers Großdeutschland gezeigt. Etwa wie in den alten Hexenprozessen die wenigsten Hexen der Hexerei fähig gewesen waren."

„Den Vergleich will ich mangels Besserem gelten lassen." Dr. Kämper-Ehrlich bedenkt den untergebenen Sachbearbeiter mit spöttischem Blick. „Von der Vergangenheit bleibt in der Tat immer was hängen."

„Wobei man sich fragt, wieso wir Heutige, sechzig Jahre später, verpflichtet sind, zur Kenntnis zu nehmen, was uns nichts angeht. Dass es Altlasten gibt, ist das eine, wer sie zu tragen hat, ein anderes. So gesehen sind diese Mädchen, wie unerzogen auch immer, wahre Wesen der Unschuld."

„Bardamen." Das bekräftigt der Leitende Beamte der Staatsanwaltschaft ohne Häme mit dem Zusatz, in dieser Stadt sollte man sich der Vorverurteilung enthalten. Während im mittelalterlischen Frankfurt Gunstgewerblerinnen das Bürgerrecht hätten erlangen können, seien sie in Koblenz gepiesackt worden. „Andererseits gäbe es Ihren Verdacht nicht ohne die Zufallsbegegnung auf dem Hahn. Die alte Sache ist aktenkundig, die neue nicht oder noch nicht, der Hunsrück ein einziges Dorf. Ohne Aufhebens kann dort keiner ermitteln. Man darf niemand für dumm halten, bloß weil er kein Staatsanwalt ist. Wer einen Mord aufklärt, jagt keinen Eierdieb. Einfach auf gefährlich machen geht nicht. Bei der Fahndung nach einem Mörder, der womöglich seit langem nicht mehr lebt, gibt es keine Gefahr im Verzug. Auch ist Rücksicht auf die Amerikaner zu nehmen."

„Denen hätte die Aufklärung recht zu sein", meint der Staatsanwalt im Wissen, was der vorgesetzte Oberstaatsanwalt, dieser unterstellt dem Generalstaatsanwalt, der seinerseits dem Minister für Justiz untersteht, auf den Einwand entgegnen würde, anzüglich im Ton eines Kenners seiner Pappenheimer.

„Hätte!" Dr. Kämper-Ehrlich runzelt die Stirn. „Je nach politischer Richtung, die bei denen das Sagen hat, ist es ihnen unangenehm, der Geschichte zu begegnen."

„Die sie selbst mitgestaltet haben."

„Eben! Zur Besatzungszeit wurde deutscherseits zuviel gekungelt. Das verwöhnte die Besatzer. Noch heute glauben sie, uns von ihnen zu vertretende Umstände anhängen zu können. Da findet sich das Skelett eines vor Jahrzehnten eingemauerten Leichnams beim Abbruch von Hangars, die zur amerikanischen Air Base Hahn gehört hatten. Zweifellos ein Mordfall – und Mord verjährt nicht. Aber dass wir ihn aufklären sollen, leuchtet mir nicht ein. Nach Datierung des Mainzer Rechtsmediziners, und auf Professor Backe ist in sowas Verlass, geschah er später als Monat Mai zweiundfünfzig. Da hatten am Tatort die Amerikaner, nicht die Franzosen das Sagen. Also kann das Opfer nur ein GI gewesen sein, hätte sich das Pentagon darum zu kümmern."

„Bei erschwerter Motiverforschung", sagt Stubenrein knapp. „Wäre der Tote Franzose, läge die Sache einfacher. Als Umkehrung der deutschen Besetzung Frankreichs. Wie du mir, so ich dir! Das ist Kriegsbrauch. Wenn die Franzosen den Hunsrück abholzten, war das ärgerlich, aber kein Grund zum Mord an einem Poilu. Einmal mehr gelten würde das für die Russen, die ostdeutsche Schienenstränge abbauten, um sie bei sich einzusetzen für jene, die von den Deutschen zerstört worden waren. Darauf konnten sich Amerikaner nicht berufen. Es gab bei ihnen keine Kriegsschäden. Dafür haben sie deutsche Städte bombardiert, Hunderttausende von Zivilisten getötet. Ausschließen lässt sich nicht, dass es Racheakte gab … wie den Briten gegenüber."

„Das", so der Oberstaatsanwalt, „ist mir neu."

„Die Tatfolge erlaubt diese Vermutung. Jemanden ermorden, ist das eine, ein anderes, den Leichnam einzumauern, also zu erhalten. Dahinter steckt mehr als das, was ad hoc unter Rache verstanden wird."

„Damit wären wir wieder bei den Hexen. Man hätte ihnen Gift geben, die Knochen brechen, den Hals abschneiden können. Stattdessen wurden sie verbrannt. Der Mensch und seine Fanale! Schopenhauers Entrüstung war berechtigt. Es gibt Beweggründe, an die wir, ihrer nie ausgesetzt, nicht denken. Nichtsdestotrotz wirken sie."

„Das ist der Knackpunkt! Er erweist sich aus der Vernehmung des Bremer Seemannes, der mit dem Vater von Waffenhändler Recker befreundet war. Offenbar gab es abseits der Großkriege in Europa und Ostasien Geplänkel, etwa in Brasilien, bei denen Deutsche und Japaner auf amerikanische Paramilitärs stießen. Die Art von Drôle de guerre pflegt, so sie ausartet, zu Brudermörderei zu werden. Wie im

Bürgerkrieg. Der kann politische Notwendigkeit oder private Abrechnung sein. Durchschaue einer das!“

„Uns obliegt keine Vergangenheitsbewältigung, die höheren Orts verbummelt wurde. Auf dem Hunsrück behalten Sie derlei für sich.“

„Selbstredend.“ Stubenrein hat die Brieftasche hervorgezogen. Links ein Foto seiner Frau Waltraud, welche, nicht nur der Blässe wegen, unscheinbar wirkt, mit der Tochter Paddy. Auf der rechten Seite Daten von Sitzungen, nahe vor Augen gehalten. Ist ihm die Brille abhanden gekommen? „Wie Sie wissen“, er zeigt auf eine Ankreuzung, „halte ich an der Landespolizeischule auf dem Hahn Vorträge, auch wegen der Kunsträubereien im Irak. Von dorther kennen mich die Leute als, sagen wir mal, dozierenden Staatsanwalt. Aber nicht als Strafverfolger. Wenn ich ermittele, fällt das keinem auf.“

„Sehr gut … köstlich!“ Dr. Kämper-Ehrlich lacht polternd. „Ein gestandener Ankläger mit dem Alibibemühen des Angeklagten. O Welt! Wenn sie nicht schon immer komisch war, jetzt ist sie es.“ Er hält inne, überlegt; in seinen Blick kommt ein Funkeln. „Sind die Bardamen hübsch?“

„Mit Schängelblick gesehen, ja. Zwillinge wie aus einem Ei, wahrhaft … arbeiten im Jazzclub 2002, einer Neueröffnung. Der Ordnungsamtseintrag lautet Zum Kaiser von Koblenz. Man kann sich als älterer Gast in den Keller wagen, zumindest an die Bar der geschäftstüchtigen Damen. Ein Pianist namens Amadeus jazzt im Hintergrund, was nicht stört. Der Bursche spielt auch gekonnt Mozart. Wenn ich richtig hingehört habe, wurde ihm von einem Typ der Fun Air der Saisonjob in der Karibik angedient bis aufgenötigt.“

„Das klingt wenig vertrauenserweckend?“

„Aus meiner Sicht nach Rückkehr von Liberty Harbor äußerst fragwürdig“, sagt Carl Stubenrein in bestimmtem Ton. „Vielleicht sollen die drei Unbedarften als Strohleute für irgendwas herhalten.“

„Das genügt keinem Richter.“ Der Oberstaatsanwalt verzieht das Gesicht. „Ihr werter Herr Vater inbegriffen.“

„Er sieht mich in Beweisnot, ja … aber das kann sich ändern. Ich bin von zweierlei überzeugt. Erstens der Einfuhr des Falschgelds aus der Karibik. Womit nicht gemeint ist, es müsse dort gefertigt sein. Der Ursprung kann in Europa liegen. Zweitens glaube ich, dass Recker damit zu tun hatte.“

„Auch die Kriminalpolizei ist inzwischen dieser Ansicht. Kommissar Unger, den ich für unsere fähigste Spürnase halte, deutete vor einigen

Tagen an, den tatsächlichen oder vermeintlichen Unfalltod des Waffenhändlers erneut untersuchen zu wollen. Sprach von einer gewissen Attentatswahrscheinlichkeit. Wenn ja, würde es dieses erklären, jenes rätselhafter machen, als es ist. Ein flotter Mann, zopflos nüchtern! So einer lehnt sich nur aus dem Fenster, wenn es draußen Wichtiges zu sehen gibt.“

20 Professor Ludio Backe, der Mainzer Rechtsmediziner, ärgert sich über die Glotze. Nicht zum ersten Mal. Kabarettistisches zur Nachtzeit ist ihm seit jeher nicht geheuer. Die Sprüche der Finsternis lösen sich bei Tag in Luft auf. Dann will keiner was gesagt, noch weniger gezeigt haben. Das Popoballett vom Dienst, falschfarbene Wackelärsche. Auf dem Pornokanal vernascht ein Hase eine Häsin. In der Nähe von Ingelheim, so die letzte Meldung, der Fund einer Wasserleiche, weiblich, von Schiffsschrauben zerhackt, aufgebläht wie ein Gasballon. Der Polizei soll beim Länden das Essen aus dem Gesicht gefallen sein. Die bekommen wir ins Haus, denkt Backe schaffenserfreut, macht sich eine Notiz. Programm, Datum und Uhrzeit. Schaltet den Fernseher ab. Den Popplayer an. Da klingelt, wie um ihn weiter zu erfreuen, das Telefon.

„Au Backe!“, tönt es spöttisch. Grund zum Auflegen. Der Angerufene erkennt Herbert Liesner, Mitschüler am Bopparder Staatlichen Kant-Gymnasium, gibt sich, entlastet von Eigengrübelei, nachsichtig. Plauderton ist seine Art nicht, begreiflich bei Wasserleichen und anderen Lebenstrümmern. Wohin die Wege führen! Ludio war der bessere Lateiner, Herbert der bessere Germanist. Gelegentlich ein gemeinsamer Joint, versuchsweise. Man war Jugendlicher, verpflichtet, die Eltern zu beunruhigen. Pausen und Mädchen. Beider Studiengänge trennten sich, die Freundschaft blieb erhalten. Der Chefredakteur verdankt dem Rechtsmediziner manchen Nutztipp, und umgekehrt. „Können wir frei reden, du Leichenabwracker?“

„Ja … ich bin vorgestern Großvater geworden.“

„Gratuliere!“, sagt Liesner. Lauscht. Britpop im Hörer. Feiert Ludio eine Party, eine Großvaterparty? Ihm zuzutrauen. „Schaffst du!“

„Es ist gewöhnungsbedürftig.“

„Wie alles Unglaubliche.“

„Beinahe, dass ich dir Recht gebe.“ Professor Backe räuspert sich.

„Der Alltag kommt gemeinhin im Hut daher. Ist es eine Krone, haut es dich um. Trotz ersichtlicher Fadheit, Plattheit, Banalität, das Vielfache davon. Fortwährend sehe ich Großväter, Kinderwagen schiebend. Dass ich das sein könnte, bisher für mich unvorstellbar. Aber wie geht es dir, Zeitungsbulle?"

„Bei alter Neugier gut." Liesner lacht, wird sachlich. „Erinnerst du dich, mir von dem Skelettfund auf dem Hahn erzählt zu haben?"

„Ich sprach von einem eingemauerten Leichnam", schränkt der Rechtsmediziner ein, im Ton des Erbsenzählers. „Das sind zwei verschiedene Paar Schuh."

„Wieso?"

„Bei Erdbestattung lösen sich die Weichteile binnen zwei, drei Jahren auf. Knochen und Zähne überdauern Jahrzehnte. Wenn du Neandertaler bist, sie nicht putzt und auf Zucker verzichtest, ungefähr vierzig Jahrtausende."

„Dann ist das andere längst futsch."

„Es sei denn, jemand mauert dich ein … luftdicht. Das wirkt wie Einbalsamierung. Der Körper bleibt als Mumie erhalten."

„Und wenn mich wer ausbuddelt?"

„Zerfällst du zu Staub. So die Theorie, abgeleitet von Erfahrungen der Archäologen. Das stimmt im Fall Frederic nicht. Sein Leichnam ist besser erhalten als der manches vorgestern Ermordeten, den ich heute auf den Tisch bekomme."

„Das müsste Rückschlüsse erlauben?"

„Mehr als einen."

„Deswegen rufe ich dich an", begründet der Koblenzer Zeitungsmann die nächtliche Störung. „Gespräch zur Geisterstunde."

„Herbert", kommt es etwas zögernd aus dem Hörer, im Hintergrund die Beatles mit Yesterday, zum Weinerlichen hin verfremdet, „gegeben habe ich dir den Tipp im März. Jetzt ist die Sache tabu, Anordnung von oben."

„Mir nichts, dir nichts?"

„Nein … dahinter stecken militärische Kreise, sprich die Amerikaner. Wie stets, wenn etwas über Nacht durchgesetzt wird. Behalte die Bemerkung für dich."

„Selbstredend."

„Der eingemauerte Tote muss Jagdflieger gewesen, jedenfalls oft mit dem Fallschirm abgesprungen sein. Luftlandetruppe oder dergleichen. Die Tragegurte erzeugen durch den Anruck Minitraumen auf der Haut, charakteristische Spuren hinterlassend."

„Die Unterscheidung ist wichtig, Ludio!“

„Dann tippe ich vorsichtshalber auf einen Heeressoldaten … aber was hätte der auf der Airbase verloren gehabt?“

„Die Frage beschäftigt uns. Wer am Boden, etwa als Infanterist, nicht mehr kämpfen kann, weil er fußlahm ist, vermag dennoch, einen Jet zu fliegen. Oder Funker bei der Marine zu werden. Im Krieg gab es auf beiden Seiten Piloten mit Prothesen für Beine und Hände, erfolgreiche sogar. Musste so einer mit dem Fallschirm aussteigen, war es aus mit ihm. Kann Frederic an der Front gewesen sein?“

„Ja … er hat Granatsplitter abbekommen. Auch eine Fernschussmarke, vielleicht aus Korea stammend, jedenfalls von einem Infanteriegewehr. Flugzeugbordwaffen haben andere Kaliber. Wen es mit zwanzig erwischt, ohne dass er chirurgisch richtig oder zu spät versorgt wird, den zeichnet das mit achtzig. Die Wunde heilt aus. Es verbleibt eine verletzungstypische Narbe, die jeder Knochenflicker einzuordnen versteht. Gutachten dazu übertrage ich meinem dümmsten Assistenten. Hm … was bringt dich auf Funker bei der Marine?“

„Das ist mir beiläufig rausgerutscht.“

„Rede keinen Stuss, o Zeitungsbulle! Wie ich dich kenne, rutscht dir nichts raus, auch nicht beiläufig.“

„Wir gehen in Liberty Harbor einem ähnlichen, wenn nicht gleich gelagerten Fall nach, weil ein Zusammenhang bestehen könnte. Ob das zutrifft, hat sich zu erweisen. Würdest du von Frederics Verletzungen sagen, dass sie für sein Leben schwerwiegend waren?“

„Unter kriegstraumatischem Gesichtspunkt, ja.“

„Manchmal tritt der Tod als Spätfolge von Früherem ein.“

„Gewiss. Aber Frederic starb ebenso gewiss an einem Nahschuss vor Ort.“

„Irrtum ausgeschlossen?“

„Wenn ich gewiss sage, dann meine ich gewiss.“

„Was käme außer Mord in Frage?“

„Ein Manöverunfall auf der Airbase. Aus meiner Sicht nicht sehr wahrscheinlich. Leichfertiger Umgang mit Waffen.“

„Zu dessen Vertuschung der Leichnam beseitigt wurde“, ergänzt der Chefredakteur der Rhein-Mosel-Nachrichten vorlaut, gemeinhin nicht seine Übung. Es scheint, als sei alles, was ihm kundgetan, das, was zu hören er begehrt, als hätte Ludio Backe, Klassenerster dazumal, in seinem Sinn ermittelt, ausfindig gemacht, was zum Knüller tauge, und als sei, zur Nachtzeit sogar, jener verpflichtet, sich mitzuteilen. Der Schein trügt indessen. Das gleich mehrfach. Die berühmte Tücke des Objekts.

„So könnte man es annehmen“, sagt Ludio Backe, „wäre die Einmauerung nicht.“

„Hm … ja.“

„Sie muss ein gelernter Maurer ausgeführt haben, einer mit Kenntnissen klassischer Grabmäler, über die ansonsten nur Archäologen verfügen.“

„Woraus schließt du das?“

„Die Lage der Gebeine im Beton erinnert mich an das, was über Bestattungsriten im Mesoamerika vor Kolumbus, etwa der Maya, bekannt ist. Ein Zufallsübereinstimmung wahrscheinlich, immerhin – ich habe dich darauf verwiesen. Andererseits erbringt kein normaler Täter derlei Arbeitsaufwand, um sein Opfer verschwinden zu lassen.“

„Was hieße in dem Zusammenhang unnormaler Täter?“

„Ein von symbolischem Denken Getriebener. Hätten wir es mit dem Leichnam eines Schwarzen zu tun, könnte es sich um Rassismus handeln. Kameradenmord Weißer an einem missliebigen Negersoldaten. So aber … es war ein rituell vollzogenen Racheakt, jedenfalls in die Richtung.“

„Innerhalb der Truppe?“, bezweifelt Liesner, einer von den Zeitungsmachern, welche den Zweifel vergöttern, dass es den Teufel neidet.

„Das ist die Frage. Die Tat liegt ein halbes Jahrhundert zurück. Ohne die Einmauerung wäre sie unbekannt, einzig vom Körper das Skelett erhalten. Dann ist Gewalteinwirkung nur bei Knochenbeschädigung nachzuweisen. Hier hat der luftdichte Betonmantel Spuren bewahrt, als wäre es gestern geschehen.“

„Studienobjekt für deine Studenten.“

„Ja … wir können mit heutigen Instrumenten derlei nachzeichnen, als geschähe es in Echtzeit. Aber der schnellste Rechner entschläft, wird oben der Strom abgeschaltet. Man erklärt unser Gutachten zur Verschlusssache. In den Vereinigten Staaten soll das anders sein, wie ich gehört habe.“

„Dann hast du falsch gehört, o Leichenabwracker! Wir übrigens auch. Man lernt nie aus. Sagt dir das Kürzel FOIA etwas?“

„Nein.“

„Es meint Freedom of Information Act, ein typisch amerikanisches Gesetz, das sich auf dem Papier gut ausnimmt. Die Regierung informiert, aber nur auf eine Weise, die ihr nicht schadet. Die Dokumente sind geheimnisbereinigt. Wenn es spannend wird, klaffen Lücken im Text … tausend Seiten Nebensachen. Man muss Einbrecher à la Watergate werden, um die Wahrheit ans Licht zu bringen."

„Will deine Zeitung sich daran versuchen?"

„Ich bin mir nicht sicher. Alles hat mitzumachen. Meine Grünschnäbel mit Ausnahme von Klaus Dick, den du kennst, knicken aus Angst vor Jobverlust schnell ein. Welchen Schussbefund könnte ich von dir erwarten?"

„Ovaler Projektileinschlag aus schräger Richtung, Mündungsabstand ungefähr zwanzig Zentimeter. Der Pulverschmauchsaum deutet auf Nahschuss. Das Steckgeschoss liegt am Oberende des Schusskanals, tastbar von außen. Seltsamerweise das kleine Kaliber einer Damenpistole. Die Army-übliche fünfundvierziger Automatic M-1911 A1 von Colt hätte Körpergewebe und Knochensplitter mitgerissen und ein pflaumengroßes Ausschussloch erzeugt. Mir scheint, wie gesagt, als sei der Mord rituell abgelaufen."

„Jedenfalls kein Freitod?"

„Ein sich selbst einmauernder Freitöter, ha – darauf kommt nur dein Blättchen!"

„Man wird dumm fragen dürfen."

„Ein Gescheiter deines Schlages immer."

„Dem dummen Gescheiten ist es ernst, Professor."

„Gesetzt den Fall … ich kenne dich als einen, der Nägel mit Köpfen macht." Backe gibt sich freundesvertraut. „Wie kommst du auf die Sache?"

Schweigen. Alsdann erzählt der Chefredakteur der Rhein-Mosel-Nachrichten von der Zufallsentdeckung, die Kurtchen, der Sohn seiner Bildreporterin Christa Dick, auf deren Fotos vom Hahn gemacht habe. Die Gestalten im Hintergrund seien Sicherheitsbeamte gewesen. Das habe sich gezeigt, als die Fotofrau, zum Lockvogel aufgemacht, mit ihrem Jungen dort gewesen sei, alles Mögliche knipsend. Deutsch mit amerikanischem Tonfall sprechende Dunkelmänner hätten von ihr verlangt, die Filme herauszugeben. Das ganze Gelände der früheren US Air Base Hahn habe von den Typen gewimmelt.

„Da muss was im Busch gewesen sein", schließt Liesner. „Leider konnte ich wegen einer Grippe nicht hin. Und mein rasender Reporter ist in der Karibik, um im Fall des Waffenhändlers einiges zu klären."

„Dicks Glosse Kurtchen macht mir Freude."

„Ich habe Ärger damit."

„Zwischen beidem steht die Langeweile."
„Wenn das nicht wahr wäre ... ja! Ich erwarte ihn übermorgen zurück. Liberty Harbor hat es ihm angetan. Der Teufel weiß, wieso. Mich schert die Seeräuberinsel wenig. Was immer ansteht, alle Spuren führen zum Hunsrück-Airport. Sag mal, hast du nicht auch diesen Oswald Recker identifiziert?"
„Soweit mir möglich. Er war angebraten."
„Deinen Job möchte ich nicht haben."
„Wenn die letzten Meldungen stimmen", sagt Professor Backe lachend, „kriege ich eine Wasserleiche auf den Tisch."
„Bon appétit."

21 Im spiegelnden Glas eines Heiligenbildchens, welches die christliche Jungfrau von Guadelupe mit heidnischer Hautfarbe, dem blassen Kupferbraun der Hochlandindianer zeigt, mustert Klaus Dick die Gäste der Tagueria, ohne Tomioka Sawako zu entdecken. Ihretwegen ist man von der Ecke Sechzehnte Straße und Franklin Square, wo das Taxi irrtümlich gestoppt hat, hergelaufen. Die Japanerin muss von unerfreulichen Erfahrungen geleitet worden sein, als sie den Treffpunkt im Mexikanerviertel vorschlug. Eher wäre an Chinatown zu denken gewesen. Einige Schwule aus ihrem nahen Bezirk speisen betulich. Zwei angeschickerte Schnauzbärte vom Machotyp, vermutlich Exilkubaner, ersäufen ihr Heimweh, oder was sie dafür halten, im Bucanero, dem höchstprozentigen Branntwein aus Zuckerrohr, der Götter zum Kichern bringt. Obwohl dem Koblenzer Reporter, ohne dass er gewusst hätte, warum, zunächst nicht genehm war, in einer La Raza, Die Rasse genannten Chicanokneipe essen zu sollen, hat er sich von O'Lynch, dem Irishman, dazu überreden lassen. Und jetzt gefällt es ihm hier.

Hier schweigend, dort schwatzend Südländer aller Hautschattierungen, hauptsächlich Mexikaner, jedoch auch Malayen, Chinesen und Japaner. Schwarzafrikaner sogar. Die Tür öffnet, schließt sich. Hallo. Man kennt einander. Ladinos in der Küche. Fortwährend üppige Gerichte, daneben das, was man teutonischen Handkäs mit Musik nennen könnte. Aus Karaffen dünstet es schokoladensüß; über Tassenränder quillt fettgelbe Sahne. Wie diese die Mariachi-Weisen der Jukebox. Giftsüße Honigmelonen, Phallusgurken, vom Fisch der Rogen. Ein

Kugelkaktus als Gefrierbox. Und Grass im Leinensack, dem Wirt des La Raza abzuhandeln. Ein Name kann, muss kein Omen sein. Siehe da, es schmeckt ausgezeichnet. Abgesehen vom Bier. Seine Quesadilla ist ein Lappen von Maisfladen, üppig belegt mit Käse, Gemüse und Pilzen, Kürbisblüten auch … üppig sicher deswegen, weil Wirt und Bedienung, diese eine Mestiza namens Lourdes, mit dem Piloten von Fun Air befreundet sind. Man kennt sich von Liberty Harbors Hotelschiff Baquine her, als Angestellte des Gentilhomme. Das Gericht des Tages ist Rotbarsch in Tomatensoße, dem familienweise zugesprochen wird.

Das Stadtviertel, in dem es lebhaft zugeht, heißt Mission District. Speisegeruch dringt aus den Torterias voller Monsterbrötchen, die, weit über den Rand belegt, kaum in eine Männerhand passen, so dass die Kinder zu mehreren hineinbeißen, aus den Taquerias mit ihren in Öl gebratenen, verschieden gefüllten, gerollten Tortillas, so gut wie im Süden, der in allem Pate steht, und aus den Marisquerias für Fischgerichte, die schmecken nach Topolabambo, obwohl man in San Francisco ist. Mexikaner haben ihre Lebensart, und die hat ihre Geschichte. La Raza ist der Uraltgedanke an die Rasse, an die Ahnenväter jenseits des Stromes, den sie Rio Bravo del Norte nennen, welcher bei den Chicanos, den amerikanischen Bürgern mexikanischer Abstammung, bewirkt, alles mexikanischer als Mexikaner zu machen. Na und? Klaus Dick grinst verstohlen. Heißt es von eifernden Papisten nicht auch, sie seien päpstlicher als der Papst, und eingefleischten Bayern, sie trügen drei Lederhosen übereinander? Er reißt sich von dem Gedanken los, blickt auf die Uhr und dann zum Eingang.

„Sie könnte kommen, Brian."

Wer durch die Tür tritt, ist nicht die Erwartete. Eine Straßenhändlerin vielmehr. Ohne zu fragen stellt sie ein Gerippe, Zugfäden daran, auf der beiden Tisch. Zupft man an den Schnüren, verrenkt sich das Knochengerüst, einer der gruseligen Scherzartikel, die vom Tag der Toten, dem Dia de los Muertos, übrig zu bleiben pflegen. Lourdes verjagt die Bauchladenfrau damit, dass sie ihr einen Margerita, Mix aus Tequila, Salz und Limone spendiert. Es wirkt irgendwie abgesprochen.

„Eine Sechsundachtzigjährige hat es nicht eilig", meint der Mann aus Shannon und winkt der Kellnerin, „Bring mir bitte einen Café de Olla."

„Mir einen Café Americano", ruft Dick ihr nach, „bitte!"

Dieser ist hell und dünn wie Wasser, schmeckt nach nichts, wie in den Staaten vieles, und kommt aus einer Maschine, die etwas von einer

Jukebox hat. Während jener, mit Zimt und braunem Zucker, gekocht in einem Tontopf, dick und dunkel ist wie Öl, von Milch in Sahnekaffee verwandelt.

„Deutscher", sagt die Mestiza beim Auftragen des Gewünschten, „du schuldest mir hundert Dollar für mein Bemühen, die Japanerin in der Bay Area ausfindig zu machen. Ich habe Oakland und Frisco abklappern müssen, um ihr auf die Spur zu kommen. Was interessiert dich an der Alten, die kein Norteamericano beachtet?"

„Dass sie im Besitz einer Wahrheit ist."

Nebenan lecken Süßkartoffel essende Kinder sich die klebrigen Finger, und es duftet nach Zimt von Kaffee und heißer Schokolade, und eine Matrone von Chicana verspeist andächtig knackige Heuschrecken. Irgendwo miaut eine Katze. Die Kellnerin schiebt ein rollendes Schifflein. Buntbemalt wie aus den schwimmenden Gärten Xochimilcos, mit Limonensaft in tönernen Schnabelkännchen, denen aztekische Motive eingeritzt sind, mit flachen Tonschüsseln voller Röstzwiebeln, Kupferhügeln in der Abendsonne gleichend, und mit zierlichen Salzfässchen von Tisch zu Tisch, wo die geschätzten Tacos verspeist werden. Faserkäse auch. Deutschen Sauerbraten aus amerikanischen Konservendosen, streifig wie das Sternenbanner, gibt es ebenfalls. Im Eingang erscheint, sich umblickend, eine zierliche, schlitzäugige Dame im kaftanähnlichen Kimonomantel, farblos gegen die bunten mexikanischen Gewänder. Maskenhaftes Lächeln.

„Ich bin Tomioka Sawako."

Die Mestiza stellt die beiden Europäer vor.

„Hoffentlich haben Sie durch uns keine Umstände", sagt Klaus Dick zu der Japanerin im Alter seiner Großmutter, die einen forschen, ja kämpferischen Eindruck macht und fließend Englisch spricht.

„Was möchten Sie trinken?"

„Einen Mezcal."

„Caramba!", entfährt es dem Wirt, der neugierig hinzugetreten ist. Er eilt zum Tresen, schenkt ein ... das Glas randvoll. Für den Deutschen und O'Lynch auch eins. Lourdes freut sich. Immerhin stammt der Agavenschnaps, der mit dem Wurm, aus den Destillen ihres Heimatortes Mitla, und der unvermeidliche Käse, der mit den Fasern, aus der alten Kolonialstadt Oaxaca. Nicht umwerfend findet Klaus Dick, Königsbacher und Bitburger gewohnt, das mexikanische Bier Carta Blanca.

„Was möchten Sie von mir wissen?", fragt Tomioka Sawako ihn, der er sich, angetan von ihrer Erscheinung, ein wenig befangen, was bei ihm etwas heißen will, erkundigt, wie das mit dem Matrosen Uwe Hinnerk gewesen sei.

„Ich verkaufte wie jeden Tag crabs am Hafen, als er halb verhungert aufkreuzte, den versalzten Seesack unterm Arm. Sein frankokanadischer Kapitän hatte ihn als Deutschen gefeuert. Einundvierzig ließ mich Roosevelt, als wäre er Hitler, ins Konzentrationslager für Japaner sperren. Das war in Colorado, fast Hochgebirge. Baracken eines Bergwerks, kaum beheizt. Alle bekamen Frostbeulen, etliche starben im Schnee. Einige von den Überlebenden haben sich gerächt – wie für die Atombomben auf Japan." Sie hält inne, überlegt. Ihre Miene wird abweisend. „Darüber möchte ich nicht reden!"

Brian O'Lynch, der bisher geschwiegen hat, räuspert sich.

„Ihr Freund aus Bremen kannte einen deutschstämmigen Brasilianer namens Oswaldo Recker", erklärt er bedächtig. „Wegen ihm sind wir unterwegs."

„Er war kein Nazi, wenn es das ist!"

„Auch ... aber nicht nur." Der Reporter der Rhein-Mosel-Nachrichten schaut sich um, ob es Lauscher gäbe. Das La Raza ist indessen, anders als die Loncherias und Fondas mit rüdem Straßengesocks, ein fast bürgerliches Lokal, mäßig besucht, aber stetig. Nebenan liest wer andächtig, als sei es die Bibel, die Speisekarte, die das mexikanische Wappen ziert, der Adler als Symbol des Guten. Sinnigerweise frisst er die böse Schlange. „Ihre Einschätzung seiner Person erlaubt den Schluss", fährt Klaus Dick höflich aber bestimmt fort, „dass Sie ihn näher als flüchtig kennen gelernt haben?"

„Durch den deutschen Matrosen, ja. Er erzählte mir von einheimischen Totschlägern, die im Auftrag der amerikanischen Bundespolizei Reckers Eltern in Brasilien ermordet hätten als Nazis, obwohl sie zu keiner Zeit welche gewesen wären." Tomioka Sawako, in die Erinnerung eingekehrt wie in eine Gruft, nippt an ihrem Mezcal, leckt die dünnen Lacklippen, das Gebaren eines uralten Kindes. „Ich musste an das Konzentrationslager denken. Als Hiesige! Meine Eltern wanderten aus Kobe ein, aber ich bin in Kalifornien geboren. Präsident Roosevelt lastete uns, seinen Landsleuten japanischer Abstammung, den Überfall auf Pearl Harbor an."

„Den er vielleicht selbst mitverbrochen hat", sagt der irische Pilot der Fun Air trocken. „Inzwischen erzählt man sich so allerlei."

Klaus Dick wirft einen verstohlenen Blick auf das rollende Schifflein der Kellnerin, das überfrachtet ist mit Riesenportionen Huevos à la mexicana, Rühreier mit Chilis, Zwiebeln und Tomaten, und Schalen voll gebratenen Bohnen, jene Frijoles refritos, die das Volk der Mestizen, wie das Kraut die Arier, zusammenhält, und fragt um Sachlichkeit bemüht:

„Wie hatte Recker den Verlust von Eltern und Besitz verkraftet?"

„Überhaupt nicht", entgegnet Tomioka Sawako bestimmt. „Er wollte es den Yankees heimzahlen, in die japanische Armee eintreten, um am Krieg im Pazifik teilzunehmen, was natürlich nicht hinhauen konnte. Da kam ihm Uwes Dampfer, der von Brasilien über die Karibik zum Mittelmeer fuhr, als Zweitgelegenheit recht. Wie gesagt, Oswaldo war kein Nazi! Aber er hätte sich dem Teufel unterstellt, um gegen die Yankees kämpfen zu können. Wenn ich es richtig weiß, traten viele Ausländer in die Hitler-Armee ein. Ob sie ihn genommen haben, weiß ich nicht. Ernst war es ihm jedenfalls." Die Japanerin hält inne, überlegt und lächelt. „Mir hat er die Joshu abgekauft. So nannte ich meine kleine Damenpistole. Übrigens ging es ihm nicht darum, in Europa zu bleiben, schon gar nicht in Deutschland. Dort störte ihn das Tamtam, das die Nazibewegung machte. Damals, im Sommer zweiundvierzig, wusste niemand, wie der Krieg ausgehen würde. Oswaldo war schließlich Lateinamerikaner."

„Erwähnte er seine Absicht für die Zeit danach?", erkundigt sich der Reporter, bemüht, Tomioka bei Gesprächslaune zu halten, in beiläufigem Ton. Prompt verblüfft ihn ihre Antwort, mit der er nicht gerechnet hat. Auch der irische Pilot, von dem, worum es geht, persönlich nicht berührt, zieht erstaunt die Augenbrauen hoch, als sie erklärt, Oswaldo habe sich in Liberty Harbor niederlassen wollen. Die Männer wechseln Blicke, trinken ihrem Agavenschnaps. „Womöglich", setzt Klaus Dick, lebhaft werdend, nach, „um ein Baugeschäft zu gründen nach Art des elterlichen in Brasilien?"

„Nein", sagt sie kopfschüttelnd, „er dachte an eine Herberge für Überseereisende, die aus dem zerstörten Europa kommen würden."

„Auf der Vulkaninsel mit dem schmalen Küstenstreifen sind Bauplätze teuer." Brian O'Lynch sieht die Japanerin zweifelnd an. „Nicht erst seit heute. Als die Marinebasis errichtet wurde, kaufte die US Navy alles freie Gelände auf."

„Wenn ich mich richtig erinnere, war die Rede von einem Hotelschiff, das im Hafen liegen sollte."

„Es gibt eins namens Baquine, das Recker gehörte", erklärt der unversehens stutzig werdende Reporter, als erspähe er, der Ungereimtheiten nicht genug, einen weiteren zu lösenden Knoten, ein Zusatzrätsel von der Heimsuchungssorte, und wendet sich an den irischen Charterpiloten. „Nicht wahr, Brian?“

O'Lynch zupft am Gerippe des Dias de los Muertos, das die Bauchladenfrau auf den Tisch gestellt hat, und sinnt eine Weile mit Grübelmiene vor sich hin.

„Tja ... so verlautet das Bordpersonal, mehr oder weniger Hörensagerei.“ Er gibt sich einen Ruck. „Etwas anderes bin ich mir sicher. Obregón, der Portier, erzählte jüngst, als Kind im Jahr dreiundfünfzig, anfangs der kubanischen Revolution, mit den Eltern nach Liberty Harbor geflüchtet zu sein. Sein Vater wurde Deckhand auf dem alten Dampfer, der noch nicht zum Hotelschiff umgerüstet war. Er diente Bauarbeitern als Fresskantine. Sonnabends wurde getanzt, sich um Nutten geprügelt.“

„Bauarbeitern?“

„Ja ... weil Fidel Castro kommunistische Sprüche machte, errichtete die US Navy auf der Insel einen Marinehafen.“

„Das wäre etwa zur gleichen Zeit gewesen, als der Hahn zur US Air Base ausgebaut wurde“, befindet Klaus Dick aufgeregt. „Zufälle gibt es, die gibt es nicht! Recker hatte als Maurer auf dem Hunsrück malocht.“ In seiner Miene Ratlosigkeit. „Danach betrieb er mit Hinnerk in Koblenz ein Kneipenschiff.“

„Das kann gut möglich sein“, meint die Japanerin mit Fistelstimme. „Mir hat er öfter gesagt, sein Traum sei es, Kneipenwirt zu werden. Sogar in Chinatown! Ich musste ihm das ausreden. Die Chinks hätten ihn gekillt.“

„Garantiert“, meint O'Lynch lachend, überlegt – schaut Dick an. „Sag mal, weißt du, wie diese deutsche Kneipe hieß?“

„Auf Französisch Bar du Sud, ein Treff der Fremdenlegion.“

„Das Dancing auf dem alten Dampfer nannte sich Bar do Sul, was auf Brasilianisch Bar des Südens bedeutet. Und Oswaldo Recker war Brasilianer. Ein Mexikaner oder Spanier hätte es Bar del Sur genannt. Stimmt es, Lourdes?“

Die Mestiza ist aufgeräumt näher gekommen.

„Ja ... ich habe gleich frei.“

Dass sie dem irischen Piloten, vielleicht als man zusammen bei irgendeiner exotischen Airline flog, auf Liebesweise verbunden gewesen sein musste, entnimmt Klaus Dick, mit dem ihm eigenen Blick für derlei, ihrem zärtlichen Bemühen um ihn, nachdem man sich lange nicht gesehen hat. Da will er nicht stören, begleitet die Japanerin nach Hause, wo sie ihm, komischerweise die Geisha mimend und Tee zubereitend, unerwartet, wie aus innerer Eingebung, es könnte bald zu spät sein, aufschlussreiche Erinnerungsstücke zeigt. Es sind Sachen, die sich selbst überschreiten, stille Botschaften von gestern, der heutigen Beachtung wert. Darunter ein Dutzend alter Aufnahmen.

„Wer ist der Bursche mit Matrosenmütze?"

„Uwe Hinnerk."

Der Reporter vom Deutschen Eck zeigt ein Schwarzweißfoto aus seiner Sammlung.

„Und wen erkennen Sie hierauf?"

„Ebenfalls ... na sowas!" Tomioka Sawako starrt auf das Bild. „Was ist los mit seinem Gesicht, der rechten Wange ... sieht fürchterlich aus?"

„Es ist eine breite Narbe vom Ohr bis zu den Nasenflügeln."

„Die hatte er damals nicht."

Klaus Dick bedankt sich überschwänglich bei der Japanerin für die Auskunft, ohne den tieferen Grund seiner Überschwänglichkeit zu nennen. Trotz teueren Charterfluges hat sich der Abstecher an die amerikanische Westküste gelohnt. Die Redakteure der Rhein-Mosel-Nachrichten werden Augen machen. Er geht zum Hafen. Siehe da! Wie einst, als Tomioka Sawako ihren Fischstand betrieb, bevor man sie ins Konzentrationslager sperrte, werden hier crabs verkauft. Und wider Erwarten schmecken sie vorzüglich ... oder es liegt daran, dass ihm die Damenpistole nicht aus dem Kopf will, das Foto Uwe Hinnerks ohne Gesichtsnarbe. Er muss sie nach Kriegsbeginn bekommen haben. Seine Grübelei angehend, kennt sich der Blättchen-Reporter gut genug, um zu wissen, dass Gedanken, die nicht ablassen, ihn zu beschäftigen, etwas bringen, wenn er sich die Mühe macht, ihnen nachzuspüren. Rätsel lösen sich nicht von selbst.

Sein Blick schweift über die Friscobay, deren Wasser, einer Frühlingswiese gleich, vor Schaumkronen zu blühen scheinen. Dort ein Geschwader kleiner Jollen, Grashüpfer des Naturteppichs zwischen San Francisco und Oakland. In der Brise schneiden die Segel wie Sensen einher, und die fahle Pazifiksonne blitzt aus den Bootsbeschlägen, und beim Halsen flattert das bunte Zeug an den Masten. Eine Besuchertafel zeigt an, was alles es gibt. Stagsegel, Sprietsegel, Gaffelsegel, Luggersegel, Lateinersegel ... seit wann segeln Lateiner? Eine einmastige Tjalk, eine zweimastige Schonerbrigg, einen vergammelten Dreimaster, dessen Marssegel gerefft sind, zwei Marinetender, den Offshore mit dem Plattdeck sieht er. Den Schwerstgutfrachter mit dicken Pfosten, zwei Flüssiggaser, von Kugeltanks beherrscht. Die Containerschiffe aus China, Japan, Australien, unter ihnen das größte des Pazifiks. Den Seenotkreuzer und zwei Lotsenboote. Ein Flottentanker schwoit, Bug und Heck von Schleppern gehalten, in der Bucht, als würde, wie in alter Zeit, ein Magnetkompass kompensiert.

Über dem Silicon Valley im Süden liegt eine Dunstglocke. Soll sie anzeigen, dass an diesem Ort der Chips des gesunden Menschen Bleiben nicht sein kann? Glitzerland der Mondkälber. Klaus Dick runzelt die Stirn. Die Damenpistole! Die Gesichtsnarbe! Da gilt es einzuordnen. Am Himmel keine Wolke. Bestes Rückflugwetter. Wird O'Lynch es schaffen, seine Mestiza abzuhängen?

22 Vom Deutschen Eck schlendern, von Joggern geschnitten, zwei Bartmänner heran, auch ohne Trachtenhut und Lederhose als urlaubernde Bayern zu erkennen. Nicht zu ihnen, denen nachgesagt wird, texanischer als Texaner zu sein, passt, was der eine bissig, ja schadenfroh meint, als er die Schlagzeile der Rhein-Mosel-Nachrichten *Der Irak aus dem Griff* gelesen, das Blättchen überflogen und kopfschüttelnd, wie wenn an der Isar die Meldungen freundlicher als am Rhein wären, in den Abfallkübel der Landebrücke gesteckt hat. Das käme daher, dass die Amerikaner ihre Soldaten nicht im Griff hätten! Der andere, mit seinem Handy zugange, telefoniert kurz, überlegt, wirft einen Blick in die Uferrunde, über den unruhigen, vom Bergwind geknufften Rhein, hinauf zur Feste Ehrenbreitstein. Dann wendet er sich an Markus Unger, der, öfter auf die Uhr schauend wie in Erwartung eines Dritten, beim Zeitungsstand ein Bier aus der Flasche trinkt.

„Sind Sie Koblenzer?"

„Ja." Der Kommissar nickt. „Zufällig … der einzige hier."

„Außer mir", ruft der Budiker von drinnen. „Das genügt."

Sich zwei Königsbacher rausreichen lassend, erzählt der Bayer mit der hemdsärmligen Leutseligkeit, die seinen Menschenschlag liebenswert macht, im ererbten Bilderalbum seines verstorbenen Urgroßvaters, den Gott selig haben möge, eine Aufnahme aus dem Jahr neunzehnhundertneunzehn zu besitzen, welche über der Feste Ehrenbreitstein eine riesige amerikanische Flagge zeige, aber hier und jetzt, auch nicht mit dem Fernglas, der Mast zu erkennen sei, woran sie nach dem Ersten Weltkrieg geweht haben könne.

„Da bin ich überfragt", räumt Unger ein.

„Eine Geschichte für sich." Der Budiker kommt heraus und zeigt über den Strom, dann in Richtung Altstadt und Balduinbrücke, von wo aus der angestammte Mast erkennbar gewesen sei. „Aber nicht am Rheinufer. Er war oben so weit zurück versetzt, dass sich zu Kaisers Zeiten die Truppen um ihn zur Parade versammeln konnten, mit Musketen, Pauken und Trompeten."

„Und als Koblenz von den Amerikanern erobert wurde?"

„Gab es das komische Mastproblem. Ihr General Pershing stand hier, genau hier, wo wir sind, schaute hinauf, sah seine Siegesflagge nicht. Dreimal dürfen Sie raten, was er befahl … ha, Sie kommen nicht dahinter!"

„Etwa", meint der Kommissar, seiner forschen Art zuwider, nachgerade kleinlaut, „den Mast nach vorn zu versetzen?"

„Das wäre zu einfach gewesen, kein militärischer Heckmeck. Eine Pionierkompanie schwärmte aus zur Horchheimer Höhe, in den Braubacher Hinterwald, um einen zum Mast geeigneten Riesenbaum zu fällen. Den stellten sie oben so auf, dass er vom Rhein aus zu sehen war. Ein Spieß und hundert Mann vergnügten sich damit drei Tage."

„Ha!", macht der eine Bayer. Der zweite Bayer auch. „Ha!"

„Und", fragt Unger, Schlimmes ahnend, verhalten, „wer bezahlte das?"

„Die Koblenzer Schängel, die ewig Verarschten. Damit nicht genug. Bei ihrem Abzug Anfang der Zwanziger nahmen sie den Lappen mit, für ein Museum in Washington, wie es hieß. Fünfundzwanzig Jahre später, Ende des Zweiten Weltkriegs, ließ General Bradley danach suchen … fand die Flagge. Nun wehte sie wieder auf dem Ehrenbreitstein, dieses Mal am angestammten Mast."

Irgendwo bellen Hunde. Kreischende Möwen auch. Eine Lokomotive pfeift. Jemand zupft Gitarre, in Moll. Abfallkübelentleerung. Der Budiker erzählt, wie man unter den Besatzern litt, was kostenlos zur Verfügung zu stellen war, und wie dieser und jener es heimzahlte, indem er betrunkene Amis verprügelte. Damals sei in Amerika Alkohol verboten gewesen.

„Das Erste, was sie nach ihrer Ankunft in Europa machten, war, sich vollzusaufen bis zum Gehtnichtmehr … oft ohne einen Cent in der Tasche."

„Trösten Sie sich damit", sagt der erste Bayer mit Zustimmung des zweiten, „dass bei uns Napoleon gewisse Schulden auch nicht bezahlte."

Vom Parkstreifen der Straße herüber kommt ein Mann im Trenchcoat, fußbekleidet mit dazu unpassendem Dreistreifenschuhwerk von Adidas, und tritt zu den lauthals im Chor lachenden Biergemütlichen vor der Budike.

„Hier geht es lustig zu?"

„Grüß dich, Klaus!"

„Wegen der Redaktionskonferenz konnte ich nicht früher weg", entschuldigt sich Dick und verlangt vom Budiker ein Königsbacher. „Ah! brütet ihr Unheil aus?"

„Sobald es fertig ist, kriegst du Bescheid."

Der Kommissar vom Moselring findet das weniger spaßig als die Sternenbannerstory, nicht ohne Grund. Wenn auch nur andeutungsweise, es ist was durchgesickert in Sachen Soldatenmord auf dem Hahn, nachzulesen in der Glosse Kurtchen. Die vorlauten Rhein-Mosel-Nachrichten! Eigentlich müsste Unger, daran nicht unbeteiligt, ein schlechtes Gewissen haben. Einem Kriminalbeamten obliegt Amtsverschwiegenheit. Aber er setzt darauf, dass die Zeitungsfritzen, wenn nicht Klaus Dick, dann sein Chefredakteur, so gewitzt sind, das Huhn, von dem zuweilen ein Ei für sie abfällt, nicht zu rupfen. Auch der Reporter ist, Macken übersehen, letztlich in Ordnung. Vom Hunsrück, aus Simmern zu stammen kleidet keinen in Kartoffelsäcke. Gleiches Alter auch. Das erleichtert den Umgang. Wiederum ist es seine Pflicht, dienstlich Erfahrenes geheimzuhalten. Nachdem die Bayern gegangen sind, man allein ist, gibt der Kripomann sich einen Ruck.

„Klaus", sagt er nach dem zweiten Bier am Rhein-Kiosk, wo sie von niemand gehört am Geländer lehnen, Blick zum Ehrenbreitstein wie Festungsbewunderer, „unmöglich kannst du das Protokoll der Vernehmung einsehen. Staatsanwalt Stubenrein hat es mir auf Kämper-Ehrlichs Weisung gegeben, vertraulich! Der Leitende wäre sauer, wenn das herauskäme. Auch bekäme deine Zeitung Ärger."

„Mir genügen Schlüsseltipps, denen ich nachgehen kann." Dick gibt dem Budiker ein Zeichen, zwei weitere Königsbacher durchs Fenster zu reichen. „Reckers Angelegenheit ist nicht nur wichtig, um die Herkunft des Falschgelds zu erklären. Da läuft noch etwas anderes, wie sich herausgestellt hat. Eine zweite Spur führt nach Übersee, Kalifornien und in die Karibik, von wo ich vorgestern zurückgekommen bin."

„Danke für deinen sofortigen Anruf vom Hahn."

„Weil es einen lebenden Zeugen weniger gibt! Die Sache schien mir äußerst dringlich. Und in Liberty Harbor telefoniere ich nicht. Die Amerikaner hören, wie auf der Insel jeder weiß, alle Gespräche ab. Kannst du meine Mitteilung verwerten?“

„Mit einiger Behutsamkeit gegenüber Paula Brück, ja. Derweil wird sie vom Tod ihres geschiedenen Mannes erfahren haben. Hm ... bist du sicher, dass Ronald Frederic nicht, wie sein Vater und dessen Bruder, ermordet wurde?“

„Das ist eine Auslegungsfrage, Markus. Die tödliche Kugel traf ihn in meinem Beisein. Nur kam sie von Heckenschützen, die auf alles feuerten. Vermutlich Süffel oder Junkies. Zwar wurde der frühere GI erschossen. Aber es war, kann ich bezeugen, ein Zufall. Man hatte es nicht auf ihn abgesehen. Mir wäre auf seinem Platz dasselbe passiert. Manchmal ist es der Ort, der die Tat hervorbringt. Wie die Gelegenheit Diebe macht. Wir trafen uns in Liberty Harbor, weil ich darum gebeten hatte ... besser nicht, bedauere ich hinterher. Auch wegen der Hunsrückerin. Mir war es darum gegangen herauszufinden, wie Ronald Frederic über das Mordmotiv dachte. Er hatte als GI zwei Jahre auf dem Hahn verbracht, ohne dass ihm etwas Schlechtes widerfuhr. Sogar seine spätere Frau kennen gelernt. Aber sein Vater Stanley war dort umgebracht worden ... warum? Der Ort mag manchmal die Tat hervorbringen, aber nicht immer. Inzwischen glaube ich, dass kein Einheimischer der Mörder war. Der Flight Lieutenant wurde von eigenen Leuten getötet. Gesetzt den Fall, bleibt die Frage nach dem Grund. Vermutlich ist sie nur beantwortbar, wenn man bis in den Zweiten Weltkrieg zurückgeht.“

„Hm ... ja.“ Der Kommissar nickt kaum merklich. „Jedenfalls schließt du aus, dass zwischen dem jüngsten Anschlag in Liberty Harbor und den alten Morden an Stanley Frederic und Jim Pollack ein Zusammenhang besteht?“

„Zumindest in dem Sinn, dass Frederic junior nicht erschossen wurde, um ihn daran zu hindern, gegenüber der Presse zu plaudern. Ich habe einiges Wichtige erfahren. Aber nicht von ihm, sondern einer greisenalten Japanerin in San Francisco. Sawako heißt sie, Tomioka Sawako. Sie war Uwe Hinnerks Freundin.“

„Toll ... gib mir ihre Anschrift. Was den Bremer Fahrensmann betrifft, führt ihn eine alte Sipoakte als Rausschmeißer im Hafenpuff Mutti Weiß. Kneipen einer bestimmten Sorte, am oder auf dem Wasser, hatten es ihm offenbar angetan. Die Nutten staubten bei amerikanischen Sailors, deren Schiffe täglich einliefen, Zigaretten und Nylonstrümpfe ab. Um achtundvierzig, pflegt mein Alter zuweilen aufzuschneiden, waren die Gold wert. Eines Tages erschien Oswaldo, zufällig … aber man kannte sich. Es muss Jahre vorher eine Begegnung gegeben haben."

„Eben!"

„Ah – du bist im Bild?"

„Die Japanerin rückte damit raus. Mein Eindruck von ihr war der einer glaubwürdigen Oma, wenn nicht von der Moral, dann vom Greisenalter her. Das Vernehnungsprotokoll ist mir nicht zugänglich, Scheiße! Du könntest jedoch andeuten, was drinsteht, damit ich checke, ob sie die Wahrheit sagte."

Dick hält inne, als sich Kinder nähern, anscheinend eine Schulklasse. Beiderseitig des Rhein-Kiosk, der auf Stelzen steht, aber notfalls, bei Blitzhochwasser, mit unterlegten Rädern davongefahren werden kann, sieht man sie buntgewürfelt, aufgeteilt in mehrere Grüppchen, Mädchen und Jungen getrennt, simsend herankommen, beschäftigt mit dem Ding der Dinge, dem Fetisch des Millenniums, der Unsinnsmaschine schlechthin. Jeder für sich allein, wie dem Abseits anbefohlen, durch Wände einander abgesondert. Kleine Dicke, die wichtigtuend auf ihr Handy starren, das die Erneuerung der Welt zu vermelden scheint, eine seidige Muslimin, das Kopftuch geknotet, zwei Negerkids weißbesockt, ein Lehrer, die Lehrerin zuletzt, alle mit Rucksäcken, an denen Maskottchen baumeln. Zwei Schüchterne, der Schreihals vom Dienst, aber auch ein Rollstuhlfahrer, der geschoben wird, bewacht wie ein Sträfling. Markus Unger wartet, bis sie Richtung Dampferanlege verduftet sind. Dann wird er vertraulich.

„Eher wie nicht. Alle hatten miese Amerikaerfahrungen. Nach Pearl Harbor wurde Kalifornien Militärzone. Einhundertzwanzigtausend Bürger japanischer Herkunft siedelte man, wie früher die Indianer, zwangsweise um. Darunter Uwe Hinnerks Freundin. Mich erinnert das an Wolgadeutsche, die Stalin nach Sibirien schickte. Man nannte sie 9066er, nach der Executive Order der Bundespolizei. Viele kamen in Schutzhaft wie hierzulande Nazigegner. Heutige Amis wollen davon keine Ahnung haben."

„Hm", macht Dick, „aber du weißt es?"

„Von meinem Vater, der beim BKA war. In den Fünfzigern gab es einen wegen seines fließenden Russisch als Sowjetagenten vermuteten Auftragsmörder. Er entpuppte sich als amerikanischer Oberst namens Boris Pash. Sein Team PB/7 tötete politische Gegner im Rahmen eines

Programmes, das Bloodstone hieß. Aus heutiger Sicht mag das weit, sehr weit hergeholt sein, Klaus … jedenfalls führt unsere bisherige Annahme, wir hätten es mit Kriminellen zu tun, in eine Sackgasse. Denke an das Bekennerschreiben."

„Idiotisch!"

„Immerhin reichte es aus, uns zu verunsichern. À la Geheimdienstintrige! Jede Wette ginge ich ein, wäre es zu belegen. Bleiben nervtötende Vermutungen. Was diesen Oberst Pash angeht, musste auf Druck Washingtons die Fahndung eingestellt werden. Aber mein Alter erinnert sich bruchstückhaft an einiges, was von ihm aktenkundig war. So sollte er zweiundvierzig in Kalifornien Jagd gemacht haben auf Japaner, die als unzuverlässig galten. Amerikanische Staatsbürger, wohlgemerkt! Nicht etwa Ausländer. Sie landeten im Konzentrationslager."

„Und in Südamerika?"

„Lebten neben dreihundertfünfzigtausend Japsen eine Dreiviertelmillion Einheimische deutscher Abstammung. Beim Karneval in Rio trugen sie Hakenkreuzfahnen, schenkten Bayernbier in Parteikneipen aus. Täglich gab es Schlägereien mit US-Agenten, die vor Brandstiftung nicht zurückschreckten." Markus Unger leert seine Flasche Königsbacher. „Der achtundachtzigjährige Zeuge erklärt im Protokoll, Oswaldo sei kein Nazi gewesen. Gemeint ist Recker senior, der gebürtige Brasilianer. Von dem Sohn, dem mit Vornamen Oswald eingetragenen hiesigen Waffenhändler, der uns beschäftigt, hat der Windjammer von der Weser keine Ahnung."

„Fehlanzeige!" Der Reporter der Rhein-Mosel-Nachrichten spuckt übers Ufergeländer ins Wasser, das durch die Ketten der Anlegebrücken launige Wirbel bildet, und fasst für sich das Gehörte unter Trennung des Beiläufigen vom Wichtigen zusammen. „Das bringt in der Falschgeldsache nichts."

„Immerhin erschienen Reckers Vater und Hinnerk dreiundfünfzig in Koblenz, um am Moselufer ein Kneipenschiff namens Bar du Sud zu betreiben."

„Auf Brasilianisch Bar do Sul – auf Spanisch Bar del Sur."

„Wie kommst du darauf?"

Klaus Dick berichtet mit knappen Worten, was ihm der irische Captain von Fun Air in San Francisco erzählt hat. Zwar ist er als Verlagsangestellter verpflichtet, auf Kosten des Hauses Ermitteltes nicht preiszugeben. Aber dergleichen ist erfahrungsgemäß eine Sache der Gegenseitigkeit. Ein Mund küsst den andern, sozusagen. Prompt wird Markus Unger, der, wenn er will, leutselig bis kumpanenhaft sein kann, gesprächiger als bisher ... das Königsbacher mag mit dazu beitragen.

„Vorher", fährt er fort, „hatten sie auf dem Hunsrück einem Bautrupp, der erst für die Franzosen, dann für die Amerikaner arbeitete, angehört. Macht dich die französische Benennung des maritimen Etablissements nicht stutzig?"

„Das war vorgestern." Der Blättchen-Reporter grinst wider Willen und spuckt in den Rhein. „Wissen muss man!"

„Finanziert wurde es von Werbern der Fremdenlegion", erklärt Unger fast im Ton der Schadenfreude. „Damalige Kollegen beäugten den Miesladen, ohne etwas nachweisen zu können. Es verschwanden etliche Leute in die Lützeler Kaserne, ins Marseiller Fort Saint Nicolas, auf Truppentransportern Richtung Indochina. Wenn überhaupt, kamen die meisten in Zinksärgen zurück. Eine trübe Geschichte! Aber ich würde den beiden Alten, stünden sie neben uns, keinen Vorwurf deswegen machen."

Erstaunt blickt Dick, ohne sich zu äußern, den Kripomann an.

„Weil", fährt dieser spöttisch fort, „ein deutscher Politiker die Légion étrangère rühmte, in Fernost das christliche Abendland zu verteidigen. Konrad Adenauer. Übrigens freite der Brasilianer eine Weinhändlerstochter aus Güls. Ein Jahr nach der Hochzeit wurde er am Moselufer erstochen. Seine Leiche lag drei Tage unentdeckt im Gebüsch. Täter soll ein Liebhaber der blutjungen Frau gewesen sein. Der Mordprozess endete vierundfünfzig mit einem Freispruch. Nun fiel der Tatverdacht auf einen Werber der Fremdenlegion. In dem Fall sind die Ermittlungschancen gleich null. Damals gab es, soviel ich weiß, deine Zeitung schon. Ihr müsstet darüber Material haben. "

„Ich werde mich im Archiv umsehen. Wie alt wäre Recker senior heute?"

„Geschätzte fünfundachtzig."

„Hm." Der RMN-Reporter schaut sinnend moselaufwärts. „Wenn die Gülserin jünger, viel jünger als ihr Mann war, müsste sie anzutreffen sein."

„Jedenfalls die Zwillingstöchter Karin und Medea aus ihrer späteren Ehe mit einem hiesigen Hotelier. Die Mutter soll mittlerweile verstorben sein. Warum guckst du mich so verblüfft an?"

„Weil mir das Gespann bekannt vorkommt."

„Himmelarsch", erheitert sich Markus Unger von der Kriminalpolizei Koblenz, „das will ich meinen!" Sein Lachen. Er stößt die Bierflasche aufs Ufergeländer, dass Schaum herausquillt, ihm über die Hand, und prostet dem verdutzten Gegenüber zu. „Es sind die Bardamen vom Club 2002."

23 Sich einsam in Schweigen zu vertiefen verlangt die Ordensregel vom Kartäuser Mönch. Der Nonne auch. Das gilt nicht für Kartäuser Klöße. Margot versieht sie fesch mit allerlei im Kühlschrank Vorhandenem, von roter Rübe bis saurem Kraut, und Albert lässt darüber mit Inbrunst die Pfeffermühle schnarren. Ha, schmecken sie, die Klöße der Kartäuser! High-Tech-Soße zugereicht. Mag das der strengen Regel des Ordens, sofern er je Klöße aß, wofür Zeugnisse fehlen, nicht genügen. Hausgemachte Jungeleutekost, in die Pfanne gehauen, aus der Pfanne gegessen, ist es allemal. Übrig bleibt nichts, was für der Mahlzeit Güte zu sprechen scheint.

„Blöderweise", schimpft die Polizistin beim hausfraulichen Geschirrspülen, „müssen wir zum Vortrag des Mainzer Unipaukers – Kunstdiebstähle! Staatsanwalt Stubenrein hat darüber genug erzählt. Allerdings", sie rümpft die Nase, „kann ich mich des Gefühls nicht erwehren, dass es ihm um anderes geht, als Polizeischüler zu unterrichten."

„Das behältst du für dich!"

„Jedenfalls wollte ich zum Frisör."

Der ihr dienstlich wie privat zugehörige Polizist Albert, kleine zwei Jahre älter, gibt sich gelassen, obwohl auch ihm lieber wäre, seine Freizeit anders zu nützen. Vielleicht zu einem Backgammonspiel im Internet, an dem ihn wiederum nicht gefällt, dass der Mitspieler unbekannt sonstwo leben kann, in Simmern oder Santiago de Chile. Wird die Welt zu klein, verliert sie ihren Reiz. Auf einem anderen Blatt steht, ob Margots lustiger Pferdeschwanz, den alle gern an ihr sehen, zwingend den Frisör nötig hat. Man muss nicht jeden für einen Wohltäter halten, einen, der unentbehrlich ist, bloß weil er sich für einen solchen ausgibt. Keineswegs ist es ihr unlieb, nicht hingehen zu können. Das kämmt, das stutzt, das brennt, das wellt, das zwirbelt, das kräuselt, das verschandelt modisch ... das missbraucht Haarschneiden zur Geldmacherei. Der Stacheldrahtverhau von Modefrisur zu dreißig Euro fuffzig! Hatte es nicht jüngst in der Glosse geheißen, spitzbübische Bader

der Gauklersorte, die neben der Leute Haare deren Beutel schnitten, wären im Mittelalter selbst gebeutelt, geteert und gefedert worden, gerädert auch? Ein geräderter Figaro, wunderbar!

„Gehen wir."

„Wenn es blöderweise nötig ist."

„Kein Hunsrücker nimmt einen Mainzer Professor ernst."

„Aber ihm will zugehört sein."

Der sich besorgt wie um eigene Siebensachen gebärdende Gelehrte, in Rheinland-Pfalz gleichsam Wortführer in Fragen des Alten Orient, zeigt das Foto eines Bildsäulchens aus gebranntem Ton, sitzender Mann genannt, siebentausend Jahre alt, gestohlen aus dem Museum der Kurdenstadt Mosul, welche sich neben den Ruinen des alten Ninive erhebt, eines Gefäßes in Stachelschweinsgestalt, entstanden viertausendfünfhundert vor Christi, und die Terrakottafigur einer ihr Kind haltenden Mutter, diese mit seltsamem Hut, rund sechstausend Jahre alt, dem Irak-Museum Bagdad entwendet, und erklärt den Polizisten, deren Großvater er sein könnte, es seien die ältesten Stücke zwischen Euphrat und Tigris, der Wiege der Menschheit, deren Kindergarten zumindest ... schrecklich, sie banausigen Schmugglern überlassen zu sehen.

„Hat jemand dazu etwas zu bemerken?"

„Herr Professor", meldet sich Margot, die mit anderen zierlichen Polizeidamen beinahe klösterlichen Zuschnitts vor den vergleichsweise grobschlächtigen männlichen Kollegen sitzt, ungeniert zu Wort, „darf man von deren Bekanntheit auf dem Kunstmarkt ausgehen dergestalt, dass sie dem Grund nach unverkäuflich sind?"

„Eine wichtige Frage." Des Schöngeistes Gesicht längt sich zum Spitzkinn mit Gehörn, wird hässlich wie das der Terrakottamama, und er verfällt in seltsame Zornesstimmung, die ob ihres Widerspruchs zur Person komisch wirkt. „Unverkäuflich sind sie in der Tat, aber nur dem Grund nach. Das ist der Knackpunkt!"

„Wieso?"

„Es gibt Privatleute, die nicht handeln, sondern haben wollen."

„Kunstfetischisten!", platzt wer heraus.

„Der Ruch haftet ihnen an, ja. Sie wenden dafür, sich dergleichen Lichtgestalten des Vorzeitdunkels zu bemächtigen, Mordsbeträge auf. Vorweg amerikanische Millionäre. Denen haben es altmexikanische Schätze angetan. Reiche Briten zahlen Unsummen für indische Buddhas. Der Ausverkauf dessen, was in ägyptischen Pharaonengrabmälern gefunden wurde, dauerte ein Jahrhundert."

„Sind diese Sammler nicht bescheuert?", will Albert, um dem Kollegenschatz, seiner Zukünftigen auch, zu bedeuten, dass er last, not least ebenfalls zugegen ist, unter dem Gelächter aller wissen.

„Das müssen Sie in der Psychiatrie erfragen."

Die Polizeidamen kichern um die Wette.

„Welche Knackpunkte gibt es noch?"

„Einen, den zu beherzigen ich Ihnen rate. Sammler stehlen nie in der Größenordnung ihres Sammelns, lassen allenfalls auf Ladendiebweise etwas mitgehen. Gefährlich sind sie als Auftraggeber von Grabräubern und Museumsdieben. Diese zumeist jungen Leute, die der Wildnis vergessener Götter entreißen, wissen nichts vom Symbolgehalt dessen, was sie da an sich bringen."

Ein Kunstpapst, denkt Margot abschätzig, jedoch nicht nur. Sowas wie Ehrfurcht auch. Dieser Alte Orient! Man könnte ihn für ein Märchen halten, gäbe es seiner Jahrtausende Zeugnisse nicht. Die seiner Hochkultur, seiner Zivilisation des Beschaulichen! Von dem Mainzer Professor zur Herzenssache erklärt. Seltsame Wege der Zuneigung. Anderer Herzenssache sind Bolzplatzstorys, Borussia Dortmund und Bayern München, worüber Albert mit Kollegen schwatzt. Zum Stammtisch fehlt nur das Bier. Nach dem Vortrag fährt man zum Flughafen.

„Kürzlich", bleibt sie beim Thema, „habe ich in den Rhein-Mosel-Nachrichten darüber gelesen. Von diesem Klaus Dick ... hm, er fliegt öfter mit Fun Air nach Liberty Harbor. Ob es einen Zusammenhang gibt?"

„Privat hat es uns nichts anzugehen, wohin und warum jemand reist."

„Aber dienstlich."

„Du zerbrichst dir anderer Leute Kopf", findet Albert. „Das kann nachteilig für den eigenen sein." Er blickt auf die Uhr. „Wir müssen zur Ablösung."

„Manchmal führt es zu Einsichten", beharrt die Polizistin mit dem Pferdeschwanz. „Da ist der eingemauerte Leichnam ... puh! Alles berichtet darüber, aber nicht das Blättchen, das erst dann auftischt, wenn alles schweigt. Ein Angriff auf die Stille, könnte man es nennen. Sage du mir jetzt bloß nicht, ich sei ein kluges Mädchen."

„Du bist ein kluges Mädchen."

Ein Gong ertönt zaghaft, dann beflissen. Beim dritten Mal dringlich. Durchsage auf Englisch und Deutsch. Kaum jemand hört hin. Der Terminal 1, voll von schmatzenden, schwatzenden, patzenden Fluggästen, lärmenden Kindern, hallt wie ein Kirchenschiff. Geruch von Zwiebeln; der nach Knoblauch. Verhinderte Raucher, entzugsmiese Miene. Rollwagenschieber stoßen einander. Tippelbrüder, Trebegänger, Lumpazis der Lüfte tauschen, rotwelschend, Erfahrungen aus. Einer singt It's a long way to Tipperary, zu Fuß bestimmt. Auf einem gelben, wie ein Wagenrad von Käse aussehenden Koffer prangt knallrot I like Emmentaler. Der Terminal 1! Ein Sausen; ein Brausen. Er steht für Ticketgerangel und dösende Wartegäste, das Kinn auf der Brust. Des Komischen kein Ende. Wiederum Hunsrück-gemütlich.

Scherz beiseite. Die Polizisten lachen nicht, wechseln Blicke ... bei der unabwägbaren Sicherheitslage! Jeder ist verdächtig, er überzeugte denn, es nicht zu sein. Lieber drei Blicke voraus als einen zurück. Eine Mönchsgestalt bewegt ihrem Rosenkranz, welcher geschäftsmäßig durch die Finger gleitet. Ein anderer, der ein Derwisch sein könnte, entfaltet einen Gebetsteppich so groß, eine Boden-Luft-Rakete zu umhüllen. Busfahrer fragen Ankommende, ob sie nach Frankfurt wollen. Erstaunen. Ob man nicht da sei? Das alles kann Masche sein: wie der Kleine auf groß macht, ohne eine Latte zu werden, wie der Große sich duckt, um unbemerkt zu bleiben, wie der Süffel nach Schnaps schielt, den er nicht bezahlen kann, wie Fun Air tollvoll auftritt, obwohl die Kasse leer ist ... alles das kann Masche sein. Aber gestattet ist, was unverboten. Gilt auch für den Hunsrück-Airport, der zusieht, wo er bleibt im zunehmenden Wettstreit der regionalen Flughäfen.

„Gleich", befiehlt Albert seiner Margot, „hältst du dein Schlappmaul!"

„Erscheint der Mainzer Oberbulle?"

„Ein Typ vom rechtsmedizinischen Institut namens Backe. Ungewöhnlicherweise will er den Skelettfundort einsehen."

„Was ist daran ungewöhnlich, Albert?"

„Diese Leute verlassen gemeinhin das Haus nicht."

„Also", folgert die kluges Mädchen genannte Polizistin mit dem Pferdeschwanz, „wie bei Staatsanwalt Stubenrein?"

„In der Preislage. Wir sollen dem Gutachter Feuerschutz geben. Das hat verdeckt zu geschehen, wie mir auf der Wache bedeutet wurde."

Am Bistrotisch der Piloten sitzen welche von Fun Air, Aeroflot, LTU und Ryanair, die Uniformen, zumindest für Margots Geschmack, operettenhaft aufgebügelt. Soll auf diese Weise das Ansehen der Billigfluglinien verbessert, sozusagen gesellschaftsfähig gemacht werden? Albert scheint gleicher Ansicht zu sein, nennt er sie wiederum, jetzt anzüglich, ein kluges Mädchen, wozu zählt, dass das kluge Mädchen, als solches hingestellt, sich dafür nichts kaufen kann, nicht einmal eine Maschinenpistole tragen darf. Es komme ihm auch nicht zu, einen Büstenhalter zu tragen, pflegt er den Umstand zu erklären. Hat es noch eben geschienen, über dem Idarkopf braue sich ein Gewitter zusammen, knallt jetzt die Frühlingssonne durch, lässt den Spatzenairport funkeln. Man drängt raus, vorweg als Brite. Ire von der grünen Insel gar. Jenseits des Ärmelkanals spinnt, so der Wetterbericht, seit Tagen Dauerregen seine Fäden.

It's a long way to Tipperary! Jemand fragt nach der Kneipe Zum Fliegenden Hahn. Sonstwer möchte zum Steigenberger Esprix Hotel. Der Vertreter vom Luftamt, örtliche Außenstelle, grüßt die Streifengänger. Am Gepäckband entdecken sie ein Bürschchen von sieben, anscheinend ohne Begleitung. Jetzt ein Blitzlicht. Es stammt vom Apparat der Mutter des Kleinen, einer so feinen wie ältlichen Hasselblad 500 Classic-Kamera, und Albert gibt sich einen förmlichen Ruck.

„Hier ist knipsen verboten!"

„Ferner", sagt Margot, um beim Dreinreden mitzuhalten, nicht weniger streng in Blick und Ton, „wollen Sie sich bitte ausweisen."

Lächelnd öffnet die Knipserin die prallvolle Fototasche und zeigt den Polizisten ihren Presseausweis.

„In Ordnung."

Unbeschadet der Überprüfung streifen die Überprüften, Frau und Sohn des Koblenzer Reporters Dick, durchs Gelände, vorbei an den Golfplätzen zu den Hangars der früheren US Air Base Hahn, wo Stacheldrahtwalzen in der Sonne glänzen, hier gestrüppig, halb zugewachsen, dort nackt wie das Unheil Mauern, Pfeiler, Gebälke, Träger und Hutzen, Tothölzer und Krüppelgewächse herumstehen, verblichene Warnschilder auch. Der Blick folgt Einlässen, wird von Tarnzeug verstellt. Raben im Gezweig. Die Tönung reicht von mausgrau bis schimmelfarben. Funkmasten, zweifach, dreifach eingeknickt; Bruchstücke einer verblichenen Streitmacht. Die Wachbunker mit den halbmeterdicken Betonwänden, Panzerstahltüren, Sicherheitslüftern und schussfestem Glas sind noch so, wie sie von den Amerikanern verlassen wurden. Aus dem Boden aber, wie dem zum Trotz, schießt Frühlingsgrün, deutsches Unkraut die Fülle: Distel, Brennessel, Ackerwinde, Herbstzeitlose, Vogelknöterich, der Scharfe Hahnenfuß. Blüten entfalten sich schmückend; Dornen greifen gebieterisch Raum. Die unvermeidliche Gegenwart. Das Gestern ist tot, es lebe das Heute. Das Morgen ebenso.

Ein Eichhörnchen wieselt am Lichtturm hoch, hält oben Ausschau, spurtet flink herunter, springt, steif den Schwanz, davon ... nicht ohne von Christa fotografiert worden zu sein. Kurz darauf steigen sie und Kurtchen in ein Auto, das ihnen, wie dazu eigens beordert, von Lautzenhausen über die Betonpiste zum Exit Koblenz nachgefahren ist. Der Mann am Steuer tut so, als kümmerte ihn das nicht, wären es fremde Anhalter. Schweigen bis zur Hunsrückhöhenstraße. Dann lacht man erleichtert, ist das Kind eingeschlafen. Kein Anzeichen für Verfolger.

„Wir sind unbemerkt geblieben, Klaus."

„Hier und jetzt." Dick überholt einen Lkw und verzieht das Gesicht. „Was nicht ist, kann noch werden."

„Male nicht den Teufel an die Wand."

24 Das Kellerlokal Zum Kaiser von Koblenz liegt, wie könnte es anders sein, in der Altstadt nahe dem Deutschen Eck, ständig hochwasserbedroht. Der Bus vom Bahnhof hält vor dem Eingang. Nebenan die ehemalige Kaiserapotheke, inzwischen Kebabhaus, unter Döner-Freaks Hammelstall genannt. Zum nächsten Supermarkt elf Fußminuten. Gegen Aufpreis, nicht zu knapp, erhältlich Rebensäfte von Rhein und Mosel, graugrün verschlammt die Flaschen, was als Markenzeichen gilt, Belsazars Geisterschrift sogar. Daniel 5, 25, vorn in der Bibel. Das gute alte Hochwasser, verlässlich seit Jahrhunderten wie den Indern der Monsunregen. Fruchtbar seine Schlämme, Nahrung für Pilzlinge, Schwämme, Schimmel, Sporenbildner jeder Art, ein Lebensraum der Sonderklasse. Die Touristenattraktion! Versand nach allenorts per Nachnahme, Übersee Vorauszahlung. Wenn schon nicht an deutschem Wesen, wie vom Kaiser selig gewünscht, soll die Welt an deutschem Wein genesen.

Jazzer wie der Klavierspieler Amadeus, der als Student der Philosophie nach Platons Höhlengleichnis über Buridans Esel schreibt, wobei selbiger in der Kunst des Verzichts jenen alten Griechen übertrifft, sprechen unter sich vom Club 2002. Ein Zahlenkleinod von Seltenheitswert. Die Jahresbezogenheit lässt freilich vermuten, dass es erkennbarer Bestandsgarantie ermangelt. Es bleibt das Haus, der Hüter wechselt. Oft vom Dummen zum Saudummen. Einer geht Bankrott an einem Fahrstuhl, den er einbauen lässt, ohne zu bedenken, dass das

Hochwasser ihn schaffen wird. Ein anderer betreibt, um zünftiges Ambiente zu erzeugen, eine Nebelmaschine. Das verdirbt der Damen falsche Wimpern. Gummibusen schrumpfen ein. Von Glatzen rutschen die Perücken. Pilzfreunde sieht man Champignons auf Pferdemist züchteten.

Staatsanwalt Stubenrein, der sich für fortschrittlich hält, bedauert das. Wilhelm der Erste, sinniert er an der von den Busen der Damen Karin und Medea geschmückten Bar, würde sie unstreitig à la Vorgestern zumachen. Sein Hohenzollernblick, der die Zeit erstarren lässt! Geschichte baut ihre Barrikaden auf. Dem Leben tut das keinen Abbruch. Wer ist schon Wilhelm der Erste – heutzutage? Dem Staat darf man, einmal mehr als sein Anwalt, unterstellen, dass es seinen Bestand nicht gefährdet, derartige Lokalitäten, mit oder ohne so genannte Femmes fatales, zu dulden, wie immer genannt: Pinte, Beize, Kneipe, Schuppen, Schwemme … zu fördern sogar, falls geeignet, die Szene im Auge zu behalten. Zugunsten der Zwillinge zählt, und zwar frauenunüblich, dass sie gekonnt Bier zapfen. Man fühlt sich am Born der Welt. Besonders als Mann … na und?

Diese unheilige Überlegung, nämlich Anwendung des Zweckmäßigkeitsgrundsatzes auf die Politik des Gesellschaftlichen, ruft die Wirklichkeit zurück dergestalt, dass ihn weder Schöngeisterei, amtlich unerwünscht, noch Anwandlung des Gefühls, persönlich verschmäht, hergeführt hat, vielmehr sachbezogene Einschaunotwendigkeit. Seinem scharfen Blick entgeht nicht, dass jene, die in dem eckenreichen, säulengestützten Keller sind, weniger Augenmerk verdienen als die draußen Davorstehenden. Ihr ersichtliches Unvermögen, sich hereinzubegeben, muss seinen Grund haben. Nicht allein, dass ihre Sprüche vermuten lassen, sie fühlten sich hier ausgesperrt, anderswo auch. Die Kneipe drüben, der Türsteher mies. Kumpel! Das soll ein Kumpel sein? Altes hält sich länger als für Junge gut. Immer noch stecken Blindgänger im Mauerwerk. Noch immer kann, wer will, Brandbomben aus der Mosel fischen. Wird auf Kasernenhöfen gedrillt. Carl Stubenrein bedeutet den Barfrauen, Luft schöpfen zu wollen, und geht hinaus, will das jedenfalls … die Kellertreppe dicht besetzt, Arsch an Arsch gleichsam.

„Darf ich durch, bitte!“

„He … macht Platz für den Onkel.“

„Unten gibt es freie Stühle.“

„Wir sind Treppenkinder.“

Einige Typen des Typs, den man im verflossenen Jahrhundert als Radi, Provo, Sponti, Hippie, Rocker, Hänger, Beatnik, Teddyboy, Gammler, Halbstarker, Milchbart, Weichei, Schlaffi, Rudidutschki bezeichnete, stehen, dösen, lungern, Bierflaschen in der Hand, am Eingang herum, wissend, wo es langgeht, aber zu wenig betucht, dem zu folgen. Drinks gibt es in Aldis Dumpingshop. Sixpack, unterm Arm zu tragen. Es riecht nach Haschisch. Aber nicht aufdringlicher, denkt Stubenrein, in Grenzen nachsichtig, als beim Leitenden nach Harzer Roller. Vom Zustand des Gemeinwesens erzählt der Jungleutehaufen und vom Unvermögen zu dessen Veränderung, schon gar nicht der zum Besseren. Einem der Herumsteher hängt, wie dem Titelhelden in Nicholas Rays Western Johnny Guitar, die Gitarre schussbereit auf dem Rücken. Jetzt beginnt er forsch zu zupfen ... Schüler eines Meisters offenbar. Man klatscht ihm verhalten zu. Ein Dicker behaut die Trommel. Am Deutschen Eck schnäbeln die Möwen.

Der Staatsanwalt ist beeindruckt. Die angeblichen Taugenichtse! Taugen schon etwas, wenn sie Gelegenheit haben, taugen zu dürfen. Sinnend begibt er sich nach unten, vorbei an auf der Treppe sitzenden Schmalzbrotessern, für ihn die Arglosigkeit in Person. Man muss ihnen gerecht werden als das, was sie sind, junge Leute, die sich verkriechen in früherem Festungsgewölbe, weil darüber für sie kein Platz ist. Ein Schild verlautet, der Club 2002 sei, nach den siebengeschossigen Mainzer Sektkellern, in Rheinland-Pfalz das tiefstgelegene Lokal. Die Getränkepreise an der Bar, kinderhandschriftlich von Karin und Medea ausgemalt, liegen um Stockwerke höher.

„Hier unten steht es schon an der Decke“, sagt ein Schwarzkopf, auf die Hochwasser des vergangenen Jahrhunderts anspielend, zu seinem blonden Girl, „wenn oben noch das Wiesengras verdorrt“.

Die zögernde Dame hält sich, wie jede behutsame Frau, hinter ihrem Tausendsassa, wenn es unheimlich wird. Amadeus klimpert eine Bach'sche Fuge.

„Puh“, macht sie, „puh.“

Um sich seinen Platz an der Bar zu sichern, drängt Stubenrein hastig an beiden vorbei. Nach unten führt, begleitet von Haltern mit flackernden Kerzen, die steile Steintreppe über eine Art zwischengeschossige Vorhalle mit grobroh gemauertem Uraltgewölbe, in dem allerlei Kult-Volk hockt, die einen mit Rucksack, die andern mit Kollegmappe, aber samt und sonders dabei, Einheitsschmalzbrot zu verzehren. Da sitzen sie, als wäre die Welt in Ordnung, als werde Gottvater persönlich ... als hätte, wo das Unheil sich rüstet, der Tag brüchig wird, die Nacht zum Gespensterreigen, das Heil gesiegt. Haben freilich den Frisör nötig. Rasierschnittbefohlene gewissermaßen. Die mit den Weiberzöpfen. Der Ungescheitelte auch. Drei Angeheiterte mit Backenschmissen, offenbar Korpsstudenten, singen die Campusweise Es ist noch Suppe da. Das erinnert den Staatsanwalt an das eigene Vorgestern, die Studienzeit in den achtziger Jahren an der Landesuniversität. Stets war noch Suppe da; keiner hat sie gegessen.

Wiederum kann man sich im Club 2002, was in des Brezels Welthauptstadt unmöglich, frei nach Neigung tätowieren lassen. Voranmeldung an der Bar. Von einer Huldigerin der erotischen Kunst, feinster Rhein-Mosel-städtischer Kreise, falls es die gibt, zugehörig, geht hinter hohler Hand die Legende, sie habe sich einen Liebesknochen auf den Leib gewünscht. Dereinst wird sie es bedauern. Der Mensch als Ruine seiner Vergangenheit. Beunruhigt verzeichnet der Staatsanwalt für sich, dass ihm der Gedanke, der Bardamen hehre Busen könnten tätowiert sein, beinahe Kummer bereitet ... fast so, als wäre es der seiner Frau Waltraud, der darin nicht Unbetuchten, Mutter der Simserin Paddy. Es gilt, diese Schöpfungsfrüchte vor Unbill zu bewahren. Erfreulicherweise sehen die beiden Schönen hinterm Tresen, Karin und Medea, nicht danach aus, sich mir nichts, dir nichts begrapschen zu lassen.

Zum Tadelnswerten gehört andererseits, dass die wacklige Tür des Kelleraborts, von Hochwasseralgen verschnörkelt wie ein Fenster von Eisblumen, mit unisex beschildert ist, Stehschiss angesagt auf Franzosenart, dass an der Wand ein Poster hängt, welches die Kaiserin Augusta, der Koblenz die Ausgestaltung seines Rheinparks, dem schönsten, den es am Strom der Ströme zu bewundern gibt, verdankt, als gestiefelte Eroscenterlady zeigt, und dass das Schlagzeug, das Klavierspieler Amadeus begleitet, Wilhelm I. auf dem Fell trägt, Allerhöchstderselbe somit Prügel bezieht. Nicht ganz unberechtigt, denn er, Kartätschenprinz zubenannt, war als Militärgouverneur unbeliebt. Die Staatsraison verbietet es, das zu erwähnen. Ein Kellerwitz besagt, es fänden sich in der Kloschüssel Heringe, wenn das Hochwasser abgezogen sei.

„Herr Stubenrein", Medea lächelt gewinnend, „noch ein Helles?"

„Bitte." Sein Blick wird, ungewöhnlich bei einem Staatsanwalt, fast treuherzig. „Ich bin nicht des Bieres wegen erschienen."

„Das haben wir schon vermutet!", platzt Karin in saloppem Ton heraus. „Ist es wegen unserem Karibikjob?"

„Auch … hätten Sie davon auf dem Hunsrück-Airport nichts gesagt, wäre ich trotzdem hier, um etwas über Ihre verstorbene Mutter zu erfahren." Als die Zwillinge, ansonsten gesprächig, verblüfft schweigen, als sei damit die Tür zu einer verbotenen Räumlichkeit aufgestoßen worden, ihn fragend ansehen, unsicher der Blick, wird er deutlich. „Sie war in erster Ehe mit einem deutschstämmigen Brasilianer verheiratet."

„Oswaldo Recker, ja, das ist ewig her."

„Vermutlich sprach man in Ihrer Gülser Vorväterfamilie ungern von ihm?"

„Selten jedenfalls."

„Hat seine Person in Ihrem Leben eine Rolle gespielt?"

„Nein", wundert sich Medea, „er war nicht unser Vater."

„Mama hatte ihn mit knapp siebzehn gefreit, weil er als großspuriger Dingerich auftrat, Kunde im Gülser Weinhandel der Eltern war", ergänzt Karin boshaft. „Später hieß es von ihm, er sei zu Haus Maurer gewesen … sowas Dämliches!"

„Sowas Superdämliches!", gibt Medea eins drauf.

„Gerade das konnte ihr Anlass zum Rückerinnern gewesen sein." Stubenrein sieht von einer zur andern. „Vielleicht, um Ihnen solchen unbedachten Schritt auszureden?"

„Das ist wahr … hat sie auch."

„Sonst nichts?"

„Nein", sagen die Zwillinge wie aus einem Mund. „Nein."

Der Staatsanwalt nickt vor sich hin, als habe er diese Antwort erwartet. Doch es kann auch anders sein. Auf den Barhocker neben ihm setzt sich rülpelhaft ein Gast, von dem Stubenrein das ungute Gefühl hat, ihn irgendwie als Angeklagten zu kennen, eine jener eher unerfreulichen Begegnungen, die ein Ankläger tunlichst vermeiden sollte, um bei erneuter Anklage nicht in Zwiespalt zu geraten. Wiederum ist die bissige Bemerkung, die er beim Wegstecken seines Handys macht, nämlich, man müsse befürchten, dass es Schimmel ansetze, insofern berechtigt, als in Gewölbeecken Wasser aus nacktem Fels rinnt. Hier riecht es wie aus einem Sickerschacht. Zarte Schimmelblüten erzählen von Fäulnis und Wiedergeburt des Faulen.

„Verstehen Sie mich bitte richtig", sagt Stubenrein im Ton der Entschuldigung, „es gibt keinen Anlass, dass sich meine Behörde mit der Person Ihrer Mutter befasst. Aber sie könnte Leute gekannt haben, mit denen wir amtlich beschäftigt sind."

„Dazu müssen Sie genauer fragen." Karin gibt sich aufschlüssig mit aufgeschlossenem Dekolletee. „Vielleicht fällt uns etwas ein."

„Ich schreibe Ihnen auf den Rand dieses Bierdeckels einen Namen. Lauschen Sie beim Buchstabieren in sich hinein auf irgendeine Erinnerung."

„In welche Richtung?"

„Ob Ihre Mutter ihn, vielleicht als Sie noch Kinder waren, einmal erwähnte."

„F-r-a-n-z-i-s-c-h-a-k."

„Nun?" Der Staatsanwalt blickt gespannt von einer zur andern.

„Gehört habe ich ihn nicht", sagt Medea in Gedanken.

„Ich auch nicht", so ihre Schwester, die stutzt, Stubenrein ansieht, „aber kürzlich im Nachlass unserer Mutter entdeckt. Das sind Bücher, Hefte mit Gülser Geschichten und etliche Briefe. Ich lese sie ungern, ehrlich gestanden. Das meiste ist Kinderei, Spinnerei. Sie hat viel zu früh diesen viel zu alten Mann geheiratet mit allen Folgen."

„Was meint das?"

„Die Suche nach Brieffreunden zum Beispiel."

„Sie starb 2001, wenn ich es richtig weiß?"

„Ja – an Nierenversagen."

„Der Träger des Namens hat vor einundfünfzig Jahren ein ungutes Ende gefunden. So lange hält sich keine Verstandeserinnerung, wohl aber die des Gefühls. Denkbar wäre, dass Franzischak in alten Briefen verewigt ist ... hm", der Staatsanwalt überlegt. „Wer hat Zugang zum Nachlass Ihrer Mutter?"

„Außer uns keiner", versichert Medea.

„Dann halten Sie es weiter so."

„Sollen wir die Papiere durchsehen?"

„Darum darf ich bitten."

Carl Stubenrein findet, dass der Club 2002 genannte uralte Festungskeller irgendwie unwirklich wirkt, einmal mehr beim Vergleich mit dem neuerrichteten Wohngebäude darüber. Dessen Bewohner wissen womöglich nicht, auf welchen Untergrund sie die Füße setzen. Niemand würde, ohne darauf hingewiesen worden zu sein, unter ihm derlei Katakombe vermuten, ein beinahe vollkommenes Versteck. Die Leute schlendern herbei vom Deutschen Ecke, als wäre alles eitler Sonnenschein, die heutige Spaßgesellschaft im Vollbetrieb, biegen in die Altstadt ein, damit in die Vorgestrigkeit, und sind urplötzlich verschwunden, als hätte es sie nie gegeben. Wie am Alten Hafen von Marseille, dem berüchtigten Vieux Port, Opferort der Verschollenen. Das geschieht seit Jahrhunderten, so lange die Geschichte Sprache hat. Wie viele Gaunereien mögen hier geplant, welche politischen Machenschaften ausgeheckt worden sein?

„Herr Staatsanwalt", sagt Karin leise, „mir fällt etwas ein. Der erste Mann unserer Mutter, dieser Oswaldo Recker, betrieb hier eine Gaststätte."

„Obwohl er Maurer war", ergänzt Medea, „der Wirt ein anderer."

„Dessen Name?"

„Kenne ich nicht."

„Woran machen Sie seine Person fest?"

„In der Gülser Weinhandlung unserer Großeltern, die ihn wöchentlich belieferte, wurde er schlechtweg Narbengesicht genannt."

Bei späterer Durchsicht seiner Gesprächsnotizen findet Stubenrein, dass ihm dank der Bardamen einige neue Erkenntnisse zuteil wurden. Das ändert nichts oder noch nichts an seiner Überzeugung, es mit seinem bisher seltsamsten Fall zu tun zu haben. Niemals zuvor hatte er das Gefühl, als Staatsanwalt politisch missbraucht zu werden.

25 Sie warten am Municipal Airport von Liberty Harbor, der nördlichsten Homebase karibischer Inselspringer, auf Jimenez. Doch der als abergläubisch geltende Mexikaner erscheint nicht – womöglich aus anderen Gründen als denen des Aberglaubens. Derweil ist durchgesickert, dass seine Beziehung zu der Juwelierin Ellern, die rein geschäftlich zu sein schien, eine Art erotische Überhöhung gefunden hat … das macht Machotypen unberechenbar. Auf dem nur zeitweise bemannten Tower, einem ebenerdigen Schuppen, durch welchen die Seebrise pfeift, graumelt launisch der Windsack, füllt sich, wird prall, schießt hoch, taumelt nieder, weht träge aus. Bei jeder Bö klappert das Wellblechdach, und im Funkmast zirpt die Schöpfungsharfe. Staubwolken überrollen Ölpfützen, machen aus ihnen Mehlscheiben, welche die Basaltpiste einflecken. Nahebei füllt einer, Zigarette im Mund, Kanister um. Sprit gischtet über den Trichterrand. Es riecht nach Benzin. No smoking prangt an der Towerwand.

„Pedro lässt sich Zeit", rüffelt die Mestiza.

„Wie kürzlich am Rio Hondo“, entgegnet O'Lynch nach einem Rundumblick über den Lokalflugplatz, „als der Deutsche dabei war.“

„Er scheint in Ordnung zu sein. Jedenfalls habe ich meine hundert Dollar für die Suche nach Tomioka Sawako bekommen. Kriegst du dein Geld von ihm?“

„Ja ... das zahlt Dick nicht aus eigener Tasche. Seine Zeitung steht dahinter. Offenbar schätzen sie ihn als guten Reporter. Was mich an ihm beeindruckt, ist seine Sturheit im Verfolgen von Spuren, gründlich ... wie Deutschen nachgesagt.“

„Wenn etwas einen persönlich angeht, ist die letzte Pfeife gründlich, was nicht nur für Deutsche gilt.“

„Das ist auch wahr. Übrigens kenne ich meine Gäste. Die meisten sind knausrig. Wer gut zahlt, tut dieses, weil die Charter ihm etwas einbringt. Dick war hochzufrieden, als wir zurückflogen. Die Japanerin hatte mehr offenbart, als von ihm erwartet worden war. Hoffentlich schadet ihr das nicht.“

„Wieso?“, fragt Lourdes erstaunt.

„Zunächst glaubte ich, es ginge darum, etwas über Oswaldo, den vom Hotelschiff, in Erfahrung zu bringen. Ein windiger Typ, wie du weißt! Er hatte Jimenez falsche Euro angedreht. In San Francisco merkte ich, dass der Reporter hinter Tomiokas Freund Uwe Hinnerk, einem deutschen Seemann, her war, aus lange Zeit zurückliegenden Gründen. Als hätte er vor Jahrzehnten jemand gekillt!“

„Die Welt wimmelt von verkannten Mördern.“

„Anders wäre besser.“

„Zu verschenken hat jedenfalls niemand etwas.“ Lourdes prüft den Sitz des Knotens ihres schwarzen, in der Sonne bläulich glänzenden, drahtig wirkendes Haares, das dem gewissen indianischen Einschlag ihrer Gesichtszüge entspricht, weswegen sie zuweilen Indigena genannt wird, und mustert den irischen Freund mit langem Blick. „Wie es bei euch im alten Europa ist, weiß ich selbstredend nicht“, spöttelt sie im Ton einer, die das Gegenteil sagt von dem, was im Raum steht. „Hier gibt keiner einen Dollar aus, ohne zwei zurückzubekommen.“

„Eigentlich“, versetzt O'Lynch, kritzelt eine Nachricht hin und reißt das Blatt aus dem Notizbuch, „müsstest du dich als ehemalige Stewardess von Fun Air drüben auskennen. Allein ich habe mit dir rund fünfzig Flüge nach Shannon, London, Paris, Rom und zum Cock gemacht. Bist du jemals in Limerick, auf dem Piccadilly, dem Montmartre, beim Heiligen Vater, am Deutschen Eck gewesen?“

„Nur in Lautzenhausen." Die Mestiza kichert. „Passt besser zu mir als mexikanischem Dorfmädchen." Sie überlegt, wird ernst. „Es geht darum, dass man kleiner Sache wegen keinen großen Aufwand betreibt. Der Portier hat erzählt, Jimenez würde oft mit Sabine Ellern telefonieren, der Reporter noch öfter mit seiner Zeitung."

„Das fällt auf, ja! Klaus Dick verfolgt nicht nur Grabräuber und Museumsdiebe, schon deswegen nicht, weil sein Bemühen, diesen Eindruck zu erwecken, ins Auge sticht. Er hat den alten Sergeanten von der Nordinsel auszuhorchen versucht. Nichts Besonderes für einen Zeitungsmann. Aber ihm ist bekannt, dass Johnson früher Funker der Marine war ... woher weiß er das? Was steckt hinter seiner Neugier für etwas, was ihm wurst sein müsste wie jedem Dutzendurlauber? Neben der Sache mit Hinnerk ist da der Tod Oswaldos. Ihm gehörte das Hotelschiff, bevor der Gentilhomme es übernahm. Anteile an Fun Air besaß Recker auch. Ob es Erben gibt, wird sich zeigen."

„Vermutlich mehr als das."

„Steht zu erwarten", fährt der in Limerick geborene und beim Flughafen Shannon, im vorigen Jahrhundert berühmt als transatlantische Zwischenstation, aufgewachsene irische Buschpilot der Fun Air fort. „Zunächst flog Klaus Dick mit mir zum Rio Hondo, um den Mexikaner zu treffen. Dann ging es nach Frisco, der sechundachtzigjährigen Japanerin wegen. Er selbst ist knapp vierzig. Wenn sich so einer, zumal als Reporter, Grauköpfen annimmt, dann aus bedeutsamem Grund ... da ist ein Knüller im Spiel! Eine Vermutung habe ich." O'Lynch heftet das bekritzelte Blatt an die Towerwand, damit Pedro Jimenez, ansonsten keiner, der sich vor Begegnungen auch gefährlicher Art drückt, nicht sagen kann, von ihnen auf dem Municipal Airport versetzt worden zu sein. „Am Hafen heißt es, der alte Dampfer sei im Krieg beschädigt und hinterher als Lagerschiff benutzt worden, ein halbes Wrack beinahe. Derlei war damals billig zu kriegen."

„Man kauft nichts grundlos", meint Lourdes, „auch wenn es wohlfeil ist."

„Das scheint der springende Punkt zu sein, weswegen der Reporter beharrlich am Ball bleibt, als wüsste oder ahnte er den wahren Zweck, der hinter dem Erwerb der Baquine steckte. Dass es ihn auf Biegen und Brechen juckt, deinen Landsmann zu treffen, beweist seine Einschätzung von ihm als Mitwisser."

„Pedro ist jünger als Reckers Vater. Wenn dieser, wie der Deutsche sagte, Anfang der Fünfziger ermordet wurde, können sie sich nicht gekannt haben."

„So gesehen, ja.“ Der irische Flieger überprüft die Instrumente seines Hubschraubers und klemmt eine Inselflugkarte in die Federspanne der Steuerung. „Aber erstens machte er mit dem Sohn Geschäfte, die Rückschlüsse auf die Person erlaubten. Jimenez ist ein Schlitzohr, ein Menschenkenner! Zweitens kommt er aus der Golfschiffahrt, sind ihm als früherem Kapitän der Potrero del Llano die Verhältnisse vertraut. Der Reporter erzählte mir öfter, es ginge um Museumsdiebstähle ... ich halte das für eine Vorspiegelung. Mag sein, dass auch das lief. Recker junior handelte mit Antiquitäten, darunter alten Waffen. Auf dem Hunsrück-Airport lag sein Laden neben dem Gift Shop. Erinnerst du dich?“

„Hm ... ja ... hm.“

„Aber das allein kann es nicht sein. Wenn eine europäische Zeitung für Ermittlungen in der Karibik einen Haufen Geld ausgibt, muss es um mehr gehen als die Aufklärung der Herkunft irgendwelcher Fratzen der Maya. Recker senior wurde in Koblenz ermordet.“

„Und?“ Die Mestiza putzt sich die Nase.

„Klaus Dick stammt dorther.“

„Was sagt Obregón zu all dem?“

„Sicher weniger als er weiß, einer im Fuzzialter, der viel mitbekommen hat. Wenn man ihm glauben darf, ist er Hotelschiffportier von Anbeginn der Zeiten. Immerhin hat er mir anvertraut, dass Dicks Frau Christa, Fotografin bei seiner Zeitung, auch schon dagewesen ist. Übrigens brauchte uns Jimenez nicht zu scheren. Nicht er, sondern wir besitzen die Angaben der Japanerin aus San Francisco. Nur sind die Örtlichkeiten verschlüsselt. Was da Schwarzer Riese heißt, muss nicht den Vulkan meinen“, sagt O'Lynch nach einem Blick auf die Uhr. „Jimenez kommt nicht. Wir fliegen ohne ihn.“

„Er wird seine Gründe haben.“

„Und ob, ich bin gespannt, welche.“

Lourdes, die eine dunkle Ledermütze trägt, nimmt Platz hinter dem Piloten. Der Heli erweist sich als aufgeräumt, am Boden keine Kippen wie bei Einheimischen. Die Iren müssen zu Haus saubere Leute sein. Nordkurs. Unten die Meerenge, deren Bojen in den kurzen, steilen Wellen kreiseln, Nicker machen wie Stehaufmännchen, schräg gestellt werden von der Strömung, die einem trägen Wasserwurm gleicht. Einige kennzeichnen die Fahrrinne, andere die Marinezone.

Über See schießen Sonnenblitze, Spiegelungen von Bullaugen in einem Licht, das sich vom Himmel in Schwaden abzusenken scheint.

Sie stammen von der Potrero del Llano, dem die Insel versorgenden mexikanischen Küstentanker, gegen den US-Flugzeugträger auf der Nordreede, dessen Barkasse er sein könnte, ein Winzling, aber mit bedeutendem Namen! Wie er hieß jenes Rohölschiff, das 1942 von einem deutschem U-Boot versenkt wurde. Mexiko erklärte hierauf Hitler den Krieg.

Von oben nimmt sich das amerikanische Flottenarsenal, der Karibik größtes nicht, fast mickrig, wie halbwegs zugewachsen aus. Die Barackenfenster sind brettervernagelt vom letzten Hurrikan, Ariane geheißen ... auch nicht der wildeste. Mit kleinen hundertvierzig Stundenkilometern vergleichsweise gemütlich, hatte er nur sechs Dächer Liberty Harbors abgedeckt, keine Königspalmen der Uferpromenade geknickt, war nach Norden gedriftet und zu Regenwetter entartet. Die Sorte zieht heute den Mississippi hinauf, um morgen als sein Hochwasser abzufließen.

„Warum fliegst du durch die Vulkanschlucht, Brian?"

Der Heli kurvt ein, als gelte es zu zeigen, was er vermag, als wäre das Kerbtal, wie aus Lava gegossen, eine Trommel, zum Kreisen angelegt, als hätte, wo Schwefel glitzert, der Phosphor stinkt und Basaltstelen, schwarz wie der Teufel, herumstehen, die Hölle sich zum Lüften geöffnet.

„Hier bemerkt uns keiner außer den Hochlandbauern", erklärt der Transatlantikpilot der Fun Air, in Eiland-Hopping und Buschfliegerei nicht weniger firm, grinsend. „Und die haben nie ein Funkgerät oder Handy dabei."

Die Meerenge mit der Hängebrücke bleibt zurück. Der Feuerberg zeigt seine Flanken. Windstöße beuteln den Hubschrauber. Das ruckt, zerrt, schüttelt. Rotlicht leuchtet auf. Lourdes fühlt sich vom Sicherheitsgurt eingezwängt, und der Steilflug drückt sie heftig in den Sitz. Das Gesicht der ansonsten Fluggewohnten ist seltsam fahl, wie gezeichnet von einer dunklen Ahnung. Brian O'Lynch bemerkt es im Rückspiegel, wundert sich, ist aber nicht wirklich besorgt. Man fährt auf großen Schiffen, ohne seekrank zu werden. Im schaukelnden Dingi erwischt es einen.

Über dem Nebelwald, wo alles sofort beschlägt, erschwert schweflige, nässesatte Luft das Atmen. Die Augen beginnen zu tränen. Wasserperlen funkeln im Glast der Sonne, umsprühen den Drehflügel, als wollten sie ihn versilbern. Bei den Lavafeldern wandelt sich das Licht, wird vom bläulichen Gespinst zum Feuerschein. Von oben flammt es höllisch herab, von unten schlägt die Hitze zurück. Wie von einem

See aus kochendem Blei. Hier regt sich kein Windhauch, der sie aus dem Barranco vertreibt. Von ihm heißt es, dass er das Blut in den Adern verdampfen lässt.

Doch jahrhundertelang wurde Basalt abgebaut. Die Steinbrüche, obschon teilweise von Gestrüpp überwuchert, sind aus der Luft gut erkennbar. Also hatten da unten Menschen überlebt, Negersklaven aus Haiti. Die Vorväter der Josefinos, wenn die Legende zutrifft. Was der irische Pilot am Boden noch erkennt, reißt ihn unversehens aus den Gedanken. Mehrere Gestalten, die Köpfe unter Schirmmützen, bemühen sich ersichtlich, vor dem Hubschrauber, als hätten sie es nötig, Deckung zu nehmen. Bauern des Hochlandes? Die tragen Strohhüte und pflegen heraufzuwinken. Er vermerkt, für alle Fälle, den Standort in der Inselkarte nebst Überflugzeit. Die einheimischen Behörden sind, auf Druck der Amerikaner, schnell dabei, einem die Startgenehmigung zu entziehen.

„Lourdes."

Die hinter ihm sitzende Mestiza antwortet nicht. Ihr Kopf hängt zurück, als schliefe sie auf der Stütze. Die Augen indessen starren offen, wie fern dieser Welt zur Kabinendecke. Brian O'Lynch gerät in Panik.

„Lourdes!", schreit, brüllt er, lässt den Heli steil nach Steuerbord abkippen, worauf ihr Körper nach rechts fällt, gehalten vom Anschnallgurt. „Scheiße!"

Im Wissen darum, dass die ehemalige Stewardess der Fun Air, bei der Gesellschaft als flugfest bekannt, nicht ohne Weiteres das Bewusstsein verliert, dreht der Ire aus Shannon hartkurvig ab, um zum Inselflughafen zurückzukehren, verstört wie selten. Sein wildes Landemanöver erregt Aufsehen, weil von ihm nicht gewohnt. Jeder erinnert sich seiner ersten Flüge, als es aussah, er überlebte keinen, sogar Jimenez, was etwas heißen wollte, bedenklich den Kopf schüttelte. Beide, der Mexikaner wie Brian O'Lynch, sollen den Gentilhomme, der ansonsten eher untertreibt, auf die Idee gebracht haben, der Fluglinie den verrückten Namen zu geben. Andere Piloten rennen herbei, starren auf die Maschine, helfen ihm aus dem Cockpit. Einschusslöcher in der Kabinentür, dem Motorschott dahinter, in der Bodenwanne ... Blut tropf heraus. Auf dem Tower heult die Sirene. Jemand ruft nach dem Doktor. Zu spät. Lourdes ist tot.

„Deswegen", sagt ein Schwarzer des Pistendienstes, der ein Josefino aus den Bergen sein könnte, „ist Pedro Jimenez nicht mitgeflogen."

26 An der Abzweigung nach Bärenbach, wo ehemalige Arbeitskolleginnen, welche die Ehe mit Amerikanern scheuten, bodenständig verheiratet sind, parkt Paula Brück in einer jener Waldnischen, die einst wagenfahrenden Pärchen als Schmusewinkel dienten. Auch dazu, schrottreife Soldatenautos, die kein Händler zurücknahm, abzustellen. Zum Ärger deutscher Förster, die sich gezwungen sahen, die Kisten entsorgen zu lassen. Neben den Bodenenteignungen zum Flughafenbau – den schändlich niedrigen Entschädigungen der Bauern! – war dergleichen Anlass zu jahrzehntelangem Unbehagen. Dass es sich in den Hinterköpfen hielt, obwohl von Angesicht zu Angesicht schien, keiner verübele keinem was, lag an der Unmöglichkeit, ihm nach außen Ausdruck zu verleihen. Beschwerte sich ein Hunsrücker, sorgte der Befehlshaber der US Air Base Hahn dafür, dass die deutsche Obrigkeit ihm den Mund stopfte. Aber die Augen sprachen, der Blick … man ließ es die Amis merken. Das ging von kleinen Vorwürfen bis ins Grundsätzliche, was überseeische Besatzer auf heimischem Boden verloren hatten.

Die Kappelerin passiert zu Fuß, darin nicht anders als vor dreißig Jahren, den früheren Checkpoint North, heute als Exit Koblenz bezeichnet. Ihrer vergleichenden Umschau entgeht nicht, dass die meisten militärischen Bauwerke erhalten sind, erkennbar an den riesigen Blocknummern, die sich von fern ausmachen lassen. Außer der amerikanischen geht keine Streitmacht der Welt so großzügig mit Zahlen um. Zur Linken der gefürchtete Schießstand, Ballerbunker genannt, dessen Knallerei im nahen Dorf Hahn Generationen von Kindern zum Weinen brachte. Für Paula Brück verbindet sich damit eine Erinnerung besonderer Art. Zu ihrer Zeit war Schwarzen das Betreten verboten, deren Waffenbesitz eine Militärstraftat gewesen. Als sie lange danach auf dem Chicagoer Flughafen O'Hare arbeitete, erzählte ihr ein Sicherheitsmann aus dem Negerviertel Bronzeville, er müsse zum Üben auf den Michigansee hinausrudern, weil kein Schießkeller ihn als Schwarzen aufnähme. So ist es noch heute in den Staaten.

Das Housing Office noch da, das Headquarters noch da, die alte Laundry noch da, der frühere NCO Club noch da, die Sporthalle hinter den Kasernen noch da, die gepanzerten Jetbunker mit ihren gewaltigen Stahltoren … wie oft ist sie vorübergegangen, ohne daran Besonderes zu finden. Das Alltägliche von dazumal verklärt sich von selbst. Seltsame Rührung überkommt Paula, die nicht zu den Rührseligen gehört. Ihr ist, als öffneten sich knarrend die Abgasklappen.

Strahltriebwerke fahren an, lassen die Hangars beben. Die Luft beginnt zu flimmern. Gewaltiges Getöse, Rußsäulen wälzen sich, Blätter wirbeln wild umher, Vögel fallen vom Himmel. Feldmäuse, Eichhörnchen, Kaninchen verduften. Gepeinigt kläffen die Hunde, und das Vieh brüllt im Stall. Hühner sollen schwarze Eier gelegt haben ... die Kappelerin lächelt nachsichtig. So schlimm ist es nicht gewesen. Der Hunsrück und seine Legenden!

Sie erinnert sich an den Tag ihrer Jobsuche auf der Airbase Anfang der siebziger Jahre. Es konnte sein, dass man auf der Stelle drankam ... oder dass einige Wochen vergingen. Papierkram wie bei den alten Preußen. Großbuchstabige Merkblätter lagen herum. Eines verkündete drohend, dass man sich entsprechend Sec. 21, Internal Security Act of 1950; 50 U.S.C. 797 Controlled Area im Militärbereich befinde, geschossen würde sogar. Ein anderes riet fürsorglich, das Gehör gegen Lärm zu schützen, gegen das Jetheulen, dessen Schrecken in seiner Überfallartigkeit bestand. Entkommen konnte man nicht. Am Ende waren deine Ohren kaputt. Die Jagdbomber sind weg von der Piste, nicht aber aus den Köpfen derer, die sie gesehen und gehört, über Jahrzehnte verflucht haben. Die Welt verliert nichts, vor allem keine Übel. Die lärmenden zu allerletzt.

Wiederum hat das Gestern, aus heutiger Sicht, stets etwas Komisches. Einerseits die Angst vor der Baader-Meinhof-Bande ... verstärkte Wachposten, Zugangskontrollen, man musste sich filzen lassen ... zum andern der schlitzohrige Olaf Schepers. Durfte allenorts sein. Weil die Amis ihn brauchten! Ein Ostfriese, ihr erster Mann, ehe Ronald kam. Den vergisst – bekanntlich – eine Frau nie. Arbeitete für eine Emdener Firma, die Treibstofftanks reinigte. Ein so genannter Cleaner, volle Bewegungsfreiheit. Unter dem Vorwand, eine Pumpe streike, ein Ventil klemme, ein Filter sei verstopft, ein Flansch undicht, ein Lüfter verrostet, ein Krümmer verzogen, ein Manometer fehlerhaft, was die US Air Force nicht nachprüfte, konnte er überall hin. Der Ansicht vom Norddeutschen entgegen hatte Olaf Humor, vor allem schwarzen. Aber nicht immer, erinnert sich die Hunsrückerin, war es zum Lachen. Etwa bei seinem Scherz, Spion der DDR zu sein. Und wenn er, der das Zeug dazu hatte, einer gewesen war?

„He", ruft wer von einem Traktor ihr zu, „Du bist doch die Kappeler Paula, weggefreit ins gelobte Land." Es ist der Mildenberger Heinrich aus Sohren, den sie nach zweitem Hingucken wiedererkennt. „War es nichts mit dem Ami?"

„Teils, teils."
„Wo hast du gelebt?"
„In Chicago", sagt Paula.
„Unter lauter Gaunern."
Eine riesige Frachtmaschine, ein Fliegermonster der russischen Aeroflot, gemächlich, fast in Zeitlupe zur Landung ansetzend, verschattet das Gelände um sie. Die gedrosselten Triebwerke jaulen wie beleidigte Hunde.
„Die sitzen in Washington."
„Es geht nichts übern Hunsrück." Der Sohrener Bauer schmunzelt. „Man muss auswandern, um das zu erkennen."
Die ins gelobte Land Weggefreite und ernüchtert Heimgekehrte reicht ihm zögernd die Hand, verlegen auch. Niederlagen zuzugeben ist schwer, einmal mehr gegenüber dem, der für sie Zeugnis ablegen kann. In jungen Jahren hatte man auf Dorfkirmessen, jeden Monat eine andere, zusammen getanzt, dass die Sohlen qualmten, Schießbuden belagert, bis der letzte Groschen verknallt, mit Bällen nach Blechpuppen geworfen, dass es nur so gescheppert. War zum Beller Markt geradelt, um nichts auszulassen, zu den Weinfesten an Rhein und Mosel, nach Zell, Cochem, Bacharach, Oberwesel, winters mit den Skiern rauf zum Idarkopf, und hatte gehofft, dass mehr daraus würde … war es nicht geworden. Er heiratete die Lötzbeurer Helene, unlängst an Krebs gestorben, ihm zwei unmündige Kinder hinterlassend. Es geht der Kappeler Paula, Mutter von niemand, mehr zu Herzen, als von ihr eingestanden.
„Teils, teils", wiederholt sie ihre Antwort auf die Frage Mildenbergers, der für seine fünfzig Jahre wie ein Junger daherkommt. „Amerika hat seine Tücken." Wider Willen kichert Paula in Erinnerung. Etwa als bei der Präsidentschaftswahl ihr Wohnblock mit gelben Flugblättern, die auf Teufel komm raus den Republikaner priesen, eingedeckt wurde … der Regen vermatschte sie, ehe einer dazu kam, die kindlichen bis kindischen Sprüche zu lesen. „Seinen Blödsinn ebenfalls."
„Das wissen wir auch von andern."
„Sind welche aus deinem Dorf heimgekehrt?"
„Einige mit der Zeit."
„Von Heute auf Morgen wird niemand schlau."
„Irgendwann waren sie da mit Kindern, die kaum ein Wort Deutsch sprachen."
„Wird die Nachbarschaft ihnen beigebracht haben?"

„Ja – auf Biegen und Brechen."

„Darin besteht ihre Stärke, erst zu merken, wenn sie einem fehlt. Man muss in Chicago, wo keiner den andern beachtet, gelebt haben, um zu erkennen, was in der Hinsicht Sache. Ich will nie wieder weg."

„Hoffentlich!" Mildenberger seufzt, schaut auf die Uhr, als erwarte er wen. „Meine Sieglinde müsste kommen. Sie wollte zur Lötzbeurener Oma, mit dem Fahrrad ... lässt es sich nicht ausreden. Eine kleine Erbin, die nichts vom künftigen Glück weiß. Das ist für ein Kind Glück im Glück. Die Alte besäße zwei Äcker mehr, wäre sie nicht wegen dem Flughafen enteignet worden. Zu einer Spottentschädigung! Dagegen haben wir geklagt, umsonst. Sag mal, wird in Amerika auch so viel gestrampelt?"

„Überhaupt nicht", erklärt Paula Brück etwas abschätzig. „Hier ist es fast wie früher, Heinrich. Jede Menge Betonklötze im Amiformat."

„Wären sie verschwunden, würde uns etwas fehlen."

„Meinst du das ernst?"

„Aus dem Gefühl heraus."

„Seltsam."

„Du darfst nicht vergessen, dass etliche der hiesigen Alten mitgeholfen haben, die Airbase zu errichten."

„Auch ein Dutzend aus Kappel ... die Bunker sind unverändert."

„Aber gehören nicht mehr dem Staat, sondern der Flughafengesellschaft, die sie sich hat andrehen lassen. Kürzlich stand in den Rhein-Mosel-Nachrichten, sie würden unter Denkmalschutz gestellt oder als Zwinger an Kampfhundebesitzer vermietet ... ein Witz natürlich. Ihr Abbruch kommt teuer. Stück für Stück, Handarbeit. An Sprengung ist, so das Gerücht, nicht zu denken. Sie würden sich aufrichten, wie leere Büchsen in die Luft ragen, aber nicht zerbrechen, behaupten die Fachleute. Vielleicht erleben wir beide nicht mehr ihr völliges Verschwinden. Die Bärenbacher Marianne, Theißens Eberhard seine, hat erzählt, in New York würden vergammelte Hochhäuser so gesprengt, dass sie zahm in sich zusammensinken."

„Oder sie werden bunt angemalt, innen närrisch bemöbelt, und plötzlich zeigt sich, dass man in ihnen leben kann."

„Sie hatten nie einen Krieg im Land."

„Außer dem ihrer Bürger untereinander."

„Auf dem Hunsrück vergammeln keine Häuser, weder hoch noch niedrig, Die Amis sind erstaunliche Zeitgenossen. Wenn man mich fragt, besteht ihre Begabung darin, alles falsch zu machen. Oder das, was ihnen gelingt, setzt der Neid in schiefes Licht. Sie sind nicht nur bei Schönwetter geflogen, wie böse Zungen heutzutage noch behaupten. Als hier gebaut wurde, gab es fortwährend Ärger, was ich nicht bestreite. Es lag auch an den Fremdarbeitern, die sich daneben benahmen."

„Wer aus Chicago kommt, hat es genauso schwer, sich auf dem Hunsrück einzuleben, wie der Hunsrücker, der nach Chicago geht."

„Manches ist anders als früher, nur merkt es unsereiner nicht. Oder zu spät, wenn die Gauner weg sind. Voriges Jahr gab es Falschgeld. Natürlich dieser Euro! Bei der guten alten Mark passierte das nicht. Der Hunsrück und Falschgeld! Früher hatte unsereiner wenig, aber das Wenige war echt."

„Das sagt auch meine Mutter."

„Lebt die noch?"

„Ja, kürzlich waren wir zusammen hier. Unterwegs hat sie nach dir gefragt. Alte Leute behalten einen in Erinnerung."

„Und deine Schwester Elfriede Hühnlein?"

„Die ist verwitwet."

„Als Tante von deren Sohn Jakob müsstest du wissen, ob er noch seine riesige Antenne im Garten hat. Amateurfunker! Die Leute kommen auf die unmöglichsten Ideen, wenn der Tag lang ist … passt nicht auf den Hunsrück."

„Wie manch anderes, das dennoch da ist."

„Ja – ja!"

„Warum verziehst du das Gesicht?"

„Die Welt verliert im Kleinen so wenig wie im Großen."

Heinrich Mildenberger prüft den Ölstand seines Traktordiesels, schiebt den Peilstab in den Motorblock und säubert die Hände mit Putzwolle, wobei sein verstohlener Blick die frühere Kirmesfreundin streift. Anscheinend hat er Bedenken, mit dem, was ihm auf der Zunge liegt, herauszurücken. Seine Erinnerung an ihren amerikanischen Mann. Ob der nicht mit dem Hahn Schwierigkeiten gehabt habe? Die Kappelerin nickt. Ronalds Vater sei in den Fünfzigern auch hier gewesen, aber eines Tages spurlos verschwunden … sie erwidert Mildenbergers Blick. Was ihn bewege, danach zu fragen?

„Weil kürzlich eine eingemauerte Leiche entdeckt wurde."

Die Eröffnung trifft Paula so unverhofft, dass sie einen kleinen Schrei ausstößt, hörbar den nichtgespielter Betroffenheit, was wiederum den

Sohrener veranlasst, sich erstaunt darüber zu zeigen, dass ihr das unbekannt sein sollte.

„Ich gehe seit der Rückkehr kaum raus." Sie hält, wie am Mitgeteilten zweifelnd, inne, ob es ernst gemeint sei, und fährt zögernd fort, in Chicago werde oft jemand umgebracht. „Aber dass ein Mörder sein Opfer einmauert, habe ich dort nicht gehört. Muss man zu sowas nicht Mauer sein?"

„Wenn du mich fragst, gewiss. Aber im Blättchen, das allem nachgeht, stand, dass es Anfang der fünfziger Jahre passiert ist. Damals gab es einen Haufen Bauarbeiter. Mein Vater, auf jeden Groschen bedacht, hatte Schlafstellen vermietet an zwei, denen nichts anzuhängen war, aber die aussahen, als hätten sie es faustdick hinter den Ohren. Der eine kam aus Bremen, ein ehemaliger Seefahrer."

„Davon hast du mir früher einmal erzählt, irgendwann auf irgendeiner Kirmes."

„Haben wir geschwoft, herrje!"

„Aber da war noch was, erinnere ich mich – mit einer Pistole, die er vergessen hatte."

„Mein Vater besitzt sie noch heute."

„Und der zweite, wer war der?"

„Ein waschechter Brasilianer, stell dir vor!" Der Mildenberger Heinrich hält inne, biegt am Rückspiegel, dessen Scharnier knarrt, schaut hinein und zeigt zur Ausfahrt Koblenz, von woher sich ein radelndes Kind nähert. „Meine Sieglinde kommt."

„Tach", macht die etwa Achtjährige scheu.

„Das ist die Kappeler Paula."

„Tach", wiederholt Sieglinde, die leicht verwahrlost wirkt. „Ich fahre zur Oma."

„Aber vorsichtig."

Sie hat keine Mutter, überlegt Paula Brück, freundlich lächelnd, und dass es gut wäre, wenn sie eine hätte. Ihr würde die Fürsorge für ein solches Kind, dessen Dankbarkeit über die amerikanische Enttäuschung hinweghelfen.

„Besuche uns mal", sagt der Bauer, bekommt, nicht eben seine Art, einen roten Kopf, heißt Sieglinde, die Lötzbeurenerin zu grüßen, startet den Traktor und tuckert davon, um seine Verlegenheit nicht erkennen zu lassen.

„Ja", ruft die Heimgekehrte ihm nach, „wenn ich ganz zu Haus bin."

„Das ist früh genug."

Auf der Hunsrückhöhenstraße donnert, dunkel der Auspuff, ein Truck gen Luxemburg. Die Maschine des Ryanair Flight FR9823 aus Oslo-Torp schwebt nieder, setzt gekonnt zur Landung an, biegt von der Piste ab und rollt aus mit pfeifenden Triebwerken. Eine Joggerin, blond der Pferdeschwanz, hält kurz inne, um sich die Laufschuhe zu schnüren. Morgen wird es über dem Hahn regnen.

27 Reines Gold sei wenig gebrauchsfähig. Ein Löffel würde beim Essen verbiegen. Sein Tauschwert mache es, die Seltenheit des Vorkommens, der von ihm ausgehende Heiligenglanz, belehrt Sabine Ellern jene, die – gediegen bewamste Highsnobiety – ihr Juweliergeschäft aufsuchen. Und dass der Goldbergbau im Ägypten der Pharaonen, der Welt älteste Kinderschinderei gewesen sei. Man habe die Stollen so eng gefügt, dass nur Kleinwüchsige hineingekommen, darin gestorben seien. Der Knappe war arm an Geld, reich an Kindern, was Bergherren, Gewerken und Steiger ausnutzten. Von deren Sprüchen verführt, konnten sie es kaum erwarten, wie der Vater einzufahren. Die Löhr-Center-Frau deutet an, Alexander der Große habe in Ägypten so viel Gold geraubt, dass es fünfzehntausend Maultieren und Kamelen zum Abtransport bedurfte. Wie Klaus und Christa Dick belustigt feststellen, ist es den Schickimicki unangenehm zu hören, dass jede Unze vorhandenes Gold ein Menschenleben gekostet hat. Kurtchen bewundert die Goldschmiedewerkzeuge zum Hämmern, Treiben, Ziehen, Gravieren, Tauschieren, Punzieren, zur Kunst des Niello ... seit viertausend Jahren im Gebrauch. Er denkt an sein Rennauto von Weihnachten. An Neujahr verlor es die Räder. Zu Ostern waren noch drei Schrauben da.

„So“, sagt Sabine Ellern nach Ende ihres täglichen Lichtbildvortrages zu den Dicks, „jetzt stehe ich Ihnen zur Verfügung.“

„Es geht um das Falschgeld, mit dem ich bezahlt habe.“

„Wohl unwissentlich.“

„Das ändert am Vorgang nichts. Man bekommt die Kriminalpolizei ins Haus, ohne sich darum verdient gemacht zu haben. Ausfragerei ins Blaue hinein.“

„Kommissar Unger war hier, ja.“

„Haben Sie außer meinem noch anderes erhalten?“, will die Fotofrau der Rhein-Mosel-Nachrichten forsch, wie es ihre Art ist, wissen, wiederholt die Frage lauter, da es vom Löhr-Center hereinlärmt, und stupst Kurtchen, der quängelt aus Ärger, nicht in die für ihn zu hohen Schmuckvitrinen gucken zu können. „Du gibst Ruhe!“

„Nein.“ Die Ellern schüttelt den Kopf und lacht, nicht ohne Verlegenheit. „Womöglich stammte es von mir selbst, aus der Karibik eingeführt. Ich könnte es von einem Freund erhalten haben. Ohne den Polizeitipp wäre ich nicht darauf gekommen. In meinem Fach denkt man an Falschgold, nicht an Falschgeld.“

Klaus Dick, der Kurtchen hochhebt, damit er gucken kann, und ihm den Unterschied zwischen Gold und Silber, Brillant und Diamant zu erklären versucht, horcht auf. Hatte nicht der irische Pilot der Fun Air erzählt, eine Koblenzer Goldschmiedemeisterin, Gast der Baquine in Liberty Harbor, sei öfter mit ihm zu Gräberstätten geflogen? Und dass sie was mit dem Mexikaner Jimenez habe, seine Tochter Jimena zu adoptieren gedenke? Eine Perlen tragende Perle von Kundin, hereingerauschend mit Divagehabe, belegt die Leiterin des Collier mit Beschlag. Das hindert ihn, sie zu fragen. Nach deren Weggang entnimmt Christa, wobei sie sich umschaut, der Handtasche ein Schmuckkästchen. Man sei auch deswegen erschienen.

„Können Sie die Davidsterne zuordnen, Frau Ellern?“

„Auf den ersten Blick scheinen das Arbeiten älterer jüdischer Meister aus dem Osten zu sein, Polen, Galizien, Weißrussland.“ Die Collier-Chefin prüft mit der Lupe einen der Sechssterne auf die Verbindung der beiden Dreiecke. „Hm … im Altertum findet sich das Symbol bei verschiedenen Völkern. Zum Nationalzeichen der Juden wurde es, wenn mir richtig bekannt, auf dem ersten Zionistenkongress. Es ist eine zwanziger Legierung. Vierundzwanzig Karat sind Reingold. Möchten Sie das in Kommission geben?“

„Nein“, sagt Dick trocken, „dazu müsste es uns gehören.“

Mit der Feststellung ist die Sache nicht erledigt, beschäftigt ihn vielmehr dermaßen, dass er beim Einbiegen in die Südallee beinahe einen Unfall verursacht, als das Auto eines Bäckers vor dem Laden ausschert. Seine Frau schilt ihn einen Narren, wissend, dass das nichts bewirkt, entnimmt dem Kühlschrank für sich einen Viez, den Trierer Säuerling von Obstwein, in Frankfurt Äppelwoi, in Württemberg Moscht genannt, und für ihn ein Bitburger, ein Bier bitter wie jener sauer. Kurtchen bekommt wie immer Apfelsaft, etikettiert mit gleicher Frucht. Das lässt ihn glauben, deren Wein zu trinken. Der Familienboss greift zum Handy, ruft das Collier an … dann braust er zur Redaktion. Selten hat der Chef der Rhein-Mosel-Nachrichten seinen Reporter so übereilt gesehen.

„Was gibt es, Klaus?"

„Erinnern Sie sich an die Sache mit den Davidsternen?"

„Ja … aus dem Nachlass des verstorbenen Kirchberger Uhrmachers. Wollten Sie der nicht nebenbei nachgehen?"

„Sie könnte zur zweiten Hauptsache werden." Dick räuspert sich. „Laut Collier handelt es sich um jüdischen Schmuck. Es sind mosaische Glaubenszeichen. Die jungen Erben wissen nicht, wie ihr Großvater daran kam. Ich tippe auf Lautzenhausen. Dort wimmelte es von Nazis, als der Airport gebaut wurde. Zwar trugen die keine Judensterne. Es soll jedoch vorgekommen sein, dass sie Judensternträger umbrachten."

„Ein Thema vom Typ fröhliches Maulverbrennen."

„Ich habe es Ihnen mitteilen wollen, weil uns der Schmuck leihweise überlassen wurde und wir ihn binnen vier Wochen zurückgeben müssen, so dem Kirchberger versprochen."

„Hm … wie kamen Sie an ihn?"

„Durch seine Verkaufsanzeige im Blättchen der Konkurrenz."

„Was gibt es noch aus dem Collier?"

„Über die Diebstähle in mexikanischen Museen weiß Frau Ellern Bescheid. Zwar hat sie damit persönlich nichts zu tun." Dick wird nachdrücklich. „Dafür lege ich die Hand ins Feuer! Aber ihre Einschätzung von Waffenhändler Recker ist wahrlich ein Knüller."

„Christa behauptete das auch von der ihren."

„Da bin ich ungläubiger Thomas."

„Aber ihr angetraut", so Liesner trocken.

„Sie mir, Chef."

„Das ist Jacke wie Hose aus meiner Junggesellensicht. Sie konnte sich keine Meinung gebildet haben, ohne nicht mit diesem und jenem befasst gewesen zu sein. Ihr Eifer ist der Redaktionskonferenz aufgefallen."

„Das war nach ihrer Rückkehr aus Liberty Harbor, wobei es darum ging, die Hehlerei des Kunstfreundes bloßzustellen. Alles, was über Hunsrück-Airport herkam, war Beute von ihm angeheuerter Museumsdiebe. Das ist nicht der Knüller, Chef! Weltweit gibt es Auftraggeber, die Söldner ihre Gaunereien erledigen lassen. Oswald alias Oswaldo hatte Erfolg, weil er ihn zwingend haben musste … bei seiner fürstlichen Entlohnung, die in Liberty Harbor gerühmt wurde. Man verlieh ihm den Königspalmorden. Nur hatte er das Geld selbst gedruckt."

„Ha!“, macht der Chefredakteur mit der Unschlüssigkeit eines Menschen, der sich nicht im Klaren ist, ob und wie ernst er eine mitgeteilte Neuigkeit nehmen soll, „dann ist leicht zahlen ... wo selbst gedruckt?“

„Vermutlich in einem alten Bunker auf dem Hahn. Mit Fun Air ging es in die Karibik, um dort unter Urlaubern verteilt zu werden, von diesen heimgebracht ins Euroland. Den Tipp verdanke ich der Juwelierin. Sollte er zutreffen, ist abzuklären, ob Reckers Unfall kein Mordanschlag war.“ Dick guckt aus dem Redaktionsfenster auf die Mosel, wo ein holländisches Schubboot unter Luxemburgischer Flagge französische Leichter koppelt, und setzt eine bedeutsame Miene auf. „Die Ellern kennt Jimenez, ohne zu wissen, dass er ein Gauner ist. Sonst haben wir es mit der Liebe einer Frau zu tun. Dann Vernunft ade! Er leitete in Reckers Auftrag die Museeumsdiebe, die gelöhnt sein wollten. In Dollar oder Euro, jedenfalls Bargeld – das Falschgeld war.“

„Vielleicht hatte der Kerl selbst keine Ahnung?“

„Umso schlimmer, Chef! Nach dem, was ich über ihn weiß, ist das kein Mexikaner, der sich von einem Gringo, gleich ob Yankee oder Europäer, foppen lässt. So einer sinnt auf Rache. Einmal mehr, wenn ihm Spießgesellen, ebenfalls hereingelegt, am Zeug flicken. Wer in der Karibik schmuggelt, ist Maultiertreiber, Buschflieger oder Seemann. Jimenez war Kapitän des Inselversorgers Potrero del Llano. Die staatliche Petroleumgesellschaft PEMEX entließ ihn, weil er Benzin auf eigene Rechnung verkaufte. Bei Reckers Unfall spielte auch ein Tanker mit. Ob ein Zusammenhang bestand – nur der Mexikaner weiß das. Ich versuche weiter, ihn aufzuspüren, notfalls übers Internet.“

Herbert Lieser füllt zwei Whiskygläser mit Chivas Regal.

„Prost!“ Er schaut seinen Reporter an und dann auf den Stadtplan. „Dieses Koblenz ist die versteinerte Einfalt. Da lebt der Waffenhändler jahrzehntelang ein Doppelleben, aber keiner kommt dahinter.“

„Oder verzichtet darauf, es zu wollen, und zwar bequemerweise. Zufolge Unger von der Kripo tauchen, nach einem Jahr Pause, erneut gefälschte Eurobanknoten auf. Getan wird wenig dagegen. Meine Frau schimpfte, als sie eine erwischte ... na, Sie kennen Christa! Viele nehmen es hin. Zwar sind dreihundertfünfzigtausend Blüten sichergestellt. Das gilt für den Bereich der Europäischen Union, die das zentral erfasst. Die einzelnen Länder tun sich schwer, ihre Dunkelziffern zu veröffentlichen.“

„Und Staatsanwalt Stubenrein?“

„Gibt sich in der Sache eifrig – für meinen Begriff zu eifrig“, befindet Klaus Dick. „Als Urlauber getarnt war er in der Karibik. Das sind Umstände, die keiner falscher Fuffziger wegen auf sich nimmt. Dahinter steckt anderes! Denken Sie an den Skelettfund auf dem Hahn, der ein unaufgeklärter Fall für sich ist.“

Der Chefredakteur der Rhein-Mosel-Nachrichten, der ohne sein gutes Gedächtnis nicht der wäre, der er ist, erinnert sich mit gespielter Heiterkeit an unaufgeklärte Fälle früherer Jahrzehnte: spöttelt über Bockmist in den Ämtern, für den deren Leiter immer Ausreden, nie Entschuldigungen fanden, und über einen im städtischen Asphalt eingebrochenen Lastkraftwagen …

„Aber bleiben wir bei Recker.“ Sein Ton wird sachlich, ja abschätzig, „War er nicht an Fun Air beteiligt?“

„Mehrheitlich sogar.“

„Wussten Sie es?“

„Ja … davon wusste ich. Nichts Genaues, aber so doch. Auch Brian O'Lynch, mein irischer Charterpilot, hat es mir gesagt. Weil die Fluggesellschaft jung ist, konnte sein Anteil nicht alt sein. Dafür ein anderer. Recker gehörte das Hotelschiff Baquine, geerbt von seinem Vater Oswaldo. Das wäre belanglos, gäbe es nicht dasselbe Gerücht wie auf dem Hahn. Dort kam in den Fünfzigern ein amerikanischer Flight Lieutenant abhanden. Zur gleichen Zeit verschwand in Liberty Harbor ein US-Marineoffizier spurlos. Schön, das kann Zufall gewesen sein. Aber an den glaube ich erst, wenn alles Vorsätzliche aus der Welt ist. Sehen Sie einen Zusammenhang, Chef?“

„Trotz Whisky beim besten Willen nicht.“

„Ein guter Chivas Regal.“

„Weil er den Zusammenhang nicht herstellt – ja! Wenn man mich fragt, ist das eine Eigenschaft ehrlicher Schnäpse.“

„Aber es könnte ihn geben“, befindet Klaus Dick in Gedanken. „Soviel ich weiß, wird derzeit die auf dem Hahn gefundene Mauerleiche untersucht. Hm … sind Sie nicht mit dem Rechtsmediziner Backe befreundet?“

„Wir besuchten zusammen die Bopparder Penne.“ Liesner beginnt schön zu tun, als sei das ein Glückstrip ins Gefilde der Seligen gewesen, und leert sein Whiskyglas. „Ludio ist kein Allerweltsgutachter für Privatsachen. Das zu Ihrer Kenntnis. Ich habe den Eindruck, Sie verzetteln sich.“ Sein tadelnder Blick wird verschmitzt. „Oder – wurde in Liberty Harbor eine Mauerleiche entdeckt?“

„Was heute nicht ist, kann morgen sein", weicht der Reporter unklar aus und lacht vor sich hin. „Es gibt auch Moorleichen. Könnte ich ihn anrufen?"

„Warum nicht … er kennt Sie."

„Woher?"

„Als Verfasser von Kurtchen."

Der Inhalt des Gesprächs ist nicht zum Lachen. Nach einer bissigen Bemerkung zu der montags in den Rhein-Mosel-Nachrichten erscheinenden Glosse beantwortet der Mainzer Rechtsmediziner Dicks Frage nach Volksbräuchen der Leichenerhaltung damit, das ginge vom Einbalsamieren altägyptischer Pharaonen bis zur Einmauerung und Einaschung von Priesterkönigen im Amerika der vorkolumbianischen Zeit. Aber Einaschung bedeutet doch Einäscherung?

„Ich meinte den Erhalt der Leiche." Dick räuspert sich laut, um seine Unsicherheit zu verbergen. „Nicht den von deren Urnenasche."

„Dasselbe ist manchmal verschieden", sagt Ludio Backe nachsichtig. „Es geht nicht um Verbrennung, die heiße Asche hinterlässt. Vielmehr wird der Tote in kalte, unbrennbare mineralische Asche eingehüllt. Sie ist an sich wasserlöslich. Aber die Maya in Yucatán kannten einen bis heute nicht enträtselten Zusatz, durch den der Aschenblock mit der Zeit die Härte eines Betonklotzes bekam. Je nach Schale war er formbar. In ihm erhielt sich die Leiche wie die Fliege im Bernstein."

„Die Maya! Die Maya! Die Maya!" Der Blättchen-Reporter gerät aus dem Häuschen. „Jetzt geht mir ein Licht auf!"

„Dann lassen Sie mich an der Erleuchtung teilhaben."

28 Der Erotic Shop auf dem Hunsrück-Airport. Ob seiner geben die drei Herren sich heiter. Alles deutschgründlich in Knallrot. Von Beleuchtung über Belüftung bis hin zum Brandschutz. Das hat vorschriftsmäßig abzulaufen, und genehmigt sein muss es und vom Fachmann für tipptopp erklärt, und Sinn hat es zu machen irgendwie. Von Amts wegen gibt es keine Einwände. Privat gilt, dass erlaubt ist, was gefällt. Dr. Kämper-Ehrlich tut so, als gefalle ihm das. Gleichsam für alle Fälle. Die neuen Zeiten! Comme il faut? Dann die gestrige Sache Frederic. Ihre Auslandsberührung mit den USA. Das muss vom Tisch! Es ist das Recht des Siegers, ungerecht zu sein. Jedoch nicht für alle Ewigkeit. Er nickt unbestimmt und räuspert sich.

„Meine Herren, bleiben wir bei unserem Thema." Sein Blick geht von Stubenrein zu dem Kripomann vom Moselring, der, schon öfter dienstlich zum Leitenden Beamten der Anklagebehörde einbestellt, in seinem Notizbuch blättert. „Was ist derzeit Sachstand im Mordfall Frederic?"

„Ich komme aus dem Staunen von Amts wegen nicht heraus", witzelt der Staatsanwalt anzüglich. „Eine Sache wie diese lag mir bisher noch nicht auf den Tisch."

„Um mich nicht mit fremden Federn zu schmücken", hebt Markus Unger beflissen an, „verweise ich darauf, dass mir vom Blättchen einiges zugetragen wurde." Sein Ton wird bestimmt. „Vertraulich!"

„Schon gut, schon gut", winkt der Oberstaatsanwalt ab. „Die Vertraulichkeit ist bei uns gut aufgehoben. Ich nehme an, dass Ihr Freund Dick der Informant ist?"

„Ja", der Kommissar nickt, wird lebhaft. „Er war in Liberty Harbor dabei, als Ronald Frederic erschossen wurde."

„Ist das nicht der Sohn dieses amerikanischen Flight Lieutenants, dessen Verschwinden vor fünfzig Jahren aufzuklären uns heute zugemutet wird?"

„Es könnte sich als Selbstzumutung erweisen."

Dr. Kämper-Ehrlich zieht erstaunt die Augenbrauen hoch: „Ein unüblicher Ausdruck – wieso?"

„Ich bin mir mit den Zeitungsleuten darin einig, dass von US-Seite keine Aufklärung erwünscht ist. Im Gegenteil tut man alles, Ermittlungen zu erschweren."

„Wenn derlei so weit geht, dass es nach außen erkennbar wird, muss das einen Grund haben, der zu berücksichtigen ist."

„Eben!"

„Nach deutschem Recht verjährt Mord nicht." Staatsanwalt Stubenrein wird förmlich. „Strafverfolgung setzt Tatkenntnis voraus. Dreiundfünfzig stand lediglich fest, dass der GI verschwunden, von seiner Truppe abwesend war. Keine Rede von einem Verbrechen! Bei einem Soldaten, welcher Streitmacht immer, ist mitzubedenken, dass er dessertiert sein könnte. Kommandeure hören das ungern."

„Worauf keine Rücksicht zu nehmen ist", ergänzt Dr. Kämper-Ehrlich in brummigem Ton, überlegt. „Der Skelettfund hat die Tatlage verändert. Einmal wissen wir, dass der eingemauerte Tote ermordet wurde. Zum Zweiten hat Professor Backe ihn als Stanley Frederic identifiziert. Also ist die Mordtat erwiesen, das Mordopfer bekannt. Das macht uns ermittlungspflichtig, ob wir wollen oder nicht ... auch gegen den Willen der Amis! Denn der Tatort liegt in Deutschland."

Zwar bejaht der Kommissar die Feststellung durch ein Kopfnicken, bemerkt aber dazu, dass man auch von überseeischen Ereignissen betroffen sein könne.

„Gesetzt den Fall wie diesen nämlich", fährt er erläuternd fort, „dass Gleiches auch anderswo passiert. Ich meine nicht das Tatgeschehen, obwohl es das gleiche ist, auch nicht der gleiche Tatzeitpunkt, also neunzehnhundertdreiundfünfzig. Ein GI verschwand auf dem Hahn, ein zweiter in Liberty Harbor. Kann schierer Zufall gewesen sein. Einen Zusammenhang begründet auch nicht, zumindest nicht a priori, dass es Offiziere der US-Streitkräfte waren." Markus Unger wird ungeduldig, würde im eigenen Büro aufspringen, befände er sich darin, es abdackeln in Erwartung von Einfällen, des Rätsels Lösung gar. Er sieht die Staatsanwälte an. „Was mir nicht aus dem Kopf will, ist, dass die Ermordeten Brüder waren. Sogar, wie Dick herausgefunden hat, den gleichen Lebensweg gegangen sind. Bis zum Tag ihrer Ermordung."

„Erklären Sie das bitte genauer", verlangt Dr. Kämper-Ehrlich.

„Nun ... wenn nicht von der Moral, von der Logik her leuchtet es ein. Beide stammten aus dem weißrussischen Minsk, das die deutschen Truppen einundvierzig besetzten. Sie meldeten sich freiwillig zur Waffen-SS und gerieten bei Kriegsende in amerikanische Gefangenschaft ... nicht in sowjetische! Das hätte ihnen den Garaus gemacht. Mit der gewissen Vasallenschläue, die sich jedem Herren genehm zu machen versteht, dienten sie sich der US Army an."

„Mir scheint das ein wenig zu logisch zu sein, mein lieber Unger. Katzbuckelei und deren Hinnahme sind zweierlei."

„Nicht aus der Sicht des Jahres fünfundvierzig."

„Das finde ich auch", pflichtet Stubenrein dem Kommissar bei. „Die amerikanischen Kampftruppen waren erschöpft, wollten nach Haus ... echten Haudegen schmeckt die Besatzerrolle nicht. Aber es waren Transportwege, Munitionslager, Industriebetriebe, Versorgungsdepots zu bewachen. Also suchte man Helfer, hatte diese Ostleute, machte sie zu Paramilitärs, Volunteers genannt. Ein berüchtigter Haufen ... hm, warum sehen Sie mich erstaunt an, Kommissar?"

„Weil es genauso war! Zumindest glaubt das Dick. Und darin glaube ich ihm. Seine Zeitung, als Blättchen verspöttelt, hat ein sagenhaftes Archiv. Die wissen alles. Solche Presse, sage ich frei raus, ist unersetzlich."

„Da lobt der Freund den Freund … verstehe." Der Oberstaatsanwalt bleibt sachlich. „Wie schätzen Sie das Täterumfeld ein?"

„Kein kriminelles."

„Das wäre wichtig."

„Vielleicht das Wichtigste überhaupt! Bei aller Grübelei, die von Dick eingerechnet, sehe ich keinen Grund, der gemeine Verbrecher hätte bewegen können, die Brüder zu töten. Was ist bei Soldaten zu holen, von ihnen zu fürchten, dass man sie umbringt, die Leichname einmauert gar? Da war und ist Politik im Spiel."

„Herrjenochmal, nein … was bringt Sie darauf?"

„Das fragwürdige Bekennerschreiben im Internet. Reingestellt hat es das amerikanische Außenministerium. Der Verfasser will deutscher Soldat, Rächer dafür gewesen sein, dass die USA mit Deutschland keinen Friedensvertrag abgeschlossen hätten. Lächerlich, wie ich finde! Amerika braucht Helden. Sogar, mangels eigener, fremde. In Hollywoodfilmen wimmelt es von Nazigenerälen." Unger lacht wider Willen, wird ernst. „Deutschland ist für den Judenmord verantwortlich. Aber haben Sie jemals gehört, Herr Oberstaatsanwalt, dass sich ein einzelner Auschwitzüberlebender an einem einzelnen Deutschen gerächt hätte? Adenauer erhielt aus Israel eine Paketbombe. Mein Vater, damals beim BKA, war dabei, als sie entschärft wurde. Eine Lachnummer!"

„Jedenfalls gegenüber dem Holocaust", bekräftigt Stubenrein. „Der Kanzlertod hätte nichts wettgemacht."

„Wir tragen Eulen nach Athen", mahnt Dr. Kämper-Ehrlich, zur Uhr sehend, die Sache an. Ein Gesagtes, das für sich selbst spricht, bedarf keines Kommentars. Es drängt ihn, etwas anzusprechen, was bisher nicht erwähnt worden ist. „Mein lieber Unger", führt er aus, „die von Ihnen genannte Sicht des Jahres fünfundvierzig gilt für die ganze Epoche. Wer damals Frederic ermordete und einmauerte, dachte, das würde nie entdeckt. Es war die Zeit des Kalten Krieges, als der Betonbunker gebaut wurde. Dass er je abgerissen werden könnte, weil die Weltlage sich entspannte … das lag außer politischem Betracht. Haben Sie dazu etwas ermittelt?"

„Ja." Der Kommissar nickt bedeutsam. „Der jetzige Abriss ist Zufallssache. Die Fun Air benötigte einen Bürobauplatz. Also wurde dieser Bunker eingeebnet. Es hätte auch ein anderer sein können. Dann wäre der Skelettfund unterblieben. Verabsolutieren darf man das nicht. Irgendwann wird alles abgerissen … "

„Bis dahin bin ich im Ruhestand“, sagt Dr. Kämper-Ehrlich trocken. „Jetzt geht es um die Rache! Was uns von außen, wenn es so ist, weisgemacht werden soll, widerspricht der Kriminologie. Fünfundvierzig war Kriegsschluss. Wer sich als Besiegter am Sieger rächen wollte, schritt sogleich zur Tat. Aber bis dreiundfünfzig zuwarten – nein, meine Herren! Der Rächer handelt aus dem Bauch, nach dem Gefühl. Heute Wut, morgen gut, jedenfalls übermorgen. Er tötet zum gewaltsamen Ausgleich erlittenen Unrechts oder gekränkten Ehrgefühls, in Einzelfällen auch acht Jahre später. Aber keine Einmauerung des Toten! Das kommt aus dem Kopf, nicht aus dem Bauch, hat nichts mit Rache zu tun. Was das betrifft, sind wir auf dem Holzweg, meine Herren! Vermutlich ging es allein darum, den Leichnam verschwinden zu lassen.“

Staatsanwalt Stubenrein nickt dem Leitenden zu.

„Eher wie nicht“, befindet er. „Es werden verworrene Motive in die Welt, sprich ins Internet gesetzt, um von dem eigentlichen einfachen abzulenken.“

„So könnte es in der Tat sein.“ Markus Unger schaut in sein Notizbuch. „Frederic und Pollack, uns derweil bekannt als Brüder Franzischak, wurden nicht mir nichts, dir nichts umgebracht. Man hat sie gezielt aus Soldatenkneipen herausgelockt.“

„Um keine Zeugen zu haben!“

„Ja ... das spricht gegen einen gefühlsmäßig handelnden Rächer. Der schlägt zu, wenn sich die Gelegenheit bietet. Ein krimineller Raubmörder käme in Frage, hätte sich beim Opfer etwas holen lassen.“

„Den Kreis möglicher Täter langwierig durchmustern“, versetzt der Oberstaatsanwalt und runzelt unwillig die Stirn, „das wäre nach Geschmack derer, die uns verunsichern wollen. Ich will die Sache vom Tisch haben – endlich! Was ist aus Ihrer gegenwärtigen Sicht das Wahrscheinlichste?“

„Insider-Morde.“

„Dann wären der Bremer Seemann und der Brasilianer unschuldig.“

„Hm ... ja.“ Der Kommissar, kein Unschuldsvermuter aus Leidenschaft, grinst wider Willen. „Jedenfalls bezüglich der toten GIs.“

„Obwohl sie ein Motiv gehabt hätten?“

Carl Stubenrein räuspert sich.

„Das ist auf seine Wirkung hin zu betrachten“, wendet er ein. „Die Gesichtsentstellung Hinnerks rührte daher, dass amerikanisches Militär ihn zum Minenräumen zwang. Aber die Narbe könnte auch aus dem Krieg stammen. Oswaldo Recker verlor die Eltern durch US-bezahlte Schläger, die gegen brasilianische Nazis vorgingen. Beide hassten die Amis, bin ich überzeugt. Aber reichte das zum Mord? Wenn ja, warum warteten sie mit diesem acht Jahre? Dann die Tatorte! In Hinnerks Bremer Hafenkneipe Mutti Weiß verkehrten Seeleute aus den Staaten. Da hätte er zuschlagen können! Nichts dergleichen. Das lässt nach dem Warum fragen."

„Weil es ihn nicht dazu trieb."

„Aber acht Jahre später auf dem Hahn – da soll es ihn dazu getrieben haben?"

„Meine Herren", sagt Dr. Kämper-Ehrlich nach erneutem Blick zur Uhr, „kommen wir ad hoc zum einem Ergebnis. Wenn unser Täterausschluss zutrifft, bleiben zwei Morde ohne Mörder. Wo sind diese zu suchen … nun, Kollege Stubenrein?"

„Dort, wohin unser Arm nicht reicht."

„Zuweilen kann es genügen, in Gedanken hinzureichen."

„Besonders wenn Politik im Spiel ist", fügt Markus Unger vielsagend hinzu.

„Woran denken Sie, Kommissar?"

„An eine innermilitärische Selbstreinigungsaktion."

„Sagen Sie das bloß nicht in der Öffentlichkeit." Dr. Kämper-Ehrlich verzieht das Gesicht. „Sonst ist unser loyalistischer Leumund futsch."

„Ich werde mich hüten, Herr Oberstaatsanwalt!"

29 Sieben Stunden Autofahrt, dann Ziel nicht gefunden. Liegt, gegenüber der Insel Mainau, versteckt zwischen Uferweiden des süßlich, gährig riechenden Bodensees, sein dunkles Wasser getupft von weißen Segeln, die, mangels Windes, wie muffiges Bettzeug in den Masten hängen. Aus des Pianisten Sicht treiben hier gemächlich, dort dümpelnd bemooste Tothölzer, Plastiktüten, Spüliflaschen, Bierdosen und solche von Cola. Fische vergiftet und Katzen ersäuft. Überall Angler, aber auch Angler beäugende Nichtangler, als unerbetene Ratgeber gefürchtet. Und ein Polizeikreuzer, per Schleuder abzuschießen. Ravensburg, Überlingen, Radolfzell, Konstanz … Amadeus erkennt, einen Riesenumweg gemacht zu haben. Sagt nichts. Seine Mädchen, die Zwillinge Karin und Medea, liegen auf Dauerlauer, ihm am Zeug zu

flicken. Ersatzweise für unerfüllte Liebeswünsche. Am anderen Ufer, wo per Kran eine Musikbühne entsteht, lärmen Lautsprecher. Dort beginnt, von pausbackigen Bläsern aus Obwalden mit Alphörnern wie Elefantenrüssel eingeleitet, das Schweizer-Käse-Jazz-Festival.

„Drüben scheint es rund zu gehen, Amadeus?"

„Für uns nicht."

Die Zwillinge schmollen.

„Mit dir fährt man am Richtigen vorbei, um beim Falschen anzukommen, worin deine Hauptbegabung besteht. Auf dem Hahn gibt es eine Fliegerfirma, welche sich Amadeus Flugdienst nennt. Bei ihr solltest du Pistenfuzzi werden, A-m-a-d-e-u-s!"

„Haltet das Mundwerk, euer unheiliges, und schließt die Bluse, sonst fallen die Möpse raus, in den Bodensee."

„Ich muss mal", sagt Medea.

„Ich auch", so Karin.

„Aber macht euere Garagen zu, dass keine Freier reinfahren."

Zwei Budiken am Wasser. Bratwurst oder Bratfisch? Der Fünfundzwanzigjährige denkt an Buridans Esel, der vor zwei Heuhaufen verhungerte, weil er nicht zwischen ihnen zu wählen vermochte. Dann friss beide, he! Auch stammt das Gleichnis nicht von Buridan, sondern aus Aristoteles' De caelo. Da ist vom Hund die Rede. Amadeus weiß das, weil er, wie einst sein Vater, Pauker am Koblenzer Görres-Gymnasium, von dem das Gerücht umgeht, Schülerinnen sei erlaubt, ihre Höschen zu versteigern … Philosophie studiert. Seiner Mutter, von der Mittelmosel stammende Klavierlehrerin, verdankt er die Liebe zum Jazz, und das mit den zwei Heuhaufen, wie lächerlich immer, beschreibt treffend seine Lage. Am Piano, dem geliebten, peinigt ihn schlechtes Gewissen, nicht mit Kants Kategorischem Imperativ, ungeliebt aber geschätzt, befasst zu sein. Tut er das, liegt ihm der verwaiste Klimperkasten auf dem Magen. Wie du es machst, beschissen ist es! Das steht bei keinem Philosophen.

Sinnend schaut Amadeus übers Wasser, das bleischwer dazuliegen scheint, als würde es vom Grund her erstarren. Drüben das Schweizer Seeufer, dunstgetrübt die Höhenzüge dahinter, sich zu Wolkenhimmeln auflösend. Bruthitze, kein Windhauch, Stechmücken dafür … was, frühabends schon? Das kann biestig werden! Aber daher rührt sein stiller Verdruss nicht, sondern dass ihn weder Bodenseeidylle noch das Schweizer-Käse-Jazz-Festival hergeführt haben. Vielmehr soll er auf einer Privatfete Klavier spielen, ohne den offenbar betuchten Gastgeber zu kennen. Rief an, sicherte eine Traumgage zu, legte auf. Vereinbart sind tausend Euro pro Nase – die zahlt gemeinhin kein Jazzclub. Karin und Medea, seine Zwillingsbettgenossinnen, deren Liebeskünste ausreichen, Neandertaler zu erwecken, stimmten zu in der Annahme, für ihren Anteil als Bardamen arbeiten zu sollen. Vor Ort sieht es danach nicht aus.

„Warum verziehst du das Gesicht, Amadeus?“

„Weil“, brummelt der Gefragte, „ich daran denken muss, dass beim Hunsrück-Airport-Jazztreff 2004 Bernd Kirck Falschgeld angedreht bekam. Fünfhundert Euro oder so. Er meldete es der Koblenzer Kripo.“

„Dümmer als der Saxophonist sind wir auch nicht.“ Karin, die forschere der Zwillinge, zückt ihr Handy, fummelt eine Weile, erreicht Markus Unger, erwähnt ihre Befürchtung. „Was schlagen Sie uns in der dämlichen Lage vor?“

„Ruhe bewahren, nicht durchdrehen, die Ahnungslosen mimen! Lassen Sie sich löhnen, als wäre alles in Butter ... stiekum Augen auf, wie der Blütentyp aussieht. Je genauer die Beschreibung desto besser! Das Falschgeld tauschen wir um. Bei sowas droht Gefahr nur dem, der sich schlauer gibt, als es der Gesundheit gut tut.“

„Danke, Herr Kommissar.“

„Vergessen Sie das Herkommen nicht.“

Der jenseitige Dunst sieht danach aus, sich zur Gewitterwolke zu verdichten. Entferntes Donnergrollen auch. Im Schilf quaken Frösche, die am Kongo nicht lauter sein können, die Stechmücken am Amazonas nicht größer. Gäste, die mitgebrachte Regenschirme an der Garderobe abholen wollen, erleben, dass sie geschlossen ist, die elsässische Mamsell dabei, eigene parapluies, wie von ihr genannt, zu verleihen. Fünf Euro das Stück. Welche sprechen von Erpressung. Es erinnert Amadeus an Thales von Milet, einen der Sieben Weisen des Altertums. Weinpanscher, Rosstäuscher und Bauernfänger auch. Als die Olivenernte gut zu werden versprach, kaufte der griechische Naturphilosoph, gerissen wie ein Pfeffersack von Marktkrämer, alle Ölpressen auf, um sie zu Wucherzinsen zu vermieten. Reich an Geist, wurde er reicher an Silberlingen. Gewusst wie! Das war vor zweitausendfünfhundertachtzig Jahren.

Der Hausmeister mit Schnapsnase deutet auf das Klavier, versichernd, man habe es für einen Maestro, als Koblenzer Schängel angekündigt, gestimmt. Ob er, bittschön, das sei? Das Klavier ist ein Konzertflügel, ein echter Steinway, fehl am Platz in Seenähe, deren Feuchte die Hämmer beschlägt. Aber offenbar unverwüstlich. Ein Instrument, das von großen Tagen der Musik berichtet und vom Scheitern der Menschheit, wenn Kriege sie verstummen, in Kanonendonner untergehen ließen. Obschon insgeheim angetan, bleibt der Rhein-Mosel-Städter cool, schlägt einen Ton aus Tschaikowskys Nussknacker-Ballet zum Meisterschaftsbeweis an. Zugebend einen Schönberg'schen Nonenakkord, welcher, aus der Tastenkiste aufschauernd, die Milch sauer werden, die Hexen tanzen lässt. Hunde bellen. Möwen nehmen Reißaus. Oder ein Boogie Woogie gefällig, ein Wippswing mit Bauchbinde, ein fescher Waldundwiesenblues?

Noch ist es nicht so weit. Am Wasser tut sich Seltsames. Knallgelbe Schläuche werden verlegt. Dann Zischen wie von Sandstrahlern. Vier Gestalten mit Schutzhauben, Brillen von Tassengröße auf, bemühen sich eifrig, als gelte es, schnell fertig zu werden, Büsche, Weiden, Schilfnester mit einem Mückengift, das angeblich Stunden wirkt, zu besprühen. Wenn die Herrschaften Glück hätten, so der Schnapsnasige in teils salbungsvollem, teils schadenfrohem Ton, würde beim Fest keiner gestochen. Wie dem zum Nachdruck fährt der Wind durch die Pappeln, und über den Alpen zuckt ein einsamer Blitz. Nun erscheint einer, der Chinese oder Japaner, jedenfalls östlich von Sues zu Haus sein könnte, um den Hostessen, zierlichen Schlitzäugigen, Anweisungen zu geben. Wie ein Hotelboss seinem Personal! Nicht anders ist es. Jedem, der Geld hat, steht es frei, die Villa anzumieten. In diesem Fall ist derjenige welcher, jener Gentilhomme exotischer Blutmischung, der dem Pianisten den Job in der Karibik angetragen hat.

„Wie man mir sagt", versetzt er lächelnd, „heißen Sie Amadeus?"

„Ja ... Klavierlehrerinnen nennen ihre Söhne nach ihrem Lieblingskomponisten."

„Dann spielen Sie etwas von Mozart."

Der irritierte Student aus dem Koblenzer 2002, den das Empfinden beschleicht, jemand gegenüber zu haben, dessen Humor dazu angelegt ist, im Nu ins Gegenteil zu verkehren, schaut in die feuchtfröhliche Gartengesellschaft.

„Ihre Gäste wünschen Jazz."

„Wer hier wünscht", stellt der Gentilhomme klar und zwirbelt an seinem Schnauzbart, „das bin einzig ich! Ihr Job in Liberty Harbor ist sicher. Aber ich will beurteilen, wie sie sich benehmen. Drüben darf nicht der Eindruck entstehen, sie seien zu etwas anderem da, als die Gäste des Hotelschiffs zu unterhalten."

„Wer könnte das Gegenteil unterstellen?“, will der Koblenzer Jazzpianist wissen.

„Das ist die ewige Frage nach den menschlichen Absichten.“

„Klingt philosophisch … ich höre Philosophie.“

„Sokrates“, versetzt der Gentilhomme lächelnd, „entschlüpfte auf dem Markt von Athen ein berühmter Ausspruch. Als Philosoph müssten Sie ihn kennen?“

„Wie viele Dinge gibt es, die ich nicht benötige.“

„Und was wissen die Bardamen?“

„Nichts … dafür sind sie gut im Bett.“

Nacht derweil. Bunte Lampions, versteckt in den Weiden, was sie zu Irrlichtern macht, glitzern launisch, je nach Wind, auf dem Wasser, das mit kleinen Wellen, neckisch aber beharrlich, antwortet. Beim Feuer knistern Scheite, tummeln sich Nackedeis. Unentwegte vögeln zwischen dösenden Schwänen, mit Gesang sogar. Eine Entenmutter versegelt auf See, in Kiellinie acht winzige Kücken. Über dem südlichen Ufer, den Mond verdunkelnd, eine Turmwolke in Fragezeichenform. Gilt vielleicht dem Schweizer-Käse-Jazz-Festival, das herüberdröhnt.

„Du“, sagt Karin nach einer Weile zu Amadeus, „der Chinese oder Japaner kommt mir eher wie ein makkaroni-italienischer Mexikaner vor. Der Trauerweidenschnauzbart! Und Schlitzaugen hat er auch keine.“

„Deine Männerkenntnis ist übern Daumen gepeilt.“

Untröstlich, nicht dabei zu sein, zählt der Pianist den Schlagzeugbeat. Gleich einsteigen könnte er da – da könnte er gleich einsteigen. Hol der Teufel alle Partys, die schlechten wie guten auch! Drüben macht der Drummer einen Break, dass der Schweizer Käse ins Rollen kommt. Hüben will man baden, eilt, drängt zum Steg, der so morsch ist, dass er einkracht. Schabernack vom Feinsten, Geschrei alsdann. Die einen klagen, die andern lachen. Amadeus spielt, nicht von Mozart, Summertime. Das Leben ist leicht, die Fische springen. Das Lied vom Hut, der drei Ecken hat, spielt er ebenfalls. Leitet über zum Mai, der gekommen ist, obwohl die Julimücken stechen … Scheißparty! Die Zwillinge, sonst Partys zugetan, finden das auch. Verdrossen fährt man heim.

„Na“, meint in Koblenz der Kripomann Unger nach Untersuchung der vermeintlichen Blüten, „gut gelöhnt wurden Sie.“ Großzügig, ja huldvoll, aber nicht absichtslos, reicht er das Geld zurück. „Nichts zu bemäkeln, die Scheine sind echt." Sein fragender Blick trifft die drei vom Club 2002. „Oder ist Ihnen noch anderes widerfahren?"

„Ja und nein." Amadeus druckst herum. „Telefonisch stellte der Partytyp sich nicht vor, was bei tausend Euro Abendgage wurst ist. Am Bodensee zeigte sich, dass er zu Fun Air gehörte. Bei der haben wir einen Saisonjob in Liberty Harbor. Auf dem Hotelschiff spiele ich Klavier. Karin und Medea sind für die Bar zuständig. So steht es im Vertrag. Bei der Party erklärte der Typ, mich als Musiker zu beschäftigen. Aber die Mädchen müssten für Fun Air fliegen. Ich sagte ihm, dass sie nicht als Stewardessen ausgebildet seien. Hierauf ließ er durchblicken, es zählte nicht die Tätigkeit, sondern dass sie an Bord seien." Der Pianist wird lebhaft. „Ist das nicht verdächtig?"

„Seltsam jedenfalls", meint Unger, „hat es sich damit?"

„Nein!", entfährt es den Genannten wie aus einem Mund.

„Auf dem Hunsrück-Airport sollen wir Taschen bekommen wie Flugbegleiterinnen", erklärt Medea ein wenig wichtigtuerisch, „und sie in der Karibik jemand vom Liberty Harborer Zoll unauffällig übergeben."

„Ohne unterwegs reingeguckt zu haben", ergänzt Karin in dem ihr eigenen spitzen Ton. „Ist das nicht ein wenig mehr als seltsam?"

„Alles in allem, ja."

„Wie sollen wir uns verhalten?", will der Klavierspieler wissen.

Markus Unger antwortet nicht, gibt sich nachdenklich, obwohl ihm klar ist, was sich in dem Fall anbietet. Auf den zweiten, zumindest den dritten Blick werden stets dieselben Fehler gemacht. Man muss gewähren lassen, Leuten Gelegenheit geben, sich selbst zu verraten, unbewusst, aber so doch.

„Besagtem Vertrag entsprechen", meint er nun fast heiter. „Benehmen Sie sich wie jene Einfaltspinsel, die an die Mär von Treu und Glauben glauben. Dummheit kann die beste Schutzwaffe sein. Wir beäugen von außen, wie die Sache abläuft. Harmlos vermutlich, jedenfalls bis zum Beweis des Gegenteils. Ich erscheine öfter im Club 2002, das zu Ihrer Beruhigung." Sein Ton wird energisch. „Solange Sie von uns, mir oder einem Kollegen nicht gewarnt werden, ist alles in Ordnung."

30 Oberhalb Kirn verfranzt sich der Reporter des Blättchens, biegt, statt geradeaus den Hunsrück anzuhalten, links nach Griebelschied ab, wo ihm ein Bauer erklärt, er könne über Niederhosenbach,

seinem Schwiegerelterndorf, weiter nach Breitenthal, dem Ort seiner Kuh Bienchen, die er dorthin verkauft habe, und längs Oberhosenbach, dessen Rüben-Anton mit ihm verschwägert sei, nach Rhaunen fahren. Alsdann, Idarbach linker Hand im Tal drunten, der Herr, nach Gösenroth, wo er, der Griebelschieder, in jungen Jahren, zur Amizeit auf dem Hahn, fast eingeheiratet hätte; damals, als auf Gösenrother noch Verlass gewesen sei. Weiter über Büchenbeuren, dem Knippes seinem Hannes sein Gevatterort, nach Lautzenhausen, das der Teufel holen möge, auf dessen Friedhof seine Schwester, die Bebbes-Martha, ruhe … Gott habe sie selig.

„Danke“, sagt Klaus Dick trocken, grinst vor sich hin. Der alte Hunsrück! Es ist, als seien die Zeitläufte in Verzug, die Jahre, Monate, Wochen eingemottet, als hätte, wo geboren, gelebt, gestorben wird wie überall, die Blüte verwelkt, das Laub herbstet, die Ewigkeit Einkehr gehalten. Er startet seinen Golf, jenes Auto, dem Ruhm wie Ruch, eine unmögliche Generation hervorgebracht zu haben, anhaftet, und gibt Gas. „Ich werde im Vorbeifahren ihrer gedenken.“

Rapsjahr 2004. Alles rapsig, alles verrapst, Raps überall. Eine Rapsprinzessin in jedem Dorf. Rapsbier. Rapsschnaps. Rapskirmes. Man entkommt dem Raps nicht, den Disteln dazwischen, den aufgebrochenen Schollen, die nach Regen dürsten. Die einen schreien nach rapsfreiem Tag; die andern befürworten einen Tag des Rapses. Der Raps vereint, der Raps entzweit. Rapstime. Im Piratensender Idarhead rapsen Rapper. Warnung vorm neuen Computerwurm. Dem wievielten in diesem Frühjahr? Heil Raps! Rapsandacht Open air. Rapsodie. Raps dir einen, steht auf einem Heißluftballon, aus welchem Feuer züngelt. Bringt der Wind die Ähren zum Wogen, erzählt der Raps von der Pein des kalten Frühlings. In einem Holzlager kreischen Sägen. Irgendwo schreien welche Tor. Da muss ein Bolzplatz sein. Er umfährt ein Baustellenklo, welches wackelt, als drücke darin einer kräftig. Lautzenhausen in Sicht.

Der Ahornweg, es hat auch einen Birkenweg, ohne dass die namensgebenden, züchtig angesiedelten Pflänzlinge naturdenkmalhaft hervorragten, ist schnell gefunden. Annegret Recker vorsorglich, damit der Zeitungsmann, als der er sich telefonisch angemeldet hat, nicht vorbeifährt, vor die Haustür getreten, den Kopf in bäuerliches Tuch gehüllt, weiß mit blauen Pünktchen. Franzen auch. Das ihrer flüggen Enkelin Gilla, die davon träumt, Bordmaus bei der Fun Air zu werden, nach Rom, Paris, London, Shannon, Liberty Harbor, zu Mond und Sternen, zum Paradies und zurück zu fliegen, ist blau und weiß gepunktet. Ein rotes Herz an Herzesstelle, vom prallen Busen gerundet. Sind sie neugierig? Nach Mordskerl sieht er nicht aus. Eher kündet sein Blick von Unsicherheit und den Zwängen beruflicher Notwendigkeit. Klaus Dick, müde von der Landsträßleinkurverei, die selbst Götterboten zur Verzweiflung bringt, erklärt seine Verspätung damit, sich dummerweise verfranzt zu haben.

„Auf der Hunsrückhöhenstraße?", so beide argwöhnisch. Vielleicht stellen sie sich unter einem rasenden Reporter jemand anderes vor.

„Ich komme von der Nahe." Sein Ton wird beflissen. „Nächstes Mal klappt es."

„Wir wissen nicht viel."

„Zuweilen kann wenig alles sein. Am Telefon sagten Sie, Stanley Frederic bei den Airmen getroffen zu haben. Demnach war das kein Lokal?"

„Eine Art Grüppchenclub", berichtigt die fünfundsiebzigjährige Oma Recker hörbar altersernüchtert, etwas, von dem der um Jahrzehnte jüngere Reporter weiß, dass es ihm, richtig gefragt, zugutekommt. „Soldaten gleicher Herkunft und Ansichten bildeteten miteinander wetteifernde Klüngel. Streithähne aus Langeweile! Das ging bis zu den Offizieren, hinein in die Verwaltungsbüros."

„Hatte es mit der Hautfarbe zu tun?"

„Wenig ... oben waren keine Schwarzen. Es lag an Eisenhower, für oder gegen ihn. Military infight genannt. Unmöglich bei den Unseren. Standen zu Hitler, oder keinem. Auch nicht bei den Franzosen. Als die Amis von Sohren bis Rheinböllen, von Morbach bis Waldesch sechzehntausend Unterkünfte schufen, den Hunsrück zu amerikanisieren planten, war klar, dass sie für Jahrzehnte bleiben würden. Dasselbe jetzt im Irak, in Afghanistan. Wie seinerzeit auf dem Hahn, wird man Gründe erfinden, aus der Mütze zaubern, an den Haaren herbeiziehen, um Truppen auf Dauer zu stationieren. Jede Wette, Herr Dick!"

„Die halte ich nicht."

„Hi", macht die flotte Gilla, ein Weibsbild ansehnlicher als gemeinhin vom Hunsrück gemalt, und dreht das Radio laut, irgendwelcher BritShit von Popmusik, worauf Oma Recker den Stecker herauszieht, „der rasende Reporter!"

„Uns wurde mit den Sowjets gedroht. Ständen vor der Tür. Jeder Antikommunist war willkommen. Es wimmelte von Nazis, die alles verbrochen haben durften, wenn sie nur Stalin hassten. Dazu wurde jeder

Schwindel geglaubt. Die Baufirma Holzmann war damals ein Parteibonzenclub. Mit Wissen der Amis, unter denen es welche gab, die Hitler lobten, nach Moskau marschiert zu sein. Nicht bloß dahergesagt. Es war eingefleischtes Denken. Anfangs scherte es im Dorf niemand. Nach vierzig Jahren Jetgeheul stand fest, dass wir eine Heimsuchung erlebt hatten. Von den Älteren fragte sich mancher, ob die Amis für voll zu nehmen seien."

„Immerhin hatten sie den Krieg gewonnen."

„Als Schulkinder mussten wir sammeln, Brennesseln für Tee, Splitter von Bomben als Alteisen. Amerikanische Flugblätter. Eisenhower beschimpfte darin die Nazis. Später, als der General Präsident geworden war, ließ er sich von Nazis den Airport bauen. Übrigens war auch Stanley Frederic ehemaliger Nazi. Am Telefon haben Sie mir gesagt, dass das Ihnen bekannt sei ... woher?"

„Es folgerte allmählich aus unseren Ermittlungen." Dick, seiner Sache weniger sicher als vermeint, gibt sich leutselig. „Ich kann nur sagen, was die Militärarchive hergeben. In Amerika durch den Freedom of Information Act. Demnach rekrutierten die Amis für Arbeitseinheiten Osteuropäer, die in Hitlers Waffen-SS gedient hatten. Etwa Weißrussen wie Ihren Freund, der als Maksim Franzischak in Minsk geboren worden war. Nicht klar ist mir, wie er zur amerikanischen Luftwaffe kam?"

„Auf dieselbe Weise wie sein Bruder Smitrok zur amerikanischen Marine", verlautet Annegret Recker spöttisch. „Reingemogelt."

Der Reporter der Rhein-Mosel-Nachrichten, verblüfft von derlei unerwarteter, nicht im Traum erhoffter Mitteilungsbereitschaft, hat Mühe zu verhindern, dass ihm sein Wissen davon rausrutscht. Die Franzischaks, jener ermordet auf dem Hahn, dieser ermordet in Liberty Harbor, sie waren also – wie in der Redaktion vermutet – Brüder gewesen?! Er schaut die Alte treuherzig an, will wissen, was sie unter reingemogelt verstehe. Heraus kommt, dass beide sich, um als weißrussische SS-Leute nicht in die Hände der Sowjets zu fallen, den Amerikanern ergeben hatten. Von ihnen im Mannheimer Rheinauhafen zur Kohlenlagerbewachung eingesetzt. Dann als Industriepolizisten. Als der Koreakrieg kam, meldeten sie sich an die Front, galten als US-Soldaten.

„Ohne eingebürgert gewesen zu sein?"

„Darin bestand die Mogelei. Die Einbürgerung dauerte fünf Jahre. Da das zu lang war, wurden Ausländer mit militärischer Erfahrung, die sich freiwillig meldeten, kurzerhand von der Army zu Amerikanern erklärt. Beide schafften es, Offiziere zu werden ... aber nicht auf normale Weise. Stanley hatte den Rang eines Flight Lieutenants, konnte zwar fliegen, flog aber nicht. Seine Aufgabe war es, Piloten beizubringen, wie sie sich nach Notlandung mit dem Fallschirm im Feindesland zu bewegen hatten. In Korea war er bei einer Sondertruppe gewesen, die hinter den feindlichen Linien operierte hatte."

„Jetzt geht mir ein Licht auf – vielen Dank für die Hinweise."

„Herr Recker wusste übrigens auch davon."

„Wie fing die Sache mit ihm an?"

Gilla meldet sich vorlaut zu Wort dahingehend, bei einem ihrer häufigen Streifzüge auf dem Flughafen habe sie, obwohl an sowas nicht interessiert, das Waffengeschäft Recker bemerkt, ohne die Namensvetternschaft zu beachten.

„Es gibt sicher mehr Müllers als Reckers", unterstützt die Großmutter ihre Enkelin mit leichtem Spott, „ohne dass ein Mensch darüber nachdenkt."

„Und dann?"

„Eines Tages erschien ein schwarzes Ding von Leichenwagen, dass wir uns erschraken. Das Auto von dem Ladenbesitzer. Stellte sich als Oswald Recker vor. Wenn man seine Verwandtschaft im Kopf hat ... ich wusste nichts mit dem Herrn anzufangen."

„Weil du nicht hingehört hast!" Die Enkelin bedenkt ihre Großmutter mit strafendem Blick. „Er nannte sich auch Oswaldo."

„Ach", gibt sich der unüberraschte Blättchen-Reporter überrascht, „das klingt spanisch oder mexikanisch oder argentinisch?"

Annegret Recker lacht über sein vermeintlich verdutztes Gesicht.

„Er erzählte uns bei Kaffee und Kuchen", erklärt sie belustigt, „dass seine Vorfahren von hier stammten." Ihre Miene verschattet sich. „Wie Sie am Telefon sagten, ist Herr Recker nun verstorben?"

„Er hatte einen rätselhaften Unfall", weicht Dick aus, um nicht eingehen zu müssen auf etwas, was ihm zu schaffen macht, lässt durchblicken, nebenbei damit befasst zu sein, vertretungsweise sozusagen, und gibt sich wie einer, der sich wundert, aber nicht so, als sei es der Rede wert. „Der Mann war als Koblenzer stadtbekannt."

„Deswegen können seine Vorfahren doch Lautzenhausener gewesen sein, irgendwann vor hundert oder mehr Jahren ausgewandert nach Südamerika." Oma Reckers Enkelin gibt sich einen Ruck, der ihre Apfelei hüpfen lässt, und zeigt auf einen startenden Jet der Fun Air.

„Bei der Gesellschaft wollte er mich als Flugbegleiterin unterbringen. Nun setze ich auf einen anderen von deren Mitarbeitern."

„Dann viel Glück! Hm ... wer ist das? Kennen Sie ihn, seinen Namen?"

„Nein, noch nicht. Dazu hätte ich mich am Bodensee vorstellen müssen. Das ist bald in Italien, von uns aus gesehen. Man weiß nie, wie es mit dem Wiederkommen ist. Als hier noch Militärfliegerei war, verschwanden Hunsrückerinnen spurlos."

„Ach was!", widerspricht Annegret Recker. Es klingt, als wüsste sie mehr als zu sagen tunlich, etwas boshaft auch. „Die sind mit Amis durchgebrannt. Später war alles anders. Paula Brück ist auch wieder da. Gerade die!"

Der Reporter der Rhein-Mosel-Nachrichten schätzt die Alte auf Mitte siebzig. Wenn ihr Leben sich auf Lautzenhausen beschränkte, wonach sein Eindruck freilich nicht ist, müsste sie sechzig Jahre Dorfgeschichte im Hinterkopf haben. Aus so einer ist oft mehr rauszuholen als aus einem Hunsrück-Museum.

„Stammt sie nicht aus der Kappeler Ecke?", vertieft er wie beiläufig das heikle Thema des tatsächlichen oder vermeintlichen Verschwindens der Hunsrückerinnen. „Der Name kommt mir bekannt vor."

„Ihr Mann war der Sohn meines Freundes ... hm, ich hätte seine Mutter sein können."

„Du Angeberin", stichelt die neidische Enkelin.

„Es ist wahr." Oma Recker errötet, und zwar komisch. „Jedenfalls, was Paula betrifft, sie arbeitete in der stickigen Laundry, dem Trommelhaus. So nannten wir die Wäscherei wegen der Maschinen. Übrigens gab es eine Riesensucherei. Auch durch deutsche Polizei und Feuerwehr. Alle Kneipenwirte wurden befragt, der NCO Club, wo Stanley Gitarre spielte. Konnte er gut, auch singen ... freilich ungern. Dann ließ sich heraushören, dass er kein Amerikaner war. Die Nachforschungen blieben erfolglos. Allmählich kam das Gerücht auf, er müsse noch hier sein. Es gibt ja immer Leute, die der Ansicht sind, das Haus verliere nichts."

„Sie lassen durchblicken, Ronalds Mutter gewesen sein zu können", verlautet Klaus Dick behutsam, um das Gespräch flüssig zu halten. „Demnach ging Ihre Beziehung zu seinem Vater über Freundschaft hinaus?"

„Ja." Die Lautzenhausener Annegret Recker gibt sich freimütig. „Gesehen mit meinen Augen einer Dreiundzwanzigjährigen war er ein toller Mann."

Gilla funkelt ihre Großmutter böse an, als habe sie eine Untat eingestanden, und will von ihr wissen, warum sie es nie erzählt habe. Eine Hunsrückerin der Überlebenssorte, denkt Klaus Dick beeindruckt, wetterfest gebaut mit runden Ecken. Mit achtzehn war er in eine Blonde aus Simmern verliebt. Hätte Gillas Schwester sein können.

„Eine ganze Menge von dem, was hier zur Zeit der Besatzung geschah, gehört nicht an die große Glocke. Als ich mit Stanley im Flying Cock tanzte, wurde er von Franzosen verprügelt. Auch andern Amis passierte das. Nicht meinetwegen ... um es klarzustellen! Es waren Racheakte von Leuten, die als Kriegsgefangene im März fünfundvierzig bei Wahlbach von amerikanischen Tieffliegern beschossen worden waren, obwohl sie die Trikolore geschwenkt hatten. Von vierhundert Franzosen starben zwanzig. Ein Dutzend wurde zu Krüppeln. Behalten Sie das für sich, Herr Dick."

Obgleich ungern, verspricht es der Blättchen-Reporter eingedenk seiner Erfahrung, dass eine Quelle versiegt, wenn ihr mehr entnommen wird, als zu geben sie bereit ist. Ihm liegt auf der Zunge zu fragen, ob das, was die Alte für Racheakte, ausgegangen von wem immer, hält, zu dem geführt haben könnte, was sich als Stationierungsangst der Amerikaner bezeichnen ließe ... nein, besser nicht! Es würde ihn womöglich darin verraten, sich eingehender mit dem Thema zu befassen, als der Augenschein Dritten vermitteln soll. Holzauge, sei wachsam!

„Bleiben wir bei dem Waffenhändler." Er blättert in seinen Unterlagen. „Als ich Sie anrief, rutschte Ihnen beiläufig etwas heraus, von dem ich gern wüsste, wie das genauer war. Ich meine diese Kostgänger von damals."

„Ach so, ja ... ich half meiner Mutter, die für fünfzehn Holzmänner kochte. Einer hieß Recker wie wir, war beim alten Miltenberger in Sohren einquartiert. Dass er unseren Namen trug, hatte nichts zu sagen, wohl aber seine Herkunft. Ein Brasilianer auf dem Hunsrück, das kam alle Jubeljahre vor. Der Franzose war Nachbar, die Grenze um die Ecke. Sogar Napoleon soll dagewesen sein, erklärt haben, Lautzenhausen eigne sich zum Schießplatz für Artillerie. Den Ami brachte der Krieg her, anfangs nur als Soldat. Zivilisten kamen später. Aber ein Recker aus dem Urwald ... darüber wunderte sich das Dorf. Allerdings nicht lange. Die Baufirma Holzmann stellte ein, was anrückte. Manche marschierten zu Fuß von der Mosel herauf, radelten aus Metz herbei. Die Hunsrückeisenbahn brachte welche. Der Einzelne verschwand im Haufen. Zuletzt arbeiteten hier sogar Russen."

„Das erwähnten Sie gegenüber dem Waffenhändler?"

„Aber nur beiläufig, weil es sich ergab. Dass das wichtig sein könnte, haben Sie am Telefon gesagt. Jetzt finde ich allerdings auch, dass Recker sich seltsam benahm."

„Mir ist es sogleich aufgefallen", behauptet die forsche Gilla.

„Wieso?"

„Als Oma ihn zum Spaß fragte, ob der Brasilianer sein Vater gewesen sein könnte, wurde er regelrecht wütend … "

Auf der Heimfahrt nach Koblenz denkt sich Dick seinen Teil. Zwei ansehnliche Frauen, die Reckers. Wie die Hunsrückerinnen, von nahem besehen, auf ihre Art ansehnlich sind. Weiß diese Gilla mehr, als sie erkennen lässt? Es passt nicht zu ihr, den Bodensee in Italien zu vermuten. Ihre Großmutter scheint die Wahrheit zu sagen. Etliche GIs waren auf dem Hahn stationiert – Helden, aus der Kinosicht Hollywoods. Sie aber erinnert sich an den einen, Maksim Franzischak alias Stanley Frederic, wiewohl das fünfzig Jahre her ist. Derlei Erinnerungen kommen aus dem Herzen, nicht aus dem Kopf, kennen keine, wie der Jurist sagen würde, rechtsvernichtende Verjährung. Abwarten, was sich auf den zweiten, den dritten Blick ergibt. Die Geschichte mit Vergessen zu strafen, das gelingt selten. Sie meldet sich zu Wort. Wenn nicht laut, dann leise. Kurz darauf erscheint in den Rhein-Mosel-Nachrichten, seiner Betrachtung zur Amoralität der Machtpolitik folgend, die Glosse Helden im Angebot, gelesen als Schlagzeile mit Fußnoten.

Was ist ein Held? Einer, der es versteht, alte Regeln zu brechen, neue aufzustellen, und der darin Erfolg hat. Diese Wertigkeit entfällt, wenn derjenige, der ein Gewehr in der Hand hält, ohne zu schießen, demjenigen gleichgesetzt wird, der damit hundert Feinde tötet. Zum Helden gehört die Bereitschaft, erster Mann sein zu wollen, Verantwortung zu übernehmen. Ein guter zweiter mag jede andere Rolle spielen, nur nicht die des Helden. Seines Heldentums begibt sich, wer als Soldat Krieg gegen Zivilisten führt, etwa – wie in Koblenz – privates Wohneigentum zerstört. Der Held rühmt sich gern als Befreier. Aber was soll der Befreite mit seiner Freiheit anfangen, wenn der Befreier ihn zuvor durch Zerstörung der persönlichen Habe der Mittel beraubt, sich dieser Freiheit zu bedienen? Derlei Widerspruch beschädigt den Helden, einmal mehr, wenn er von Feindeshand dafür Prügel bezieht.

US-Pilot Gabreski galt im Zweiten Weltkrieg als heldenmütiger Gegner. Entsprechend ehrenhaft seine Behandlung als deutscher Kriegsgefangener.

Zunächst … dann wurde er verprügelt, als feststand, dass die Staffel unter ihm als Lieutenant Colonel, so unheldisch wie unehrenhaft, das Lazarettschiff Drachenfels – weiß mit rotem Kreuz – angegriffen hatte. Zwei Ärzte, ein Sanitäter und sieben verwundete Soldaten starben. Helden dieser Art verdienen es, aus der Ferne bewundert zu werden, ihre Taten das Vorzeichen minus. Amerika überhäufte Gabreski mit Orden und Ehrenzeichen. Im Hollywoodfilm über sein Leben kommt die Drachenfels nicht vor. Dass er blutüberströmt notlandete, hätte zum Helden gepasst. Nur war es nicht eigenes Blut, sondern das einer Schafherde, inmitten derer seine Maschine zu Bruch ging.

Zu den Helden kleiner als Null gehören auch jene, die erscheinen, wenn die Schlacht geschlagen ist. Das Jahr 1945 sah die Amerikaner als Sieger. Ihnen unbenommen, auf dem Hunsrück eine Airbase zu errichten. Nichts dergleichen. Der Bauer bestellte sein Feld, der Waldbauer sein Gehölz. Der Krieg schien vergessen. Aber acht Jahre später, 1953, wurden ihnen Feld und Gehölz enteignet von US Heroes, welche nie Blut hatten fließen sehen, und eine Entschädigung gezahlt, die unterhalb des Trinkgelds lag. Dass die jungen amerikanischen Helden mit alten deutschen Nazis kungelten, war gleichsam ein Nebenwitz. Man nannte es notwendige Arbeitsbeziehung. Tatsächlich lag es an der Zuneigung für die Helden in Braun. Dank Kommunistenfurcht war ihr Oberheld Adolf Hitler wieder salonfähig geworden.

Der Held, an sich harmlos, scheitert im Bestreben, Held für andere sein zu wollen. Der US Hero passt nach Chicago, nicht zum Deutsche Eck. Sein Versuch, 1918 Koblenz zu amerikanisieren, misslang. Er bezog vom Schängel Prügel. Die Amerikanisierung des Hunsrücks, über vierzig Jahre angestrebt, schlug ebenfalls fehl. Fast niemand weinte den GIs beim Abzug eine Träne nach. Warum? Amerikaner sind von Haus aus Europafeinde. In ihrem Hass auf die Alte Welt, die ihren ausgewanderten Vorfahren keine Chance gab, entwickelten sie, dem zum Trotz, antieuropäische Lebensformen. Diese sind es, die den Helden von drüben als Ami, als Bimbo entlarven. Nicht nur hier. Als in den Fünfzigern die US Air Force in Frankreich stationiert werden sollte, protestierten Abermillionen Franzosen dagegen. An der Garnison von Chateauroux stand Ami go home, ehe ein einziger amerikanischer Soldat eingezogen war.

Wie fast immer bei seiner Glosse Kurtchen klopfen ihm die Redaktionskollegen auf die Schulter, was fein gemacht bedeuten soll. Auch der Chef vom Blättchen lässt sich seine Anerkennung anmerken. Aber der selbstkritische Dick findet, dass ihm so lange kein Lob zukommt, wie er nicht erklären kann, wer das ominöse Bekennerschreiben, den fehlenden Friedensvertrag betreffend, ins Internet gesetzt hat. Ein Rausschmeißer wie Hinnerk steht eher für Kriegserklärung ... nein, dahinter steckt mit Sicherheit das Pentagon in Washington!

31 Lautlos durchgleitet die Piroge den Rio Hondo, zur Linken das mexikanische, zur Rechten das Ufer von Belize. Verfilzter Regenwald hüben wie drüben. Man hockt auf gewölbten Schalen mit Noppen wie Bienenwaben, alte Panzer der fast ausgestorbenen Tabasco-Schildkröte, die Ruderern und Bootsgästen als Sitze dienen. Blank gewetzt das Horn von dauernder Benutzung. Zu welchem Zweck in dieser stickigen Wildnis, das wissen allenfalls Zöllner und Polizisten. Vielleicht aus heimlichem Einvernehmen mit unheimlichen Unternehmen. Hitze wabert aus den haushohen Dschungelwänden, die, von Schlingpflanzen gleichsam durchgewebt, grabesfinster dem Gewässer entsteigen. Es hat mehr Wind in Flussmitte, wo der Rio Hondo tiefer, trotz größerer Strömung besser befahrbar ist. Doch rudert es sich dort, gleiche Schussweite zu beiden Seiten, wie auf dem Präsentierteller.

„Wie oft warst du mit Recker hier?", will der Pilot von Fun Air wissen.

„Mehrmals ... auch mit Sabine Ellern." Pedro Jimenez, bisher schweigsam, verhält mit Rudern, entfernt fluchend einen Sandfloh, wie er es schon oft im Leben getan, blickt aus plötzlichem Misstrauen auf. „Aber mit beiden nicht zugleich. Einer wusste vom andern nichts. Ein kluger Scout hält die Schnauze. Du redest manchmal zuviel, Irishman – wieso interessiert dich das?"

„Der deutsche Reporter hat mich deswegen in Liberty Harbor angerufen."

„Ein hartnäckiger Bursche."

„Im Festbeißen wie ein Sandfloh." O'Lynch lacht, aber insgeheim besorgt, selbst einen gefangen zu haben.

„Nicht aus Abenteurerlust", behauptet der Mexikaner, „dahinter steckt ein Coup."

„Mir hat er einiges erzählt – aber bestimmt nicht alles."

„Hältst du ihn für vertrauenswürdig?"

„Jedenfalls in seinen Abmachungen", sagt der Mann aus Shannon, legt das Paddel weg und schluckt eine Pille gegen das Schwitzen. „Wir waren zusammen in San Francisco, wo die Mestiza für ihn Tomioka Sawako ausfindig gemacht hatte."

„Weiß der Gentilhomme davon?"

„Vermutlich … ich habe ihm nichts gesagt."

„Mister Gent ist Reckers Halbbruder." Jimenez gibt sich beiläufig, als setzte er darauf, dass der Flugkapitän durch die Gesellschaft oder Lourdes davon Kenntnis habe. „Bemüht sich allerdings, es für sich zu behalten."

„Was?" Brian O'Lynch, ansonsten, wie die meisten von der grünen Insel, schwer aus der Fassung zu bringen, vornehmlich nüchtern, stößt einen Überraschungslaut aus. Einen echten? Er scheint echt zu sein. Seine Miene ist die eines Überraschten. „Davon weiß ich nichts. Wer hat es dir gesteckt?"

„Der Portier der Baquine. Er weiß es vom kubanischen Geheimdienst, der in Liberty Harbor die Familiengeschichte jeder Filzlaus kennt."

„Und die Deutschen aus Koblenz, der Reporter Dick, deine Goldlady Ellern … sind die von ihm aufgeklärt worden?"

„Danach frage ich Sabine nicht. Wir reden meistens über Gräberfunde. Da Oswaldo aus ihrer Stadt stammte, wird sie ihn wohl gekannt haben", sagt der Mexikaner, Seitenblicke zu den Ufern, die als scheinbar undurchdringliche Dschungelwände aus dem Rio Hondo emporragen, tatsächlich voll lauernder Augen sind, räuspert sich und erwähnt Lourdes. „Was ihr passiert ist, tut mir Leid … hm." Argwohn mischt sich in sein Bedauern. „Ich wusste nicht, dass sie hier war?"

„Auf Order des Gentilhomme. Ohne ihr Zutun hätte der Reporter in Frisco Tomioka Sawako verpasst. Lourdes brauchte Tage, um sie in der Bay Area ausfindig zu machen. Von der Japanerin erfuhr er, wie sie mit Reckers Vater zusammengetroffen war."

„Auf Nuttenart vermutlich."

„Das hast du gesagt."

Wenn hoher Luftfeuchtigkeit wegen nichts verdunstet, wird die Nässe notwendig zur Eigenschaft der Dinge. In Ufernähe hängen bläuliche Nebel vereint mit Moosbärten wie grüne Eiszapfen zwischen den Lianen, die dem Morast zu entsteigen scheinen, als wäre mit ihnen der Urwald in unergründlicher Urwelt verankert. Faulig riechen die von den Paddeln zerteilten, aufplatzenden Schlammblasen. Aus dunkler Verwesung klingt, wie Klagelaute der Schöpfung, das Quaken von Fröschen. Mückenwolken kugeln über der still gleitenden Piroge, die etwas von der Duldsamkeit eines Maulesels hat. Zum Wasser hin erlauben Sonne und Raum dem Dschungel haushohe Verpflechtung. Unvorstellbar, ohne Haumesser drei Schritte einzudringen. Doch ehe O'Lynch sich versieht, hat man Äste, Farne, Blätter, das Netzwerk der Wildnis unterschlüpft.

„Ah", entfährt es ihm, „das sieht gekonnt aus!"

„In der Gegend bist du Könner – oder dich beißen die Hunde."

„Galt das auch für den Deutschen?"

„Ja", versetzt Jimenez kurz, mit seinem Paddel stakend, um die Wassertiefe unter dem Einbaum zu ertasten, und nickt zur Bestätigung, dass sie ausreichend ist. „Sein Können bestand nicht darin, mit dem Dschungel fertig zu werden. Ohne meine Bootsleute hätte es ihn erwischt. Er wurde angetrieben aus der Tiefe seines Kerls, wo Liebe und Hass auf ihre Chance warten ... sowas macht bekanntlich den Schwachen stark. Frage mich nicht, wieso und warum. Er hasste die Yankees, basta!"

„Ein solches Motiv fällt einem nicht zu von ungefähr?"

„Sein Vater scheint es ihm vererbt zu haben."

Der Irishman wischt sich den Schweiß ab, der ihm immerzu in die Augen rinnt, spült sein Taschentuch im Wasser, das längs der Bordwand Wellchen wirft, und schaut nicht ohne Bangen zur Uhr, deren Nachmittagszeit fortschreitet. Bloß nicht, Schrecken aller Buschpiloten, im Regenwald übernachten!

„Pedro", sagt er mit kleiner Stimme, der des Zweifels, „nach deiner Schilderung war Recker in Ordnung, wie ich ihn als sein Charterpilot auch erlebte. Dennoch seid ihr, du und deine Crew, wütend auf ihn?"

„Wegen der uns angedrehten falschen Euro."

„Und wenn er davon, dass es Blüten waren, keine Ahnung hatte?"

„Caramba!", flucht der Mexikaner, „sowas weiß einer, der überbezahlt, immer ... eben der Überbezahlung wegen. Er schmiss mit Geld um sich, weil es ihn nichts kostete. Uns hätte die Hälfte, aber echt, ganz und gar genügt. Übrigens bin ich heute überzeugt, dass es ihm letztlich nicht darum ging, altertümliche Waffen zu sammeln."

„Den Eindruck habe ich auch, hm ... aber was sonst wollte er?"

„Einen Leichnam suchen."

„Falls das kein Witz ist, welchen?"

„Den eines Gringos, der bestraft wurde."

„Wofür?"

„Dass es ihn gab."

Auf einem von Menschenhand geschaffenen, vom Schnitt der Machete gezeichneten Kanal zieht der Einbaum in eine Kathedrale von Wald, deren Baumriesen dastehen mit knorrigen, zerfurchten, aufgebuckelten Wurzeln wie verholzte Apostel. Am Boden, wo die Sonne fehlt, kaum Laub, spärlicher Bewuchs. Die wenigen Pflanzen wirken hoffärtig, aufgeblustert, wichtigtuerisch, raumgreifend gebieterisch, als käme ihnen Herrschaft zu, die Herrschaft der Dämmerung ... je weniger Licht desto größer die Blätter. Obschon kein Lufthauch spürbar, alles nachgerade trauerhaft erstarrt ist, zittern einige, biegen sich unter Last, bewegt von unerkennbaren, ihrem Lebensraum gleichfarbenen Geschöpfen, um die sich, ihm anzumerken, der Mexikaner einen Teufel schert. Ein Gotteshaus der Natur, in dem die Jahrhunderte, zu Wachstum verewigt, behäbig Weile haben. So lange es die Zeitgenossen unterlassen, ihre Motorsägen anzuwerfen.

Brian O'Lynch entdeckt einige Fratzen, Markenzeichen der Mayakultur. Beim Mardi Grass in New Orleans und Karneval in Rio sind lustigere zu bewundern ... lustigere? Er fragt sich, ob jene entschwundene Menschheit, welche sie hervorgebracht, dies unter dem Vorzeichen heutiger Spaßgesellschaft tat. Oder eher verzweifelt ob böser Geistesmächte des Schicksals. Die Völkergeschichte überliefert nicht, dass das Bruderwesen Mensch je eine Fratze gehabt hätte ... warum diese Verzerrung zu welchem Zweck? Die Pyramiden Ägyptens, der alten Mexikaner Bauten, ihre Götterfurcht und Priesterfürstenverehrung, das sieht nach Hitler aus. Der Buschpilot der Fun Air erinnert sich an einen Juden, der, von ihm zur zapotekischen Kultanlage von Mont Albán geflogen, trocken befand, das sei wie Nürnberger Reichsparteitagsgelände. Was hat Jimenez gesagt – einen Leichnam suchen?

„He", stößt er den Mexikaner an, „soll das ein Witz sein?"

„Was?"

„Das mit dem Leichnam."

„Keineswegs."

„In der Tropenhitze hält sich nichts."

„Meine Altvorderen verstanden es", so Pedro Jimenez nicht ohne einen Unterton von Stolz, „Leichname haltbar zu machen."

Stelen, Altäre, Orakel, Kalender, Türstürze, Richtböcke, Wandtafeln, Gestirnsbilder, Greuelgötzen unförmiger Leibesgestalt ... alles das hat sich, Jahrhundert um Jahrhundert, in Schutt aufgelöst. Bis auf die Fratzen. Wieso sind ausgerechnet das Grimassieren, das Zähnefletschen und Nüsternblähen, die raubtierhaft zur Schau gestellte Opferfressgier geblieben? O'Lynch dünkt, es sollte des Altheidnischen Fortdauer anzeigen, gleichsam als Glut in der Asche von gestern. Dass der Urwald die vergangene Hochkultur befallen, bestiegen und bedeckt, ehrfurchtslos deren Heiligtümer unter sich begraben, dem Moder preisgegeben hat, zeugt nicht für die Größe, welche den Geistesmächten der Menschheit angeschwatzt wird. Eher scheint ihm die Ketzerfrage berechtigt, ob der Maya Kultbonzen nicht Volksverdummer gewesen waren, redeflinke Ohrenbläser wie gewisse Pfaffen des christlichen Abendlandes. Hitler auch.

Über ihnen weitet sich das Kronendach, durch welches kaum ein Sonnenstrahl dringt, zu einem Fetzen Himmel, zu einem Guckloch der Schöpfung gewissermaßen. Als sollten weisend die Gestirne hereinschauen, sich spiegeln im Wasser als gläsernes Zifferblatt der Zeit. Was sich spiegelt, sind plattschwarze Fratzen, Götter wie Kuhfladen. Es genügt zu ihrer Lächerlichkeit, dass die Macht sich selbst erblickt. Der Kanal wird breiter, nimmt die Größe eines Weihers, eines kunstvoll von Menschenhand gestalteten, mit Quadern aus Basalt, der vielleicht aus Liberty Harbor kam, gesäumten Beckens an. Hier, inmitten des Dschungels, ist die Stille so feierlich wie in einem alten irischen Märchen. Durch die Bewegung der Ruderer, welche sich gleichzeitig aufgerichtet haben, um Ausschau zu halten, schaukelt die Piroge und erzeugt Wellen, die an abwärtsführenden Treppenstufen entlanglaufen, hohlig klingendes Glucksen erzeugend ... blechern klingendes Schrappen auch. Es kommt von zwei schaukelnden Bierdosen. Jimenez vertäut den Einbaum und wendet sich grinsend an den Iren.

„Der vermeintliche Sarg."

O'Lynch erschrickt, blickt umher, nichts dergleichen.

„Wo denn, Pedro?"

„Unter uns", sagt der Mexikaner, in die Tiefe zeigend, „siehst du ihn?"

Obwohl vier Meter Wasser darüber die Umrisse verzerren, ist etwas zu erkennen, was ein indianischer Ballspielplatz gewesen sein könnte.

„Nur irgendwelche Bruchstücke."

„Es war ein Totenmonolith aus versteinerter Asche, den Oswald Recker von Tauchern aufbrechen ließ. Seltsamerweise interessierte ihn nicht die Mumie, die zum Vorschein kam, vielleicht ein Maya aus deren Glanzzeit in Yucatán. Der deutsche Gringo war nicht hinter einem Roten, sondern dem erhaltenen Leichnam eines Weißen her."

„Was geschah mit diesem?", erkundigt sich O'Lynch.

„Keine Ahnung … vielleicht ans Museum in Merida verkauft. Wir, die Crew und ich, wurden ausbezahlt – mit dem Falschgeld! Recker wäre nicht davongekommen, hätte von uns einer gemerkt, dass es verdammte Blüten waren." Der Mexikaner, bemüht, seinen Zorn zu mäßigen, überlegt. „Hast du nicht an der Bar der Baquine Obregón erzählt, mit ihm mehrfach nach Merida geflogen zu sein?"

Der Buschpilot von Fun Air nickt.

„Ja", versetzt er, erinnert sich, „Oswald Recker kannte dort einen Völkerkundler, der sich mit Begräbnisriten der Maya befasste. Danach ging es zu den Kultstätten Chichén Itza und Uxmal, wo ihn das, was gemeinhin Touristen interessiert, nicht scherte. Ihm war es um Gräber, Gesteinsfugen zu tun … den Job seines Vaters, einem Maurer. Seine Vorfahren hatten in Brasilien ein Baugeschäft."

„Einundvierzig niedergebrannt von Krawallmachern der Norteamericanos."

„Das weißt du?"

„Weil er immer wieder davon anfing. Obregón kann es bestätigen. Der Deutsche war deswegen so verbiestert, dass er in einer Minute zehn Yankees hätte umbringen können." Jimenez blickt auf, schaut zum Himmel, runzelt die Stirn. „Lass uns abhauen! Es kommt gleich was von oben." Er nimmt den Schildkrötensitz in der Piroge ein, greift nach dem Paddel, das besiedelt ist von winzigen Schnecken. „Platzregen reißt Geäst herunter. Da ist man besser auf dem Rio."

Wiewohl heller Tag, wird es plötzlich so finster, dass der Irishman, als er nach der Uhr schaut, nichts erkennt. Aus der Höhe schwillt feines Rauschen zu mächtgem Brausen an. Doch wenige Tropfen des tropischen Regens fallen durch die dichten Baumkronen, die sich, ein Ärgernis besonderer Art, morschen Geästes entledigen … das purzelt nieder in Mengen, kracht sich am Boden zu Bruch. Was außerdem herabkommt, in den Zweigen wispert, schräge Fahnen bildet, Stämme glänzen lässt, ist Wasserstaub. Keine Ritze zu klein, dass er nicht eindringt, versickert, alles durchnässt, sofern überhaupt, das Wenigste, noch trocken. Man atmet Dampf, schnappt nach Luft. Doch gleichdrauf, nach Minuten nur, ist alles anders.

Schon beginnt es zu leuchten, als hingen Lichtkäfer ihre Fühlerlaternen aus, spreizten die Flügel wider die Finsternis. Beim Verlassen des Kanals, dessen Wasser sich rötlich verfärbt hat, empfangen sie Fluten eines strahlend blauen Himmels. So klar und glatt, als habe er nie eine runzlige Wolke gehalten. Weg vom Ufer, draußen auf dem

Fluss, steht fladiger Nebel, zerrissen ... Schwaden wie verlorene Träume, sich auflösend. Gewesen. Außer dem Plochen der Paddel, wenn sie ins Wasser stechen, verrät kein Geräusch den Einbaum. Abseits der Welt scheint er hinzugleiten, fernab von jedwedem, das Unheil inbegriffen, scheint – das erweist sich als Irrtum. Am mexikanischen Westhang, dessen Schatten größer geworden ist, hallt ein Schuss durch den Regenwald. Schwärme von Wasservögeln fliegen auf.

„Scheiße!“ Der Mann aus Shannon zieht das Genick ein.

„Raus aus der Piroge!“, brüllt Pedro Jimenez, sich zur Seite werfend, was das Boot ins Wanken, zum Kentern bringt. Da liegt es, von einer Luftblase getragen, halb eingetaucht wie ein harpunierter Wal, träge gleich diesem. „Halte dich fest, Brian, den Kopf tief!“

„Sie werden weiter schießen.“

„Aber nicht treffen. Die Strömung treibt uns davon. Am Ufer gibt es keinen Pfad zum Mitlaufen. Die können nur wütend fluchen. Gleich sind wir weg.“

Mehrere Schüsse in schneller Folge. Aber der Aufschlag im Wasser, an Aufspritzern erkennbar, liegt weiter und weiter zurück, wirkt derweil wie Knallfröscherei. Auch hat die Dämmerung eingesetzt.

„Galt das uns?“, fragt der Fun Air-Pilot, als der Einbaum aufgerichtet, leergeschöpft ist, man Platz genommen hat, durchnässt zum Frösteln. Lebend aber. Die Sonne hüllt sich in Purpur, verschläft ... und dunkel ist die Nacht. „Galt das uns?“

„Ach was!“ Jimenez lacht brummig wie einer, der schlechte Erfahrungen, gestrige mit denen von heute, zu vergleichen versteht. „Sie schießen aus Langeweile, manchmal nur, um voneinander zu hören. Die Stimme der Einsamkeit im Kaliber fünfundvierzig.“ Seine Miene verfinstert sich. „Früher war es schlimmer.“

32 Früher! Während der Fahrt von Koblenz zum Hunsrück-Airport, ausnahmsweise via A 61 bis Rheinböllen, wo man tankt, umgeben von müden Truckern, die beim Essen einschlafen, weiter über die B 50, erzählt Herbert Liesner dem Reporter, wie schlecht die Landstraßen Anno seinerzeit waren, welche Mühe er als junger Volontär hatte, sich in den Dörfern durchzufinden, und wie der Amerikaner Militärtransporte, mit qualmendem Auspuff kriechende Riesenlaster, auf denen Maschinengewehre protzten, den Verkehr des Landvolkes

störten. Seine unerfreuliche Erinnerung an jene Tage, als die Kinder mit Blindgängern spielten, Stabbrandbomben zündeten wie Wunderkerzen am Christbaum, Pulversäcke aus Zwei-Zentimeter-Geschossen, gelb das Magnesium, schwarz die Treibladung, auf Schulhöfen gekotzelt wurden, im Simmerbach Handgranaten verrosteten. Als jeder Depp wusste, wie man mit Sprengschnüren Bäume fällt.

„Es war eine Mischung aus Komik und Tragik."

„Was sagten die Hunsrücker dazu?"

„Nichts ... es waren Besatzungstruppen. Sie versuchten, sich anzubiedern durch ihren Tag der offenen Tür. Jeder konnte rein. Es gab amerikanisch zu essen, zu trinken ... halb bayerisch, wenn man mich fragt."

„Sind Sie dort gewesen?", fragt Dick aufhorchend.

„Ja." Der Chefredakteur runzelt die Stirn. „So erfuhr ich, wie das lief. Als in Ramstein das Flugschauunglück geschah, war mir klar, dass es hatte Tote geben müssen ... bei den Amis missrät alles zur Show. Wie im Hollywoodstudio! Da rennen Hunderte von Leuten herum, jeder zuständig für einen Handgriff. Wer einen Veranwortlichen sucht, muss drei Meilen fahren, um ihn zu finden. Alles ist gemacht für den ersten Blick. Uns unterstellen sie übertriebene Gründlichkeit, wenn wir mit dem zweiten hinsehen."

Von ärgerlichen Misshelligkeiten, die vom Albernen zum Peinlichen sich auswuchsen, gibt seine ungnädige Schilderung Bericht und vom Zwang deutscher Obrigkeit, mit den Besatzern zu liebäugeln. Mit Ministeraugen, Landratsaugen, Bürgermeisteraugen. Dick, der das auswendig kennt, nickt. Immer dasselbe. Der Blättchenboss spricht, als gäbe es die alten Zeiten noch, verjüngt aber nichtsdestotrotz, als erschienen Panzer, rasselnd die Ketten, qualmend der Auspuff, gelenkt von finsteren Behelmten, die nach verdorrten Helden, Toten ohne Begräbnis aussahen, als wäre dort, wo sich Staubwolken zeigen, Signalraketen und Luftbeobachter, der Krieg zugange. Bleibt die Frage, ob alles ernst gemeint ist, was er zum Besten gibt.

Auch die Redaktionskonferenz, an Kürzel gewöhnt, fürchtet seine Erinnerungen, die leicht ausufern. Im Januar genügte ein bereifter Fahnenmast, ein hochgestellter Kragen am Moselkai, ihn, zum wiederholten Mal, dazu zu ermuntern, von seinem New Yorker Aufenthalt im Winter 1977/78 zu erzählen. Den die Weltstadt begrabenden, angeblich nicht zu räumenden, sich fortwährend erneuernden Schneemassen, die vor dem Portal seines Hotels Lawinen gebildet hätten ... meterhoch. Die US-Präsidenten! Sie machen Heldensprüche, führen nutzlose Kriege, verschwinden unrühmlich. Bismarcks Zeitalter kennen alle. Keiner weiß, wer zur gleichen Zeit Amerika regierte. Rutherford, Garfield, Arthur, Cleveland, Harrison – von denen schon gehört? Liesner biegt von der B 50 nach Lautzenhausen ab. In Erwartung desjenigen, dem die Fahrt zum Hunsrück-Airport gilt, setzen sie sich an die Bar des Flyer Two, Terminal 1/Ebene 2.

„Wird dieser irische Flugkapitän erscheinen, Klaus?"

„Bestimmt."

„Sind Sie sicher?"

„Andernfalls", Dick zieht das Teebeutelchen aus der Tasse, „wäre sein Anruf aus der Karibik unterblieben. In Liberty Harbor ist schlecht telefonieren, dem Vulkan angelastete Funkstörungen. Oder jemand pfuscht absichtlich dazwischen. Jedenfalls ist auf O'Lynch Verlass. Wenn ich ihn richtig verstanden habe, vertritt er einen erkrankten Kollegen auf der Atlantikroute. Die überlässt man keinem Anfänger. Dafür sorgen die Versicherungen, als einer ihrer wenigen Vorzüge."

„Fun Air scheint eine abenteuerliche Gesellschaft zu sein", meint der Chefredakteur der Rhein-Mosel-Nachrichten, Klaus Dick weder widersprechend noch zustimmend, haucht seine Nickelbrille à la Achtundsechziger an und putzt sie behutsam. „In Rosarot wie die Tapeten in den Etablissements gewisser Damen."

„Anfangs war ich gleicher Ansicht, auch Christa, die, wie Sie wissen, allem Süßlichen abhold ist. Steht bei ihr für Beleibtheit aus Üppigkeit."

„Aber?"

„Mache einer den Tag vor dem Abend mies! Brian ist deswegen ein Fliegerass, weil er als Buschpilot Gelegenheit hat, gefährliche Situationen zu meistern. Wenn sie eintreten, kann das lebensrettend sein." Dick hält inne, überlegt kurz, ob es richtig ist, weiter zu reden, tut es alsdann, aber verlegen, sein Lachen auch. „Die Jumbo-Typen wissen nur über den Wolken Bescheid, auf dem Großkreis. Unterwegs nach San Francisco schnitt er den Rio Grande so niedrig, dass das texanische Grenzradar uns nicht erfasste."

„Flieger sollen – wie Jäger – Lateiner sein?"

„Es ist wahr, Chef, kein Fliegerlatein."

„Allerhand", macht Liesner, nicht begeistert. Dergleichen Abenteuer auf Verlagskosten bewundert er nur aus der Ferne – obwohl sie ihn selbst vor einem Vierteljahrhundert vom Hocker rissen. Da alle vom Blättchen Bescheid wissen, besteht seine augenzwinkernde Ausrede in dem Hinweis, damals kein Familienvater gewesen zu sein. Aber Klaus

Dick ist einer, es zuweilen nötig, ihn, der auf die Vierzig zugeht, daran zu erinnern. „Wetten, dass Ihre Frau keine Ahnung hatte?"

Die Ankunftsdurchsage des Jumbo Jet Big Fun von Liberty Harbor, Northwestern Caribbean Zone, mit zwanzig Minuten Verspätung enthebt den Reporter, der nicht ohne schlechtes Gewissen ist, des Eingeständnisses, dass Christa tatsächlich ahnungslos war.

Seine Gesprächsnotiz enthält, das Flugzeug angehend, genauere Daten: Flight ATL21; Route LH-HP; Type B747-100; Pilot Name Cpt. O'Lynch; ihm von diesem telefonisch mitgeteilt. Brian hätte es auch bleiben lassen können.

„Ohne den Mann aus Shannon wüsste ich nur die Hälfte", nimmt er ihn also in Schutz. „Nach dem, was sich auf dem Hahn, in der Karibik und San Francisco ermitteln ließ, war das Hotelschiff Baquine, zu dem Fun Air Touristen nach Liberty Harbor fliegt, Eigentum von Oswaldo Recker. Und zwar seit dreiundfünfzig, dem Jahr seiner Ermordung, die nie ganz aufgeklärt wurde. Sollte einer gefragt haben, bekam er keine Antwort. Tote sind zu nichts verpflichtet. Der Besitz ging an den Sohn, der ihn verheimlichte, womöglich von Anfang an. Kein Koblenzer wusste davon. Unger von der Kripo meint, sowas sei immer verdächtig. Der Junior hatte persönliche Gründe, den Mund zu halten ... jene, die auch den Senior bewogen, nichts verlauten zu lassen." Sein Ton wird hörbar spöttisch. „Als gäbe es so etwas wie Motivvererbung."

„Wer ist der heutige Eigentümer?"

„Ein exotischer Typ, der Eurasier und Latino zugleich sein könnte. Wie er heißt, weiß ich nicht. Alle sprechen von ihm als Gentilhomme."

Die Verspätung beträgt neunzehn Minuten, elf Sekunden. Da landet Captain O'Lynchs Transatlantikjet, rosarot in der Sonne glänzend, behäbig auf dem Hunsrück-Airport. Dass die B747-100, der Standarttyp von Boing, nicht mehr die Jüngste ist, kleine dreißig Jahre alt, sieht ein Huhn beim Eierlegen. Doch er liebt diese Maschine, sozusagen der Dampfer seiner Schiffsjungenzeit ... sie hat ihn im Großkreisfliegen unterwiesen. Sein Blick geht zur Besucherterrasse, welche, bei Durchsagen als Visitor's terrace ausgerufen, voll von Gaffern ist, sieht dort Klaus Dick, der sich winkend bemerkbar macht, darin unbefangen wie die Kinder, die ihn lärmend umgeben. Wenig später sitzt man, einander vorgestellt, im Café Gallery zusammen.

Dem Chefredakteur der Rhein-Mosel-Nachrichten, keiner, der sich täuschen, ein X für ein U vormachen lässt, ist der Ire sogleich sympathisch. So stellt er sich einen Weltmann vor! Dass Brian O'Lynch auch ein kühner Buschpilot ist, wozu offenbar das Verkniffene seines Blickes zählt, erhöht Liesners Wertschätzung – ohne dass es ihm unbedingt gesagt werden muss. Von der Kühnheit zum Übermut ist es ein kleiner Schritt.

„Dürfen Sie Alkohol trinken, Captain?"

„Na ... ja." Der Gefragte lacht, entledigt sich, wie das bekräftigend, der Uniformjacke und hängt sie über die Stuhllehne. „Ich habe hier zwei freie Tage. Da ist schon etwas erlaubt. In den Tropen trinke ich nichts."

Liesner lässt eine Flasche Whiskey Irish, John Jameson, kommen, und der ist schnell wie der Blitz der Hals gebrochen, was gesprächig macht. Seinen Reporter, der Jimenez vergeblich zu treffen versucht hatte, interessiert der Dschungeltrip, den O'Lynch mit dem Mexikaner zum Rio Hondo unternahm. Ein Badtrip, zeigt sich. Der Ire schaut Klaus Dick achselzuckend an, leert sein Whiskeyglas mit einem Zug.

„Wir haben das Gesuchte nicht gefunden."

„Das ist unwichtig, Brian."

„Wieso?"

„Es ging nicht darum, Jimenez zu entlocken, wo der Leichnam versteckt sein könnte, sondern ob es überhaupt einen gab! Der Mexikaner gilt, wie einst Pancho Villa, in den Staaten als Bandit. Zu Haus, auf amerikanischen Druck, ebenso."

„Seine deutsche Freundin Sabine Ellern scheint das nicht zu wissen."

„Scheint", der Reporter lacht, „ich kenne unsere Goldschmiedemeisterin derweil gut. Gewiss weiß sie es, ahnt es zumindest. Dass Jimenez sich auf die Insel abgesetzt hat, weil ihm das Festland zu heiß geworden ist, kann man dort von jedem Hafenkuli hören. Wenn Liberty Harbor ihm Narrenfreiheit gewährt, dann nicht aus Bruderliebe. Auf einem Felsen im Meer lässt sich gut wer im Auge behalten, das ist es! Um etwas zu suchen, von dem ihm klar war, dass es nicht existierte, hätte er es unterlassen, mit Ihnen zu fliegen. Zumal nach Mexiko, wo ihm Ärger droht. Daraus folgere ich, dass es den Leichnam gibt, nur eben an einem Ort, wo wir ihn nicht vermuten."

„Eine Laus von Insel kann unauffindbare Verstecke haben", meint Liesner und wendet sich, auf die Bottle zeigend, an den Piloten der Fun Air. „Irischen Whiskeyschmugglern wird nachgesagt, die Kunst der Camouflage, der Tarnung über Jahrhunderte entwickelt zu haben. Vielleicht schmeckt deswegen der Schnaps so gut."

„Das ist der Grund für die Aussichtslosigkeit eines Iren, amerikanischer Präsident zu werden. Er könnte John Jameson beim Betfrühstück trinken."

Die Koblenzer Zeitungsleute lachen.

„Die Leute würden ihn mögen", sagt Klaus Dick hintergründig.

„Es ist eine Sache der Farben, wie es bei mir zu Haus heißt. Den roten Amerikanern verdankt die Welt die Kartoffel, den weißen Amerikanern die Atombombe. Wir grünen Iren brennen den besten Whisky. Übrigens habe ich etwas mitgebracht." O'Lynch zieht die in Liberty Harbor erscheinende Zeitung Island Herald hervor und zeigt auf einen abgebildeten schnauzbärtigen Mann mexikanischen Gepräges. „Das ist von Fun Air der Hauptgesellschafter, der aus weiß der Teufel welchem Grund nie erscheint, die Fäden dafür im Verborgenen zieht. Pedro kennt seinen Namen, aber verschweigt ihn. Genannt wird er Gentilhomme."

Der Chefredakteur ist unsicher. Am Vortag hat ihm Staatsanwalt Stubenrein bedeutet, der Fall Frederic sei für ihn der seltsamste seiner Laufbahn. Markus Unger wiederum spricht unverblümt davon, man habe es mit einem Geheimdienst zu tun. Er wendet sich an seinen Reporter.

„Ist das Ihr Typ, Klaus?"

„Ja – die französische Entsprechung des englischen Gentleman. Wenn überhaupt, dürfte es auf der Pirateninsel keinen zweiten Ehrenmann geben. Die Bezeichnung habe ich vor einigen Tagen auch … warten Sie mal: im Koblenzer Club 2002 gehört. Er fiel bei einer Unterhaltung der Barmädchen über ihren Karibikjob." Dick räuspert sich. „Brian", sagt er forschend, „ich glaube von Ihnen zu wissen, dass Zeitungen Sie wenig interessieren. Wieso dieses Blatt des Island Herald?"

„Ich bin in dessen Archiv fündig geworden. Es gibt einen Bericht über die Schüsse auf meinen Heli. Jimenez hat mir geschworen, ahnungslos gewesen zu sein. Er wollte mit an Bord, aber wir waren weg. Das glaube ich ihm! Bleiben drei übrig, die meinen Flugkurs durch den Barranco kannten. Lourdes, ich selbst und der Chef von Fun Air, eben dieser Gentilhomme. Es könnte sein, dass er auf uns hatte schießen lassen, um die Mestiza zu töten. Seine Geliebte, ehe wir uns kennen lernten."

„Das", sagt der Chefredakteur der Rhein-Mosel-Nachrichten kopfschüttelnd, „liefe auf alltägliche Eifersüchtelei hinaus. Ist es sicher nicht, Captain O'Lynch?"

„Indeed – sie wusste zuviel. Ich lernte Lourdes vor sieben Jahren im Alter von dreißig kennen. Wir flogen bei drei Airlines zusammen, eine Stewardess, die auch mit Rabauken fertig wurde. Von nichts kommt nichts! Sie hatte eine lange Vorgeschichte, und darin gab es diesen Gentilhomme. Ihr erster Job mit fünfzehn war auf der Baquine, wo eines Tages einer erschien, hinter dem Sie seit San Francisco her sind."

„Etwa Uwe Hinnerk?", platzt Dick heraus.

„Ja – mit Gesichtsnarbe."

„Die er einundvierzig bei Tomioka Sawako nicht hatte."

„Deswegen sage ich das."

„Mithin", folgert der Chef des Koblenzer Blättchens blättchenscharf, „muss er sie sich in den folgenden Jahren zugezogen haben."

„In Europa", so O'Lynch.

„Wie kommen Sie zu der Einschränkung, Brian?"

„Weil der Mexikaner mir erzählte, wie das war mit dem ersten Tanker namens Potrero del Llano, torpediert von deutschem U-Boot. Unter den geretteten Matrosen war, sage und schreibe, ein Deutscher aus Bremen, kein anderer als dieser Uwe Hinnerk. Es gibt im Marinemuseum von Liberty Harbor ein Überlebendenfoto. Auf ihm ist er mit Mütze, aber unverletztem Gesicht, einwandfrei zu erkennen. Was übrigens Sabine Ellern angeht, scheint sie Jimenez gern zu haben. Zeigt das auch. Auf der Baquine erzählt man sich, sie wolle seine Tochter Jimena adoptieren."

„Ein Knüller", spottet der Reporter, „fahren Sie fort."

Dass Brian O'Lynch nicht nur nicht fortfährt, sondern, sage und schreibe, errötet, liegt an einer Frau von zwanzig in Jeans und hautengem, ihre hübsche Figur betonenden Pulli, welche die Treppe heraufgekommen ist, sich umgeschaut, sie bemerkt hat, ohne es sich anmerken zu lassen, nebenan Platz nimmt und, in ihrem Täschchen kramend, freundlich herübergrüßt. Die Stimme einer Dreißigjährigen, wohltuend.

„Hallo – Gilla!", grüßt Dick zurück, worauf Oma Reckers Enkelin nicht etwa ihn, von dem sie weiß, dass er verheiratet ist, sondern den Iren beäugt ... der Chefredakteur der Rhein-Mosel-Nachrichten, dem sie unbekannt ist, denkt sich nichts dabei. Sein Reporter ist indessen seltsam berührt. Da verlor Brian kürzlich sein Bauernmädchen, die Lourdes genannte Mestiza aus der Sierra Madre del Sur im tiefen Süden Mexikos. Davon nichts ahnend macht ihm nun, Tausende von

Großkreisflugmeilen östlich, ein Bauernmädchen vom Hunsrück schöne Augen. Die Welt ist seltsam, manchmal rührend … dann fühlt man sich in ihr behaust.

33 Seit langer Zeit ist Ludio Backe wieder in Boppard, dem Ort seiner Jugendjahre. Schau! Die alte Penne, das Kant-Gymnasium, steht noch da. Wie dazumal braucht die Fähre eine Ewigkeit, um überzusetzen, ist der Wein im Hotel Rheinstrom vorzüglich, abgesehen von den Gästen im Schlabberlook. Generation Golf, urteilt er aus der Sicht seiner Dreiundfünfzig – Genießertypen! Ihm gegenüber sitzt ein Kettenraucher Mitte zwanzig, der einen Glimmstengel nach dem andern entzündet mit dem Zwangsgebaren einer Marionette, und dabei einen Vortrag über Hühnervögel hält. Sein Tischgenosse muss Künstler sein, vielleicht Stückeschreiber. Wiederholt unterbricht er mit dem Einwand, dieses sei mehr, jenes weniger für seinen Einakter Von der Eigenart des Suppenhuhns, im Kochtopf zu gackern geeignet. Professor Backe schaut auf die Uhr. Der Gast seiner Verabredung ist säumig, bei seinem Erscheinen sichtlich in Eile.

„Hallo“, grüßt Staatsanwalt Carl Stubenrein flotter, als es seine Art ist, entschuldigt sich für die Verspätung, nimmt hastig Platz und kommt sofort zur Sache. „Wir müssen verdeckt ermitteln. Der Hahn ist zwar Zivilflughafen. Aber wenn es hart auf hart kommt, mischt das Militär weiter mit. Ebenso in der Marinebasis Liberty Harbor. Die Weltlage spielt dabei keine Rolle. Der Verdacht, es könnten Drogen eingeführt und zur Garnison geschafft werden, reicht aus, den harmlosesten Bimmelbahnhof in Verruf zu bringen. Dann geraten Augenblicksübel zu Sternstunden der Verzweiflung.“

„Sie übertreiben.“ Der Rechtsmediziner unterdrückt ein Lachen und schielt nach dem Magister für Hühnervögel und seinem Stückeschreiber von Gesprächspartner, die sich über den Namen Schipphippe Gurgel der Hauptdarstellerin in dem Einakter zu Ehren des Suppenhuhns mit dem Eifer von Welterneuerern streiten.

„Welche Rolle“, fragt er vorsichtig, „soll ich beim Ermitteln spielen?“

„Ihre gewöhnliche, nur nicht von Amts wegen … urlaubshalber.“

„Im Ernst?“

„Ja, ich war auch schon quasi privat dort.“

„Ein armer Rechtsmediziner kann sich keine zwei Urlaube im Jahr leisten. Auch bin ich kürzlich Großvater geworden. Je nach Tradition der Familie ist das ein unverschämt teueres Abenteuer."

„Die Kosten gehen zu unseren Haushaltslasten."

„Das klingt nach Poe'schem Grusel, nach Stevensons Treasure Island?"

„Ob Liberty Harbor eine Schatzinsel ist, weiß ich nicht, wohl jedoch, dass es den Amis als Flottenbasis dient. Da können wir offiziell nichts unternehmen, ohne mit der Marine Ärger zu bekommen." Stubenrein schaut sich im Restaurant des Hotels Rheinstrom um, öffnet verstohlen wie ein Spitzbube seine mitgebrachte Akte. „Wichtig an Ihrem Befund zum Hahn-Mord finde ich, dass Sie zwei Motive annehmen. Diese besaß der Täter ohne Zweifel! Nicht nur sein Opfer zu töten, sondern den Leichnam einzumauern."

„Das ist im abendländischen Kulturkreis selten, ja."

„In Liberty Harbor verschwand zur gleichen Zeit, Sommer dreiundfünfzig, ein Offizier der amerikanischen Karibikflotte. Und zwar so spurlos wie auf dem Hunsrück der Flight Lieutenant Frederic, den Sie identifiziert haben."

„Bis jetzt steht der Dank seines Vaterlandes aus."

„Den Grund glaube ich Ihnen sagen zu können."

„Ja?" Der Rechtsmediziner, Stubenreins Verunsicherung heraushörend, zieht erstaunt die Augenbrauen hoch. Sein Blick folgt einer fetzig gestylte Comedyqueen, die vorüberstöckelt, dass es auf dem Parkettboden klickt. Als seien ihre Centabsätze Reitersporen.

„Er war kein Amerikaner."

„Dafür habe ich ihn bisher gehalten."

„Sowenig wie der verschwundene Mariner. Jedenfalls nicht nach den amerikanischen Einwanderungsgesetzen, die zur Staatsbürgerschaft die formale Einbürgerung verlangen. Mit Eid auf die Verfassung, the oath to support the American Constitution, wie es im Text heißt. Dabei ist die rechte Hand zu heben, was mir persönlich nicht gefällt. Es sieht aus, als grüßten die Leute mit Heil Hitler. Typisch für die Brimborialmacht USA. Alles Hollywood, wie Ihr Freund Liesner zu spötteln pflegt. Als wenn wir Asylanten aus der Walachei auf das Grundgesetz einschwören würden! Damit nicht genug, Herr Professor. Derweil spricht mehr als wenig dafür, dass die beiden Brüder waren, im weißrussischen Minsk als Maksim und Smitrok Franzischak geboren. Sie legten sich Aliasnamen zu. Jim Pollack dieser, Stanley Frederic jener."

„Demnach hätte ich dessen Leichnam falsch benannt?"

„Das besagt nichts", beschwichtigt Stubenrein. „Aus Amtssicht ist unwichtig, wie ein GI wirklich heißt, ob eingebürgert oder nicht. Wegen des Truppenstationierungsvertrages zählt einzig, ob einer Armeeangehöriger ist, seine soldatische Benennung. Über ihn als Zivilperson, woher er kommt, wohin er geht, haben wir nicht zu befinden. Das Pentagon hätte auch für Marsmenschen in amerikanischer Uniform geradezustehen. Gangster wie Al Capone und John Torrio lernten ihr Mordhandwerk als Maschinengewehrschützen der US-Streitkräfte im Ersten Weltkrieg. Hm … gelänge die Identifizierung von Jim Pollack als Smitrok Franzischak, wüssten wir, dass derselbe Täter am Werk war. Den Leichnam des Marineoffiziers hat man noch nicht entdeckt. Aber ich bin gewiss, dass das möglich ist. Und zwar auf der Baquine, dem Hotelschiff Reckers. Der Reporter Klaus Dick jagt der Sache nach."

„Ah – das Kurtchen der berüchtigten Glosse."

„Kennen Sie ihn?"

„Nicht persönlich", entgegnet Ludio Backe unsicher, insgeheim fürchtend, er könnte sich gegenüber den Rhein-Mosel-Nachrichten eingehender ausgelassen haben, als die Pflicht zur Wahrung des Amtsgeheimnisses gestattet. „Wohl aber seinen Chefredakteur, der, wie Sie wissen, mein Freund ist. Wir sind gleicher Jahrgang fünfzig, besuchten hier das Gymnasium. Liesner gehört zu den Beharrlichen, die keine Schwierigkeit auslassen. Wo andere sich ducken, hebt der den Kopf. Beide haben sich gesucht und gefunden." Sein Ton wird bestimmt. „Worin gründet Ihre Gewissheit?"

„Die Verschollenen sah man zuletzt in zwei Kneipen. Auf dem Hunsrück im Flying Cock, das, unhaltbarer Zustände wegen, dreiundfünfzig geschlossen wurde."

„Irgendwann glaube ich davon gehört zu haben."

Ein Gerücht, ja! Von seltsamen Vorfällen ist die Rede gewesen und vom Versuch amtlicher Vertuschung. Und heutzutage? Nach wie vor werden Akten geschlossen, bevor das letzte Wort gesagt ist, ergeht oberflächlich Urteil auf Probe, der Bewertung Dritter anheim gestellt. Immer noch gelingt es Gewitzten, in des Wolfes Schafspelz gekleidet, die Obrigkeiten, eben weil deren viele, jede für sich erhaben, anzumeiern, auszutricksen, einzuwickeln, zu beschupsen, übern Tisch zu ziehen, Schmu zu machen ihnen gegenüber. Corriger la fortune.

„Sicher das Falsche, Herr Professor. Es gab keine Erlaubnisurkunde für den Betrieb. Daher wäre es der Kreisverwaltung Sankt Goar leicht gewesen, ohne deren Rücknahme dichtzumachen. Das geht aus der

Verwaltungsakte hervor. Ein US-Offizier der Airbase handelte schneller, ließ die Bude per Bulldozzer einreißen. Manchmal sind Militärs zu beneiden. Die andere, Bar do Sul genannte Kneipe war auf der Baquine, einem alten Dampfer im Hafen der Karibikinsel, besucht von US-Sailors. Das hätte an sich nichts zu sagen. Aber beider Bumslokale Eigentümer war Oswaldo Recker, der portugiesisch sprechende Brasilianer. Daher der Name Bar do Sul für Bar des Südens. Auf Spanisch hätte es Bar del Sur heißen müssen. Ist Ihnen der Zusammenhang klar?"

„Ungefähr ... demnach könnte der Vater des Koblenzer Waffenhändlers der Mörder der zwei vermeintlichen Amerikaner gewesen sein?"

„Und sie eingemauert haben", ergänzt Staatsanwalt Carl Stubenrein bestimmt. „Er war gelernter Maurer!"

„Aber das Tatmotiv, die beiden Tatmotive ... wie steht es aus Ihrer Sicht damit?"

„Unbefriedigend, das gebe ich zu. Als gesichert gilt Folgendes. Oswaldo Recker, Sohn eines deutschstämmigen brasilianischen Baugeschäftsmannes, kommt zu Kriegsbeginn nach Europa. Nach fünfundvierzig Aufenthalt in Bremen. Dann verschlägt es ihn und den Seemann Hinnerk auf den Hunsrück. Vielleicht haben ihm die Eltern erzählt, dass man von dort auswanderte, etwa aus Lautzenhausen, wo es noch Reckers gibt."

Ludio Backe leert sein Weinglas und zieht die Stirn kraus. Kinder der Vergangenheit! Diese entheimateten Fremden geben sich so, als wäre das Heute des Vorgestern getreuer Gevatter, als geschähe das Rückkehrwunder spornstreichs, als hätte, wo das Neue sich entfaltet, die Zeichen auf morgen stehen, die Segel in die Zukunft drehen, dem Alten, für ewig und drei Tage, Platz zu sein. Wie selbstverständlich. Aber nicht nur die Zeit ist dahin, abgestellt, entsorgt, nicht nur sind die Straßen verlegt, begradigt, umgetitelt. Auch die Städte haben ein anderes Gesicht, aus den Trümmern verblassten Unheils, vergessener Katastrophen entstanden. Des Hunsrücks junggrüne, ja giftgrüne Wälder. Diese Schnellwuchsindustrietannen! Wo ist die deutsche Eiche geblieben?

„Die damalige Zeit ermunterte nicht zur Ahnenforschung", meint er abschätzig. „Die beiden Abenteurer werden andere Gründe gehabt haben."

„Selbstredend! Sie machten bei Holzmann den Ausbau des Flughafens Hahn mit, kein Pappenstiel von Arbeit in jenen Tagen, da es nur wenige Baumaschinen gab. Da musste von Hand gehackt, geschippt, der Zement gebuckelt werden. Beiden schmeckt das auf Dauer nicht. Als zweiundfünfzig, nach den Franzosen, Amerikaner kommen, liegt eine Kneipe nahe. Recker eröffnet den Flying Cock. Nach dessen Abriss, der ihn gefuchst haben muss, wird er Koblenzer. Im Ernst! Sein Kumpel Hinnerk nimmt ihn an Bord des Kneipenschiffs Bar du Sud, berüchtigt als Anwerbestelle der Fremdenlegion, die den Laden finanziert haben dürfte. Zudem heiratet Recker eine Gülser Weinhändlerstochter, deren Vater er sein könnte ... jedenfalls bringt sie als Mitgift einiges mit. Von dorther betucht, kauft er in der Karibik, vielleicht sein alter Traum, die Baquine, baut sie, getreu der Moselschute, zum Kneipendampfer aus. Nennt ihn Bar do Sul, entsprechend der französischen Bar du Sud. Nun blicken Sie durch, Herr Professor!"

„Ja – bis auf das Mordmotiv. Dass der Täter zur Tat schreitet, erklärt noch nicht das Warum, eine Kriminologenweisheit. Sagt Ihnen der Ortsname Sabershausen etwas?"

„Ein Dorf auf dem Hunsrück."

„Dort tötete am vierzehnten März fünfundvierzig ein amerikanischer Jabopilot namens Read fünfundzwanzig unbewaffnete Zivilisten, darunter eine zehnköpfige Familie, slowakische Fremdarbeiter und einen wenige Stunden zuvor geborenen Säugling. Zwei Tage später war ein Verwandter, dessen Name mir bekannt ist, in Buchholz, als eine US Piper abstürzte. Die beiden Piloten, halbtot im Cockpit eingeklemmt, konnten gerettet werden. Er ließ sie verbluten. Solche deutschen Racheakte hatten, obschon ungerechtfertigt, ihren nachvollziehbaren Grund. Aber was den Brasilianer antrieb, sonstwo Amerikaner zu töten, gar einzumauern ... das will mir nicht in den Kopf."

„Man muss die Weltlage mitbedenken", sagt Stubenrein sinnend. „Wer überall Fehler macht, läuft Gefahr, ungut überrascht zu werden. Nehmen Sie die Drogenbekämpfung in Afghanistan. Dessen Opium-Bauern werden verteufelt von Ausländern, die für sich beanspruchen, ihrerseits die Droge Alkohol einführen zu dürfen. Wie verhielten sich die Brenner von Whisky, wenn die Muslime, die keinen trinken, in Amerika gegen das Whiskybrennen wetterten? Dann würde es heißen: haltet euch raus, das ist Inlandsache. Gewisse Leute wollen das Abendland am Hindukusch erretten. Wenn das Abendland überhaupt zu erretten ist, dann in den eigenen vier Wänden."

Der Mainzer Rechtsmediziner blickt zur Anlegebrücke, wo ein futuristisch anmutender Musikdampfer vertäut. Obwohl heller Tag, glitzert im Innern bläuliches Kunstlicht von der Wellenlänge der Verfremdung.

„Nach meinem gutachterlichen Dafürhalten ist die Sache einfach“, meint er bedächtig, zwei Ausflügler, die von Bord dem Hoteleingang zustreben, musternd. „Der Leichnam von Stanley Frederic konnte sich erhalten, weil die Einmauerung ihn vor Lufteinwirkung bewahrte. Andernfalls hätten ihn über fünfzig Jahre die Mikroben geschafft. Das Gleiche würde gelten, wenn sich der tote Mariner fände. Gesetzt den Fall, müsste er konserviert worden sein ... sonst gäbe es ihn nicht. Eine Frage der Methode.“

„Das wollte ich wissen!“ Der Staatsanwalt sieht auf die Uhr, entschuldigt sich, zurück nach Koblenz zu müssen. „Der Flight Lieutenant wurde eingegossen in Beton, weil der durch die Bauarbeiten vorhanden war.“

„Á la Gelegenheit macht Diebe.“

„Ungefähr ... wären die Amerikaner nicht auf den Hahn gekommen, würde Frederic, als 80-jähriger, heute womöglich noch leben. Und zum Ausbau der Marinebasis Liberty Harbor brauchte es ebenfalls Beton.“

„Verabsolutieren sollten Sie das nicht.“

„Wieso?“

„Vom Alten Orient über Ägypten bis Mesoamerika entwickelten sich Begräbnisriten und Totenkulte eigenständig. Übereinstimmungen waren zufällig. Das Gegenteil ist bis jetzt unerwiesen. Manche konservierten mit Lehm, andere nahmen mineralische Asche. Wo genau liegt die Karibikinsel, Herr Staatsanwalt?“

„Der Westküste Kubas vorgelagert – etwa an der Straße von Yucatán.“

„Dort herrschten die Maya über Jahrhunderte.“

„In den Handbüchern nachzulesen, ja ... gerade das ist mir verdächtig. Dass an jeder Ecke einer steht, der in die gleiche Richtung weist. Zu viele Schnörkel! Verbrämung die Menge! Kulte, Riten, Rastafari, Geschichtsklamauk! Ich habe das Gefühl, dass wir uns foppen lassen. Ketzer wurden nicht nur verbrannt, weil vom Teufel besessen. Auf dem Scheiterhaufen landete auch, wer als politischer Gegner missliebig war.“

Carl Stubenrein überlegt, ob das, was er im Gefolge seines Vaters für seltsam hält, nicht einfach deswegen aus der Reihe fällt, weil es mit Politik zu tun hat. Hoffentlich nicht! Wenn ja, brechen für den Rechtsstaat schlimme Zeiten an.

34 Die zweibeiden, das Jungbullenpärchen vom Hunsrück-Airport. Man steigt in seine Laufklamotten. Und auf los geht es los, und das Wetter ist schön. Noch was? Staub, weiß wie die Unschuld, schwärzt die Jetbunker, Rollbahnen, Startpisten. Traue einer Farben! Im Irak haben sie, meldet der SWR laut DPA, einen Italiener geköpft. Ronald Reagan, 40. US-Präsident, soll an Parkinson hintenrausgegangen sein. Oder war es Alzheimer? Oder beides. Wusste zuletzt von nichts, bestritt, seinen War on drugs verloren, je einen Grenadiner abgeschlachtet zu haben. So der Radioknilsch nicht ohne Häme. Von des Hintenrausgegangenen Hollywoodflausen, seinen miesen Filmen gibt der Kommentar Kunde und vom Legendenschmu der Nachgeborenen.

Beim Joggen, du weißt Bescheid, muss das Schuhwerk stimmen. Margots Greenpeace-Sneakers. Kinderarbeitsfrei, wie versichert wird. Wetzt sich geil darin. Der Windmesser zeigt Beaufortgrad 3 gleich 4,5 m/s gleich 15 km/h gleich 8,5 Knoten, schwache Brise. Während sie zur Ausfahrt Nord joggen, zügig zwar, aber so, dass Unterhaltung möglich ist, erzählt Albert, was er in Hawks Sportsbar gehört hat. Demnach soll Hessen gleichen Anteil am Hahn erhalten wie Rheinland-Pfalz, kleine achtzehn vom Hundert. Verbleibt der Flughafengesellschaft dicke die Hälfte. Satt genug, um ein Wörtchen mitzureden. Überdies sei geplant, die Bahnstrecke von Langenlohnsheim über Simmern zum Airport auszubauen. Margot, sonst wild auf Neuigkeiten, schweigt.

„Was hast du?"

„In Hawks Sportsbar", erwidert sie spitz, „war ich noch nie."

„Ach so … hm." Er begreift, lacht. „Kein Anlass für Neid." Er lacht lauter. „Gilla war auch da." Er bleibt stehen, lacht schallend. „Erzählte von der Oma, wie diese sich außer Haus schleichen musste, um mit einem Ami tanzen zu gehen, was alles an Ausreden ihr einfiel, damit der Schein gewahrt blieb, und dass die Geschichte am Ende harmlos war." Albert hält inne, wird nachdenklich. „Mich hat sie nicht beachtet, überhaupt keinen außer ihren Scheich, einen irischen Flugkapitän der Fun Air namens O'Lynch. In der Karibik gilt er als tolle Nummer. Ihrer strahlenden Miene war anzumerken, dass der Typ es ihr angetan hat. Auch ihm scheint es ernst zu sein."

„Wie du dich um andere Leute sorgst."

„Sie ist ein braves Mädchen. Und zwar, wenn du mich fragst, wegen ihres rührenden Bemühens, den gegenteiligen Eindruck zu erwecken. Eine echte Hunsrückerin! Was so einer an Gescheitheit fehlt, macht sie an Verlässlichkeit wett. Gäbe es dich nicht, würde ich den Captain um sie beneiden."

Zwar lacht nun auch die Polizistin, aber es klingt nicht sonderlich erleichtert. Als hätte sie etwas zu verbergen, etwa in ihrem ledernen Gürteltäschchen, das beim Laufen an den Hüften wippt. Der Streifenkollege, Joggingpartner und Bettgenosse hört es klappern wie Würfel im Becher, wundert sich und sieht Margot fragend an.

„Hi", macht sie, „ich habe den Schlüssel zu Reckers Schießstand."

„Bist du wahnsinnig!", Alberts Erschrecken ist echt. „Und wenn auf der Wache gleich ein anderer erscheint, um ihn sich herausgeben zu lassen, etwa die Kripo Koblenz oder der Staatsanwalt ... herrje!"

„Dann habe ich ihn fälschlich eingesteckt. Du hast mehrfach gesagt, dass es nützlich wäre, in den Bunker reinzugucken. Auch sind wir außer Dienst."

„Stubenrein würde dich dafür einsperren lassen."

„Seinen Vorträgen nach ist das kein altvorderer Spaßverderber." Margot verlangsamt ihren Lauf, verhält, tritt auf der Stelle, um nicht auszukühlen, und blickt suchend umher. „Dachte ich mir", sagt sie zufrieden. „Wir sind allein."

Allein – das sind sie nicht! Vor Ort zeigt sich, dass an einer von Buschwerk umrankten Stelle ein Wagen mit Koblenzer Kennzeichen parkt. Kaum erkennbar, man schaut denn genauer hin. Ringsum stehen, hier verkrüppelt, dort ausgewachsen Sträucher und wilde Unkräuter, angeblüht vom Frühling bereits. Ein Hase erscheint, lauscht, macht sich dünn.

Im spröden Vorjahreslaub raschelt es; Blätter bewegen sich geisterhaft. An sich Zeichen des Aufbruchs. Doch es riecht nicht nach frischem Grün, sondern grauschimmeligem Beton. Dem des früheren Schießstandes der US Air Force, an die eher weniger als mehr erinnert. Blocknummern ausgenommen. Der Hunsrück bewahrt Fremdes nicht, besagt eine alte Bauernweisheit. Die drei Autoinsassen, eine Frau und zwei Männer, scheinen zu beratschlagen, ob sie aussteigen sollen. Als sie es tun, packt Margot ihren Lover am Arm, zieht ihn beiseite und raunt, das seien die Dicks, Klaus und Christa, Reporter der Rhein-Mosel-Nachrichten. In letzter Zeit häufig auf dem Hahn anzutreffen, was seinen Grund haben müsse. Der Dritte sei ihr unbekannt.

„Mir nicht", erklärt der Polizist brummig, wie unangenehm berührt, „es ist Kommissar Unger von der Kripo Koblenz. Er gilt als scharfer Hund."

„Vom Blättchen die sind auch nicht ohne. Neulich habe ich die Fotografin beobachtet. Sie missbraucht ihren Sohn, ein Bürschchen von sieben, um Aufnahmen zu machen. Er muss zu Leuten laufen, die geknipst werden sollen. Das erweckt den Eindruck, es ginge ihr darum, das Kind zu fotografieren. Das Bild zeigt dann im Hintergrund jene, die sie im Kasten haben will. Alles andere wird weggeschnitten."

„Die Methode ist bekannt."

„Offenbar wollen die Drei in den Schießstand?"

„Logisch ... sonst ist hier nichts."

Margots Weisheit scheint erschöpft zu sein. Ersichtlich daran, dass sie Albert fragend anschaut. Dieser überlegt, beginnt zu grinsen, meint, es sei das Beste, auch reinzugehen. Vielleicht lasse sich etwas erfahren.

„Und der Schlüssel zu Reckers Werkstatt?"

„Ist in unserem Besitz."

„Wir haben dienstfrei", wendet Margot ein.

„Das wissen die nicht."

„Sie könnten dahinterkommen."

„Im Schlussfolgern bist du nicht, noch nicht die Allergescheiteste." Der Polizist gibt sich wie einer, der am längeren Hebel sitzt. „Überlege doch mal, Schatz ... die wollen was, nämlich reingucken. Geht nicht ohne Schlüssel. Wir haben ihn. Unger wird den Mund halten, froh sein, uns dabei zu haben."

„Und die vom Blättchen?" Die Polizistin unterlässt es, auf der Stelle zu treten. Ihr Pferdeschwanz hört mit Hüpfen auf. Aus dem Innern der Ballerhalle, deren nach oben offene Kugelfangwände holzverkleidet sind, tönen hallige Stimmen. Es klingt nicht so, als seien diejenigen, denen sie gehören, zielstrebig zugange.

„Werden sich ihre Story nicht selbst verderben."

Über eine verrottete Eisentreppe gelangt man zum Eingang, welcher zur geländerlosen Schießbühne führt, wo die Drei aus Koblenz unsicher darüber streiten, was angesichts der tristen Gegebenheiten zu tun sei, und Kommissar Unger nicht ohne Verlegenheit einräumt, nicht wegen des Schlüssels vorstellig geworden zu sein.

„Ich hätte ihn dienstlich beantragen müssen."

Albert packt die Gelegenheit beim Schopf, räuspert sich laut und ruft von der Tür her:

„Den haben wir!"

Die drei also Überraschten wären nicht die, die sie sind, bliebe ihnen vor Überraschung die Luft weg. Als Erster fasst sich der Reporter.

„Schau, schau, noch zwei Neugierige. Darf ich fragen, ob Sie im Dienst sind?“

„Nee“, platzt Margot heraus.

„Du musst auch alles verraten!“, rüffelt Albert seine Zukünftige.

„Ich könnte die Herrschaften knipsen.“ Die Fotofrau tut so, als sei es ihr ernst. „Ein Gruppenbild ehrlicher Gauner.“

Man lacht mehr oder weniger gekünstelt. Markus Unger, von dem es heißt, mit ihm sei gut Pferde stehlen, vorausgesetzt, es falle keiner beim Reiten herab, gibt sich einen Ruck und will, eher leutselig als dienststreng, von den Polizisten wissen, was auf der Wache vermutet werde, das der Recker'sche Bunker enthalte. Albert zeigt auf die hässliche, mit Knebelgriff versehene Eisentür. Obzwar schmutzig, Rostspuren unter den Scharnieren, ist sie erkennbar neueren Datums, errichtet in jener Niemandszeit Anfang der neunziger Jahre, als die Amerikaner abzogen, aber es weit und breit keinen gab, der Wert auf ihre Hinterlassenschaft gelegt hätte. Heldenschrott gewissermaßen. Kriegsgerümpel. Den von Geziefer und Moder heimgesuchten Schießstand; die Halbschalen von Hangars mit ihren bemoosten, finster dahinbrütenden Betonkuppeln; die verrostenden, des Tarnanstrichs entkleideten Tanks für Jetpetrol. Die Altlast des ölverseuchten Bodens, gleich oder tiefer zehn Meter, einstmals gute Ackererde ... diese zu allerletzt.

„Normalerweise“, sagt er gedehnt, „hält darin der Schusstechniker Gerätschaften vor. Die kennen Sie so gut wie wir, Herr Kommissar.“

Christa spürt etwas Hartes unter ihrer Schuhsohle.

„Was ist das?“

„Ein Geschoss im Kaliber fünfundvierzig, das sind elfeinhalb mal dreiundzwanzig Millimeter. Gehört zur US-Armeepistole M-1911 A1.“

Kopfschüttelnd besieht Dick das Vorhängeschloss, um dessen glänzenden Bügel sich, gleich einem zierlichen Schlinggewächs, eine sandhelle Plombenschnur windet, die der Versiegelung durch die Staatsanwaltschaft Koblenz.

„Vorschriftswidrig“, befindet der Kripomann und reißt sie kurzerhand ab. „Der Faden muss, wie beim Zoll, eine Metallseele enthalten. Ich werde Stubenrein sagen, eine Ratte habe sie angenagt. Selbstredend hält er das für Unsinn ... aber man kann mit ihm reden. Er gehört zu den ganz wenigen Amtsträgern, mit denen sich über Unsinn reden lässt. Für Koblenz immerhin etwas.“

„Unser Sohn flirtet mit seiner Tochter“, witzelt Christa, worauf die Polizistin auf das, ihr Reizwort Flirten mit Kichern reagiert, um anzudeuten, dass sie verstanden hat. Dick als Vater fühlt sich verpflichtet klarzustellen, dass ihr Kurtchen und des Staatsanwalts Paddy zusammen immerhin vierzehn Jahre alt sind.

„Ungeheuer interessant!“ Markus Unger, der die Oberhand gewonnen hat, nimmt der unschlüssigen, mit schlechtem Gewissen kämpfenden Margot den Schlüssel ab, öffnet die Tür und schaltet das Licht ein. „Brennt sogar … na, eine gewöhnliche Werkstatt.“

„Wir haben nichts anderes erwartet“, glaubt Albert vermeinen zu sollen.

„Irrtum“, berichtigt der Kommissar scharf, „Sie sind hergekommen in der Annahme, mehr als Gewöhnliches sei vorzufinden.“

„Ätsch!“ Margot knufft ihren Lover schadenfroh, schaut sich um, entdeckt eine Art Laborflasche und schüttelt sie, worauf das Glas von innen dunkel beschlägt.

„Wenn Ihnen Ihr Gesicht lieb ist“, sagt Unger ungehalten, „hören Sie auf damit. Es könnte Schwarzpulver sein.“

„Das gibt es nicht mehr.“

„Heute bereits wieder. Das dreizehnte Jahrhundert lässt grüßen. Demnächst kommen auch die Scheiterhaufen zurück.“

„Hexen sind schon da“, meint Albert boshaft. „Ich sehe nur Altertümer.“

An den Wänden Abrisse alter Radschlösser, eine Ansammlung von Feuersteinen, eine französische Perkussionspistole … Stiftfeuerpatronen nach Lefaucheux. Des englischen Franziskanermönch Bacons Pulverrezept empfiehlt: Nimm Salpeter und Schwefel, und damit kannst du Donner und Blitz erzeugen, wenn du den Dreh kennst. Nimm sieben Teile Salpeter, fünf Teile Kohle aus jungem Haselholz und fünf Teile Schwefel. Zwar weiß Unger, dass die heutige Schwarzpulvermischung 75 Prozent Salpeter, 15 Prozent Kohle und 10 Prozent Schwefel beinhaltet; aber darüber muss er keine Gründschnäbel belehren. Einige Tabellen zeigen Ladungsstärken und Gasdruckunterschiede von Nitrozellulosepulver, Schießbaumwolle und Cordit an in gewaltigen Balkendiagrammen, gleichsam wie für Artilleristen im Vorschulalter. Derweil verzücken sich die beiden Frauen an hübschen, birnenförmigen Blumenvasen mit bezapften Deckeln.

„Das sind Pulverflaschen“, erläutert der Kommissar, entdeckt einen Duellkasten mit zwei gleichen Pistolen, reich verziert. Der Gravur France 1867 nach stammen sie aus der Zeit des dritten Napoleon. Was ihm noch auffällt, ist eine Patrone im Kaliber 9 mm PARA mit einer Brandsatzspitze … unbemerkt von den andern steckt er sie ein. Beim weiteren Stöbern wird Unger dermaßen fündig, dass dem Reporter der Rhein-Mosel-Nachrichten seine erstaunte Miene auffällt.

„Warum verziehst du das Gesicht, Markus?"

„Nun", sagt er zögernd, „Recker scheint falsch eingeschätzt worden zu sein. Auch von dir, Klaus! Irgendwann hast du mir erklärt, hier sei kaum geschossen worden."

„Nach dem Abzug der Amis, ja. Das haben mir befragte Anrainer gesagt, Bärenbacher Bauern, Leute aus dem Dorf Hahn, die es wissen müssen … sie haben die Knallerei aus Militärzeiten noch in den Ohren."

„So weiß ich es auch", fügt Albert hinzu.

„Dann seht euch das an." Der Kommissar zeigt auf Stahlplatten mit Einschusslöchern, neben denen unterschiedliche Geschosskaliber vermerkt sind. „Freizeitschießfeten mag es gegeben haben … mit Sicherheit irgendwelche Munitionstests. Sieht nach Laborarbeit aus! Hier sind Patronen verwendet worden, die man Kriegswaffen zuordnet, jedenfalls keiner normalen Ladentheke. Brandsatzkugeln, Explosivgeschosse … die kriegen Jäger nicht in die Hand, erst recht keine Schützenvereine." Er rüttelt an einem Bretterstapel, den ein Stahlrahmen einfasst. „Die einzelnen Platten, eine hinter der andern, dienen dazu, Eindringtiefen zu ermitteln. Auch diese Seifenblocks. Man kann an ihnen Ein- und Ausschuss studieren, wie Rundköpfe und Hohlspitzen unterschiedlich wirken. Dabei sind Dumdums seit hundert Jahren verboten."

„Dumdums?", wundert sich Christa.

„Das sind Geschosse", belehrt Dick seine Frau, „die dich im Rücken löchern und dir vorn die Pampelmusen wegreißen – zweibeide."

Kommissar Unger grinst sich eins. Klaus, der ist in Ordnung! Zu fünft durchsuchen sie behänd, als gelte es zu wetteifern, Waffenhändler Reckers Bunker. Etlicher alter Kram, Antiquariat … außer dem, was Margot findet. Beim zweiten Blick auf die befremdlichen Gebilde, befremdlich deswegen, weil nicht in einem Schießstand zu erwarten, ist allen klar, dass es damit besondere Bewandtnis haben muss. Polizist Albert wird erinnert an das, was sich zeigte, als er sein Radio ausschlachtete – Platinen.

„Nehmen sich aus wie vergoldet", sagt die Fotofrau des Blättchens, wagt aber nicht, sich ihrer Kamera zu bedienen. Man darf heilfroh sein, dass die Begegnung mit dem Kripomann glimpflich abläuft. „Keine billigen Dinger jedenfalls."

Klaus Dick nickt dazu unbestimmt.

„Und nicht nur das", wendet er, nunmehr bestimmt, ein, bemerkt Ungers Grübelmiene, die etwas zu besagen hat, und fragt ihn: „Was meinst du, Markus?"

„Das sind Teile eines teuren elektronischen Gerätes, ausgebaut und nummeriert, um anderenorts zusammengesetzt zu werden. Im Krieg schleppten Soldaten, jeder für sich, irgendwelches Zeug mit sich. Wurde eins zum andern gefügt, entstand ein Ballermann von Granatwerfer."

„Immerhin", befindet Albert in Gedanken an seinen Bundeswehrdienst, „lässt sich das Rohr von Zweibein und Bodenplatte unterscheiden."

„Das scheint der Knackpunkt zu sein." Der Kommissar nickt ihm zu. „Diese Elektronik kann dazu dienen, eine Waschmaschine, einen Spielautomaten oder eine Atomrakete zu steuern. Wenn derjenige, der ihren Einsatz kennt, zur Täuschung Unsinn verzapft, ist das nicht zu widerlegen."

„Der Zoll weiß sicher Bescheid", meint Margot im Ton der Überzeugung, über die Bescheidwisser Bescheid zu wissen, „mit seinem Riecher für sowas."

„Das wäre eine Lachnummer. Um berechtigte Gründe zu haben, ihn einzuschalten, müssten wir offiziell hier sein."

„Nicht auf Spitzbubenweise", ergänzt Christa spöttisch, insgeheim verärgert darüber, nicht knipsen zu können. Wäre Kurtchen anwesend, müsste der umherhüpfen ... dann gäbe es einen Grund, Familienfotos zu machen. Im nächsten Augenblick ist alles anders. Entdeckt sie doch etwas, was ihr Gesicht verschönt wie das der lieblichen Faye Dunaway im Gangsterfilm Bonnie and Clyde beim Anblick geladener Revolver. Die verknitterte Titelseite einer Zeitung, offenbar zum Einwickeln benutzt.

„Na und?" Dick mustert seine Frau.

„Es ist der Island Herald aus Liberty Harbor."

„Was?", brüllt der Kommissar. „Zeigen Sie her!" Er starrt auf die Schlagzeile, wendet sich an seinen Freund Klaus. „Hast du nicht jüngst im Blättchen einen Tankerbrand in der Karibik geschildert?"

„Nach der Rückkehr von dort. Meine Maschine startete verspätet wegen des Qualms über dem Flughafen. Er kam von der Potrero del Llano, einem Ölzubringer, der die Insel aus dem mexikanischen Coatzacoalcos versorgt."

„Wann genau war das?"

„An dem Tag, als in Zürich der Fluglotse erstochen wurde. Bei meiner Ankunft auf dem Hahn redeten die Leute darüber."

„Das bestätigen wir", ruft Albert dazwischen, „nicht wahr, Margot?"

„Ja ... etliche standen aufgeregt in Gruppen zusammen." Die Polizistin, bemüht, neben der älteren Fotofrau eine gute Figur zu machen, überkommt es wie eine, die sich, quasi ausgleichshalber, zum Tadeln berufen fühlt. Schon gar einen Kripokommissar, der außer Fassung geraten zu sein scheint, obwohl die Sache danach ist, mit einem Augenzwinkern erledigt zu werden. „Auf der Titelseite müsste doch, großer Meister, das Tagesdatum der Zeitungsausgabe zu finden sein?"

„Ist abgerissen ... gleichwohl, ich bin ein wenig schlauer."

Klaus Dick hat sich weiter in der Recker'schen Werkstatt umgesehen, und nun zeigt er einen Joghurtbecher aus dem randvollen Mülleimer vor.

„Schaut euch den an! Verfallsdatum elfter Februar. Also ist er nicht vor Mitte Januar gekauft worden. Zusammen mit dem Zeitungsfund heißt das, dass Anfang dieses Jahres hier einer Zutritt hatte, der nicht der Waffenhändler gewesen sein konnte. Denn der starb vor dreizehn Monaten ... wenn er denn starb!"

Der Kommissar winkt unwillig ab.

„Alle Ermittlungen weisen aus", stellt er klar, „dass es ihn tatsächlich erwischte. Der Mainzer Rechtsmediziner hat seinen Leichnam identifiziert."

„Dann müssen Leute zugange sein", meint Christa Dick im Ton der Überzeugung, „die Reckers Geschäfte fortführen."

„Eher wie nicht!"

35 Noch immer ist Herbert Liesner, wie dazumal als Primus an seiner Penne, bemüht, Primus inter Pares zu sein, erster unter Ranggleichen, Frontmann ... aber seine Leute hinter sich, achtend darauf, dass das keiner zu Drückebergerei missbraucht. Immer noch hat er, obzwar weniger kundgetan als früher, ein Gespür dafür, wann es erforderlich ist, einen Alleingang zu unternehmen, abwägend, ob vorteilhafter als Gruppenarbeit. Wenn ja, unter Einsatz aller ihm gegebenen Mittel.

Der Schöpfer war ein Töpfer. Daher sind die Köpfe – Töpfe. Mit nichts drin. Man muss sie füllen. Mit Klugmöglichstem. Der Mensch ist das, was er aus sich macht, und sonst gar nichts. Handeln! Das gilt vorzüglich in einem Fall wie dem jetzigen, besonders auf dem Hunsrück. Da es sich als erforderlich erweist, betagten Zeitzeugen, Leuten seines Jahrgangs und älter, auf den Zahn, den bereits brüchigen Zahn zu fühlen. Wozu Klaus Dick, obschon gewitzt, einfach zu jung ist. Jedenfalls nach seiner Meinung, beharrlich jedoch nicht unverbrüchlich. Die Jungen können nicht, weil sie nicht wollen. Aber wenn sie wollen, dann können sie auch. In dem Maß, wie ihm, beklagt sei es, eine gewisse Körperfülle zuwächst, verengt sich seine Weltsicht auf das Heimatliche. Eigentliches Anliegen den Blättchens. Grundstein seiner Gestaltwerdung ... aber keine Heimatdünkelei! Dass Moselwein ein Prachttropfen ist, sei ihm zugutegehalten. Trinkzwang besteht nicht. Und der Braten schmeckt auch ohne Soße, dieser Fettschnörkel an überflüssige Zutat. Wie die Zigarre ohne Bauchbinde. Schönes Wetter heute. Familien machen Ausflüge. Dass er keine hat, hindert ihn nicht, auch loszufahren. Es gibt immer Gründe, Koblenz zu verlassen. Raus! Die Fahrt nach Lautzenhausen ohne Wissen der Redaktion, die ihn zu Haus bei seiner umfänglichen Handschriftensammlung wähnt.

„Er wollte um vier da sein", versetzt Annegret Recker, schaltet den Fernseher aus. Wer das Blättchen macht, kann die Glotze nicht mögen. Oder ihn hat ein Schnupfen erwischt. Schon einmal ist sein Besuch, telefonisch angekündigt, deswegen ausgefallen. Städter sind empfindlich. Neulich schlief einer aus Frankfurt am Steuer ein; hinüber war er. Der überfahrene Dorfhund auch. Zum Glück gibt es solche und solche. Dieser irische Brian scheint von anderem Schlag zu sein.

„Auf richtige Männer ist Verlass", befindet Enkelin Gilla, die, neuerdings in heftiger Liebeserwartung, aus dem Fenster schaut, um ihren Captain einfliegen zu sehen. Vom Himmel hoch, da komme ich her. Bringt stets was mit, um die zehn Euro. Sind Iren oder Schotten die Geizigeren? Jedenfalls benutzt Liesner, der Autobahn aus Prinzip abhold, die Hunsrückhöhenstraße. „Das muss der Zeitungsopa sein."

Paula Brück, soeben selbst erst, nach Polizeikontrolle unterwegs, aus Kappel angelangt, räuspert sich argwöhnisch. Aus ihrer Sicht nicht ohne Grund. Sie hatte eigentlich zu Haus bleiben wollen. Was diesen Liesner interessiert, konnte er durch Anruf erfragen. Aber die Apotheke! Das Rezept würde verfallen ... also los. Umweg über die B 421. Unversehens ging das Benzin zur Neige. Ohne die Kirchberger Tankstelle hätte der Abschleppdienst kommen müssen.

„Ich bin ehrlich gespannt, was der von uns will."

„Mich interviewen." Gilla lacht heiter. Wenn man zwanzig ist! Sie trägt Sportklamotten, Joggerzivil ...wetten, dass ich es schaffe, Brian zum Mitlaufen zu bewegen. Was dieses Bullenpärchen, Margot und Albert kann, das können wir auch.

„Du hältst dein loses Mundwerk!", herrscht Oma Recker sie an und prüft den Kaffee.

„Ich kaufe eine größere Kanne."

„Mein Captain legt dir was drauf."

„Ein Kaffee trinkender Ire!"

„Besser als ein Whiskynighthawk von Yankee." Das sagt die Kappeler Paula im Ton einer, die das zu beurteilen können glaubt. „Was meinst du, Heinrich?"

„Nichts", entgegnet Mildenberger, „da steigt wer aus und schaut herüber."

„Das ist Herr Liesner."

„Demnach kennst du ihn?"

„Nein." Annegret unterdrückt ein Lachen. „Aber so wie er kann nur der Macher des Blättchens aussehen." Sie hält inne, überlegt, lacht dann. „Sein Mitarbeiter Klaus Dick war kürzlich hier. Wir dachten an einen rasenden Reporter."

„Er hatte sich im Idarwald verfranzt", spöttelt Gilla schadenfroh. „Und sowas will ein Hunsrücker sein!"

Als es schellt, öffnet Annegret Recker die Haustür. Die Katze schlüpft raus, Liesner stolpert herein. „Guten Tag, Herr Chefredakteur."

„Diese alten Häuser!"

„Wir sind hier auf dem Land", sagt Paula Brück trocken, stellt sich vor und verlautet, Städter vergäßen das oft. „Mir erging es in Chicago umgekehrt."

„Ah – die heimgekehrte Amerikanerin."

„Nicht nur sie", entgegnet der Sohrener Bauer statt der Kappelerin, nennt von nahebei einige nach drüben verheiratete Frauen, die es ebenso auf den Hunsrück zurückgezogen habe, und gibt sich als Mildenberger zu erkennen. „Der Heinrich."

„Beinahe hätte auch ich einen GI geheiratet." Annegret Recker wird nachdenklich, geht in die Küche, sucht nach Gebäck, das weg zu sein scheint, obwohl von ihr bereitgestellt, und kommt, fast dass sie stolpert, mit der Schale zurück, den Kopf rot vor Verlegenheit. „Er verschwand jedoch spurlos."

„Sein Fall führt mich hierher", versetzt Herbert Liesner, froh, zur Sache zu gelangen. „Wir telefonierten deswegen."

Noch jemand meldet sich laut zu Wort, nun in schickem Kleid statt Laufhose.

„Ich bin die Gilla!"

„Angenehm."

„Sie will einen irischen Flieger von Fun Air heiraten", sagt die Großmutter der Enkelin besorgt. „Darf man Ihrer Ansicht nach dem Fun der Air trauen?"

Die treuherzige Frage macht, ob ihrer Treuherzigkeit, den Chefredakteur verlegen. Man könnte neidisch werden! Eine Hunsrückerin, sesshaft ... Glück des Weltenbummlers. Da steht anderes zurück. Aber Liesner wäre nicht der, der er ist, unterbliebe, was ihm dazu einfällt. Heiratet das Enkelkind einen Verkehrsflieger, halbiert sich die Gefahr, Witwe zu werden, gegenüber jener, welche die Großmutter gelaufen wäre, hätte sie im Kalten Krieg, der ständig dabei war, Feuer zu entfachen, einen Kampfjetpiloten geheiratet. Ihn bringt wiederum nichts dazu preiszugeben, was sich zum Aufklärungshindernis mausern könnte. Die Gesprächigsten hören auf, mitteilsam zu sein, werden Worte zu Klötzen, die im Hals stecken bleiben.

„Wer sich selbst den Ruhm oder Ruch der Verrücktheit zulegt", sucht Herbert Liesner abzuwiegeln, „gehört nach alter Erfahrung zu den so genannten Stinknormalen. Machen Sie sich darüber keine Sorgen. Aber um auf unser eigentliches Thema zu kommen, Frau Recker – wie war Ihre Beziehung zu dem verschwundenen GI?"

„Wir gingen zusammen tanzen, häufig im Dancing Flying Cock."

Der Mildenberger Heinrich rückt an seiner Mütze, von der ihm anscheinend erst jetzt einfällt, dass sie noch unabgesetzt auf seinem Kopf sitzt. „Wenn ich der Erinnerung meines Vaters glauben darf", sagt er zögernd, „wurde das Lokal ohne behördliche Erlaubnis betrieben."

„Das kann sein", räumt Annegret Recker ein. „Ich war damals Anfang zwanzig und kümmerte mich um solchen Kram nicht. Besatzungszeit außerdem, man bedenke! Ob Franzosen oder Amerikaner, die setzten durch, wonach es ihnen gelüstete. Da durfte unsereins froh sein, geduldet zu werden." Sie wendet sich an die Kappelerin, welche mit dem Kaffeelöffel spielt. „Paula, sag du etwas!"

„Als ich meinen Mann kennen lernte, ein Vierteljahrhundert später, hatte sich darin wenig geändert. Militär bleibt Militär, gleich welches es ist."

„Schwachsinn!" Gilla rümpft die Nase. „Mein Brian fliegt auch, ohne Soldat zu sein. Ich würde einem, der mit dem Säbel rasselt, einen Korb geben."

Ihre Großmutter ist den Tränen nahe.

„Stanley war im Koreakrieg verwundet worden, zog das Bein nach, konnte nicht richtig tanzen", sagt sie weinerlich. „Deswegen, um ihm Mut zu machen, habe ich ihn auf die Tanzböden mitgeschleppt."

„Dass ein Verletzter überhaupt fliegen durfte?", gibt der Chefredakteur sich erstaunt, als witterte er dahinter eine politische Machenschaft à la Verschwörung. Gerät der Staat, welcher immer, in die Klemme, ist alles erlaubt. Daran hat sich seit Machiavelli nichts geändert. Tatsächlich ist ihm längst bekannt, dass der Leutnant als Flieger auf dem Hahn nicht zum Einsatz kam, vielmehr andere Aufgaben hatte. Diese kämen, je nach Sicht, als politische Machenschaft à la Verschwörung in Betracht. Aber Herbert Liesner ist nicht erschienen, um darauf näher einzugehen.

„Er wurde dafür, zwei Feindjäger abgeschossen zu haben, bewundert … Amerika kann ohne Helden nicht leben. Ich wusste von ihm, dass es ihn auch erwischt hatte. Kopfunter hing Stanley, von seiner Staffel aufgegeben, am Fallschirm im Baum, zufällig entdeckt. Hier bildete er Grünschnäbel im Notabsprung aus, brachte ihnen am Gerät waghalsige Tricks bei. Durch Vormachen! Am ganzen Körper blaue Flecken."

„Hast du sie gesehen, Oma?"

„Halt du dein loses Mundwerk!", sagt Heinrich zu der vorlauten Gilla. Dann beginnt er zu grinsen, wendet sich an die Kappelerin. „Wir tanzten schließlich auch."

„Und ob", bestätigt Paula. „Hm!"

„Aber nicht zu unserer Zeit", stellt die Großmutter klar.

Als der Koblenzer Zeitungsmann erkennt, dass die Unterhaltung, wie befürchtet von ihm, ins Gefühlsmäßige, Weinerliche abgleitet, macht er deutlich, was aus seiner Sicht Sache ist: dass Paulas Ehemann Ronald, zum Bodenpersonal gehörend, der Sohn Stanley Frederic jenes Flight Lieutenant war, den Annegret Recker dreiundfünfzig beinahe geheiratet hätte. Wiederum erscheint es ihm ratsam, die Staatsangehörigkeitsfrage nicht zu stellen. Die Kappelerin glaubte zu Recht, einen

Amerikaner zu heiraten … denn der ihre war einer, nachweislich in Chicago geboren. Der Alten aus Lautzenhausen hat Dick entlockt, dass sie wusste, es mit dem Weißrussen Maksim Franzischak zu tun gehabt zu haben. Hinter diesen Tatbestand können die Hunsrückerinnen nicht zurück. Daher, sagt sich Liesner, bringt es nichts, beide mit diesbezüglichen Fragen zu verunsichern, welche anderweitig zum Teil oder gänzlich beantwortbar sind.

„Zugegeben", gesteht der angegraute Bauer aus Sohren, von Paula Brück, mit der er einst schwofte, von Rummel zu Rummel zog, noch immer oder schon wieder angetan, „als Franzosen und Amerikaner zu bauen anfingen, war ich ein Kleinkind … aber mein Vater hat mir stundenlang davon erzählt."

„Die Franzosen!" Gillas Oma rümpft die Nase. „Zu denen wollte anfangs keiner aus Wut darüber, dass und wie sie unsere Wälder abholzten. Der Idarkopf war blank wie deine Glatze, Heinrich!"

„Auch die Amis wurden nicht von allen Bauleuten geschätzt."

Diese eher beiläufige Bemerkung Mildenbergers lässt den Chefredakteur der Rhein-Mosel-Nachrichten aufhorchen. Gründet der Vorbehalt in jener Legende, wonach die GIs als grüne Jungen galten, versessen auf Bebop genannte Musik, die Hunde bellen, Hühner gackern, Gäule wiehern ließ, und zu Rauschgift neigten, jene Zuckerwürfel namens Morphies, die im Koreakrieg zur Schmerzlinderung Verwundeter ausgegeben wurden, der Truppenverpflegung beigelegt? Liesner weiß um die Gefahr, die ihm droht aus Wahrheiten von gestern, die Heutigen nicht in den Kram passen … da ist Vorsicht geboten. Sein Blättchen, ungeliebt aber gelesen, will überleben.

„Wie war der Lohn?", erkundigt er sich.

„Leidlich … mehr zu verdienen als auf dem Acker. Doch es ging nicht allein um Geld.

Der Vergleich mit den Trümmerfrauen, den Sie am Telefon machten, traf den hiesigen Nagel auf den Kopf."

„Alles Schwindel, ja!", platzt Paula Brück heraus. „Meine Mutter wurde nach Koblenz zum Straßenräumen dienstverpflichtet. Es hieß, das sei Notstandsarbeit. Wer fernblieb, bekam keine Lebensmittelmarken! Freiwillig, wie uns heute die Glotze weismachen will, erschien zu der Schufterei keine." Sie unterbricht sich, lacht, schaut nach ihren Schuhen, amerikanisches Machwerk, aber bequem, als gelte es, ein Tänzchen zu wagen. „Arm war von den Alten niemand … wie auch? Zwar wurde kaum verdient. Aber da es nichts zu kaufen gab, ging das Wenige in den Sparstrumpf, der anschwoll wie der Klingelbeutel, wenn der Pfarrer gut predigt. Daher gibt es keine schlechten Predigten."

Unfromm lacht Gilla ebenfalls, Blick zur Tür, als träte sogleich, Hände erhoben zum Dankessegen, ein Meister dieser Zunft in die Stube.

„Bis zur Währungsreform", kommt die erschrockene Annegret, je älter desto mehr der Kirche zugetan, auf das Thema zurück, „da war alles für die Katz!"

„Wir hatten Glück, die Eltern, meine Schwester Elfriede, verehelichte Hühnlein, mit hiesigen Äckern. Man beschlagnahmte sie, um die Hunsrückhöhenstraße, wegen des Flugplatzbaues, verlegen zu können. Aber nach der Geldumstellung. Die Enteignung brachte uns Deutsche Mark, wenig – aber mehr wert als der Euro! Damals kostete ein Brötchen, wenn zu kriegen, einen Groschen. Vorher wäre beides futsch gewesen, die Entschädigung und die Äcker. Die wirklichen Reichen, die mit riesigem Grundbesitz, verloren beinahe nichts. Mit uns Krautern konnte man es machen."

„Die kleinsten Leute sind die größten Dummen", bestätigt der Sohrener Heinrich die Kappeler Paula, als hätte diese, dreiundfünfzig noch ungeboren, damals die Erfahrung aller Weltübel auf einen Streich gemacht. Liesner, der seinen Fragezettel aus der Jacke gezogen hat, schaut Gillas Großmutter an.

„Wie stand es um die Einstellung der Arbeiter?"

„Die von der Baufirma Holzmann waren eine Sorte für sich. Manchmal sah es aus wie auf einem Penner-Festival. Alle Klassen, alle Rassen. Am Besten hatten es, wie schon zuvor, alte Parteibonzen. Dass es hier von Nazis wimmelte, habe ich Ihrem Reporter Dick erzählt. Wissen Sie davon, Herr Chefredakteur?"

„Hm … ja, mehr als genug, ehrlich gesagt. Es deckt sich mit Archivunterlagen, die derzeit ausgewertet werden. Wer waren die Nichtnazis?"

„Zumeist Mitleid verdienende arme Schlucker, denen das Messer am Hals gestanden hatte. Fast dass die Narben sichtbar waren."

„Haben Sie welche persönlich gekannt?"

„Ja." Annegret nickt sinnend. „Noch aus der Franzosenzeit. Deutsche Kriegsgefangene etwa. Sie mussten, wie in der Pfalz, alles abholzen. Dann kamen Lothringer Sägemüller, um die sauber geschälten Stämme wegzuschaffen. Bedankt hat sich keiner. Damit nicht genug. Wer entlassen wurde, den schikanierte das deutsche Arbeitsamt. Stempelgeld gab es nur für Waldarbeiter. Jetzt war von ihnen aufzuforsten, was sie kahlgeschlagen hatten. Manche wurden kopflos, drehten durch ... es gab Selbstverstümmelungen. Meine Eltern halfen, sofern ihnen zu helfen war. Einer namens Peter, ein verstörter Junge, hatte beim Luftangriff auf Mainz sämtliche Angehörigen verloren. Vielleicht wäre er mein Freund geworden. Da erschlug ihn eine gefällte Tanne."

Liesner sieht auf die Uhr und dann in die Runde. „Leider", sagt er entschuldigend, „muss ich mich für heute empfehlen. Beim Blatt weiß niemand, dass ich hier bin. Vielen Dank für das Gespräch! Abschließend eine Bitte. Sie alle hatten, jeder auf seine Weise, Verbindung zu denen, die genannt wurden. Sehen Sie zu Haus nach, ob es Erinnerungsstücke gibt. Fotos, Briefe, Schmuck, Andenken jeder Art. Mein Verlag zahlt Ihnen für die leihweise Überlassung ein Honorar."

Die drei Hunsrückerinnen, Paula Brück, die alte Recker nebst deren so vorlaute wie unzuständige Enkelin versprechen, sich zu melden, wenn sich etwas fände. Heinrich Mildenberger schweigt, obwohl ... er könnte sogleich reden. Über die Damenpistole, die seinerzeit ein Bauarbeiter namens Hinnerk, Narbengesicht genannt, beim Auszug aus der Sohrener Schlafstelle Mildenberger zurückgelassen hat.

36 Nahe dem Kai mit den Pockholzdalben, an denen die Baquine vertäut liegt, unnötig angesichts ihres Bewuchses, der sie gleichsam zur Hafenpflanze macht, gibt es Budiken, Garküchen für Maiskuchen und Chilisuppe, verlockend nach Gewürzen riechend, dem teerigen Ofenrauch, den man zu schmecken vermeint. Die Pfefferschoten schillern wie feuerrote Eiszapfen. Anfangs hat Gilla, mit dem Jumbojet ihres irischen Freundes nach Liberty Harbor geflogen, durchs Fernglas verfolgt, wie der Zutatenberg verschwunden ist im Hängetopf, einem rußschwarzen Ungeheuer von Fassgröße. Derweil mischt sie sich unter die Arbeiterinnen der Bindegarnfabrik, die mittags erscheinen mit Blechbüchsen, denen lange Basthenkel wie gekreuzte Zöpfe angeflochten sind. Das einfältig Wirkende erweist sich als zwiefältig nützlich, erlaubt dem Garkoch schnelleres Einfüllen mit der klobigen Holzkelle – und das Aufhängen der heißen Suppennäpfe zum Essen an Haken, die in Pfähle und Bäume ringsum eingeschlagen sind.

Gewaltiges Schmatzen. Keine schämt sich. Stiekum vergleicht die Lautzenhausenerin das Schwarz bis Kupferbraun der Eingeborenen mit ihrer hellen Haut, welche sich zum schmerzhaft Rötlichen getönt hat. Wiewohl sie, von O'Lynch darauf hingewiesen, den ungeschützten Aufenthalt in der prallen Sonne meidet. Bezeichnenderweise sucht, wer nach Liberty Harbor gehört, den Schatten wie aus Furcht, vom Licht verzehrt zu werden. Mit dem auf dem Hunsrück-Airport gekauften Hut, für hiesige Begriffe ein Hütchenwitz, ist kein Staat zu machen. Daher der Sombrero, den ihr ein mexikanischer Händler, seine Chance witternd, angedreht hat. Zu einem Preis so hoch wie die kegelförmige Spitze, von Brian bezahlt ... entgegen seiner sonstigen Knausrigkeit. Keine Inselfrau trägt ein derlei Männerding vom Festland. Wenn sich abends die Schatten längen, ist der ihre länger als der anderer. Ob mit oder ohne Kopfbedeckung, Durst bekommen alle Fremden, was die Kneipenkassen klingeln lässt. Je mehr Hitze, je mehr Drinks.

Oswaldo Recker ließ beim Umbau der Baquine zum schwimmenden Hotel Telefone einrichten, ohne dass die kupfernen Sprachrohre mit den Messingmundstücken aus der Seefahrtzeit des alten Dampfers entfernt wurden. Ihr Erhalt aus nostalgischen Gründen macht sich bezahlt. Nur um hindurch zu rufen, bestellt mancher Gast, was er eigentlich nicht mag. Die beiden Liebenden mögen indessen. Sogleich fährt man die Kühlbox vor. Zitronensaft, weißer Rum und bräunliche Limonade. Wie Coca Cola aussehend, jedoch nach Geheimrezept gemixt mit geharztem Sirup. Daraus – nebst Gurublick des Mixers – wird Cuba Libre, ein liebliches Getränk, das zum Gesöff werden, Pferde umwerfen kann, je nach Hitze und Gemüt. Einerseits hätte Gilla gern, nähme Brian noch einen, was ihn aufleben lässt. Andererseits achtet sie seinen Grundsatz, in den Tropen möglichst wenig zu trinken. Wiederum fliegt er die B 747-100 Big Fun erst übermorgen zum Hunsrück-Airport. Also der Liebe zuliebe ... auch schmeckt es ihm.

„Was wirst du während meiner Abwesenheit tun?"

„Amadeus beim Klavierspielen zuhören", sagt die Lautzenhausenerin, erstmals auf sich allein gestellt, keine biestige Oma in der Nähe, luchsäugige Dorfhintersassen, aufgeregt wie selten zuvor. „Oder Karin und Medea an der Bar helfen." Sie spürt ihr Erröten, wird patzig. „Der Gentilhomme hat es mir erlaubt."

„Ein rätselhafter Typ der Sorte, die du ewig kennst, ohne rauszufinden, was bei ihr Sache ist. Wenn Mister Gent Zugeständnisse macht, dann nie ohne Absicht. Immerhin hat er Fun Air gegründet, verdanken wir alle ihm den Job."

„Ich bediene nach der Siesta, wenn es keinen Alkohol gibt."

„Aber brav bleiben." Seit O'Lynch um Gillas Schwangerschaft weiß, ist seine Fürsorge derart beflissen, als hätte er darauf einen Eid geleistet. „Übrigens kann es sein, dass der Mexikaner aufkreuzt – Jimenez, von dem ich dir erzählt habe. Als wir herkamen, war er stocksauer auf dich." Im Gesicht des Fun Air Piloten zuckt es. „Irrtümlicherweise! Dein Name Recker machte ihn glauben, du seiest die Tochter von Oswaldo, der die Baquine zum Hotelschiff ausgebaut hat."

„Na ... und wenn?"

„Der Mexikaner bekam von ihm falsche Euros angedreht."

Sie sind unter die zu Asche gebleichte Plane, die das Kajütsdeck überzieht, geflüchtet; durch faustgroße Löcher sticht jedoch das Licht wie Moskitos durch Gewebemaschen. Daher glühen auch hier die Planken, so dass man sich die Füße vertreten muss, um es länger als kurz auszuhalten. Zwischen dem Holz wirft der Kalfaterteer Blasen, und dem Eiswürfelbecher entsteigen Dampfwölkchen. Wundersam kühl fühlt sich die Armlehne von Gillas Liegestuhl an. Kein Kunststoffding wie am Badestrand, das sich in der Hitze verbiegt und die Form eines Foltermöbels annimmt, sondern ein Deckchair aus Edelholz, die Gelenke beschlagen mit über Jahrzehnte rundgewetztem Messing, das schimmert ohne protzigen Glanz. In den Dreißigern mochte er auf einem Passagierdampfer gedient haben – reserviert für die göttliche Garbo oder den blauen Engel Marlene Dietrich. Die wachsige Oberfläche des tropischen Teaks kommt von seinem Kautschukgehalt, der es termitenfest macht.

Der Irishman von Fun Air, an Bord als Captain angesprochen, so dass die unbedarften Urlauber ihn für einen Sailor halten, tritt neben Gilla an die Reling, um einen Hauch der gelinden Seebrise zu erhaschen. Er war in Belém und Singapur, unmittelbar am Äquator gelegene Städte, die hohe Dauertemperaturen haben, aber nicht solche Nachmittagshitze, die ihm nirgends sonst begegnet ist. Der Lage nach müsste Wendekreisklima herrschen. Stattdessen wird man gebraten, als heize die Hölle der Karibikinsel ein. Das liege an den Gesteinsmassen des Vulkans, heißt es. Die Lava wirke als schwarzer Körper, der sich das Sonnenlicht einverleibe.

Jedenfalls ... in dem Eisenkasten von Hotelschiff staut sich die Hitze bis Mitternacht. Wer Lampen einschalten will, muss Tür und Bullauge schließen, da kein Moskitonetz dicht ist. Mückenschwärme bleiben draußen, zirpende Massen, die das Glas berennen. Abends riecht es an

Deck, wie tagsüber im Innern, nach Marihuana, auch Gras, Ganja, Stuff oder Jaysmoke genannt. Mischt sich dessen Geruch mit dem von Gekotztem, von Bädern und Toiletten und, am widerlichsten, der Spülküche mit den offenen Kübeln für Speisereste, bleibt ohnehin alles dicht. Sie gehen in die Kajüte, entkleiden sich. Nackt ist die Liebe am schönsten. Danach aber ... Gilla lauscht.

„Da ist es wieder!"

„Harmlos", sagt O'Lynch im Ton jener Gelassenheit, die eher des Gesagten Gegenteil vermuten lässt, und räkelt sich liebeslahm in der Koje. „In diesen Breiten lärmt ständig etwas, entweder Trommeln oder Insekten."

Sie tritt zum Bullauge, wo das Geräusch lauter ist, anschwellend und abschwellend, mal heller und mal dunkler, fern und nah zugleich. Ein seltsames Brausen, wie zu Haus noch nie vernommen. Zu sehen ist nichts, aber zu erahnen ... das, was bei angeknipstem Licht sichtbar wird. Wimmelndes Getier, das gegen die erhellte Scheibe stößt. Winzig klein, kaum erkennbar dieses, jenes mit daumenlangen Schwanzborsten, Minimonster von Käfern, geflügelten Würmern, Schnecken, die an Ballons zu schweben scheinen. Wahre Raubmücken und Killerfliegen, die Schneisen in das Gewimmel fressen. Alles mit rasender Geschwindigkeit, kaum dass das Auge folgen kann. Vor allem Eintagsfliegen, die, mit dem Sterben säumig, außer Fassung geraten, wenn sie zwei Tage leben müssen. Brian, zu ihr getreten, wiederholt, das Viehzeug sei harmlos. In Massen vernichte es in Millionen Jahren nicht das, was ein Mensch an einem Tag zerstöre ... Gilla nickt dazu. Weniger aus Überzeugung, sondern weil er es sagt.

Dann die Moskitos! Man mag Lüfterstutzen, Bullaugen, Niedergänge, Durchläufer, Oberlichter, Schotttüren verrammeln, einige kommen immer herein. Die gefürchteten Einzelkämpfer, die Jagdasse der Lüfte, wie der irische Pilot sie, nicht ohne gewissen Respekt, zu bezeichnen beliebt. Erkennbar erst nach dem Beutezug, wenn sie prall und satt dahängen, flugunfähig von der Blutmahlzeit. Schlägt man nach ihnen am Ort der Verdauung, bleiben daumengroße Flecken, die alsbald zu schwarzen Siegeln werden. Davon zählt die Lautzenhausenerin, gemütliche Hunsrücker Schmeißfliegen gewohnt, im Kojenumkreis ein gutes Dutzend. Andere Gezieferschaften, angeführt von Schaben aus der Bordküche, nisten in den Kajütsecken. Das nagt, das bohrt, das krabbelt, wie es das Leben befiehlt, jenes, das nichts gebucht hat, aber doch vorhanden ist. In dieses Gewisper der Stille, diese

Schweigesymphonie des Unheimlichen schrillt das Telefon. Ein Anruf aus Deutschland für Captain O'Lynch.

„Was ist?", fragt Gilla, nachdem er das Gespräch beendet hat.

„Reporter Dick möchte dringend etwas untersucht haben." Der Ire schaut sie an, in ihrer Nacktheit ... gibt sich einen Ruck. „Dazu brauchen wir Jimenez, der das Eiland kennt. Ich hinterlasse für ihn eine Nachricht."

„Hoffentlich ist das kein Weiberheld!"

„Nur gelegentlich."

Zu den Mahlzeiten lädt ein Glöckchen, das der Küchenchef zu bimmeln hat, wie einst auf alten Themsedampfern. An dem, was sich auf der Baquine Dinner nennt, ist englisch nur die Abendzeit, alles sonst südländisch bis auf die Krebspanzer, die Fischgräten, die Muschelschalen, welche, ein Stillleben für sich, alsbald die Tische des Salons bedecken. Schwarze Boys ziehen sie mit Rechen in Kunststoffeimer, was die weißen Herrschaften nicht stört, sogar als folkloristische Einlage verstanden wird. Schließlich reist man in die Fremde aus Überdruss am Heimischen, das durch fantasieloses Einerlei zu bedrücken pflegt. Dass draußen alles besser ist, behaupten vorzüglich jene, die es nicht verstehen, sich im Drinnen einzurichten.

Ein Schleswiger erzählt, als Kind habe er nur Hering bekommen, heute grün, morgen sauer, grüner Aal und Krabben; am Sonntag gebutterten Schleibutt. Jahraus, jahrein. Gilla kichert in Gedanken an Hunsrücker Dippekulles. Zu den Fischgerichten gehören Zangen zum Aufhebeln, Aufbrechen, Aufknacken von Schalentieren ebenso wie die Behauptung des Küchenchefs, seine tollsten Zubereitungen stammten von Seeräubern. Neben Mordgesellen Westindiens wie Henry Morgan und William Dampier kennt er sogar den nordischen Störtebeker. Der Irishman aus Shannon grinst vor sich hin, als wüsste er solche von heute zu benennen.

Beim Kaviar strahlt Oma Reckers Enkelin. Nie gegessen ... so tun als ob. Ihr Lover schweigt, die Stirn gerunzelt. Frisch vom Fisch ist er hellklar. Dieser ähnelt rostdunklen Schrotkugeln. Stammt er vom atlantischen Seehasen, als Schwarzmeerstör ausgegeben? Seinen Gedanken erratend meint der Schleswiger, Schleibutt komme auch nicht immer aus der Schlei. Alles lacht. Erst recht, als ein Holländer amerikanischen Kriegsschiffen nachsagt, von ihnen fielen täglich einige Tonnen Rost ab, so dass sie mit der Zeit kleiner würden ... besonders freut das Stegportier Obregón. Einst mochte er die Gringos aus El Norte. Geblieben ist, Zeit macht klug, davon nichts. Wiederum ist seine Heimatinsel zu sehen. Hinüberspucken lässt es sich. Aber wer von Liberty Harbor aus Kuba anfliegen will, kann nur über Mexiko, Florida oder Europa nach Havanna, beäugt von El Barbudo und dem Servicio Secreto, was Castro, den Bärtigen, und seinen Geheimdienst meint. Aber wie das so geht …

„Bis auf den Bart ist Fidel in Ordnung", sagt ausgerechnet eine Hamburgerin mit, wie O'Lynch findet, Vorfahren von Hanseaten, die in Neuseeland rochen, wenn in Brasilien Kaffee verbrannt wurde, um in den USA und Europa den Preis in die Höhe zu treiben. „Wir sollten ins Voodoo Woman gehen."

„Der Hopsschuppen liegt", warnt Obregón, „im gefährlichen Viertel".

Das meint nicht die ganze Jacala, sondern ihre kleine Bronx genannte Nordseite, die als übelster Stadtbezirk gilt, übler als das Schlägerviertel La Perla im puertorikanischen San Juan, was, unter Kennern, etwas heißen will. Hier gibt es keine Hütten, die gemeinhin für Elend stehen, sondern, wie in New Yorks großer Bronx, Betonsilos von Mietskasernen, Feuerleitern außen, Feuerspuren innen, ein Geviert von vier Fußballplätzen, auf welchem Tausende leben, unerfasst vom Fremdenamt. Gleich den Türmen der Bohrfirmen, Banken und Maklerbüros wirken sie hell, kantig, von See her wie Kerzen baulicher Erleuchtung, abgesetzt auf dunklen Berghintergrund. Aus der Fläche in die Höhe bedeutet nicht den Himmel, und von nahem sticht der Verfall ins Auge. Des Voodoo Woman's Fenster sind vergittert. Hinter dem Gitter Bretter, dahinter Eisenblech, beide mit Schrammspuren. Als seien Handgranaten explodiert. Ein Trompeter der Disco starb, als er den Zündschlüssel drehte. Sein Wagen fuhr nicht voraus, sondern flog in die Luft, die Trompete ins Bordell La Chalupa. Da bliesen die Damen sich einen.

„Kommen Sie mit?", fragt die Hamburgerin. „Ich bestelle Taxis."

Gilla zuliebe lehnt Brian ab. In Karnevalsbreiten des Gelächters erscheint der Tod als Clown und erwischt dich beim Scheißen vor seiner Entlarvung. Du bist tot, aber glaubst, am Tresen zu sitzen, einen Drink in der Hand. Kürzlich knallte es in der Raffinerie von Minatitlán. Der Hurrikan hatte ein Sonnendach abgerissen, die Hitze den Tank darunter aufgeheizt. Auf Anhieb verdächtigt wurden Bombenleger. Caribbean Radio meldete, vor Guantanamo Bay sei ein Schmuggelschiff im Sturm gesunken; in Wirklichkeit hatten es amerikanische Drogenfahnder gesprengt. Ein Drittel der Hälfte des Viertels, von dem es heißt, so und so zu sein, ist ein Sechstel des Achtels, das übrig bleibt, wenn vom Zehntel einer Wahrheit die hundert Millionen Lügen, die sie umgeben, abgezogen werden. Zwar würde Gilla, wie einst die Großmutter, gerne schwofen. Aber wenn der irische Freund ablehnt, hat das Gründe – vielleicht wegen des Anrufs von Dick. Der ist auch keiner, der Brötchen backt, die niemand mag.

„Brian“, meint die Lautzenhausenerin sinnend, „irgendetwas verheimlichen die Leute von den Rhein-Mosel-Nachrichten. Bevor der Reporter erschien, sagte er am Telefon zu Oma, es ginge um Falschgeld. Auch Karin und Medea finden, dass es damit zu tun habe, wenn die Zeitung, die Kriminalpolizei, sogar der Staatsanwalt sie deswegen ansprächen. Als aber Herr Liesner, der Chef des Blättchens, uns aufsuchte, war davon keine Rede. Er sprach vom Mordfall Frederic, den es aufzuklären gelte. Auch das scheint nicht alles zu sein. Vermutlich haben die vor herauszufinden, warum Besatzungssoldaten umgebracht werden … allgemein, nicht nur dieser eine. Oma hätte ihn vielleicht geheiratet, wäre er nicht plötzlich verschwunden.“

„Das geschieht seit Jahrhunderten so.“

„Warum? Stanley muss, obschon er, wie Dick behauptet, ein Nazi war, nett gewesen sein. Sonst hätte sie sich nicht mit ihm eingelassen.“

Der Flieger von der grünen Insel schweigt dazu.

37 Dr. Kämper-Ehrlich, der Markus Unger, unbeschadet seiner im Kollegenvergleich wenigen Dienstjahre, für der Koblenzer Kripo fähigste Spürnase hält, hat ihn hergebeten, um sich in der Sache Recker, die auszuufern scheint, ein Bild zu verschaffen, bevor er, Frau und Kindern zuliebe, in Urlaub fährt, eine Schiffsreise vom Rhein zur Donau, als Wassererlebnis angepriesen. Kein Bahnhof, kein Flughafen, keine Autobahn. Man steigt am Moselufer ein, los geht es. Sogar ein Friseur an Bord laut Werbeschrift. Das wird ein Haare schneidender, Bart scherender, Fuß pflegender, Witwen tröstender Kellner sein.

Die Dampferbesatzung soll aus Rumänen bestehen … na, zum Menschenerlebnis kann sowas auch werden. Weltanschauungsauffrischung. Zum Glück sind Flüsse keine Meere. Man sinkt, wenn denn, nicht tief. Die Nase schaut stets heraus. Ein Flieger, der aus zwölf Kilometern Höhe abstürzt, zerkrümelt. Was gefährlich sein soll, sind Brände an Bord, so Karl Wölfenrath, der Chef der Feuerwehr.

„Wie steht es mit der gewissen Attentatswahrscheinlichkeit, die Sie neulich hinsichtlich des Tankerunglücks vermuteten?"

„Deren bin ich mir nicht mehr sicher", räumt der Kommissar unumwunden ein. „Wir könnten darin genarrt worden sein."

„Das sagen Sie nicht ohne Grund?"

„Ich hätte ihn nachzuliefern, ja."

„Wie stellt sich Ihnen die Lage inzwischen dar?", erkundigt sich Dr. Kämper-Ehrlich, welcher die Schiffsreise dazu nutzen möchte, seine Strafbestimmung wider unerlaubte Spatzenjagd, seit Jahren in Arbeit, endlich abzuschließen. „Ich möchte im Urlaub nicht grübeln müssen."

„Ein Hunsrücker Amateurfunker namens Hühnlein gab mir einen Hinweis, mit dem ich seinerzeit mangels anderem nichts anzufangen wusste. Galt auch für das, was mir Sabine Ellern vom Juweliergeschäft Collier sagte. Beide kannten den Waffenhändler, jeweils aus verschiedener Sicht. Die Löhr-Center-Frau soll, wenn ich Dick glauben darf, in Liberty Harbor einen mexikanischen Freund haben ... mag sein oder nicht. Mir gegenüber ließ sie jedenfalls, und zwar ungefragt, durchblicken, Recker habe ihr einen Heiratsantrag gemacht. Zufolge ihrem herablassenden Ton, dem einer Karrieristin, muss das länger zurückliegen. Sie wäre derweil wieder geschieden."

„Das zu bewerten ist nicht Polizeisache."

„Jedenfalls erscheinen durch den überraschenden Fund im Schießstandbunker, über den ich Staatsanwalt Stubenrein unterrichtete, bisher nicht geahnte Zusammenhänge möglich. Hm ... wissen Sie über die Platinen Bescheid?"

„Ungefähr."

Markus Unger wird lebhaft, was bei ihm geschieht, als rüttele ihn jemand, nach links die Kehr, die Kehr nach rechts, mittig der Kopf, als würde er, dem Dunkelmännertum nachgesagt wird, von innen erhellt, als hätte, wenn das eintritt, sein Auge glänzt und die Ohren spitz werden, die Wahrheit eine Chance, ersatzweise dasjenige, was ihm, Markus Unger, an deren Stelle als vertretbar erscheint.

„Auch dem Nichtfachmann musste auffallen", erklärt er, „dass es sich um hochwertige elektronische Bauteile handelte, nur – sie konnten zur Ausstattung verschiedener Geräte dienen. Vom Funkapparat bis zum Bankcomputer. Das war herauszufinden von Leuten, die in der Hinsicht was drauf haben. Mir sollte keiner vorwerfen, ich hätte es bei meinem Laienverständnis belassen. Beruf ist Beruf. Ich habe den meinen. Andere beherrschen ihr Gebiet, sollten es jedenfalls ... "

„Finde ich auch. Gott schütze uns vor Hobbyisten, Freizeitforschern der Gerechtigkeit! Die Weltmeister vom Landeskriminalamt verdienen weltmeisterlich. Dafür können sie etwas tun. Hat man Ihnen geholfen?“

„Über alle Erwartung. Demnach steht fest, dass mit ihnen auf fotomechanischem Weg Falschgeld herstellbar ist. Die Platinen bilden den Prozessrechner, der, bei geeigneter Software, die komplizierte Maschinerie die verschiedenen Drucktechniken steuert. Die Hardware, auf dem Markt zu kriegen, genügt nicht. Wer Geld dazu hat, kann sie kaufen. Der Programmteil ist derjenige, welcher. Ähnlich dem Virtuosen, der eine Meistergeige ergreift, um auf ihr zu fiedeln.“

„Wie gedenken Sie weiter vorzugehen?“, fragt der Oberstaatsanwalt beeindruckt. Ein zopfloser Kripomann, zu Einzelkämpfertum neigend! Von logischem Denken zeugen Ungers Ausführungen und vom Bemühen um Wahrheitsfindung. Das schützt besser als Belehrung vor überzogener Eigenbrötelei.

„Unter dem Vorzeichen einer einfachen Schlussfolgerung. Die beiden Schönen, Karin und Medea, über die Sie von Herrn Stubenrein Bescheid wissen, arbeiten inzwischen als Bardamen in Liberty Harbor. Der Pianist vom Club 2002 ist auch dort. So dämlich es im Nachhinein klingt, Anfangs dachte ich an Mädchenhandel.“

„Etwa im Ernst?“

„Ja.“ Unger wird verlegen, lacht mit rotem Kopf. „Eine Koblenzerin hatte im Februar Anzeige erstattet mit der Behauptung, man habe während ihres Karibikurlaubs versucht, sie auf der Insel für ein Bordell namens La Chalupa arbeiten zu lassen. Erwies sich als Wichtigtuerei, auf Vorhalt als Karnevalsscherz abgetan. Von Nachtlokalen auf Mallorca hört man Ähnliches, während der Sauregurkenzeit sogar im Radio.“

„Ich kenne beide, Zwillingsschwestern, wie man mir sagte, persönlich nicht“, versetzt Dr. Kämper-Ehrlich anzüglich. „Aber nach Aktenlage sind das keine Mädchen, die sich ohne Weiteres verhandeln lassen.“

„Nun bestätige ich das, Herr Oberstaatsanwalt! Bei ihnen liegt der Fall anders. Zufolge ihrer glaubhaften Bekundung nach einer Party am Bodensee hatte dort ein Gentilhomme genannter Südländer, Lateinamerikaner vermutlich, versucht, sie als Flugbegleiterinnen von Fun Air anzuheuern. Eine faule Masche! Um das, was angesichts ihrer Erscheinung nahelag, Erotik nämlich, ging es nicht. Es sollten, weiß ich derweil, präparierte Taschen mit Platinen in die Karibik geschmuggelt werden.“

„Die konnten Sie beschlagnahmen lassen?“

„Bewahre!“, entfährt es Unger heftiger als gewollt. „Das hätte die Spur verwischt. Ich vermute die Falschgeldpresse an Bord des Hotelschiffs Baquine. Ein stillgelegter alter Dampfer dürfte allerlei Versteckecken haben. Ist das Stand der Dinge, haben wir erneut mit Blüten zu rechnen.“

„Höchstwahrscheinlich ... ohne Gewinnaussicht geht keiner das Wagnis ein, derlei per Luftweg, der, anders als andere, ausweglos ist, zu überführen. Beweisstücke kann man vom Schiff ins Meer werfen, nicht aber aus einem Flugzeug. Wie sehen Sie der blöden Sache Weiterentwicklung?“

„Sollte Besagtes zutreffen, ergibt sich, dass – weil Recker tot ist – Dritte im Spiel sind, Ganglords von heute, die nichts mit ihm zu tun, ihn nicht einmal gekannt hatten.“

„Wer könnte das sein?“

„Keine Ahnung, bis jetzt nicht. Aber erlaubt sein dürfte die Annahme, dass sie andere Kriege führen als jene, über welche sich Polizeiausbilder ergehen.“

„Damit wäre der Waffenhändler als Geldfälscher raus, aber nicht oder noch nicht als Sohn des Vaters, der im unbewiesenen Verdacht des Mörders steht.“

„Ein unbehaglicher Gedanke, ja!“

„Es gilt zu einem Ergebnis zu kommen.“ Dr. Kämper-Ehrlich entdeckt im Papierkorb die Hülle seines letzten Harzer Rollers, wischt sie verstohlen tiefer in den Abfall und einen Käsekrümel von der Hose. „Es muss zumindest so lange Bestand haben, wie die Medien sich dafür interessieren.“

„Ich werde weiter ermitteln, auf Überraschungen gefasst. Es könnte sein, dass Senior und Junior Recker mit den Morden auf dem Hahn wie in der Karibik wirklich nichts zu tun haben. Als Täter! Mitwisserschaft mal beiseite gelassen. Für meinen Teil bin ich mir derweil sicher, dass wir es von vornherein nicht mit gewöhnlichen Gaunern zu tun hatten ... sondern mit einer staatlichen Organisation.“

„Also ein Geheimdienst als großer Unbekannter?“

„Das ist der Knackpunkt, Herr Oberstaatsanwalt! Schlapphüte machen die Fehler nicht, die Klaus Dick und ich entdeckt haben. Eher könnte die amerikanische Militärbürokratie dahinterstecken – ehrpuseligerweise. Das Pentagon ist weder CIA noch FBI. Offenbar sollte und soll falsche Personalpolitik ausgebügelt werden.“

„Meint das die Einstellung von Nazis in den US-Streitkräften?“

„Übern Daumen gepeilt, ja – da lief etwas schief!“

„Vor einem halben Jahrhundert war alles anders, mein lieber Unger. Das müssen wir unseren Altvorderen zugute halten."

„Selbstverständlich." Der Kommissar nickt. „Damals waren die meisten Koblenzer Polizisten frühere Gestapoleute. Aber wir Nachfolger bestreiten das nicht – wie es das Pentagon zu versuchen scheint." Er mildert seinen Ton. „Um beim Schießstandbunker zu bleiben, den Funden nach könnte gegen das Kriegswaffengesetz verstoßen worden sein. Aber danach kräht auf dem Hahn kein Hahn. Das Falschgeld angehend ist zwar Aufklärung von Nöten. Mit den Mordfällen hat das jedoch nichts zu tun. Wiederum zerbröselt bei diesen das Motiv, Herr Oberstaatsanwalt."

„Unter welchem Gesichtspunkt?"

„Mehreren ... vor allem dem des zeitlichen Abstands." Unger hält inne, überlegt. Von Fällen, die in der Ausbildung erörtert worden seien, erzählt er und vom Sachbearbeiter des Landeskriminalamtes, der eine entsprechende Andeutung gemacht habe. „Vielleicht war es so, dass die Amerikaner den brasilianischen Reckers zusetzten, weil Nazis oder dafür gehalten. Das hätte man an den Kriegsanfang zu verlegen."

„Professor Backe datiert den Mord an dem Flight Lieutenant, von dem wir inzwischen wissen, dass er kein eingebürgerter Amerikaner, sondern Weißrusse aus Minsk war, in die Zeit ab Sommer neunzehnhundertdreiundfünfzig."

„Eben – dreizehn Jahre später! Zwar gibt es Rachetäter, die sich in Geduld üben. Aber das sind die wenigsten. Übrigens sehe ich noch eine weitere Möglichkeit, bis jetzt im Hinterkopf behalten ... schriftlich findet sich davon nichts."

„Raus mit der Sprache!"

„Es könnten zwei Täter gewesen sein. Der eine tötete, aus welchem Grund immer, das Opfer. Der zweite mauerte dessen Leichnam ein."

„Das ist ein abenteuerlicher Gedanke, aber im Hinterkopf gut verwahrt." Dr. Kämper-Ehrlich nickt anerkennend. „In Ihrem Hinterkopf, Herr Kommissar! Unsereinem wird derlei als kriminalistische Anmaßung angelastet." Seine Miene gerät zum Säuerlichen, unbegründeterweise allerdings. Die ihn ärgernde Zubenennung Harzer Roller hat ihren Ursprung nicht darin, dass es ihn als Oberstaatsanwalt zuweilen nach Sherlock Holmes gelüstet, sondern weil er Handkäsefreak ist. „Ich an Ihrer Stelle würde bedenken, dass der Mord in einem militärischen, stark bewachten Sperrbezirk geschah. Aus der US Air Base Hahn konnte man mir nichts, dir nichts keinen Leichnam wegschaffen. Vielleicht wurde er deswegen eingemauert."

„Eher wie nicht. Kein Täter ohne Opfer. Andererseits entfällt der vermutete rituelle Hintergrund des Mordes, wenn es dem oder den Mördern darum zu tun war, restlos alle Spuren zu verwischen. Nur ein bekanntes Ereignis kann Appell an die Welt sein. Will der Herr einer Sache, dass sie mich interessiert, muss er dafür sorgen, dass ich von ihr erfahre. Ob das für jeden Rachetäter gilt, ist allerdings eine andere Frage."

„Eine sehr wichtige, mein lieber Unger! Nehmen Sie die Gewalt im Nahen Osten. Der palästinensische Selbstmordattentäter schlägt öffentlich zu – die israelischen Streitkräfte schlagen unverzüglich öffentlich zurück. Das macht die Beteiligten zu Kämpfern, die ein Zeichen setzen wollen, welches weithin für alle sichtbar ist. Bringen einzelne Juden und Araber sich im Finstern, von keinem gesehen, gegenseitig um, tilgen die Tatspuren, lassen die Opfer verschwinden, so sind das gemeine Morde. Mit Befreiungsschlägen politischen Hintergrundes haben sie nichts zu tun. Unterstellt, den Eltern Recker erging es in Brasilien, weil für Nazis gehalten, durch die Amerikaner schlecht. Um sich dafür zu rächen, musste der Sohn nicht nach Deutschland kommen. Aber ein Deutscher, dem übel mitgespielt wurde, sei es Angehörigenverlust durch US-Bomben oder sei es Schikane der Besatzungstruppen, ging in die Amikneipe. Dort fand er stets einen schickeren GI, dem er den Schädel einschlagen konnte. Was unseren Fall angeht, war dem Täter klar, dass man einen verschwundenen amerikanischen Offizier überall suchen würde. Das hat mir Feuerwehrchef Wölfenrath bestätigt. Dessen Amtsvorgänger war in dem Trupp, der den Hunsrück nach Frederic durchkämmte."

„Gewiss nicht freiwillig."

„Nein – aber es war Besatzungszeit. Es gibt Heutige, die das fuchst, ohne selbst erlebt zu haben, wie es gewesen ist. Wer fremde Truppen im Land nicht will, darf keinen Krieg verlieren. Auf anderem Blatt steht, wie lange sie bleiben."

Unger starrt auf die Karte der rheinland-pfälzischen Gerichtsbezirke an der Wand.

„Das", sagt er gedehnt, „ist auch für mich die Frage."

„Es gibt mehrere Antworten – nur will sie keiner hören. Hätten die Amerikaner nach fünfundvierzig den Flugplatz gebaut, wäre das der Abschluss ihrer Kampfhandlungen gewesen. Aber sie verschwanden, überließen den Hunsrück den Franzosen. Acht Jahre später beliebte es ihnen, dort eine wahre Festung zu errichten. Das versteht nicht jeder, ich, ehrlich gesagt, nur zur Hälfte."

„Wer sich selbst verrätselt, läuft Gefahr, beargwöhnt zu werden. Schlimmer ist, dass sich derlei nach innen kehrt, als Selbstzensur wirksam wird. Ich verspüre Hemmung, heikle Tatsachen aufzugreifen. Da wird behauptet, der Fliegerhorst Hahn sei von den USA an Deutschland zurückgegeben worden. Wie lässt sich zurückgeben, was man nie bekommen hat? Dort gab es bis zweiundfünfzig nur Äcker, Wald und Wiesen. Gebaut wurde die Airbase Hahn von den Amerikanern. Somit wäre sie von diesen abzureißen, zu entsorgen gewesen. Aus Drückebergerei, den Dreck von vierzig Jahren zu entfernen, umtitelte man Selbstgebautes zu Vorgefundenem, das als Vorhandenes blieb, wo und wie es war. Dabei genügt ein Blick auf die Kasernenbauweise, dass das amerikanische Militärarchitektur ist. So sehen keine deutschen Unterkünfte aus."

„Hm", macht der Oberstaatsanwalt, „mir ist der Hunsrück unvertraut. Aber Dank für den Hinweis. Ich werde mich dort umschauen." Seine Miene wird verschmitzt. „Gehe ich recht in der Annahme, dass Sie Ihre Gewährsleute haben?"

Die treuherzige Frage bringt Markus Unger unversehens dazu einzuräumen, dass sein Vater als früherer BKA-Mann ihm diesen und jenen Tipp gebe.

„Zum Beispiel weiß ich von ihm", sagt er bedächtig, „dass um das Jahr dreiundfünfzig Lautzenhausen, ein Dorf mit achtbaren Bauern, wie sie die Schöpfung keine besseren hervorbringen konnte, dank dem Amitrubel berüchtigt wurde. Der Hollywoodregisseur Elia Kazan beabsichtigte, darüber einen Film zu machen. Auch Fassbinder wollte dort drehen, die Geschichte eines Jazzmusikers, der in den GI-Kneipen spielte. Diese Leute steigen nur ein, wo das Schlechte goldwert ist."

Dr. Kämper-Ehrlich nickt vor sich hin.

„Ein Thema für sich", sagt er mit einem Anflug ironischen Tief- sinns. „Die Menschheit hätte es leichter, würde nichts überliefert. Das schafft Täter und Opfer im Bewusstsein der Nachfahren. Hätten die Juden alle Schriften vernichtet, statt sie zu sammeln, gäbe es keinen Holocaust – freilich auch keine Juden! Man ist dieser oder jener durch die Pflege seiner Geschichte. Von dorther bezieht der Staat Israel seine Würde. Im Grund gilt das für jedes Volk. Nicht die Minderheit großer Amerikaner schadet dem Land, sondern die Mehrheit kleiner Marktschreier des

Amerikanismus. Sie schreiben herrliche Romane und machen wunderbare Filme – die vermarktet werden wie Kaugummi und Babywindeln! Ich bin zuviel Europäer, um derlei zu schätzen."

38 Obschon gestern eben sieben geworden, ein Geburtstag der ungeraden Zahl, die ihre Unwägbarkeiten hat, ist Kurt, einziger Sohn des Ehepaares Dick, ihres Zeichens Reporter der Rhein-Mosel-Nachrichten, Besitzer eines Computers, dieser vom Vater ausgemustert, und Träger von Designerklamotten, diese der Mutter abgetrotzt, zum Klassensprecher gewählt, durchaus kein Weiberfeind. Etwa steht seit dem Ableben des Simmerner Opas, den die Engel vom Schlossplatz, als er sich eben die Pfeife stopfte, heimholten, die Simmerner Oma unter seinem Schutz. Zwar kann, wird, muss sich das mit höherem Alter ändern. Denn nichts ist sicherer, als dass die Zeit ihren Tribut fordert. Noch geht Kurtchen, wie er gerufen wird, der Macho ab, hat Freundin Paddy, Tochter von Staatsanwalt Stubenrein, nichts zu klagen, wenn sie im Park Hundehalter ärgern, täglich auf andere Weise, oder den Kebab-Türken, der als Hammelfleisch verkauft, was deutsches Mastschwein ist. Der Fleischer an der Ecke Südallee als deutsches Brathuhn, was in thailändischen Hinterstuben großgezogen. Die Tage machen schlau, die Wochen schlauer, die Jahre am schlauesten. Bei alten Leuten ist es umgekehrt.

Das liegt ferner am Simsen, beider unheilige Leidenschaft, ein Klingelscherz höherer Ordnung, der die Haushaltskasse belastet. Der Sitten Unsitte! Gehört verboten, so die Mütter. Die Väter auch. Allein, die Zeit zeigt Flagge, verlangt das Ihre, gelegentlich ein neues Handy ... daran macht keiner nix. Die sollen nicht so tun! Mama kriegt auch einen neuen Staubsauger, wenn sie Papa schöne Augen macht, sogar ohne dass der alte entzwei ist. Du musst dich durchboxen, Mann! Ist das Zielgerät ausgeschaltet, speichert der Mobilfunkprovider die Botschaft, und später ist bekanntlich alles später, hat sich das eben Wichtige erledigt. Auf los geht es los erneut. Ausnahmen bestätigen die Regel wie jetzt im Mittelrheinmuseum, in das seine Mutter ihn mitgeschleppt hat, schlechter Laune übrigens. Zuvor in die Kleiderkammer des Stadttheaters, wo sie im Redaktionsauftrag muffige Uniformen aus Kaisers Zeiten fotografierte. In Farbe ... das Knallige macht den Knüller. An solchen Orten liebt Kurtchen ihr Parfüm.

„Lauter alte Klamotten“, simst er an Paddy, die bei Ampelrot stehen bleibt, gehalten von Opa Gottlieb, dem Richter. An die Kreuzung, sagt er verärgert zu Oma Hermine, der Richtersgattin, gehöre zur Verkehrsregelung ein Polizist. Mit Säbel, Goldknöpfen und Pickelhaube. Schnurrbart auch. Das verschaffe Respekt. Zwei Taxifahrer, Arm auf der Fensterleiste, zeigen einander den Vogelgruß.

„Pikkkkkelhaube“, simst Paddy zurück. „Mit Schnurrrrrrbart.“

Das Schönste am Simsen ist, dass derjenige, der neben dem Simser steht, nicht hören kann, was gesimst wird … zu Christas Unwillen. Ihr braves Kurtchen und das altkluge Staatsanwaltskind! Nicht weniger unwillig beäugt sie, eine vorwitzige Locke aus der Stirn schiebend, das Wilhelm-I.-Modell, das zu fotografieren ihr Klaus aufgetragen hat nach Hinweisen eines Stadtbediensteten, dem das Reiterstandbild ans Herz gewachsen ist. Künstlerische Bilder sind nicht gefragt, solche zur Anschauung vielmehr, auch diese nicht wirklich ernsthaft. So ist das Poster der rheinischen Oper, mit Steuergeld bezahlt, ausgesprochen kitschig. Fünf Jahre alt allerdings. Ha … aus dem vorigen Jahrhundert! Doch bemerkt das nur einer, der genauer hinsieht. Des Blättchens Fotofrau hat anderes im Sinn. Es geht um eine Auskunft. Das Knipsen ist nur Vorwand.

Vor ihr die Rhein-Zeitung vom 17. November 1987 mit der Vorgeschichte, der des Sponsorengeldes, der Politik und Wichtigtuerei, die zur Wiedererrichtung des Deutsche-Eck-Denkmals geführt hat. Neben der Rüdesheimer Drosselgasse, dem Mäuseturm zu Bingen, der Pfalz bei Kaub und der Loreley, dem Felsen der Wasserfrau, welcher üble Zungen nachsagen, es mit Schiffern getrieben zu haben, Touristenneppattraktionen der Oberklasse, erfreut sich der Kartätschenprinz der Knipsgunst von Fotonarren. Kaum hat Kurtchen die Zubenennung Allerhöchstdesselben gehört, will er von Paddy wissen, was ein Kartätschenprinz sei. Doch das Handy der altklugen Freundin schweigt. Dafür klappert im Hintergrund eine Schreibmaschine. Als er deren Benutzerin, eine bebrillte Museumstante, forsch anmacht, kommt heraus, dass sie den Ausdruck nicht kennt oder nicht kennen will.

Gerade siebzehn Jahre her, die Zweitgeburt des kaiserlichen Reiterstandbilds … wie hundert scheint es. Die Geschichte zeitlos versteinert. Ungern erinnert sich Christa Dick, dass ihre Klasse am Görres-Gymnasium, Lehrer und Schüler gemeinsam, besorgt über das Ereignis, das hochtrabend daherkam, einen deutschtümelnden Aufsatz schreiben zu müssen, einen unwirschen Brief an den Bundespräsidenten, dem es oblag, den Aberwitz von Denkmal zu genehmigen, geschickt hatte. Und nicht nur deswegen, weil nie eine Antwort kam. Die Koblenzer wollten ihren alten Kaiser Wilhelm wiederhaben, etwas von der Sorte, wogegen in der Rhein-Mosel-Stadt keine Einwände erlaubt sind. Zwar ist das Alte nicht immer gut, übertrifft aber schlechtes Neue allemal. Befürworter gingen in die Cafeteria Horseman, Clublokal der Koblenzer Straßenreiter, deren Ahnen in der Schlacht bei Sedan mit blankem Säbel gefochten haben sollen. Die wenigen Gegner kamen, wo sonst, im Grünen Baum zusammen. Da Kurtchen nicht aufhört zu quängeln, schaut seine Mutter im Duden nach, Ausgabe Neue Rechtschreibung, surft im Internet. Kartätsche steht drin, nichts vom Prinzen.

„Papa", erkundigt sich zu Haus der Sohn, an Beharrlichkeit ein echter Dick, „was ist ein Kartätschenprinz?"

„Das weiß mein Chef." Der Vater gibt sich unwissend wie immer, wenn er argwöhnt, Belehrung könne mehr schaden als nützen. „Ich werde ihn fragen."

Dass Wilhelm I. besondere Kanonen für den Streuschuss, Kartätschen genannt, mit gehacktem Blei gefüllte Geschosse in die Volksmenge, wo immer sie, im Badischen etwa, murrte, aufmüpfte, Widerstand zeigte, ihr Untertanentum missachtete, schießen ließ, mit Wunden, Hautrissen, Gewebelöchern, zerfetzten Gesichtern, verstümmelten Gliedmaßen, wie sie kein Metzger dem lebenden Schlachtopfer zufügt, geht die Seinen nichts an. Entsprechend knapp wendet er sich an Christa, um zur Sache zu kommen, ob im Mittelrheinmuseum wer argwöhnisch geworden sei.

„Nein", die RMN-Bildreporterin verzieht das Gesicht, „Kurtchen hat seine Rolle wie immer überzeugend ungezogen gespielt."

„War Oswald alias Oswaldo Recker dort?"

„Namentlich konnte ich nach ihm nicht fragen, ohne Verdacht zu erregen. Eine Aufsichtsperson erinnerte sich, dass irgendwann die Kaiserfigur geknipst wurde. Der Besucher habe erklärt, von ihr Andenkenstücke anfertigen lassen zu wollen ... aus Porzellan oder Kunststoff, innen hohl zur Gewichtsverminderung."

„Das besagt aus unserer Sicht noch nichts." Klaus Dick macht sich eine Notiz. „Alles andere wäre Materialverschwendung. Es geht nicht um das Handwerkliche. Man darf als Kunstgewerbler Hohlfiguren für den Souvenirmarkt herstellen, selbstredend! Was wir wissen wollen, ist, ob Recker die Dinger in Auftrag gab, um damit Schmuggelware zu befördern. Es wäre echt ein Hammer."

„Hm … finde ich nicht“, sagt Christa unüberzeugt, klabüstert an ihrer Kameratasche, stellt sie griffbereit neben den Flurspiegel, wirft einen Blick in Kurtchens Zimmer und macht sich mit dem Eifer der Fürsorglichen daran, ihren beiden Männern das Abendbrot zuzubereiten, Kartoffelklöße vom Mittag, in Scheiben leicht angebraten. Der Albernheit größte wiewohl, empfindet sie bei dieser Verrichtung tiefste Zufriedenheit. Die Frau in ihr ist nicht übers Ohr zu hauen.

„Auf den ersten Blick könntest du Recht haben“, versetzt Klaus in Gedanken, die Nase nahe der Pfanne, „weil in so eine Figur kaum eine Pistole passt.“

„Das meine ich.“

„Womit du auf den zweiten Blick danebenliegen dürftest. Recker war Waffenhändler. So einer weiß, dass die Polizei ihn überwacht, bei Schummelei den Laden dichtmacht. Also tut er alles, den guten Leumund zu pflegen. Mit der Zeit erhöht sich sein Ansehen. Kein Mensch kommt auf die Idee, dass er an anderes als Waffen denkt. Es passt nicht zu ihm. Ein Waffenhändler als Falschmünzer – nein! Gerade das ist es, von dem Liesner mit seinem Knüllerriecher fordert, dass ihm nachgegangen werden müsse. In sowas täuscht er sich selten.“

Als Kurtchen vier Scheiben Kartoffelklöse auf dem Teller hat, beginnt er in der Küche zu suchen … vergeblich. Christa lächelt verschmitzt. Vorsorglich hat sie das Gesuchte, unerreichbar für den Sprössling, ins obere Schrankfach gestellt. Nichts gegen Ketchup an sich. Aber er wird wie Designerklamotten fetischisiert. Dagegen hat man als Mutter etwas zu haben. Der gesunde Verstand geht unter, wenn keiner sich bemüht, ihn über Wasser zu halten. Indessen scheint den Sohn, dem Geröstetes nach Frittenart teuer ist, irgendetwas abzulenken. Dermaßen offenkundig sogar, dass die Eltern Blicke wechseln.

Klaus Dick macht seiner Frau eine Artigkeit ob der Aufwärmerei, der Entsorgung von Mittagsresten am Abend, und wendet sich an den mit Grübelmiene dasitzenden Jungen.

„Schmeckt es dir nicht?“

„Doch, doch – aber“, platzt er heraus, „was ist ein Tresor?“

„Ein Schrank zum Aufbewahren von Geld.“

„Wo ist unserer?“

„Wir brauchen keinen.“

„Warum?“

„Weil wir kein Geld haben.“

„Du verzapfst wieder Unsinn", rügt Christa ihren Mann und wendet sich an den Sohn.

„Wer hat den Tresor erwähnt?"

„Die Museumstante."

Der Reporter setzt das Bierglas ab, das er eben zum Mund führen will, und stellt das Küchenradio leiser. Hausfrauenkanal. Die Liebe sei ein seltsames Spiel, versichert wer in der Schmalztonart. Ein Konsumengel zupft die Kommerzharfe.

„Was genau hat die Museumstante gesagt?"

„Dass im Tresor noch anderes vorhanden ist." Kurtchen schielt zum Schrankfach, dem oberen. „Mama – ich will meinen Ketchup haben!"

Als Dick sich am nächsten Morgen vor Ort begibt, fällt es ihm nicht schwer, von der zuständigen Dame, die ihn bestens kennt, Einsicht in die angeblichen Tresorsachen zu erhalten. Er unterdrückt ein Grinsen. Es wäre gewöhnlicher Archivkram, nicht derlei Sicherung wert, würden die Fotos vom Deutschen Eck, aus Nazizeiten stammend, nicht das Reiterstandbild umhüllt von Hakenkreuzfahnen zeigen. Daher! Weiter zu sehen sind Nachkriegsaufnahmen, der Denkmalsockel ohne den gestürzten Kaiser. Schon reut ihn die Zeit, sich damit aufzuhalten, als ein Bild zum Vorschein kommt, über das er jüngst mit Unger sprach. Der Kommissar meinte, es gäbe nur einen Abzug. Hier ein zweiter. Die Moselmündung. Oberhalb, von der Landzunge aus fotografiert, das Kneipenschiff Bar du Sud, an der Reling Narbengesicht Uwe Hinnerk.

„Können Sie damit was anfangen?", fragt die Museumstante lächelnd.

„Wenn es mir unbekannt wäre, ja … wir haben das meiste im Archiv." Klaus Dick lächelt ebenfalls, und zwar hintergründig. „Merkwürdigerweise findet sich manches in jedem Amtskeller, anderes nirgends in Koblenz. Als bestünde eine stille Absprache, unliebsame geschichtliche Tatsachen von der Stadt fernzuhalten. Erinnern Sie sich an meinen letzten Besuch?"

„Allerdings", erwidert die Dame, deren Lächeln schwindet, anzüglichen Tones. „Ihnen ging es um Belege für den Standplatz des Fallbeils, das französische Aufrührer über den Hunsrück hergekarrt hatten."

„Ich wollte sie für mein Wo sind die gerollten Köpfe der Französischen Revolution geblieben? auswerten. Ist Ihnen Kurtchen bekannt?"

„Die Glosse hat bei uns ihren eigenen Ordner."

„Oft von Lesern verlangt?"

„Beinahe täglich … hm, wie das Blättchen überhaupt. Man staunt! Was hat Sie, wenn ich fragen darf, auf das abwegige Thema gebracht?"

„Ursprünglich die Mainzer Hinrichtung des Schinderhannes nebst Räuberbande durch das Fallbeil, ein Happening auf der Höhe seiner Zeit“, versetzt Klaus Dick anerkennend. „Derweil glaube ich zu wissen, dass auch in Koblenz Köpfe rollten. Was geschah mit ihnen? Die Leichname wurden kopflos verscharrt.“

„Ihrer Glosse zufolge gingen die Köpfe an Perückenmacher, welche die Amtsstuben etwa britischer Richter belieferten?“

„Sogar die Neue Welt! In Virginia trugen um achtzehnhundert reiche Leute sie auf dem Ball, in demokratischen Volksversammlungen. Aber die Monarchisten waren nicht alle tot. Es gab Rächer! In Richmond wurden drei Bürgervertretern, welche sich mit adeligem Haupthaar schmückten, die Kehle durchschnitten. Vielleicht als Vergeltung für Marie-Antoinettes Ende auf dem Blutgerüst.“

„Das“, versetzt die Museumstante, nunmehr wieder lächelnd, „könnte Edgar Allan Poe geschrieben haben.“

„Es ist meine Geschichte.“

Stimmt. Nur verschweigt der Reporter der Rhein-Mosel-Nachrichten den eigentlichen Grund ihres Werdens. Ihm ging es keineswegs um die gerollten Köpfe der Französischen Revolution, die den Zeitgenossen wurst sind. Für ihn steht, heute mehr denn je, die Frage nach Privatrache auf staatliche Willkür an. Als Opfer machtpolitischer Gewaltherrschaft vermag der Einzelne nichts gegen deren Vollstrecker, fremde Besatzungssoldaten zur Gänze. Nur verwässert diese zur Privatheit, wenn der Soldat, ebenfalls vereinzelt, an der Theke sein Bier trinkt. Dann ist er schutzlos, bar der Truppe, was ihn angreifbar macht. Dick schätzt, dass zu Kriegszeiten des Zwanzigsten Jahrhunderts, von Europa bis Korea und Vietnam, eine Million Soldaten – abseits der Fronten – privaten Fememördern zum Opfer fielen. Das Sphinx in Algier, größtes Freudenhaus Afrikas, war bekannt dafür, dass in ihm Legionäre spurlos verschwanden. In Marseille verlor die Wehrmacht binnen drei Monaten hundertsieben Soldaten, nächtliche Kneipengänger. Morgens schwammen ihre Leichen im alten Hafen.

Dennoch! War Dick am 1. April der Erste, der den Tod Frederics und Pollacks für privaten Racheakt hielt, schreibt er nun, unter dem Datum des 25. Juli, in sein Tagebuch, einer Täuschung aufgesessen zu sein … als Letzter aber so doch. Treibt es ihn dazu an, dann übergründlich. Gerade wegen der auffälligen, ja aufdringlichen Hinweise, die eine zwischenmenschliche Abrechnung nahelegen, scheint es angebracht, vom Gegenteil als Tatmotiv auszugehen. Die Brüder Franzischak fielen nicht gefühlsbestimmter Mordgier zum Opfer. Vielmehr geschah die Tat ohne innere Beteiligung der Täter. Sie müssen im Auftrag Dritter gehandelt haben.

39 Kleine vierzig Minuten Verspätung, sonst alles bestens, jedenfalls nicht schlechter als anderswo, etwa im Reiseflieger. Derweil der InterCity von Köln nach Bremen durchs Ruhrgebiet bummelt, hier ein Verweilchen, dort ein zweites, entlang toter Zechen, toter Hosen auch, gestattet sich Carl Stubenrein, Spesenreisender zweiter Klasse auf eigenen Kosten, in der Zugsnackbar ein Stangenbrötchen, durch dessen hauchzarten Käsebelag mühelos das Kleingedruckte eines Kaufvertrages zu lesen ist, sucht im Krümelbereich nach mitbezahlten Gürkchen, auf der Karte als Ausstattungseigenschaft zugesichert, und beendet die Kümmerbrotzeit mit einem König-Pilsner, an welchem Bierlinge schärfsten Mängelblicks nichts auszusetzen haben können. Zwei Gören befinden, es sei nichts los im Zug. Jedem InterCity seine Disco, jawohl! Und ein betagter Rucksackreisender vom Typ Edelweißpirat, meint, als es im Krieg geheißen habe, Räder müssten rollen für den Sieg, sei die Bahn schneller gewesen. Trotz Bombenhagel von oben.

Das Alu-Case für sein Notebook, ein mit Zahlenschloss versehenes Silberding zum Preis von fünfzig Euro fuffzig, weist den Strafverfolger vom Deutschen Eck, dem Ort in Bronze gegossenem, in Stein gemeiseltem Vorgestern, als flotten Heutigen aus, als Cleverman seiner Zeit, wenn auch mit Vorbehalt. Etwa ist seinem Lederkoffer nicht anzusehen, dass sich darin die altvordere Reiseschreibmaschine, auf der er als Student Examensarbeiten verbrach, befindet. Für alle Fälle! Es wirkt, wie die Erfahrung zeigt, spannungslösend, falls etwas klappert, Papier gemächlich über die Walze rutscht, beim Zeilenumschalten der Hbel wippt, ein neues Farbband einzuziehen ist, verbunden mit schmutzigen Fingern. Nicht jeder Anfangstatverdächtige, welcher zu seinen Gunsten die Unschuldsvermutung beanspruchen darf, traut einem Computer übern Weg, er selbst, wenn auch uneingestanden, am allerwenigsten. Hingegen seine siebenjährige Tochter Paddy, die Simserin – sie überflügelt ihn darin bereits.

Die zwei rauchenden Mitreisenden in seinem Nichtraucherabteil unterhalten sich über den Kinderschänderprozess in Belgien. Entrüstet, versteht sich. Doch ihre Sichtweise ist derart unterschiedlich, dass Carl Stubenrein, eigentlich in privater Mission unterwegs, sich zu erkennen gibt, mit seinem Amt, nicht seinen Absichten herausrückt, um inne zu werden, mit wem er es bei den Herrn seines Alters zu tun hat. Nicht nur Kleider machen Leute, auch Redensarten. Der Schmächtige ist Bistums-Sekretär, bischöflicher als der Bischof, päpstlicher als der Papst sogar, was seine Weltsündenbewertung angeht. Den andern, ein Bullentyp mit der einschlägigen Wacholdernase der Ruhrpötter, angehender Revierleiter in Wanne-Eickel, erwartet ein Lehrgang an der Polizeiführungsakademie. Dann ... viel Erfolg! Sie hauen in Münster ab, jener ins heilige Viertel, dieser eilend, wie um dringendem Bedürfnis abzuhelfen, zum Bahnhofswirt, und niemand steigt zu. Zwar schaut eine Frau mit Dackel herein, geht aber angesichts seiner Finstermiene weiter. Alsbald winselt, jault, bellt es nebenan. Nächste Station Osnabrück. Stubenrein lüftet, streckt sich aus, beginnt zu lesen. Im Blättchen.

Die Glosse Kurtchen, diese Ausgabe heiter. Abgesehen vom bissigen Kommentar zum Wucherverdienst amerikanischer Manager, 500 000 Dollar pro Woche, ist die Geschichte vom – sage und schreibe – fünfzig Jahre alten Eingemachten einer Hunsrückoma lustig. *Als es an der Zeit war, dass die Krummbiegler Hermine ihren Hausstand aufgeben und ins Seniorenheim Altfröhlich umsiedeln sollte, geschah es, dass sie in Tränen ausbrach ob der Entsorgung ihrer einst naturgrünen, jetzt giftgelben Stachelbeeren des Jahrgangs vierundfünfzig, gedacht als Tortenbelag beim Geburtstag des Urenkels, entsorgt von der Gefahrguttruppe Heimwehr mit Spürpanzerunterstützung* ... Stubenrein findet derlei, wegen seiner unguten Wirklichkeitsnähe, nicht zum Lachen. Vergiftet sich jemand auf diese Weise, hat der Staatsanwalt die Schreiberei. Es gibt auch andere Hunsrückomas! Etwa Annegret Recker, die er in Lautzenhausen aufsuchte, Grund seiner Bremenreise. Die vom Leben ernüchterte, schlagfertige Fünfundsiebzigjährige war klaren Sinnes, so dass kein Altenpfleger vonnöten.

„Werte Fahrgäste“, tönt es aus dem Abteillautsprecher, „in wenigen Minuten erreicht Ihr InterCity Bremen Hauptbahnhof. Wir wünschen gute Weiterreise!“

Das Seniorenheim, zu dem Stubenrein sich in der Weserstadt durchfragt, ist eine Art Sailor's Port Of Call, von Seeleuten belegt. Erstaunlich frühvergreist, die meisten, von Tropenkrankheiten gezeichnet. Zuckerrohrschnaps, Kornbranntwein und Erleuchtungen des Opiums auch. Neben der Pforte ein Wandbrett mit Modellschiffen, vom verstaubten Holzwindjammer über glänzende Plastikcontainerfrachter bis hin zum

Supertanker aus Pappmaschee. Bei allen augenscheinlichen Gebrechen, denkt er anerkennend, die Alten haben ihren Beruf geliebt. Wiederum erweckt Uwe Hinnerk, der, älter als die meisten, auf seine Anmeldung erscheint, den fragwürdigen Eindruck eines, der lieber vor einer Hafenkneipe den Türsteher macht als auf See den Ausguckmann. Eine innere Stimme warnt den Staatsanwalt, nicht allzu leutselig zu werden ... obschon ihm nichts anderes übrig bleibt. Mangels Amtsbefugnis. Folglich ist dessen Eingeständnis das Erste, was der Achtundachtzigjährige erfährt.

„Ich bin der Sachbearbeiter bei der Koblenzer Staatsanwaltschaft, der Ihre kürzliche Einvernahme durch die hiesige Kriminalpolizei veranlasst hat." Er lächelt, sich seiner Verlegenheit bewusst, zaghaft, betrachtet – nach scheuem Blick auf seines Gegenübers entstellende Gesichtsnarbe – die Filmplakate an der Wand. Wer aus diesem Siechenhaus geht ins Kino? Liftleuchtanzeigen blinken. Fern röhrt ein Staubsauger. „Jetzt verbinde ich einen privaten Besuch Bremens mit dem Anliegen, unprotokolliert einige Fragen zur damaligen Lage auf dem Hunsrück zu stellen."

„Bitte, Herr Staatsanwalt."

„Lassen Sie den Amtsträger beiseite. Ich bin der Bürger Stubenrein, hier, um mich mit Ihnen zu unterhalten. Ihrer kürzlichen Aussage ist zu entnehmen, dass Sie Recker junior, den Koblenzer Waffenhändler, bei dem sich die Jägerzunft von Eifel und Hunsrück das Ihre beschaffte, nicht gekannt haben. Gibt es daran etwas zu berichtigen?"

„Nein." Uwe Hinnerk verzieht das Gesicht beim Schlucken einer Pille, ihm von einer Altenpflegerin angedient. „Dass der Brasilianer Oswaldo einen deutschen Sohn hatte, habe ich erst im Laufe der Vernehmung erfahren."

„Hat er etwas verbrochen?", will die Pillenfrau wissen.

„Überhaupt nicht!", entfährt es dem Staatsanwalt inkognito derart amtsscharf, dass ihre Rübe roterübenrot wird, sie erschrocken das Weite sucht. „Bleiben wir bei dem Vater, Sprössling einer, wie es scheint, rheinischen Auswandererfamilie, die in Südamerika ein Baugeschäft gegründet hatte. Er war gelernter Maurer, von dem aktenkundig ist, dass er mit Ihnen zusammen für die Firma Holzmann arbeitete. Aber was brachte ihn dazu, im Kneipenfach einzusteigen?"

„Seine Beziehung zu einer Weinhändlerstochter."

„Das ist unwahrscheinlich angesichts der Tatsache, dass er vor seiner Koblenzer Ehe auf dem Hunsrück das Soldatenlokal Flying Cock betrieb. Im Jahr zweiundfünfzig. Damals war ihm die Frau aus Güls nicht bekannt. Wir wissen inzwischen, dass für die Waldgaststätte keine Baugenehmigung der Kreisverwaltung Sankt Goar vorlag."

„Mein Kneipe Bar du Sud war erlaubt."

„Das Schiff am Moselkai, von dem es Fotos gibt. Nur waren Sie kein Bauherr, haben es vielmehr übernommen."

„Von einem Elsässer aus dem Straßburger Au Coq Rouge." Hinnerk hält inne wie im Zweifel, ob es ratsam sei fortzufahren. „Es war Nordostfrankreichs berüchtigtste Kneipe, eine Art Agentur für Stricherinnen, die als Floor Show Girls bei den Amis auftraten. Ich wusste davon nichts. Auch nicht, dass es Hintermänner gab, die von der Fremdenlegion Geld erhielten. Als es sich herausstellte, hatte ich mich schon festgelegt."

„Ich bin kein Sittenpolizist mit Überlegungen zu Kneipengepflogenheiten", versetzt Carl Stubenrein, wissend, es mit einem früheren Rausschmeißer zu tun zu haben. „Mir geht es um das spurlose Verschwinden eines GIs aus dem Flying Cock."

„Manche brachten sich selbst weg vom Fenster."

„Wie meinen Sie das?"

„Nun", spöttelt der Alte mit der Gesichtsnarbe, die sich unversehens zu röten scheint, „es gab etliche Fahnenflüchtige. Die Bauern versteckten einige, als der Koreakrieg im Gang war. Andere verschwanden, weil es Leute gab, die sie verschwinden ließen. Nicht nur Deutsche! Auch Franzosen hassten die Amerikaner."

„Von denen sie befreit wurden."

„Aber vorher hatten amerikanische Bomber etliche französische Städte in Trümmer gelegt. Den Briten erging es nach Kriegsende ähnlich. Von ihnen war die Marine der Franzosen in Mers el-Kebir zusammengeschossen worden. Was gewisse einschlägige Kneipen anging, wusste jeder, der Bier zapfte, Bescheid. Ihre Namen waren in allen drei Besatzungszonen bekannt. Als ich vor Mutti Weiß stand, passierte nichts; auch in der Bar du Sud gab es kaum Knatsch. Aber anderswo wurden Amis und Tommys verprügelt, und zwar nach Plan. Dahinter steckten Nazis, etwa die Späten Werwölfe. Oft waren das Leute, die durch alliierte Bomben Eltern, Frau und Kind, sämtliche Angehörigen verloren hatten. Auch im Elsass, Herr Stubenrein."

„Gab es dort Besatzungstruppen?"

„Nein ... aber Amis aus Stuttgart fuhren zum Amüsieren nach Straßburg. Im Au Coq Rouge erwischte es sie spätestens nach dem fünften Bier. Nepp vom Gröbsten! Wer so ausgenommen war, dass er nicht bezahlen konnte, gab die Erkennungsmarke ab. Um sie wieder zu bekommen, ging der Sold der nächsten Woche drauf, beim Wirt des Roten Hahn abzuliefern. Zu den deutschen Schlägerpinten gehörten Trompetensofie in Herne, Hippmann in Duisburg-Ruhrort, das Kölner Lokal Schuh, in Mannheim das wilde Resi, ein Amibums im Jungbuschviertel. Hier war es so toll, dass die Militärpolizei Wache ging, um GIs fernzuhalten."

„Gelegentlich habe ich davon gehört oder gelesen", sagt der Staatsanwalt inkognito sinnend, „aber das für eine Ente der Sauregurkenzeit gehalten."

„Es ist eine der heutzutage ungeliebten Tatsachen. Seinerzeit gehörten sie zum Leben von unsereinem. Zur Bestätigung schaue ich zuweilen in den Spiegel."

„Ihre Gesichtsverletzung ... kann ich nachfühlen. Laut Ihrer Aussage stammt sie von einer Explosion beim Minenräumen auf der Bremerhavener Reede. Wurden Sie von den Amerikanern dazu gezwungen?"

„Ja ... und wenn ich ja sage", bekräftigt Hinnerk, „dann meine ich es auch so!"

„Wie standen Sie zum Nationalsozialismus?"

„Ich war in der Hitlerjugend der Marine. Die Hitlerpartei interessierte mich nicht."

„Dennoch hing man Ihnen ein Entnazifizierungsverfahren an?"

„Als Mitläufer, als Belasteter... reichte zum Minenräumen. Als ich das Krankenhaus verließ, war nichts wie weg mein einziger Gedanke. Um nicht erneut auf die Galeere zu kommen. Noch das Gesicht verbunden, wollte ich zum Bahnhof, um aus Bremen abzuhauen. Eins der Mädchen von Mutti Weiß versteckte mich. Nach einer Woche schien die Luft rein zu sein. Da blieb ich am Überseehafen, machte auf Rausschmeißer. Irgendwann stolperte ein Seemann rein ... ich denke, Mensch, den kennst du doch. Es war Oswaldo Recker, der mich in Brasilien beschwatzt hatte, ihn mit nach Europa zu nehmen. Mein Steamer ging via Karibik nach Marseille. Zweiundvierzig gab es dort keine deutsche Besatzung. Was er während des Krieges getrieben hat, weiß ich nicht, jedoch soviel, dass ihm die Amis verhasst waren."

Einige Leute in Trauerkleidung erscheinen, verhandeln mit einem Altenpfleger, der sich geschäftsmäßig beileidskundig gibt. Vermutlich ist ein Heimbewohner verstorben. Durch die Hintertür wird man ihn zu Grabe tragen. Gegenüber spielen, wie dem zum Gegensatz, Kinder

Federball. Ein Knirps skatet heran, zieht Kreise, bremst gekonnt. Der eine geht, der andere kommt – geht auch alsdann, etwas später."

„Da sehe ich einen Widerspruch." Stubenrein blickt den Greis forschend an. „Dieser Hass hätte ihn bewegen müssen wegzubleiben. Er kam aber auf den Hunsrück, um am Flugplatz mitzubauen ... Sie auch, nicht wahr?"

„Bei den Franzosen! Vor dem Krieg hatte ich französische Schiffen gefahren. Es war ihre Besatzungszone, bei unserer Ankunft im Februar einundfünfzig niemand sonst vor Ort. Die Amis rückten im Mai folgenden Jahres an, nahmen den Bauern die Äcker weg. Gegen eine Groschenentschädigung! Das schaffte viel böses Blut."

„Da sie beide dort nichts besaßen, drohte Ihnen keine Enteignung. Sie hätten den Hahn verlassen können, wenn es Ihnen nicht zusagte, für die US-Streitkräfte zu arbeiten, sind aber offensichtlich geblieben. Das hatte wohl seinen Grund?"

Der bisher eher gelassene Hinnerk wird verlegen, seine Miene abweisend, als bereute er seine Gesprächsbereitschaft.

„Ich brauchte Geld für die Übernahme der Bar du Sud in Koblenz", sagt er zögernd. „Oswaldo eröffnete das Flying Cock im Wald von Reckershausen."

„Ist Ihnen unwohl, Herr Hinnerk?"

„Ja ... ich kriege oft Schwindelanfälle. Je mehr Pillen, desto schwindeliger. Sie werden an uns ausprobiert."

„Dann beenden wir die Unterhaltung."

Staatsanwalt Stubenrein, bereit, Angeklagte zu überführen, aber nicht zu übertölpeln, ist sich bewusst zu untertreiben: die Unterhaltung unterschied sich, auch des Umfelds, in dem sie stattfand, wegen kaum von einer Vernehmung. Immerhin! Hat sich zur Sache wenig Neues ergeben, um so mehr zur Person des alten Seemannes. In ihm festigt sich, je öfter ihn der Gedanke beschäftigt, die Überzeugung, ein erheblicher Grund habe Hinnerk verschweigen lassen, warum er und der Brasilianer am Rhein geblieben waren – trotz oder wegen der Amis.

„Taxi, zum Hauptbahnhof, bitte!" Sein Abteil im InterCity nach Koblenz kommt ihm bekannt vor, als sei es dasselbe wie auf der Hinfahrt nach Bremen. Jedenfalls ist es von gleicher Schäbigkeit, die Bummelei durchs Ruhrgebiet gleich nervtötend. Von der Bimmelbahn zur Bummelbahn. Steht da nicht die Zeit still?

40 Keep smiling, so angesagt. Der Chefredakteur der Rhein-Mosel-Nachrichten würde lachen, zumindest schmunzeln über einige Hunsrücker Gegebenheiten im Jahr des Herrn zweitausendvier. Vor der Tür hupt das Bäckerauto, wartet nicht auf Kunden, ältere Leute zumeist, fährt davon … hat es offenbar nicht nötig. Wird Zeit, dass ein Supermarkt nach Lautzenhausen kommt! Ein halbes Dutzend Dörfer ringsum den Flughafen, auf diesem Tausende von Leuten, aber nirgend ein Ladengeschäft, in dem man die Butter zum Brot kaufen könnte. Das Salz zur Suppe. Den Senf zur Wurst. Wer einen Nachttopf benötigt, bedarf des Internets, um ihn in Korea zu bestellen.

Aber Liesner ist nicht zum Lachen erschienen, sondern um Annegret Recker, Paula Brück und Heinrich Mildenberger, dem Sohrener Bauer, weitere Fragen, die sich seit dem letzten Gespräch ergeben haben, zu stellen, wichtige Fragen, Schlüsselfragen gewissermaßen. Wer nicht da ist: Enkelin Gilla. Als deren Großmutter verlegen erklärt, sie sei mit ihrem irischen Freund nach Liberty Harbor geflogen, findet er das in Ordnung, ohne weiteres Interesse dafür zu bekunden. Wer sich findet, der findet sich. Würde ihm gesagt werden, dass die Hunsrückschöne Mutterfreuden entgegensieht, wäre das für ihn auch okay. Sein Augenmerk gilt Heinrich Mildenberger, der mehrfach darauf verwiesen hat, dass es auf dem Hahn um das Jahr zweiundfünfzig Arbeitsterror gab.

„Sie bleiben bei Ihrer Feststellung, dass Zwang angewendet wurde?“

„Gegen alle Abhängigen – ja!“

„Eine bemerkenswerte Feststellung.“

„Aber ohne jedwedes Geheimniskrämerische“, beschwichtigt der Bauer aus Sohren. „Mein Vater unterschied zwischen zwei Sorten Leuten. Damals üblich! Die eine bestand aus ehemaligen Nazis, die auf Gedeih und Verderb darauf angewiesen waren, dass die Amis sie heimlich schützten. Die zweite war das Lumpengesocks vom Arbeitsamt, das hauptsächlich malochte, um Schlechtwettergeld zu kassieren, seine Stempelstelle bei uns im Dorf. Die Schlange davor reichte manchmal zwei Gassen weit.“

„Sind Sie dessen sicher?“

„Ja … das bestätigen Ihnen alle Alten.“ Heinrich, neben der Kappelerin sitzend, als sei man sich einig irgendwie, nimmt die Mütze ab, sieht hinein, setzt sie nach Kratzen am Kopf wieder auf. „Warum wollen Sie das genau wissen?“

„Weil es, wie ich Ihnen schon am Telefon sagte, Leute gibt, die viel ertragen, nur nicht, zu etwas gezwungen zu werden. Das fördert Rachegelüste. Je mehr Täter, je mehr Opfer, desto mehr Motive! Man kann nicht einem etwas anlasten, für das auch zehn andere in Frage kommen. Ferner geht es nicht nur um Hunsrücker Belange."

„Der Eindruck drängt sich auf."

„Ich will es klargestellt haben."

„Man hält uns für dümmer, als wir in Wahrheit sind."

„Aber nicht meine Zeitung", verwahrt sich Herbert Liesner, der, über die Steigerung des Blättchen-Ansehens hinaus, auf Leutenähe bedacht ist. „Es gibt etliche Wahrheiten. Manche wirken wie einander verschwistert, andere heben sich scheinbar gegenseitig auf. Oft tritt beides zusammen ein. Kaiser Wilhelm soll bezweifelt haben, ob es sich lohne, für Hunsrücker Schulen zu errichten. Nachgesagt wird ihm aber auch der Satz, dumme Bauern ergäben kluge Soldaten. Napoleon wusste es besser, nämlich genau umgekehrt."

„Wieso?"

„Ein kluger Bauer mimte den dummen Soldaten, um als Depp nach Haus geschickt zu werden. Die Hunsrücker liegen in der Mitte, wie die Kriegerdenkmäler beweisen. Jedes Dorf hat sein Häuflein Gefallener. Daraus können Sie schließen, dass die Klugen in der Minderzahl waren."

„Vielleicht hatte der Säbelrassler Recht." Die Kappeler Paula verscheucht eine Fliege von ihrem Sahnehäubchen. „Für Großstädter gilt das nicht. Wer in Chicago dumm ist, wird nie gescheit ... es gibt zu vieles, was vom Lernen abhält."

„Die Deutschen einmal beiseite gelassen. Wie stand es um Franzosen und Amerikaner? Archivberichten nach prügelten sie sich."

„Die Frage ist nicht zu beantworten, ohne die Unseren zu erwähnen", versetzt Annegret Recker bestimmt. „Mag sein, was will. Am Ende halten die Hunsrücker zusammen. Die Dorfjugend war dabei, ein Teil der Holzmänner. Standen auf Seiten der Franzosen." Ihr Ton wird heiter angesichts Liesners Verblüffung. „Wenn Sie das erstaunt – erstaunlich war es nicht." Sie wendet sich an Mildenberger, der verstohlen grinst wie in Kenntnis von mehr, als gegenüber einem Nichthunsrücker er zugeben möchte. „Weißt du, worauf ich hinaus will, Heinrich?"

„Allerdings."

„Dann raus mit der Sprache!"

Der Sohrener Bauer nickt vor sich hin, überlässt es jedoch der Lautzenhausenerin, den Koblenzer Chefredakteur aufzuklären. Für diesen so interessant, dass er die Abwesenheit Dicks bedauert, auch dessen gewitzter Frau Christa. Demnach begann es März fünfundvierzig. Annegrets Vater erlebte auf der Hunsrückhöhenstraße, die damals am Ortsrand vorbeilief, den Anmarsch der Amerikaner als unkriegerische Begegnung. Durch die Einfalt eines deutsch sprechenden Sergeanten verkehrte sie sich zum Gegenteil. Man sei da, um das Dorf von Hitler zu befreien … den hatte keiner, außer auf Fotos, je gesehen. Sehen wollen! Noch weniger jene, die nunmehr in Kompaniestärke erschienen, Feldlager errichteten. Johann Recker eilte nach Haus. Die Frauen verstecken! Im Wald wimmelt es von Negern. Dass diese Hilfstruppen, durchweg unbewaffnet, sich als harmlos erwiesen, bedachte anfangs keiner.

„Verstehen Sie, Herr Liesner, was das meint?"

„Angesichts der Harmlosigkeit – nein!"

„Diese Dunkelmänner, gefährlich oder nicht, passten nicht hierher."

„Tja … so gesehen begreife ich. Der Hunsrück war französische Besatzungszone. Ob Bauleute von auswärts oder Einheimische, man hatte es mit Weißen zu tun. Gelegentlich ein Nordafrikaner, ein hellhäutiger Berber vielleicht. Im Ersten Weltkrieg sollen, wenn ich es richtig weiß, Senegalneger dabeigewesen sein."

„Aber nur für Wochen, Monate … ein Jahr. Dann rückten sie ab. Bei den Amerikanern, die zweiundfünfzig kamen, um den Hahn zum Flugplatz auszubauen, waren die unteren Dienstgrade, die Wartungsleute und Transportsoldaten schwarz wie die Nacht."

„Die Köche nicht auch?"

„Alle!", platzt Gillas Oma heraus.

„Konnten sie kochen?"

„Und wie! Suppen mit spanischem Pfeffer und anderem südländischem Zeug, von dem wir einfältigen Hunsrücker nie zuvor gehört hatten. Wäre es dabei geblieben, hätte keiner gemeckert. Mulmig wurde uns, als herauskam, dass sie für Jahrzehnte bleiben würden. Der einzelne GI rückte an, haute nach Dienstende ab, ersetzt vom nächsten. Ewig neue Gesichter. Ein Taubenschlag von Amistandort. Nur dass wir ihn vor der Tür hatten, der Erste, der einem begegnete, wenn man sie öffnete, ein grinsender Soldat war. Das kam, das ging. Aber die Kasernen blieben. Die frühesten von ihnen sind fünfzig Jahre alt. Als die ersten Betonbunker entstanden, sahen sie aus wie für die Ewigkeit gebaut."

„Eine russische Atombombe hätte sie wegeputzt."

„Auch die Dörfer drumherum." Mildenberger grinst schief.

„Jedenfalls", fährt Annegret Recker fort, „überließ man die Drecksarbeit den Negern. Als die Fliegerei anfing, zeigte sich, dass viele Piloten Südstaatler waren, Farmersöhne aus Texas, Alabama und Louisiana. Rassisten samt und sonders! Das schadete der US Air Force. Von den hier gebliebenen Franzosen wurden die meisten Amigegner. Wie unsere Dorfjugend. Kam es zu Schlägereien, oft im Wald von Reckershausen nahe dem Blümlingshof, zogen die GIs den Kürzeren. Auch Nordstaatler hassten die Schwarzen. Aber sie zeigten es weniger. Wie war es drüben, Paula?"

„Ähnlich", sagt die Kappelerin widerstrebend, als sei es für sie wichtig, unbeschadet schlechter Erfahrung, welche die gute überwiegt, einiges in Ehren zu halten. „Chicago braucht Arbeiter. Früher wie heute. Vom Osten Einwanderer, aus dem Süden Neger. Einst für die Schlachthöfe, die Hölle auf Erden, wie sie genannt wurden. Was sehen Sie mich an, Herr Liesner – sage ich etwas Falsches?"

„Bestimmt, ganz bestimmt nicht. Nur blicke ich logisch nicht durch." Der Mann vom Blättchen wendet sich an Mildenberger. „Sie haben mehrfach angedeutet, bei Ihnen zu Haus sei ein brasilianischer Maurer namens Recker Schlafgast gewesen." Liesner wirft Gillas Großmutter einen fragenden Blick zu. „Von Ihnen weiß mein Reporter Dick, dass Reckers in Koblenz geborener Sohn hier war, um nach Urahnen Ihres Namens zu fragen. Beide, Vater und Sohn, stehen im Verdacht, an der Tötung von Amerikanern oder der Tatverschleierung beteiligt zu sein. Hier und in Liberty Harbor. Warum ... das ist die Frage, sollten sie es getan haben? Wenn es, wie sich allmählich zeigt, etliche Leute gab, Deutsche, Franzosen, sonstwer, die Grund hatten, GIs umzubringen, ist unklar, warum einer aus Brasilien hergekommen sein sollte, um gleiches zu tun. Darum geht es! Kripo, Staatsanwaltschaft rätseln herum, wir vom Blättchen. Zu den Dümmsten zählt keiner von uns. Wie stand es mit den Frauen, die schwarze Babys kriegten?"

„Hauten vor der Geburt ab", sagt Mildenberger mit einer Stimme der Abneigung und des Mitgefühls zugleich, „und kamen nicht wieder."

„Neger gehörten nicht auf den Hunsrück." Annegret Recker lacht. „Vor fünfzig Jahren! Heutzutage ist das etwas anderes." Sie wird ernst, wendet sich an Liesner. „Das mit dem Rachebedürfnis nehme ich Ihnen ab. Und dass es Zwang gab, bestreitet keiner. Freilich hatten manche ihn verdient. Parteibonzen, die von weither kamen, keine hiesigen. Zu Haus verlangte man von ihnen, Minen zu räumen. Um sich davor zu drücken, gingen sie zu Holzmann, einer früheren Nazifirma. Einer unserer Kostgänger war SA-Sturmführer gewesen. Vor diesen Leuten hatten die Amis Angst."

„Beschäftigten sie aber?"

„Mangels anderer. Übrigens fiel das Wort Nazi nie. Das Arbeitsamt sprach von ihnen als Belastete, Mitläufer ... damit hatte es sich."

Herbert Liesner sieht von einem zum andern, räuspert sich. Zu einer Frage, die alle in Koblenz mit dem Fall Befassten beschäftige, stehe die Antwort aus. Unter Umständen die Wichtigste überhaupt.

„Wer", wendet er sich an die Lautzenhausenerin als Älteste der Anwesenden, „brachte zweiundfünfzig die Nazis her – die Baufirma oder die Amerikaner?"

„Genau kann ich das nicht beantworten." Der Gefragten ist ihr Erstaunen anzumerken. „Aber warum sollte das so wichtig sein?"

„Weil wir derweil herausgefunden haben, dass einige weder von sich aus noch durch Holzmann hergekommen sein konnten – denn sie saßen um die Zeit im Gefängnis. Als von den Amerikanern verurteilte Kriegsverbrecher! Man bot ihnen die Begnadigung an, wenn sie bereit waren, für die US-Streitkräfte zu arbeiten."

„Ist das ein Ding", entfährt es dem Mildenberger Heinrich. „Na!"

„Herr Chefredakteur", sagt die Kappelerin, „Ihr Handy piepst."

„Ja, ich muss heim, rufe Sie wieder an. Vorerst vielen Dank für die Auskünfte. Weiter bin ich nicht, aber schlauer geworden ... bis dann!"

Weg ist Herbert Liesner. Die Zurückbleibenden ahnen nicht, was ihn bewegt während der Fahrt nach Koblenz. Besatzungstruppen pflegen sich, lehrt die Kriegsgeschichte, mit der Zeit zu vermindern. Als Hitler den Plan fasste, England zu erobern, dachte er daran, die Insel längstens drei Jahre besetzt zu halten. Bis dahin sollte der letzte deutsche Soldat verschwunden sein. Hier war es umgekehrt. Mit zunehmendem Abstand zum Kriegsende wuchs die Anzahl der US-Besatzer, Höchststand sechzehntausend. Soldaten nebst Frauen und Kindern, Zivilangestellte der US Air Force, Durchreisepersonal gelegentlich. Dann kamen etliche Hunderte hinzu. Es gab mehr Amerikaner als Hunsrücker. Dass das Hass erzeugte, liegt für ihn auf der Hand. Da bedurfte es keines Brasilianers, Flight Lieutenant Frederic zu ermorden. Aber vielleicht einen, der von dem vermeintlichen Amerikaner wusste, dass er, als Franzischak im weißrussischen Minsk geboren, ein SS-Mann der Mordbrigade Kaminsky gewesen war?

Nicht immer geht es um Gold und Geld. Zu allen Zeiten waren Fememörder aktiv. Im Medienzirkus, der Politiker Maulheldentum geht unter, dass der Mensch als Privatheit, als Selbstsein, als Seelenwesen vorhanden, mehr als Benutzeroberfläche ist. Warum sollte sich nicht wer für den Untergang Dresdens, für die Atomtoten von Hiroshima rächen wollen? Je näher Liesner Koblenz kommt, desto heftiger drängt es ihn, sich mit Dick zu treffen. Als der Reporter im Büro erscheint, zeigt sich, dass der Chefredakteur, wie immer, wenn er verschmitzt grinst, etwas in petto hat, eine Wundertüte aus grauen Packpapier, aus der Nachkriegszeit stammend. Sie enthält eine zierliche Pistole, gemacht wie für Damenhand, im Kaliber sechsfünfunddreißig. Die Gravur Astra Unceta Y Cia – Guernica (Spain) ist kaum erkennbar.

„Dreimal dürfen Sie raten, Klaus."

So gewitzt der Verfasser der Glosse Kurtchen anderweitig ist, jetzt kommt er nicht dahinter, was es mit dem Ballerweibchen von Schießeisen auf sich hat. Dabei läge die Erklärung auf der Hand angesichts dessen, was ihm in San Francisco von der Japanerin erzählt worden ist. Liesner lässt ihn nicht lange zappeln. Höchstwahrscheinlich sei das die Pistole, die Tomioka Sawako dem Brasilianer verkauft habe, später übergegangen in Hinnerks Besitz. Sonst hätte dieser sie nicht auf dem Hunsrück vergessen können, vom Vater Mildenbergers über Jahrzehnte aufgehoben. Der Reporter nickt anerkennend. Ein Knüller à la Chef!

„Was werden Sie damit anfangen?"

„Vom Rechtsmediziner feststellen lassen, ob aus ihr die Kugel kam, die Franzischak alias Frederic tötete. Dann könnten beide, Recker und Hinnerk, die Mordschützen sein. Wir hätten herauszufinden, wer von ihnen als Täter höher motiviert war."

„Soll ich Kommissar Unger unterrichten?"

„Als Ihren Freund, ja ... so wie ich Backe." Der Chefredakteur droht mit dem Finger. „Vorerst im Blättchen kein Wort darüber!" Er denkt nach, sieht Dick an. „Hatten Sie nicht im Militärarchiv herausfinden wollen, wie das mit dieser Mordbrigade Kaminsky gewesen ist?"

„Sie gehörte zur antikommunistischen, für Hitler kämpfenden Wlassow-Armee. Von ihr wurde der Aufstand im Warschauer Ghetto niedergeschlagen. Sie müssen die Juden wie Schweine abgeschlachtet haben."

„Wenn wir das bringen, wird den Leuten übel."

„Wie von jeder Wahrheit", bemerkt der Reporter. „Bekanntlich!"

Mit Blick auf seinen Wandkalender, dessen Spalte Schulferien Anmerkungen zeigt, wechselt Herbert Liesner das Thema.

„Hat Ihre Frau die Koffer für Liberty Harbor gepackt?"

„Ja, wir nehmen unsern Sohn mit. Hinter ihm kann man sich als Eltern verstecken."

„Rechnen Sie damit, dass noch andere Fallbeteiligte auf der Karibikinsel Scheinurlaub machen, etwa Ludio Backe."

„Hoffentlich nicht der Staatsanwalt."

„Bei Stubenrein ist alles möglich."

41 Liberty Harbor besteht aus Nord- und Südinsel, getrennt von dem stark strömenden, befeuerten Fahrwasser einer Meerenge, welche, wie San Franciscos Golden Gate, eine Hängebrücke überspannt. Wer die Küstenstraße benutzt, gerät zuweilen in militärisches, von Warntafeln angezeigtes Sperrgebiet, wird aber selten angehalten. Die Lässigkeit des Garnisonalltags macht durchlässig. Es hat sich ein leutseliges, possenhaftes Miteinander eingespielt, weil auf Waffen kein Verlass ist. Das liegt an Salz und Schwefel in der Luft, die zwischen See und Vulkan wandert ... schnell hat das Eisen Rostblumenkränze. Die früher als Regensammler bewuchsfrei gehaltenen Hänge sind eingegrünt oder versehen mit Tarnnetzen, in deren Maschen farnartige Lappen wedeln wie das Blätterwerk eines verspielten Dschungels. Tunnelstraßen unterqueren den Feuerberg, der als erloschen gilt, obwohl Vulkanforscher das bezweifeln.

Einst hatte hier buntes Völkergemisch gehaust, gesoffen, gespielt, gehurt, rauschende Feste gefeiert, Rumfeten und Blutorgien, sich um nichts totgeprügelt, mit Wirbelstürmen und den Wirbeln der Geschichte gerungen, Abkömmlinge einer missratenen, entgleisten, ausgeflippten Schöpfung, denen der Schöpfer, aus Scham, Angst oder beidem, ungern im Dunkeln begegnet wäre – Raubmenschen: gehetzt, gejagt, getrieben, verfolgt, bewundert, umworben von Obrigkeiten, die, tumb vor Herrschaftslangeweile, im finsteren Europa hatten befehlen wollen, was für die Inseln des Lichts gut gewesen sein sollte, britischen, französischen, spanischen, holländischen, dänischen Majestäten, deren Beutegier die ihre übertroffen hatte. Ihre Sprache war seemannsenglisch verkapptes Spanisch, ähnlich dem Giannito Gibraltars, ihr Recht das eindeutige der Faust gewesen. Die Yankees führten von Weißen für Schwarze gemachte Gesetze ein, Rassismus und Atomgranaten. Nun gibt es mehr amerikanische Soldaten als Einheimische in Liberty Harbor. Wer keine Stiefel trägt, lebt vom Stiefelputzen. Wie dazumal in Lautzenhausen, denkt Dick, unangenehm berührt, jedoch so, dass es ihm nicht anzusehen ist.

Auf den ersten Blick gleichen die Inseln anderen vulkanischen Ursprungs. Von Mai bis November ist Hurrikansaison mit ihren hot tower genannten Wolkentürmen. Wachsen ins Riesenhafte empor. Des Orkanauges trügerische Stille. Darüber Fetzen blauen Himmels. Dann ist die Hölle aufgetan. Die Westküste liegt im Einzugsbereich des Yucatánkanals. Hier kreuzen sich Sturmbahnen so niedrigen Luftdrucks, dass Ungewohnte nach Atem ringen wie in La Paz, Boliviens Hauptstadt viertausend Meter über dem Meer. Dünn und leicht wird sie, die Luft des Unheils, flüchtig wie ein Gas, das aufwärts will, weg von den Lebewesen, die ihrer bedürfen. Captain O'Lynch erklärt dem Reporter der Rhein-Mosel-Nachrichten das Gefäßbarometer des Wetterdienstes, ein Gerät mit festem Nullpunkt, hoch wie ein Spazierstock lang, per Nonius und Lupe erlaubend, die Quecksilbersäule genau, auf das Zehntel Hektopascal, in ihrem Sturz zu verfolgen. Der große Barograph, Tabernakel der Station, zeigt indessen an, dass man Glück hat. Oft begnügt das Unheil sich damit, Hüte, allenfalls Hütten fliegen zu lassen. Der Hurrikanversicherer ersetzt die Hüte. Von den Hütten der Armen heißt es, sie seien ohnehin wertlos gewesen.

„Die Hurrikane sind dieser Breiten schlimmstes Übel nicht."

„Den Eindruck habe ich nach meinem dritten Besuch inzwischen auch", sagt Klaus Dick mit Blick auf die Slums am Rand der Inselhauptstadt.

„Trinken wir etwas", schlägt der Ire vor.

„Müssen Sie nicht fliegen?"

„Nein … wegen Gilla feiere ich freie Tage ab."

Weder Wirbelstürme noch andere Götterarglist haben das Volk geprägt, eher kleine Alltagsübel durch die Häufigkeit des Vorkommens. Deren Unausweichlichkeit auf dem Eiland auch. Das Trinkwasser ist knapp, Vulkangestein abgesammelt, mit schwefligen Fettaugen, nach Feuer schmeckend, stark die Strömung, in der Liberty Harbor, dunkel die Ufer und steil, liegt wie ein Riesenriff, seine Palmen, vom Passatwind gebeugt, das Meer küssend. Wie eine alte Seeburg, die Moos angesetzt, ihre Wachsamkeit behalten hat. Keine Qualle segelt unentdeckt vorüber. Würden am Abend die Sterne eingeholt, damit sie nachts nicht abhanden kämen, niemand wunderte das. Obwohl Hernán Cortés, der Eroberer, den karibischen Affenfelsen mied, würdigt ihn ein Basaltdenkmal, dessen Schwärze seinem raubchristlichen Bekehrungseifer entspricht, bepinkelt von Hunden. Mexiko hat den Heilsbringer Ihrer Allerkatholischsten Spanischen Majestät vergessen, abgesehen von Wandmalereien zum Ruhm seiner Grausamkeit.

Wer alles dagewesen ist, bezeugen die Hautfarben. Amazonenhafte Schwarze, das Haar zu Perlenschnüren gereiht, stehen vor dem Hafenpuff La Chalupa wie Stelen aus Ebenholz. Alle Schattierungen aufwärts bis Engelweiß. Macht sich prächtig auf einem Eiland, dessen Name Liberty Harbor Weltoffenheit verspricht, nach modernistischem Global Village, nach Tanger-Singapore-Hongkong-Meltingpot klingt. Doch wenn die Hühner gackern wollen, müssen sie die US Navy um Erlaubnis bitten, haben die Eier in amerikanische Nester zu legen.

Über Nachrichtensatellit Cancer, benannt nach dem Wendekreis des Krebses, der seine geostationäre Position bestimmt, wie über Seekabel kann man telefonieren. Aber nicht, da sind sich O'Lynch und Klaus Dick einig, ohne dass abgehört wird. Jede Wette würden sie eingehen, auf der Nordinsel Protokolliermaschinen, die alle Gespräche mitschneiden, aufzuspüren. Da das in Liberty Harbor bekannt ist, dient das Telefon auch zum Firlefanz wider die Langeweile. Rülpsen in den Hörer, als käme Verdautes hoch, Furzen in Salven oder Einzelfeuer, Gruppengelächter ... sind Jux der Wahl. Wer Hämorrhoiden meint, spricht von chinesischen Glöckchen, deutet sanftes Bimmeln an.

„Welchen militärischen Wert hat die Marinebasis, Brian?"

„Keinen." Der Ire winkt dem Beer Boy, zwei Heineken zu bringen. Gleich Dick mag er das holländische Bier nicht. Doch es verträgt die Hitze am Besten. „Sie wurde einst errichtet, um Castro einzuschüchtern. Er ist seit Jahrzehnten an der Macht." O'Lynch sieht den Reporter an. „Warum fragen Sie?"

„Weil das auch für Hunsrück-Airport zu gelten scheint."

An der Reling der Baquine lehnt, gewissermaßen Zungen-verknotet, ein schmusendes Liebesduo älteren Gleichgeschlechts. Der wie ein Admiral uniformierte Kajütssteward stopft Pappbecher in einen Plastiksack. In Hörweite ist niemand. Auch hält man sich bedeckt zwischen Rettungsringen, Liegen und Stühlen, inmitten Bootsholz, Tauwerk, Planen und Planken, die hitzegewellte Buckel haben, diesem Gerümpel des Gestrigen, das sich auf jedem Hotelschiff findet, gleichsam als Verdruss darüber, im Hafen vertäut zu sein, statt in See zu stechen, wie es sich für einen Dampfer gehört. Beim Löschpier der Inselfischer, wo es hemdsärmelig zugeht, umkreischen Möwen die aufgereihten Netze, der Überreste des Fangs vom Vormittag begierig. Jagen einander die Beute ab in wilder Tümmelei. Makrelenköpfe mit Sägezähnen, vorstehend wie gefletscht, Hummern in Regenbogenfarben, an denen die Füße baumeln, und jenes Garnelengemüse, das in Hamburg Krabben heißt. Zum nummerierten, den Kajüten zugeteilten Deckchair gehört ein Tisch aus Teakholz mit Würfelgrätingsplatte. In den rechteckigen Löchern stecken Muscheln, deren eine Brian O'Lynch herausnimmt. Aus der Schale hat man das Weichteil entfernt, die gelbweiße Wölbung runenartig beschriftet wie bei jenen, welche Steelbandmusiker an Halsketten tragen. Magischer Wirkung wegen.

„Dergleichen", sagt er zu dem Blättchen-Reporter, „belehrt über das Anderssein dieser Welt, das es zu begreifen gilt. Dass die GIs das vernachlässigen, so tun, als sei hier ihr heimatliches Panhandle, macht sie verhasst." Sein Blick trifft den Beer Boy, der meldet, die Hurrikangefahr sei weg. Die Stationen Portsmouth und Fort Collins, USA, Barbados und Radio Grenada und North Post, Trinidad, verkündeten Entwarnung. „Schade!"

„Wieso?", fragt Dick verblüfft.

„Weil ich dann vielleicht fliegen muss."

Am Niedergang zum Bootsdeck werden Frauenstimmen laut, und ein siebenjähriger Knabe kommt herangeschossen.

„Da sind die zwei!", freut sich Gilla.

„Beim Bier", so Christa.

„Papa!", schreit Kurtchen.

„Werde ich bald auch", verkündet O'Lynch. „Cheerio!"

Sie beschließen, ein Boot zu mieten nebst Kapitän, dieser zwar im Schiffsjungenalter, aber offenkundig mit dem Gefährt vertraut. Los geht es. Ahead full, hätte, so vorhanden, ein Maschinentelegraph angezeigt. Schnell kommt der schnittige Flitzer ins Gleiten. Der Bug ist beschwert mit einem Anker, einem verzinkten Draggen nebst Vorlaufkette, zu deren Einholen es einer Winsch bedürfte. Es dient als Gegengewicht zu dem schweren Außenbordmotor, den der Bursche handhabt wie ein Jockey sein Rennpferd. Am Himmel wie blitzende Degenscheiden die Kondensstreifen von Militärmaschinen. Bei genügender Luftfeuchte entstehen sie oberhalb von achttausend Metern, eine Höhe, als blicke man vom Mount Everest auf den Ozean hinab. Die Küstenwache fliegt, weiß der Irishman, unten, nahe dem Boden je nach Erfahrung, die der

Pilot hat, sucht Deckung hinter Hügeln, den mächtigen Königspalmen, im Schlagschatten des Vulkans, schießt heran aus der Sonne, ist plötzlich über einem, ehe man etwas verdecken kann, und fotografiert eifrig. Wer der Fehler schlimmsten macht, nach oben zu blicken, dessen Gesicht kommt mit aufs Bild. Schnellboote laufen stets Gefahr, als Schmuggelschiffe zu gelten.

Dreißig Knoten! Die Frauen kauern geduckt; Kurtchen zittert. Vom steil gekimmten Boden geteilt, gesäbelt, gemessert, zerfranzt, umgepflügt, aufgegischtet, in Falten gelegt, zu Streifen geschnitten, rundgebogen wie Rollenblech, schwallt das Wasser seitwärts, erzeugt kantige Flanken, schlägt Purzelbäume, lässt Brecherzungen spielen, als schwebte der Bootshecht, für nördliche Rauwasser gebaut, auf gespreizten Flügeln, vergleichbar einem Sturmvogel, der von den Wogen getragen wird. Gilla besieht ihren zerdrückten Spitzhut, den des mexikanischen Malers José Clemente Orozco, für den der Sombrero Revolutionssymbol war. Neben ihnen ein silbernes Etwas, das der Schiffsjungenkapitän als seinen Rennfreund, den Raubfisch Barrakuda vorstellt. Scharfer Kopf, manneslang gestreckter Rumpf. Wie reglos steht er da, obschon man fast sechzig Stundenkilometer fährt. Schießt dann peilschnell davon, als sollte dem Hightspeeder, der, selten bei einem Gefährt der See, den Greyhound zum Bugwappen hat, gezeigt werden, was für eine Wasserschnecke er ist. Der kleine Kurt, an die Mutter gedrückt, zittert noch immer, nun nicht mehr vor Angst, sondern vor Aufregung.

„Den Barrakuda möchte ich nicht im Aquarium haben", sagt Christa, die, neben dem Sohn, ihre Fototasche umklammert.

„Braver Raubfisch", versichert der Bootsführer treuherzig, „mit prächtigen Zähnen. „Frisst aber keine Leute."

„Hi", macht die seeungewohnte Gilla von dorther, wo derzeit der Hunsrückraps seine Weißgoldblüten ausbreitet, und löst sich zaghaft, halb bänglich, halb befreit, aus Brians Umarmung, „den müssten die Lautzenhausener sehen!"

Mit gedrosseltem Motor umschifft man ein Inselchen, der Ostküste vorgelagert, nicht seewärts Richtung Kuba, sondern fällt ab unter Land, wo das Wasser seicht ist, stracks zu auf den Barranco, eine Vulkanschlucht von Durchlass, schwarzsandig mit roten Krabben, diese kostümiert wie Paradesoldaten, und einer Panzermama von Schildkröte, um die sie aufmarschieren ... und noch etwas ist da. Als Christa nach ihm tasten will, reißt O'Lynch ihre Hand zurück. Alles starrt außenbords. Grün bis grau, sumpffarben, hellsaumig an der Wasserlinie, die sich im Schilf, das zwischen Mangroven Grasinseln bildet, nur ungenau ausmachen lässt, rudert es einher, das Krokodil vom Dienst, vom Touristendienst ... den Schiffsjungenkapitän anblinzelnd. Man kennt sich. Dieser, der kleine Heutige, und jenes aus Saurierzeiten, zweihundert Millionen Jahre vertretend. Wach das Auge über den dichtbezahnten Kiefernhöhlen, den aufgereihten Hauern, Reißern, Beißern, Brechern, Knackern, welche die Schnauze bilden, dazwischen der hornige, geschuppte, gehöckerte Rumpf, erdmittelaltermodisch, hinten der Ruderschwanz, sich zur Kielflosse verjüngend. Führt jeder gut sortierte Tiergarten.

Allein, was Kurtchen in keinem Zoo der Welt von den Eltern gezeigt bekommen kann, entzückt hier das Auge aller. Nämlich des Urviechs Junge, fünf bis acht an der Zahl, eine Eiergemeinschaft von Echslein, offenbar frisch geschlüpft, die, hilflos strampelnd, einer Grasinsel anhängen, die winzigen Schädel hochgereckt, um sich bemerkbar zu machen, beäugt von der Alten, welche die ganze Bescherung, Kinder nebst Wagenschiff, mit der Schnauze voranschiebt. Bei allen Krokodilsheiligen! Nachdem sie zweihundert Millionen Jahre über die Runden gekommen sind, gleichsam in den stillen Sümpfen der Ewigkeit. Bezogen auf des Menschen Geschichte, über die Runden gekommen in derselben Haut, ihrem Rüstungskostüm, ihrer Panzerklamotte, diesem Schöpfungskleid aus Schuppen, Höckern, Hornplatten, ist ihr heutzutage bestimmt, verledert zu werden.

Christa schwört sich insgeheim, niemals dergleichen Clips, Gürtel, Schuhe, Taschen, Zierkämme, Haarspangen, Schmuckdosen – echt Krokodil, echt Schildpatt – zu kaufen, jene Krötensuppe zu essen, die, fürstlich gepriesen, nach dem Geld schmeckt, das sie kostet. Und Kokodilstränen weinen, das gehört auch verboten. Kurtchen drängt sich an sie, als wäre er ihrer Meinung. Nach ihrer Rückkehr auf das Hotelschiff findet sich eine Mitteilung von Obregón, dem Portier des Laufstegs, auch Gangway genannt, Mister Dick möge seine Zeitung anrufen. Da man vereinbart hat, darauf zu verzichten, um Abhörer außen vor zu lassen, muss es wichtig sein. Des Chefredakteurs Stimme klingt verärgert und belustigt, ja schadenfroh zugleich.

„Klaus“, sagt er ohne Umschweife, „stellen Sie sich vorsorglich darauf ein, dass noch mehr mit unserem Fall Befasste in Liberty Harbor erscheinen werden. Von Ludio Backe weiß ich es bestimmt, weil wir das abgesprochen haben.“

„An wen denken Sie noch?"

„Kommissar Unger, die Juwelierin vom Collier, womöglich Staatsanwalt Stubenrein. Die Enkelin von Frau Recker soll schon drüben sein."

„Ja." Der Reporter gibt sich heiter. „Sie ist schwanger, was sie dick macht, und trägt einen Sombrero, der sie groß macht."

„Ich habe es sagen wollen – schönen Gruß an Christa!"

42 Vertäut bei der Baquine, etwa auf halber Kailänge, aber vom Deckshaus des alten Dampfers, zumindest für Ortsfremde, verdeckt, ist die Hafenkantine, abgesehen von den Ölfässern als Schwimmer unter ihr, eine typische Kneipe dieser Breiten, die, gegenüber dem tieferen Süden, den Vorzug einer Sonne haben, welche sticht, sengt, brennt, aber nicht tötet. Eine Kneipe nicht am, sondern im Hafen, erfüllt vom Lärm der Seemänner, Lotsen, Dockpops, wie die Verladearbeiter heißen, wundernd denjenigen, der ihn hört, ohne sogleich auszumachen, woher er rührt, und allerlei Gerüchen, auch üblen, die nicht aus der Küche stammen. Sie kommen von jenen, die hungrig warten, dass man auftischt, was gebruzzelt wird, aus ihren Klamotten, die nach Schweiß, Tang, Fisch, Teer, Fett, Öl, nach Bier und Rum, manchmal, unter Malochern selten, nach Marihuana riechen. Was zudem prickelnd in der Luft liegt, kommt von der Weiblichkeit, einer Busenträgerschaft bemalter, gestylter Frauenzimmer, Töchter vieler Herren Vaterländer, ihnen allen eigen, dass sie aus dem Bordell La Chalupa, das sich nobel gibt, ohne es zu sein, schlechten Betragens wegen gefeuert worden sind.

Draufgeguckt und reingerochen, also auf den ersten Blick, die erste Nase gleichsam, ist diese Hafenkneipe am Wendekreis des Krebses, einen Steinwurf unterhalb seiner Himmelslinie, ein augenscheinlich gewöhnliches, im Wortsinn stinknormales Lokal – eingefühlt hingegen etwas, was seinesgleichen sucht zwischen Barranquilla und New Orleans, zwischen Tampico und Guantánamo, zwischen Port of Spain und Kingston, Jamaica, zwischen den Windward Islands und der Costa de Mosquitos. Zwischen El Salvador und Lautzenhausen auch. O Rummelbude, Küstenspelunke, Gaunerschuppen, Schmugglerbeize, Edelkaschemme, Spielhölle der Habenichtse, erster Götzenordnung Kultsalon! Als Obergötze waltet der Mexikaner, für den Karin und Medea, ihn derweil näher kennend, seltsame Zuneigung empfinden, ihm dankbar sind dafür, sich ihnen gegenüber nicht aufzuführen als der Macho, der er zu sein scheint. Auch Amadeus, der Barpianist, schätzt Jimenez. Wiederum erweckt dieser, schon gar nicht Norteamericanos gegenüber, keinen Wohttätereindruck. Was sind seine wahren Absichten?

„Die will ich euch verraten." Sein Blick schweift durch die Cantina, streift einige der amerikanischen Marinesoldaten, die, gestern der, heute jener, immer anwesend sind. „Ich habe etwas herauszufinden, aber so, dass diejenigen, die es herausfinden sollen, sich nicht anmerken lassen, dass sie es herausfinden wollen."

„Ein philosophischer Satz", anerkennt Amadeus. „Und die hiesigen Girls?"

„Verplappern sich."

Wie auf Kommando rümpfen die Zwillinge die Nase.

„Dahinter", mutmaßt Karin argwöhnisch, „steckt der Gentilhomme."

„Scheint mir auch so", platzt Medea heraus.

„Aber nicht zu euerem Nachteil." Pedro Jimenez erteilt einige Ratschläge, erklärt, was herauszufinden ist. „Das schafft ihr beide spielend!" Er beginnt zu grinsen. „Wenn der Typ, um den es geht, erscheint, sage ich euch Bescheid."

Dinnerzeit. Man bestellt bei der Matrone von Köchin, Mama Dora gerufen auch von denjenigen, die ihr Vater hätten sein können, Fleischpasteten mit geröstetem Chicoree. Alsdann gibt es spanischen Käsekuchen, der vor gebranntem Zucker glitzert. Der Trip vom Saueren zum Süßen endet mit Pisangscheiben in Rum, überreifen Bananen, welche dem starken Schnaps einen fauligen Geschmack verleihen. Der Geruch macht trunken. Die Schwarze freut sich, wenn es Weißen schmeckt, um deren Wiederkommen wissend, poliert sie die Mahagonitheke mit der Jahreszahl 1908, Überbleibsel aus dem Salon eines abgewrackten Musikdampfers. Der Goldglanz des Tabascos ist nicht verblasst. Wert des Echten. Unecht mancher Gauner, der so tut, als sei er einer. Gehört in Liberty Harbor dazu. Der Anschein löst sich von der Gestalt, wird zu deren Schatten mit Eigenleben. Ersatzfähige Scheinwelten – für Arme – im Angebot. Legenden, Voodookult, Rastafari, Afrikamanie, Sektierertum: das ist jener falsche Trost, der echte Übel zu verschleiern hat. Nachgerade, denkt der klavierspielende Philosophiestudent Amadeus, frei nach Hegel. Da jede Weltanschauung zum Glaubensunsinn verkommt, kann es keine Ruhe in der Geschichte geben.

„Wir passen nicht her“, warnt er, „also bedeckt halten.“
„Das sind brave Männer“, sagt Medea kennerisch.
„Männer“, weiß Karin, „vorweg.“
„Keine Schängel der Koblenzer Fußpilzgesellschaft.“
„Euere Weiberansicht!“

Da sind Stauer und Trimmer, bucklig vom Säckeschleppen, verachtete Deckhands, die für wenig Geld alles machen, überhebliche Winschdriver, die außer Winschen nichts bedienen, ewig fluchende, gotteslästernde Verholer, die nur Poller mit Tampen belegen, besser gelöhnte Trossenschlepper, die einzig Drahtseile aufschießen, Inselfischer barfuß, Messer im Gürtel, der die Haut auf den Knochen hält, westindische Seeleute, tätowiert in Hongkong, Marseille und Antwerpen, Kautschuksammler aus Zeiten, da Natursäfte ihren Wert gehabt haben, jetzt Überzählige mit verkrüppelten Ohren, gezeichnet von Chiclerokrankheit und Quetzalfeder, die sie am Hut tragen wie andere den Gamsbart, schwarze Sonnenkinder auf südlicher Nachtseite des Lebens, unterschieden von den Nordländern weniger darin, dass diese weiß sind, sondern dass sie bei weniger Sonne mehr Geld haben.

Schneiden die Flügel des Deckenventilators eindringende Sonnenstrahlen, durchblitzt es die ausgediente Mannschaftsmesse, welche die Hafenkantine früher gewesen ist, nun getragen von Schwimmern aus Ölfässern, die mit den Jahrzehnten armlange Algenbärte angesetzt haben. Durch die Bullaugen spiegelt das Licht herein wie durch Brenngläser. Es tänzelt an der mit Haifischflossen, Kante querüber Kante, gleich einem Ziegeldach ausgelegten Decke. Mama Doras Papagei kreischt, gefällt ihm ein Gesicht, spuckt es freundlich an, sein Geruch nasefeilend ... ein Harlekin von Paradiesvogel. Feuerroter Schwanz, schwarzgelbes Wamst und grüner Kopf, Farben, die sich beißen, je greller um so mehr, aber vollendet im Zeichnungsebenmaß. Ist ihm etwas zuwider, wettert er nicht nur mit der Stimme eines Menschen, sondern auch albern wie dieser. Amadeus findet, der vorlaute Schnabelträger tauge zum Maskottchen für Politiker, nicht für Philosophen.

Als man ihm bedeutet, in die Küche zu kommen, erwartet ihn Jimenez. Im Hintergrund der Gentilhomme, der, seinen Schnauzbart zwirbelnd, mit kleinen Schritten herantritt.

„Haben Sie die Pinwand in der Kantinenecke bemerkt, Amadeus?“

„Ja ... neben den Postern.“

„Der Tisch davor gehört Marineros aus El Norte. Sie nehmen mit den Mädchen Platz. Wenn ein Sergeant erscheint, muss er glauben, die

Reservierung sei beendet. Verwickeln Sie Johnson, so sein Name, in ein Gespräch. Das wird ihn hindern, Sie wegzuschicken."

„Und wenn er es doch tut?", fragt der unsichere Pianist.

„Müssen Karin und Medea hautnah ran." Pedro Jimenez lacht. „Halb so wild! Es ist ein Militärbürokrat, der sich keine Faxen erlaubt."

„Johnson wird an der Pinwand die Zettel durchsehen", fährt der Gentilhomme bedächtig fort. „Achten Sie darauf, welche ... was ihn interessiert, etwa Codenummern. Sollte er den Mädchen Drinks spendieren, nehmen Sie das an, gehen auf Plaudereien ein. Dabei sind alle seine Worte wichtig, vor allem die unbedacht geäußerten."

Es sind Poster von Inselfeten, Rockmusiken, Kinofilmen, Militärparaden, Flottentagen, Stierkämpfen, Boxertreffs, Footballmatchs, Kricketturnieren, Preisangeln, Schlauchboot- und Seglerrennen, Voodooaufzügen, Karnevalsspektakeln, Blasrohrmeisterschaften, dem Jahrestreff der Tennis- und Golfmeister, Schützenfesten mit Pfeil und Bogen, auch jenen Kämpfen, bei denen Hähne aufeinander losgehen ... Poster, die vergilbt, schmutzsteif, angeräuchert, die Ecken abstehend, dahängen, bis sie irgendwann, von wem weiß keiner, durch andere ersetzt werden. Daneben die Pinwand mit Zetteln, darauf Schiffsnamen, Funkrufnummern, Zielhafenangaben. Grußbotschaften auch. Mit ihnen kann Amadeus nichts anfangen, allenfalls, dass er Karin und Medea, deren Englisch nicht das Beste ist, einschärft, auf jedes Wort zu achten, das dieser Mariner sagen wird, sofern er erscheint. Die Tür der Cantina fliegt auf, herein stapft ein bulliger Mann, schaut sich um, stutzt, kommt zu ihrem Tisch.

„Hallo!", poltert er, „hm ... bleiben Sie sitzen. Ich bin Sergeant Johnson."

Obwohl die Zwillinge ihm die für Koblenzerinnen schönstmöglichen Augen machen, betrachtet der Hinzugekommene einen Steckbrief von neunzehnhundertsechzehn, in Plakatgröße nachgedruckt. Der Polizeichef von Columbus erließ ihn zur Ergreifung Pancho Villas nach dessen Raid auf die amerikanische Grenzstadt. Fünftausend Dollar Belohnung. Das linke Foto zeigt den mexikanischen Banditen, südlich des Rio Grande als Revolutionär gefeiert, hoch zu Ross, grimmig das Gesicht. Rechts steht er in der Sonorawüste mit Tropenhelm und Büßermiene vor einem Kandelaber von Orgelkaktus, dessen Säulentriebe den Himmel stützen, damit die Last des Heils nicht unverdient auf die Erdensünder niedersinkt. Gleich dem Bauernführer Emiliano Zapata fiel er durch Mörderhand. Den Empörern, die Großgrundbesitzer umbrachten, wird übel nachgeredet, weiß Amadeus. Doch was in den Büchern steht, ist nicht das, was das Volk im Herzen hat. Der Ausbeuter kurzem Tod ging der Ausgebeuteten langes Leiden voraus. Es wirft seinen noch längeren Schatten in die Zukunft bis zum heutigen Tag. Zudem hat er den Eindruck, dass Johnson in Wahrheit die Pinwand betrachtet.

„Kommen Sie aus Deutschland", fragt der Sergeant unvermittelt.

„Ja ... vom Rhein."

„Ich war an der Weser stationiert."

Amadeus achtet auf seine Worte, aber hört nichts Besonderes. Als Johnson weg ist, zeigt sich indessen, dass das, was er sich gemerkt hat, den Gentilhomme aufhorchen lässt. An der Pinwand hängt ein Zettel mit der Aufschrift Virgin Islands Radio WX03 St. Thomas. Am Unterrand steht Block 204a. Diesen Eintrag hat, bezeugen Karin und Medea, der Sergeant sich notiert.

„Das wollte ich wissen!"

Auf dem Steg werden Stimmen laut. Zwischen ihm und der Cantina, dem Eisenkasten mit seinen verkniffenen Bullaugen, klafft bis zum Wasser ein Loch, dem Mama Dora ihre Küchenabfälle anvertraut ... in ihm schaukeln sich Geräusche auf. Jetzt Schatten im Eingang, dessen Perlenvorhang klirrt. Arbeiter vom Pockholzlager stolpern herein. Ihnen wird Platz gemacht. Nicht proletarischer Würde wegen. Vielmehr sind ihre Latzhosen voll von wachsigen Sägemehlkrümeln, die aussehen wie gelbe Maden. Sie lassen sich zu Fettkügelchen rollen, jedoch aus dem Gewebe nicht entfernen. Also werden die Lumpen verbrannt, ein Feuer wie von ölgetränkter Putzwolle. Diese Burschen sprechen Pidgin-Englisch, die rauhe Befehlssprache des Dampferhorns, der Bootsmannspfeife und des Prügelstocks, welche – über Jahrhunderte – das britische Weltreich mitgeschaffen hat. Kammerton der Kolonialmusik gleichsam.

„Amadeus", drängen die Zwillinge mit ihrem Gespür für Pintenknatsch den zögernden Klavierspieler, „lass uns abhauen!"

„Meinetwegen ... gehen wir spazieren."

Im Nordsommer erreicht die Sonne unterm Wendekreis des Krebses den Höchststand wie am Äquator. Körperschatten schrumpfen auf Hutgröße. Wird das Licht stechend, der Passatwind zum Karussell, ist Gewitter nicht fern. Wenn es vom atlantischen Osten heraufzieht, über Kuba gleichsam zum Sammeln bläst, glaubt man sich ins Schweizer Hochgebirge versetzt. Wie beim Alpenglühen bedrohliche Wolken, wild zerklüftet mit Hängen und Schluchten, schillernden Eiskuppen und Gletscherströmen, die purpurn über der Zuckerinsel stehen. In der Ruhe vor dem Sturm erstarrt das Meer zu Wogen von Blei. Rücksichtsloses Abholzen hat an Stelle des Regenwaldes, der, so die Legende, zur Zeit des Kolumbus undurchdringlicher Dschungel gewesen ist, versteppte Buschlandschaft aufkommen lassen. Wenn die Himmelssäcke platzen, schießen die Fluten ungehemmt zur Küste, Sturzbäche in allen Farben der Hölle, welche Mangroven und Schiffsrümpfe mit schlammiger Haut überziehen.

Verflixt! Das Unwetter überrascht die Spaziergänger auf der Uferstraße, wo sie bis zu den Knöcheln in lauwarmes Regenwasser geraten, abgesehen von der Angst vor den Blitzen wenig erschreckt. Der Fahrer eines Jeeps mit niedergelegter Frontscheibe aber, eher komisch, Südwester auf dem Kopf, anerbietet sich, sie zum Hotelschiff Baquine zu bringen. Karin und Medea erröten, kichern zwillingsgeschwisterlich, denn es ist der Mexikaner, der sie kennerisch mustert. Ihre Kleider, die, entgegen der feinen Machart, unfein an der Haut kleben, dasjenige zur Geltung bringend, was sie verhüllen sollten, wohlfeil herausstellen, was den Zweibeiden, entgegen dem Anschein, nicht mir nichts, dir nichts wohlfeil ist. Aus dem alten Geländewagen, dessen militärische Kennzeichen übermalt sind, rinnt rostrote Brühe ... sie nehmen zu dritt auf dem Rücksitz Platz. Dass neben dem Fahrer eine Gestalt, ebenfalls mit Südwester, kauert, wird ihnen erst jetzt bewusst. Einmal mehr, als sie laut auflacht. Es ist das Lachen von Kommissar Unger.

43 Wer nach Ankunft in Liberty Harbor keinen Grund zum Lachen hat, das ist Ludio Backe, der Rechtsmediziner, angereist in der Erwartung, der Leichnam des ermordeten Marineoffiziers sei gefunden worden. Dem ist nicht so. Der Reporter der Rhein-Mosel-Nachrichten hat Obregón als Inselführer angeheuert. Chinarestaurant. Der Sake genannte Reiswein ist warm zu trinken. Bunte Papierwände schotten ihren Tisch ab. An der Wand ein feuerspeiendes Ungeheuer, Fabelwesen mit gewöhnlichen Nutzviehgliedmaßen. Es steht für des Fernen Ostens Bemühen, dem Westen nahe zu kommen, wenn auch allein Dollar und Euros wegen. Überfällt die Auslandschinesen Heimweh nach dem Reich der Mitte, suchen sie im Opium Trost und Erleuchtung. Kerzen flackern, Lampions wanken, öffnet sich die Eingangstür.

Herein kommt Straßenlärm, Brummen von Schiffshörnern, Geruch nach Benzin, Frischgekotztem ... Geschnatter der Rotlichtladys, die vor dem Lokal trippeln. Maskenhaft geschminkt. Der Blick stechend. Nach außen teilnahmsvoll, insgeheim argwöhnisch schaut Backe zu, wie chinesische Kohlröllchen mit Holzstäben gewendet und von ölig schimmernder Soße überflossen werden. Vermutlich denkt er an Mainzer Handkäs mit Musik, Klaus Dick an der Simmerner Oma Dippekulles.

„Hier ist alles inselfremd", sagt der Portier der Baquine, als erriete er ihre Gedanken, mit beinahe rührender Nachsicht. „Der Kellner stammt aus Shanghai, Sie kommen aus Europa, ich bin auf Kuba geboren. Von den Norteamericanos nicht zu reden."

Das Karibikeiland hat eine bewegte Geschichte, wobei das Bewegte eigentlich nur im Anwandern seiner Bewohner besteht. Welcher Hautfarbe immer, alle sind Zugereiste. Wer übers Meer kommt, trägt kein Schild, das ihn bezeichnet, seine Verdienste nicht rechter, seine Verbrechen nicht linker Hand, um denjenigen, die ihn empfangen, ohne gewünscht zu haben, dass er erscheine, eher gegenteilig, das Bewerten zu erleichtern. Einfach ist es bei jenen Damen, die ab fünf Dollar keine sind. Werden per Nuttenfähre zum Festland abgeschoben. Bescheuerte off limits. Nicht des Bescheuertseins, sondern fehlender Klapsmühle wegen. Halbnarren mit ganzen Bankkonten, die kein Nepp leer zu schöpfen vermag, sieht das Inselvolk hingegen gern. Da alles zur Legende wird, gerät nichts in Vergessenheit. Einer Sache Tücke gründet hauptsächlich in ihrer Bedeutung, etwa Schwarzes nicht in farblicher Tönung, sondern im Schummerwert des Finsteren. Hier trifft Negerafrika auf Mexikos Indiogötter, Ursprung einer eigenständigen Magie. Vergleichbar dem Edelgas Helium durchdringt dieser Geist des Ortes alles Stoffliche. Professor Backe gedenkt die Gelegenheit zu nutzen.

„Haben Sie Ausschau gehalten wie abgesprochen?"

„Ja", erwidert Obregón, „wir müssen in die Calle Sol."

„Üble Gegend." Der Reporter verzieht das Gesicht. „Dolchleute."

Gewöhnlich spielen die Straßenkinder des Barrios im Gerümpel, das zwischen den Bruchbuden ihrer Geburt aus Kistenbrettern, rostigen Blechkanistern und verdorrten Palmwedeln herumliegt. Transistorradios lärmen, batteriegespeiste Fernseher, nach Schwefel riechend. Kein elektrisches Licht; kein Leitungswasser. Die einschlägigen Inselgesetze, von Weißen für Schwarze erlassen, verpflichten die Obrigkeit erst, ein

Slumviertel zu sanieren, ist eine gewisse Kopfzahl erreicht, was es logisch nahe legt, die Abtreibung zu begünstigen. Dazu gibt es Mülltonnen mit Babykopf. Die Calle Sol, Straße der Sonne und Ratten, gehört den Mestizen. Von ihnen heißt es unwiderleglich, der Teufel habe sie erschaffen, wie vom Weißen als gesichert gilt, dass er vom lieben Gott abstammt, was diesen Himmelssohn befähigt, Massengräber zu füllen, derweil jener nur Hühner schlachtet. So oder so, dein Fetisch entscheidet, was du bist. Der Kubaner schlägt die Türschnüre der Jacalahütte zurück.

Bruthitze. Drinnen umschwirren Fliegen die tiefhängende, abgeschattete, vernehmbar fauchende Gaslampe, deren bläuliches Licht gespenstisch wirkt. In den Ecken Tongefäße mit runenartigen Zeichen, die ruhelos zu wandern scheinen, als wären sie über die eigene Bedeutung im Zweifel. Und Holzköpfe in allen Schnitzarten. In einem Korb aus Bast ein winselnder Säugling, befremdliches Knistern erzeugend. Der merkwürdige Laut wie vom Uferschilf eines Sees, dessen Halme aneinanderreiben, bleibt, als eine Indianerin, welche sich, Joint rauchend, im Hintergrund gehalten hat, den Säugling herausnimmt, um ihm die Brust zu geben. Obregón, Backe und Dick starren auf einen zweiten Bastkorb, dem des Säuglings ähnlich, der unter der Gaslampe steht, sichtlich in Griffweite gehalten. Von ihm kommt das merkwürdige Geräusch, hervorgerufen im Unterteil dadurch, dass der Oberrand sich knisternd gegen die Abdeckung verschiebt, als hielte eine Hand jenen fest, während eine andere diesen bewegte.

Geruch nach Moschus. Ein winziger Hund, die Schnauze schnabelspitz, bekläfft das Behältnis. Es klingt wie eingeübt, wie mit Knochen belohnt. Enthält es Katzenjunge? Keiner der Besucher schaut nach Katzenfreund aus. Womöglich eine Giftschlange, ein Minimonster von Todesspinne? Der Rechtsmediziner wäre der Letzte, den derlei aus der Fassung brächte. Obregón spricht auf Spanisch mit der Indianerin, welche daraufhin die Hand fünfmal hebt und senkt.

„Der Einblick kostet fünfundzwanzig Dollar, Herr Professor."

„Selbstverständlich." Ludio Backe steckt der verhärmt aussehenden Kifferin vierzig zu. „Für ihren Säugling."

Der Reporter legt zwanzig Dollar drauf. Seine Frau Christa würde, wäre sie dabei, das Gleiche zugeben. Leben und leben lassen.

„Gracias!", kreischt der Hüttenpapagei, „thanks!"

Siehe da! Nichts Monströses kommt zum Vorschein, als die Indianerin fast andächtig den Bastdeckel hebt. Eine Kulthandlung. Innen gleicht das Behältnis einem gehöhlten Stamm, ausgelegt mit Blättern und Baumrinde. Darauf sitzen gelbgestreifte, grellblaue und orangerote Frösche, von Backe Lurche genannt, daumengroß nur, Winzlinge der Schöpfung, aber von urwelthafter Farbenpracht, glasig schillernd im Gaslicht, das, als wüsste es um seine Wichtigkeit, aufrauscht. Die plötzliche Helle bringt sie zum Hüpfen, was aber, trotz ihrer Zierlichkeit, eher ein Plumpsen ist. Die Bewegung wird schneller, je näher die Lampe ihnen kommt, deren bläulicher Glanz ... Hitze, kalt wie gespiegeltes Eis. Obregón verzieht ob er putzigen Darbietung keine Miene. Nicht zum ersten Mal schaut er in den Bastkorb, jetzt wie früher teilnahmsvoll, aber ohne Entzücken des vom Anblick Überraschten. Für ihn sitzt darin der Tod auf Salatblättern, grellbunt kostümiert wie das ewige Leben.

Berührt mit den Polen einer Batterie, Plus und Minus der Belebung gewissermaßen, welche die Indianerin ansetzt, zittern die verschreckten Frösche, als durchführen sie Erweckungsschauer, zappeln, zucken, blähen sich, fallen zusammen, werfen Hautfalten, erstrahlen gallengelb, grün wie das Vogeltier, das vor Missgunst schimpft, lassen Rot erglühen, dass es Feuer wird, ersterben nachgerade vor Angst, beginnen zu schwitzen, schwitzen furchterfüllt das aus, weswegen man sie züchtet, dem Rechtsmediziner als Phyllobates terribilis bekannt. Chirurgen pflegen es arrow poison zu nennen. Curare auch. Die Besucher treten nach draußen, geblendet ... Müllkinder erbetteln Almosen. Die Sonne! Das Meer! Der Vulkan! Im Himmel alles wohl.

„Adios!", kreischt der Hüttenpapagei, „bye-bye!"

An der Bar des Hotelschiffs Baquine, ungestört von Karin, Medea und Amadeus, die arbeitsfrei haben, verlautet Obregón zu dem Ausflug in die Calle Sol, die Froschzüchter seien eine Sorte für sich, Leute, die andere umbrächten, wenn sie es für richtig hielten, aber keine, die töteten, weil Dritte es für richtig hielten. Sie verkauften ihren Stoff, aber seien keine Auftragskiller. Der Reporter der Rhein-Mosel-Nachrichten, beeindruckt vom Gesehenen, wendet sich an den Mainzer Rechtsmediziner, der sich Notizen macht. Wie gefährlich das Zeug sei?

„Das kommt auf die Art der Pfeilgiftfrösche an, ihre Behandlung. Indianer verstehen sich darauf seit Jahrhunderten. Toxikologen wollen wissen, dass in dem Maß, wie die Froschfarben verblassen, die Giftwirkung nachlässt."

Demnach misslingt Weißen die Züchtung zumeist, vergleichbar jener der Orchideen. Eine Volkskunst der roten Rasse. Erkennbar auch daran, dass Phyllobates terribilis, von Mesoamerika bis Amazonien, viele indianische Namen hat. Verbunden mit Gottheiten. Militärische Kampfstoffdateien führen es unter der Bezeichnung Phyllox. Man stirbt an Muskellähmung in der Pose des Getroffenseins. Pfeilgifttote grinsen bis zum Jüngsten Gericht. Wen es beim Scheißen erwischt, der behält den Arsch auf für ewig und drei Tage. Als komme er einer Belehrungspflicht nach, ergänzt der Kubaner, es sei schwierig, in die Zunft der Froschzüchter einzutreten. Wie bei den Kampfhähnezüchtern.

„Übrigens gibt es auch künstliches, in der Fabrik hergestelltes Pfeifgift."

„Worin besteht der Unterschied?", erkundigt sich Dick neugierig.

„Man bestreicht die Frösche mit dem Zeug. Wenn es von ihnen stammt, bleiben sie am Leben. Kunstgift macht ihnen den Garaus. Haben Sie schon einmal jemand gebissen?" Obregón lacht über des Reporters verdutztes Gesicht, wird ernst. „Menschenzähne sind giftiger als die vom Hund. Ihnen schadet ihr eigenes Gift nichts, ein anderer geht daran ein. Mit den Fröschen verhält es sich genauso."

„Was sagen Sie dazu, Herr Professor?"

„Stimmt ... übern Daumen gepeilt. Die Absonderung der Lurche ist ein Batrachotoxin genanntes Akaloid, eines der stärksten nicht eiweißartigen Naturgifte. Wirkt nicht über den Magen, der es unwirksam macht. Vielmehr auf dem Blutweg bei Hautverletzungen, etwa durch Blasrohrpfeile."

Nicht zu seinem Ärger wird der Rechtsmediziner, der den Eindruck erweckt, mehr für sich behalten zu müssen, als er sagen möchte, dadurch weiterer Erläuterungen enthoben, dass auf dem Decksgang vor der Bar Dicks Frau nebst Sohn erscheinen, hereinwinken. Es erlaubt ihm, sich zu empfehlen, einen Kaibummel zu machen bis zur Teezeit, seiner Verabredung danach. Gewisse Inselverhältnisse wollen Ludio Backe nicht in den Kopf. Die Sowjetunion ist verschwunden, Kuba kein ernstlicher Gegner. Jeder Amerikaner mit Verstand weiß das. Dennoch gleicht die Marinebasis einem Getto. Es gibt Stacheldraht, Schutzwälle, Sichtblenden, Elektrozäune, in denen es Katzen und Kinder trifft. Shop, Kino, Kneipe, Kirche, Schule, Spital, Golfplatz, Yachthafen, Sportarena ... alles hat US-militärischen Anstrich. Dass dieser aufdringlich herausgestellt wird, stört ihn am meisten. Yankee-Drill, Yankee-Drinks, Yankee-Bingo, Yankee-Floorshow! Möglicherweise ist es bei den Russen ähnlich. Da Moskau vermeidet, weltweit Truppen zu verlegen, merkt das keiner. Schon will er zum alten Dampfer zurückkehren, als ihm eine Menschenmenge auffällt. Schauerleute, Makrelenfischer, Pockholzflößer, Agavenschläger, Geldwechsler, Liebesdamen, Flohmarktbudiker, Eiswasserverkäufer, fliegende Kaihändler, Voodooisten und Rastafaris, Schreiber vom Hafenamt, Marinesoldaten auf Landurlaub, Sportangler mit gestrimten Händen, Arbeiterinnen der Bindegarnfabrik ... Kinder, wie anbefohlen amerikanische Fähnchen schwenkend.

Von Westen her die Reede ansteuernd, läuft eine Yacht in den Hafen ein, am Heck das Sternenbanner, der texanische Eigner ein Ölboss, gekommen, dem Armeleutseiland eine Raffinerie größer als die von Freeport auf den Bahamas zu versprechen. Das prahlerische Statement würde sich als Gerücht auf Inselweise verselbstständigen. In Liberty Harbor, das sein eigenes Bedeutungsmaß hat, können Redensarten, die sonstwo Augenzwinkern hervorrufen, an Gewicht gewinnen, weil die Einheimischen, unabhängig vom Inhalt, der albern sein kann, scharf aufs Erzählen sind, hierin die Orientalen der Karibik. An den Golddalben, wie die Anlege für Megayachten genannt wird, verschafft es sich Gehör, eher laut als leise, nimmt zu durch Verdichtung, zieht sich aus zur Länge, längt sich zur Breite, verbreitert sich zur Fläche ... verflacht zur Volksverdummung, das Gerücht vom Vorhaben des Texaners, zu entnehmen dem Beifall, den man spendet, wenn auch nicht ungeteilt. Dem Mainzer Professor entgeht es nicht, was auch daran liegt, dass er einigen Grund hat, amerikanischer Redlichkeit zu misstrauen.

Es gibt finstere Mienen bei Weißen. Andere, schwarz wie das Unheil, bemühen sich, leichthin zu wirken, Abgeordnete des Inselparlaments, steif herausgeputzt. Es gilt als kleinstes aber lautstärkstes aller Bananenrepubliken, da jeder zur Abstimmung seine Trommel mitbringt, Ersatz für die vor siebzig Jahren verbotenen Revolver. Davor hat sich der Volkswille, vom Zuckerrohrschnaps ermutigt, durch Schüsse in die Decke des Capitols kundgetan. Die Seebrise, vielleicht gegen cash bestellt zum Auswehen des Sternenbanners, treibt hellen Staub gegen dunkle Frackhosen, welche von vermeintlich zeitlosem britischem Zuschnitt sind. Was man in London vorgestern abgelegt hat, wird im Gibraltar der Karibik übermorgen modern sein.

So hält sich in den Klamotten der Kolonialismus nach Art von Motten, würde Klaus Dick in seiner RMN-Glosse Kurtchen schreiben.

Alle herbeibefohlen, keiner heranspaziert! Erfreut die Kinder über Schokolade. Dunkle Ohrenbläser ergehen sich in hellem Gelächter. Die Masse der Gaffer schweigt, als lägen Steine auf den Stimmen. Am

Grill Fleischbatzen wie Affenärsche. Die Inselleute sollen sehen, welche Steaks es in Texas gibt. Texanische Bushmänner sehen sie im Fernsehen. Zur Teezeit erscheint Backe an Bord der Baquine, lässt sich kurz im Salon blicken und schlendert zur Kajüte vier, der Verabredung wegen.

„Nun?“, Staatsanwalt Stubenrein blickt gespannt.

„Wir müssen im Fall der Soldatenmorde umdenken. Dieser Franzischak alias Frederic wurde nicht erschossen, sondern vergiftet mit Curare. Ein Kollege hat zur Gegenprobe den Leichnam untersucht.“

„Was ist mit der auf dem Hunsrück sichergestellten Damenpistole? Liesner hat sich die Beine ausgerenkt, um ihrer habhaft zu werden.“

„Der Schusskanal wie das kleine Kaliber schließen den Exitus durch die Pistolenkugel aus. Sie dürfte abgefeuert worden sein, um die wahre Todesursache zu verschleiern. Aber nicht aus der spanischen, vom Landeskriminalamt geprüften Astra. Als Tatwaffe kommt sie nicht in Betracht!“ Der Rechtsmediziner berichtet von den Pfeilgiftfröschen. „Deren Batrachotoxin bewirkte den erhobenen Befund, eine zusammengezogene, verkrampfte Muskulatur, Folge von Zelldepolarisation. Blockierte Nerven leiten keine Impulse weiter. Aufgebaute Spannung bleibt erhalten. Wer in dem Zustand stirbt, grinst für alle Ewigkeit. Tod durch Rhythmusstörung, Kammerflimmern – Herzversagen.“ Ludio Backe sieht den Staatsanwalt forschend an. „Unserem Bopparder Gespräch zufolge könnte der Seemann Hinnerk der Mordschütze sein. Wenn ja ... dann, wie gesagt, nicht mit dieser Pistole! Hätte er jene andere gehabt, bleibt die Tatmotivfrage. Schwer vorstellbar, dass so einer auf den Hunsrück kommt, um dort einen GI zu töten.“

„Anschließend nach hier, um Gleiches zu tun – nein! Sie haben Recht. Wir müssen eine andere Erklärung finden.“

„Wenn bisher Ermitteltes zutrifft, wir es mit zwei gewaltsam ums Leben gekommenen GIs zu tun haben, gibt es eine Möglichkeit, die noch nicht erwogen wurde. Gesetzt den Fall, würden wir mit etwas behelligt, was uns nichts angeht. Eine Säuberung innerhalb des US-Militärs. Wie bei dem sowjetischen zu Stalins Zeiten.“

„Amerika ist eine Demokratie“, gibt Stubenrein zu bedenken.

„Wenn es ums Vertuschen politischer Fehler geht, wird der Rechtsstaat zur Diktatur. Vierundvierzig gab der Vater des späteren Präsidenten Kennedy dem Reporter Dineen vom Boston Globe ein Interview, das seine bekannte Judenfeindlichkeit bekräftigte. Joseph P. Kennedy hatte in London als US-Botschafter Nazis empfangen, darunter Sir

Oswald Mosley, den besessensten britischen Antisemiten. Als sein Sohn neunundfünfzig zum Präsidentschaftswahlkampf antrat, wusste er, dass ihm des Vaters Zionistenhass schaden konnte. Prompt griff er zum Knüppel, ließ die Verbreiter des Interviews durch Wahlhelfer einschüchtern. Mit Erfolg. Für die Demokratie eine Niederlage. Hm ... was ergab Hinnerks Vernehmung alles in allem?"

Carl Stubenrein räumt ein, nach seinem Besuch des Bremers im Seniorenheim dessen Täterschaft zu bezweifeln. Auszuschließen sei sie nicht, folgende Überlegung zu Grunde gelegt. Als ehemaliger Nazi muss Hinnerk, gezwungen von den Amerikanern, Minen räumen. Eine entstellende Gesichtsnarbe ist die Folge. Ihm begegnet Flight Lieutenant Frederic. Aus der Ermittlung unzugänglichen Gründen identifiziert er ihn als einen der berüchtigten Franzischak-Mordbrüder in der weißrussischen SS-Brigade Kaminsky. Es führt bei ihm zum psychischen Kurzschluss. Als kleiner Hitlerjunge der Marine hat er zu büßen, wird Explosionsopfer ohne Entschädigungsanspruch. Aber dieser Frederic ist, obschon Massenmörder im Dienst des Führers, Offizier der US Air Force. Zur Strafe tötet Uwe Hinnerk ihn. So könnte es gewesen sein ...

„Zugegeben", schließt der Staatsanwalt unsicher, „das steht auf Wackelbeinen wie jede Kopfgeburt." Seine Miene wirkt verlegen, als setze ihm ein Starverteidiger zu. „Vor dem Abflug vom Hahn ermahnte mich mein Vater, Richter im Ruhestand ... beweise es oder vergiss es, riet er besorgt." Stubenrein nickt vor sich hin. „Auf sein Fallgespür konnte ich bisher noch immer setzen."

44 Dieser ungeheuerliche Regen! Jimenez nickt, schweigt aber. Es liegt am Feuerberg, der das Inselklima prägt. Hat auch Vorteile. In Liberty Harbor gab es niemals Gelbfieber. Sonstwo starben daran Schiffsmannschaften, verödeten Häfen. Panama war zur Zeit des Kanalbaues ein Arbeiterfriedhof. Die Gelbfiebermücke mag den Basalt nicht. Nahe dem Vulkan gibt es kaum Moskitos, dafür in den Mangroven. Das hält Sabine Ellern nicht ab, sich von ihm, wie bei früheren Inselbesuchen, hinschippern zu lassen. Man kennt sich. Allerdings weiß der Mexikaner nichts von ihrer Beziehung zu Oswald Recker, der ihm die falschen Euro angedreht hat. Jetzt hört der Regen auf, Wolkenlöcher, durch welche die Sonne sticht ... das Gewitter bleibt, wie dem

Feuerberg zugetan. Rundum zucken Blitze. Die Wellen des Donners, grollend gleich Geschützbreitseiten, scheinen einander aufheben zu wollen, eine wider die andere.

Sie halten sich in Nähe der Uferlinie, aus deren Dickicht es betäubend duftet. Allerlei Mangrovengetier lärmt, das kleinste am lautesten. Die Naturregung ist in der fiebrigen, elektrisch geladenen Luft spürbar, als walte darin der Welten Ungeist. In der kabbeligen See kommt Wasser übern Dollbord. Die forsche, windzerzauste Koblenzerin, von der Schaukelei unforsch der Seekrankheit nahe, beginnt hastig zu schöpfen. Wirke wider die Übelkeit, so Pedro Jimenez grinsend.

Jetzt der Pfahlsteg. Ins Gestein geschlagene verwitterte Stufen führen aufwärts zu einer Felsplatte mit überdachten Seiten, offene Feuerstelle inmitten. Sie dient der an den Hang gebauten Wellblechhütte als Vorplatz. Am Treppenende erwischt Sabine Ellern ein Schauer aus dem nassen Blattwerk. Hakige Dornen zerren an ihrem Haarknoten, was sich anfühlt wie Knochenfinger im Genick. Ihr entfährt ein Schreckenslaut, der untergeht im Regen, der erneut einsetzt. Bald ist die Luft satt und schwer von Wasserstaub. Das Prasseln auf dem Dach macht ein Gespräch fast unmöglich. Indessen bleiben sie, abgesehen vom Schweiß, einigermaßen trocken, unbehelligt vor allem.

Anders als im Dschungel Südmexikos, wo es, erinnert sich die Goldschmiedemeisterin, plötzlich von oben gekommen ist mit einer Wucht, als habe die Unterwelt am Aufsteigen gehindert werden sollen, gibt es keine Greuelfratzen, keine finsteren Gestalten, denen die Himmel zürnen, derweil sie unterwegs zur Hölle sind, den Fluch der Verdammten auf den Lippen. Zumindest lassen sich auf Anhieb keine erkennen.

Wer es anders wissen müsste, ist der Mexikaner. Sein Verhängnis, sich in die drei Jahre jüngere Deutsche verliebt zu haben. Sie wirkt auf ihn derart, dass er es gewissermaßen schicksalsergeben unterlässt, den Macho rauszukehren, über sich selbst ins Staunen gerät. Eine Eurofrau wie ein Bildersturz, der die alten Götter versinken ließe, wie ein neues Firmament, das von Osten mit fremder Sonne heraufzieht, den übers Meer gekommenen spanischen Eroberern ähnlich. Angesichts solcher zielstrebigen Wesen aus dem sanften Schattenreich der Mütter, dessen Genügsamkeit vor der Geschichte, müssen Jahrhunderte kruder Mannesherrschaft umgedacht werden.

Man braucht nur die Augen auf, die Ohren steif zu halten, um jene wahrzunehmen, die auf dem Manövergelände der amerikanischen Marineinfanterie, bei Nachtübungen wie ein Sportstadion von Flutlicht ausgeleuchtet, umhertoben. Es liegt zwischen der Stadt und dem eine Meile entfernten Südkap, das nachts ebenfalls so etwas wie eine Leuchtfeuernase trägt. Stöße. Wälle. Gräben. Furten. Kuppen. Falllöcher. Fußangeln. Schussboxen. Drahtverhaue. Sprungschanzen. Angetörnt von Rockmusik, welche aus Riesenlautsprechern lärmt, üben hier wilde oder sich wild gebärdende Krieger, vereint in albernem Kampfgemenge. Wie in der Disco!

Das schießt die Lüfte fetzig, sprengt Sprengüberreste gesprengter Sprengstücke, sticht brüllend in Plastikpuppen mit Feindbild-gerecht aufgemalten arabischen, kubanischen, afrikanischen Gegnernamen. Samt und sonders Freiwillige, diese Ledernacken, heißt es von ihnen. Mancher wirkt als Verlegenheitssoldat, als Streiter in Sachen Selbstbefreiung von jener Erblast, die als bürgerliche Gesellschaft amerikanischer Spielart stets zugegen ist. Durch die Geschichte segeln Prunkschiffe, die sich beim Näherkommen als Galeeren erweisen. Da Sabine und Pedro mit sich selbst beschäftigt sind, entgeht ihnen die wilde Manöverbolzerei. Umgekehrt achtet ihrer keiner, sie einander am Hafen nicht. Koblenz wäre verdutzt, wüssten die Schängel um der Collier-Dame spätes Abenteuer. Jetzt gilt ihre Betrachtung dem Unwetter.

„Deine Vorfahren verehrten den rüsselnasigen Regengott Chac", wendet sie sich an den Mexikaner mit den indianisch geprägten Zügen. „Neben dem Wachstum hatte das noch einen Grund – welchen?"

„Den", gibt der große Macho klein bei, „kenne ich nicht."

„Solcher Platzregen legte Goldadern frei, vielleicht Altmexikos einziges Unglück." Die Goldschmiedemeisterin vom Rhein sieht sinnend auf das Karibische Meer. „Wie sonstwo lockte das Gold Räuber an. Etliche Völker gingen daran zugrunde."

Es kübelt herab, dass das Geäst sich biegt. Jede Blüte ein Regenkelch, der sich neigend leert, Insekten mit hinaus. Statt die Natur zu vernichten, erschafft das Unwetter sie. Das zirpt, schreit, piepst, jault, heult, zetert, kreischt in Blitz und Donner, in das Rauschen der strähnigen Fahnen, als wäre der Abend Jubelmorgen der Schöpfung. Gefiederte Exoten schnellen umher, manche nicht größer als Hummeln, dennoch Vögel mit nadelspitzen Schnäbeln, die aus Blattwerk Lochkarten machen. Ringsum huscht, wieselt, springt und hangelt es. In solcher Unruhestunde zeugt das Zeitliche seine Unsterblichkeit. Manches Geschöpf, schöner als das ferne Paradies, stinkt, von nahem berochen, wie die Erbsünde. Von den wassersteifen Zweigen sprühen

Perlen. Vor Sabines Ellerns Nase seilt sich eine Spinne ab, hält Ausschau, holt die Leine ein.

Wo der Bach tosend ins Meer stürzt, segeln weiße Bäuche springender Fische, was flackerndem Laternenschein ähnelt, Irrlichtern der Nacht. Wolllüstig aalt sich die Natur unter der Himmelsdusche. Ihr juckt die Haut vor Schweiß. Am liebsten träte sie hervor, um den Erguss zu erhaschen. Als ein Käferchen die Oberlippe kitzelt, fährt ihre Zunge darüber, worauf das winzige Etwas zubeißt, dass es schmerzt wie von Krallen. Steht das nicht für die Insel? Verborgene Stachel überall. Die Atemwurzeln der Mangroven sehen aus wie kämpfende Ringer. Hier hat Oswald Recker jahrelang gewirkt, ohne dass es zu Haus bekannt gewesen ist. Schon gar nicht dem Finanzamt.

Liberty Habor, Eiland des Allerlei, welches sich steigert vom Sinn zum Unsinn, vom Greiflichen zum Unbegreiflichen ... Zwiebeln, Knoblauch, Chilipfeffer, zu Würsten geflochten, zu Kränzen geringt, Feuervögel von Schoten, grünbeschwanzt, Ziegenkäse in Fladen wie Ammenbusen, süßsauer dünstender Agavenschnaps, Juxmittel zum Zaubern, Abführen, Abtreiben, Jungmachen, Dünnmachen, Geilmachen, anklebbare Rauschebärte, einnehmbare Rauschdrogen, diese versteckt in jenen, Räucherstäbchen, Opferschalen, Masken, gräuliche Fratzen, Grabräuberei entstammend, Revolverkugeln, die im Lauf zerbersten, Messer zum Hauen, Stechen, Schneiden, Schlachten, Antibabypillen in allen Giftfarben, Falschpässe, Briefsteller, Geheimrezepte, süßer Quittenwein und Bitterlemon, abgefüllt in Schnabelkrügen, Beschläge zum Zieren von Särgen, Selbstmordhandbücher, Rumbarasseln, Sambagurken, Calypsozirpen, vergilbte Notenblätter, in denen erstorbene Seufzer stecken, Partituren unaufführbar wie das Jüngste Gericht – wo gibt es das am Deutschen Eck?

„Was ich sagen wollte“, hebt Jimenez zögernd an, „aus deiner Heimatstadt stammte Oswaldo Recker, dem die Baquine, vom brasilianischen Vater her, gehörte, bevor der Gentilhomme sie mit Fun Air übernahm. Wenn Koblenz keine Megastadt ist, müsstest du ihn gekannt haben? Hier wird erzählt, er sei bei einem Schiffsunfall gestorben. Dem traue ich als Seemann nicht!“

Unwillens, den Mexikaner, ein Raubein, aber ehrlich, zu täuschen, gesteht Sabine ihr früheres Verhältnis ... er habe sie heiraten wollen. Warum Pedro das frage? Zu ihrer Verblüffung kommt heraus, dass der Waffenhändler versuchte, via Liberty Harbor auf dem Festland falsche Euro zu vertreiben. Ob selbst gefertigt, ist unsicher. Jedenfalls hat der

Gentilhomme die Druckplatinen auf die Insel bringen lassen. Jimenez überlegt, ob es ratsam ist, ihr Versteck preiszugeben. Dann gesteht er, sie befänden sich, zusammen mit anderer Konterbande, auf seinem Boot, das nachts am Pfahlsteg anlege.

„Du scheinst ein Schmuggler aus Leidenschaft zu sein?"

„Das gibt es nur im Kino. Ich war fünf Jahre Kapitän der Potrero del Llano, als die PEMEX mich feuerte. Nach dem Anschlag auf die Raffinerie von Minatitlán. Sie wird den Zapatistas angelastet. Zugegeben – einige sind meine Freunde. Oswaldo Recker wusste davon. Ich habe ihm nichts verheimlicht."

„Aber er dir anscheinend, wir mir übrigens auch." Die Juwelierin ereifert sich. „Keiner blickte durch, was seine Nebengeschäfte anging. Sein Vater, der Brasilianer, soll genauso gewesen sein. Ein Unbekannter erstach ihn dreiundfünfzig in Koblenz, ohne dass der Fall jemals aufgeklärt worden wäre. Was mich übrigens noch wundert, ist die merkwürdige Ähnlichkeit zwischen ihm und dem Gentilhomme, der etwas von Oswalds Gesichtszügen zu haben scheint. Natürlich ein Zufall, Doppelgängertum. Mister Gent stammt aus deiner Weltecke ... tut jedenfalls nichts, einen gegenteiligen Eindruck zu erwecken. Recker ist wie ich am Rhein geboren, hat Brasilien nie gesehen." Sabine Ellern schaut Pedro forschend an. „Oder weißt du es anders, vielleicht, dass das kein Zufall ist?"

„Caramba, dein deutschgründliches Gespür! Die Frage beantworte ich dir, wenn wir Liberty Harbor verlassen haben, du, ich und meine Jimena."

„Ich nehme dich beim Wort."

Es dämmert ... jetzt schauen die Mangroven wirklich aus wie kämpfende Ringer. Am Steilufer im Nordosten, wohin keine Touristen kommen, gibt es sie nicht. Die Küste fällt dort, unweit jener Kubas, ab in Dunkeltiefen, welche das Meer verschlossen, abweisend, feindlich machen, zum Niemandsgraben zwischen Fremdland, der sich, je nach Wetter, in brüchigen Wolken fortsetzt. In Menschenherzen auch. Im Südwesten des Eilandes, den Sabine kennt, sind die flachen Strände, Sandbäuche unter Büscheln aus Gestein, dieses geschliffen vom Windeifer der Jahrmillionen, Heimstatt der Mangroven. Es gibt eine mit Macheten geschlagene, von Schmugglern freigehaltene Furt, durch die zur Felsentreppe gelangt, wer um die Einfahrt weiß. Das erinnert sie an jenen Seitenkanal des Rio Hondo, welcher zu den Dschungelruinen der Maya führt. Auf Dschungelweise hat man sich dort erstmals geliebt.

Faulschlamm, zwischen den Atemwurzeln gährend. Von ihm nährt sich ein scheckiger Artenkarneval kleinster Lebewesen, in Unzahl friedlicher als ein Marineinfanterist. Der Mexikaner schaut auf die Uhr, kurz zum Himmel. Das Unwetter hat sich verzogen zur Halbinsel Yucatán, die flach und spärlich in einem Wolkengreifer liegt, als sollte sie um Westlängen versetzt werden. Die wilden Bougainvilleen, in der Sonne rauschfarbenrot, verblassen, werden blutleer, erlöschen ... schon ist es Nacht.

„Aus deiner Heimatstadt sind hier oft Feriengäste, Sabine. Hoffentlich gefällt es mir dort so gut wie diesen auf der Insel."

„Pedro", sagt sie geschäftig, „ich nehme dich nicht mit zum Urlaubmachen. In meinem Kundenseminar Goldbergbau der Jahrtausende hast du altmexikanisches Geschmeide aus Yucatán vorzustellen, keine Menschenopfer zu bringen. Meine Leute, Schängel genannt, würden sagen, die Ellern spinnt. Jetzt treibt sie es mit einem Priesterfürsten der Maya."

„Hühner kann ich schlachten."

Die Nacht von Liberty Harbor! Während im Westen, vom Südkap bis zur Nordreede, das Meer funkelt, blinkt und blitzt von Leuchtfeuern, deren Kennung verwechselt, von Schiffslaternen, die im Seegang schaukeln, und von Hafenlichtern, die sich im Wasser spiegeln, ist der Inselosten, unwirtlich seit altersher, ein Ufer der Finsternis, besiedelt von Exilkubanern, die in Florida keine Bleibe gefunden haben, ohne befeuertes Fahrwasser mit seit Piratenzeiten toten Buchten. Dunkelheit dort, wo Kuba liegt. Schwarzes Nichts, diese Insel des Zuckers, des Salzes und der Peitsche, wer immer sie schwingt. Entdeckt früh, spät die Sklaverei abgeschafft. 1886.

Eine Leuchtrakete. Ihr Magnesiumschein, wie Mondlicht bleichhell, für zehn Sekunden Herrin der Nacht, lässt die Wellenflanken glitzern, Wogenkämme erstrahlen, auf einem Kutter, der herantuckert, Gestalten sich niederducken, klein machen zwischen Säcken, die an Deck gestapelt sind, wie gedunsene Wänste wirkend; ähnlich denen der Händler, die vom Festland herüberkommen, um in der Jacala, dem Inselslumviertel, wilde Märkte abzuhalten, wissend, dass selten Polizei erscheint. Jetzt ein Geräusch aus dem Dickicht. Der Mexikaner lauscht. Das Blättergewirr umgibt die Hütte als verschnörkeltes Gitter. Von dessen Nässe gespiegelt, sickert die Helle des Hafens herein. Dazwischen ist es stockfinster, nichts auszumachen.

Seinem Trangeruch nach stammt der Kutter aus der Fischerei. Die farbigen Matrosen an Deck, junge, wendige, barfüßig umhergleitende

Burschen, scheinen ständig auf dem Sprung zu sein. Ihre Knabengesichter haben den wissenden Blick von Männern. Hinter dem Ruderstand, einem Schilderhäuschen ähnlich, erscheint Pedros Vater, El Barbudo, der Bärtige, genannt wie Fidel Castro, unterm Arm ein Gewehr, dessen Lauf rückwärts weist, als wäre er ein Zeigestock, der Gefechte von gestern erläutert. Schwarz gefleckt seine Haut vom Krebs, den tropischer Meere Sonnenspiegelung verursacht. Die Collier-Dame, ihm schon im Vorjahr begegnet, grüßt freundlich. So einer ist eher Verlierer, den man bedauert, als Lichtgestalt eines Heldentums, die man bewundert. Seine Sprüche! Die Götter würden verdursten, wenn er Wasserholer im Himmel wäre. Allein, El Barbudos Sorge um Pedro, den einzigen Sohn, ist ergreifend echt. Wenn dieser aus Koblenz nicht zurückkehrt, was geschieht mit dem Kutter? Einer wie jeder andere in diesen Gewässern, doch mit einer Ladung, wie sie nur wenige andere befördern.

Hühnerfutter. Aber kein handelsübliches Legemehl, das kleinem Federvieh große Eier entlockt. Vielmehr eine Geheimmischung zum Scharfmachen von Kampfhähnen, den Volksbelustigern lateinamerikanischer Hinterhöfe, einstmals auch in Europa, besonders England, beliebt, dann verboten von Obrigkeiten, die blutige Menschenkriege führten, aber nicht ertrugen, dass Hühner aufeinander losgingen. Der Vater wie der Sohn! Ihr Spaß, die Küstenwache zu leimen. Für sie ist der Staat nicht klüger als sein dümmster Beamter. Sie haben auf den Ölfeldern gearbeitet, Gewehre in Bohrgestängen versteckt, gegrinst, wenn die in die Röhren guckenden Zöllner, verhinderte Schmuggler, ihren faulen Tricks aufsaßen. Spitzbuben-Theologie der Befreiung. Waffen braucht der, den man zwingt, Rechte zu erkämpfen, die ihm verweigert werden, obschon er darauf setzen kann, dass sie ihm zustehen.

Sabine Ellern, im Löhr-Center der Rhein-Mosel-Stadt als nüchterne Powerfrau geltend, eine gestandene Goldschmiedemeisterin eben, nimmt nicht alles ernst, schon gar nicht das dringlich dafür Ausgegebene. Wiederum erstaunt es sie, was alles möglich ist, das Unmögliche zu ermöglichen. Man zeigt ihr die Druckplatinen, die auf rätselhafte Weise vom Hunsrück-Airport nach Liberty Harbor gelangten. Dann senkt der Maschinist deren Kiste in die Bilge, die nach ranzigem Fett stinkende Wanne unter dem Motor, öffnet die Kühlwasserfilterdeckel, deren Seeventile nach außenbords. Von draußen dringt Wasser ein, bis das Versteck geflutet ist … natürlich wissen die Zöllner das. Aber um die Kiste zu bergen, müssten sie sich schmutzige Hände machen. Dass das niemals geschieht, seit Erschaffung der Welt nicht geschehen ist, sichert den Schmugglern ihre Pfründe. Wohl verdient, so gesehen. Bleibt die Ausnahme zum Tode. Im Dickicht das Geräusch, nach dem Jimenez gelauscht hat, erneut … ein Kerl mit der Dixie Cup genannten weißen Marinemütze zeigt sich. Der Skipper bringt das Gewehr in Anschlag.

„Ich bin unbewaffnet", so der Weißbemützte.

„Okay", meint Pedro Jimenez, überlegend, dass einer, der bewaffnet etwas vorhat, bei Nacht nicht mit weißer Mütze herumläuft. Auch ist er im Beisein der Koblenzerin friedfertiger, als in Liberty Harbor der Gesundheit zuträglich. „Bleiben Sie oben."

Noch wer erscheint, freilich zu Wasser. Das Krokodil vom Dienst … vermeintlich. Hat fünf Kilo amerikanischen C-4 Plastik-Sprengstoff mit Haftsaugkopf dabei, Eigengebinde der Navy. Für die Bordwand des Kutters, mittschiffs, wo der Massedruck am größten ist. Auch einen Verzögerungszünder. Diesen stellt das Krokodil vom Dienst, nach Blick auf seine Taucheruhr, auf zehn Minuten ein, krault davon, zunächst gemächlich, dann immer schneller, als ginge es um die Krokodilswurst. Fünf Minuten später verschwindet, wie abgesprochen, der Sommerfrischler vom Vorplatz der Klippenhütte, die Zigarettenkippe zum Kutter hinunter schnippend, die Hand zum Gruß an die weiße Marinemütze gelegt, höflich, wie es sich für einen Christenmenschen gehört. Als plus-minus-null die geballte Ladung explodiert, ist es aus mit allen. Sabine Ellern wird Koblenz nie wiedersehen; Pedro Jimenez wird Koblenz nie kennen lernen. Hühner konnte er schlachten.

45 Ob auf dem Hunsrück-Airport oder in Liberty Harbor: wird Mister Gent erwähnt, meint das den Gentilhomme. Wie der Chef von Fun Air heißt, weiß niemand. Es hat sich erledigt. Hauptsache, seiner Leute Piepen stimmen, Haustarif … mehr als Ryanair zahlt. Als umgänglich bekannt. Wenig geliebt; aber so doch. Dem Aussehen nach könnte er Eurasier, etwa Armenier mit türkischer Mutter, belutschistanischer Kirkise sein oder in Mexiko geborener Finne, sein Teint angedunkelt. Aber mäßig. Seine Sorte ging unter Hitler als Hiwigermane, als Negerdeutscher, als Wolgasachse, als Beutearier, als Guck-wie-kommt-der-daher. Als er sich outet, nickt Markus Unger, als wüsste er Bescheid. Staatsanwalt Stubenrein auch. Die Reporter vom Blättchen

stutzen, jedoch nicht sehr. Scheinen es geahnt zu haben. Backe, der Rechtsmedizinprofessor, lässt, entsprechend seiner Art, offen, was er davon hält. Amadeus ist es wurst, solange das Klavierspielen seinen Mann ernährt. Anders die Zwillinge.

„Dann wären wir um Ecken verwandt", sagt die dem Nützlichen holde Karin.

„Sowas", tönt die selbigem nicht abholde Medea.

„Ich bin Enriquez Recker, Oswaldos Halbbruder." Der Gentilhomme lächelt belustigt. „Mein brasilianischer Vater heiratete euere Mutter als Göre ... dreiundfünfzig lernte er in Liberty Harbor eine Mexikanerin kennen. Meine Mutter! Lourdes, meine Halbschwester, wurde jüngst erschossen. Einige hielten sie für meine Geliebte." Mister Gent wird ernst, deutet nach Osten, wo, hinter Kuba versteckt, Europa liegen könnte, liegen müsste. „So, nun rate ich Ihnen, nach Haus zu fliegen! Mit Captain O'Lynch zum Hunsrück-Airport. Sonst erwischt es Sie wie Pedro, den Gauner, und Sabine, die Goldmamsell. Oswaldo hatte sie heiraten wollen ... welch ein Jammer! Wer hier ermittelt, schafft sich Feinde."

Kommissar Unger nickt dazu.

„Aber nicht unter den Einheimischen", sagt er trocken, überlegt, sieht Recker an. „Wie war das mit dem toten Mariner?"

„Ich erzähle es Ihnen unter der Voraussetzung, dass in Telefonaten mit Koblenz nichts erwähnt wird. Die US Navy hört seit Jahren jedes Gespräch mit. Also -- mein Vater kam nach dem Krieg auf den Hahn, wo die Amerikaner den heutigen Zivilflughafen zu ihrem Luftwaffenstützpunkt ausbauten. Dabei war Uwe Hinnerk, ein Bremer Seemann. Beide logierten bei einem Bauer namens Mildenberger, der als Landser das Abschlachten von Juden durch die weißrussische SS-Brigade Kaminsky erlebt hatte. Zu ihr gehörten zwei, die Mordbrüder Franzischak genannt wurden. Der eine, Maksim, diente als US Flight Lieutenant Stanley Frederic auf dem Hahn. Smitrok, der andere, war hier als US Radio Operator Jim Pollack stationiert. "

„Das ... habe ich schon gehört."

Als Carl Stubenrein nachfragt, glaubt sich der Kripomann zu erinnern, der Name sei ihm von Jakob Hühnlein, einem Hunsrücker Amateurfunker, genannt worden, als dieser die weltweiten Morsepartner seines verstorbenen Vaters, einer Stationsberühmtheit der sechziger Jahre, erwähnt habe. Mister Gent nickt vor sich hin, überlegt und fügt hinzu, von einem älteren Sergeanten namens Johnson, der auf der

Nordinsel das Archiv Block 204a, verwalte, darüber aufgeklärt worden zu sein … ohne eigentlich gefragt zu haben. Veteranen wollten oft etwas loswerden, besonders bei Bardamen im Töchteralter. Er sei früherer Radio Operator der Navy, jetzt Verwaltungsbulle, als Freelancer für karibische Privatsender wie Virgin Island Radio WX03, St. Thomas tätig. Ein Tastfunker-Ass, im Hören und Geben zwei Dutzend Gruppen pro Minute. Damit kann der RMN-Reporter nichts anfangen, tut aber so, als wäre das sein erklärtes Fachgebiet.

„Duldet so etwas die Marine?“

„Ungern.“ Enriquez Recker lacht. „Aber wenn er derlei Nebenjobs verbietet, laufen dem Admiral die Weißmützen davon.“ Sein ohnehin dunkles Gesicht verschattet sich. „Was ich zu dem Fall außerdem sagen wollte … als General Eisenhower gegen Hitler kämpfte, tönte er, allen Nazis den Garaus zu machen. Dreiundfünfzig wurde er Präsident der USA, und die Reporter nahmen ihn beim Wort. Es war nicht schwer nachzuweisen, dass Hunderte ehemaliger SS-Leute, vor allem aus dem Baltikum, Weißrussland und der Ukraine, amerikanische Uniformen trugen, vorab in Sondereinheiten wie Green Berets, Schurkensammlungsvereine à la Fremdenlegion. Die CIA bezahlte den Massenmörder Stanislaw Stankiewitsch, Schlächter von Borisow genannt. Als Kaminskys Masche, mit der Maschinenpistole Juden niederzumähen, zur Blutorgie geriet, ließ die deutsche SS-Führung ihn erschießen. Ähnlich Eisenhower als Präsident. Es erging ein Geheimbefehl, Nazis im Dienst der USA zu beseitigen, um das Ansehen der Nation zu retten. Zwei der Beseitigten waren die Mordbrüder Franzischak.“

„Ist bewiesen, Herr Recker“, wendet, die Brisanz dessen erkennend, der Staatsanwalt aus Koblenz ein, „dass Eisenhower es befahl?“

„Nein … dieser amerikanische Präsident übertraf seine Vorgänger darin, die eigenen Fehler der Vergangenheit aus der Welt zu schwatzen. Papiere gibt es nicht. Ich bin zweiundfünfzig geboren. Oswaldos und mein Vater wurde kurz darauf ermordet. Von ihm erfuhren wir nichts, nicht einmal, dass wir verschwistert waren. Meine mexikanische Mutter kannte Europa nicht. Die Mutter Oswaldos aus Güls war zu jung, Zusammenhänge zu begreifen. Dass ich einen deutschen Halbbruder hatte, stellte sich erst in den Siebzigern heraus. Da erschien hier dieser Hinnerk, auffällig seiner Gesichtsnarbe wegen, begleitet von einer Japanerin. Von ihm erfuhr ich, dass unser Vater sterben musste, weil er auf dem Hahn, als Maurer bei der Firma Holzmann, ein Zementlager verwaltete, aus dem Säcke verschwanden. Als es ihm gelang, den Dieben auf die Spur zu kommen, brachten sie ihn um. Als Tatzeugen! Der Leichnam des getöteten Maksim Franzischak wurde ja, wie Sie wissen, eingemauert. Mit dem Soldatenmord selbst hatten weder der Bremer Seemann noch mein brasilianischer Vater zu tun."

Backe und der Staatsanwalt wechseln Blicke des Einverständnisses, als schlösse sich für sie an diesem Punkt ein bestimmter Kreis.

„Vielen Dank für Ihre Hinweise und die wohlgemeinte Abreiseempfehlung", versetzt Stubenrein bedächtig, „Aber verstehen Sie bitte, dass wir, Professor Backe, Kommissar Unger und ich Zeugnispflichten haben. Wiewohl privat als Feriengäste hier, also nicht amtsbefugt, wird von uns erwartet, dass wir abklären, unter welchen Umständen Sabine Ellern, eine Koblenzer Bürgerin, starb. Die Explosion am Südkap war bis hierher zu hören. Zumindest eine Tatortbesichtigung. Frau Dick kann Fotos machen."

„Nicht nur davon", meldet sich deren Mann zu Wort. „Zu dokumentieren wäre auch, wo der Leichnam des hier ermordeten Smitrok Franzischak aufbewahrt wurde. Wie Sie mir gestern sagten, Herr Recker, hat ein Kommando ihn abgeholt. Das kann man nur, wenn etwas da ist, da gewesen ist … also?"

„Kommen Sie zum Maschineneingang." Der Gentilhomme sagt etwas ins Mundstück des Kajütsprachrohrs. „Portier Obregón wird es ihnen zeigen."

Hinunter führt eine rostrote Eisenleiter mit tiefen, von Heizerpantinen eingeschliffenen Trittkerben in den Streben. Im Niedergang riecht es nach Rost, Salz, Tauwerk, faulem Holz, Schmierseife, Öl und Fett, Teer, Lumpen und Chemikalien, dem Gemisch daraus. Ächzen draußen die Hafendalben unter dem Druck der Bordwand, hört sich das drinnen an wie hallige Seufzer. Fehlt nur die Bewegung, das Kränken, Stampfen, Schlingern, um den Eindruck zu erwecken, man befinde sich auf See. Der Kubaner lässt durchblicken, dass er ungern hinabsteigt. Vielleicht stören ihn ruhende Schiffsanlagen deswegen, weil das vertraute Brummeln und Vibrieren fehlt. Ein Durchstieg verbindet Maschinenraum und Kesselhaus. Im Oberlicht dieses mehrstöckigen kreuzverstrebten Schachtes steht der Himmel mit trüben runden Augen, etwa wie die Sonne durch das farbbedämpfte Fenster eines Kirchenschiffes fällt.

Christa, die, anders als zu Haus, auf der Insel kein Bedürfnis verspürt, Frontfrau mit Hintermann zu sein, fröstelt … fröstelt trotz der Hitze, welche die Luft zusammenbackt, wäre lieber mit Gilla nebst Kindern am Strand. Auch wegen dem Korbmädchen Elces, jene Mexikanerin, die von ihrer Fabrikarbeit bei den Norteamericanos erzählte. Dass man in El Paso, Texas, fünf Dollar stündlich verdient, im mexikanischen Ciudad Juares, eine Meile gegenüber südlich des Rio Grande, bei derselben US-Firma fünf Dollar pro Tag. Sie zieht die Schultern zusammen. Fast dass ihr die Zähne klappern. Der Aufbau über den Kesseln, einem Abgastrichter gleich, wirkt als Kamin. Staubträge Spinnengewebe, unwirklich vernetzt, angerissen, fetzig ... wehen im Sog, der unter den Lüfterstutzen, fassrunden, mit Ketten gehaltenen Rohrgehängen, einen Säuselton erzeugt, hier heller, dort dunkler, ähnlich den Pfeifen einer Orgel, denen zu viel Wind die Stimme verdünnt. Ihr kommt es vor, als würde sie von unten gehoben und von oben gezogen, befände sich in der Schwebe. Zwischen Sein und Nichts gleichsam.

Indessen hatte das der Schiffbauer beabsichtigt. Durchzug verhinderte Gasbildung und Kohlenstaubexplosionen. Auch erzeugte gute Belüftung hellere Glut und folglich mehr Hitze und Dampfdruck. Wiederum musste Totraum, der für die Ladung ungenutzt blieb, also kein Geld brachte, vermieden werden, so dass oft die Kessel, Gebilde wie haushohe Weinfässer, zu nahe beieinander standen, was die Feuerplatte, Arbeitsplatz der Heizer, verkleinerte. Dadurch war es in den Tropen heiß wie im Krematorium – welche ungute Zubenennung solchem Dampfer denn auch widerfuhr. Jetzt ein Sonnenstrahl. Unversehens ist alles anders, befremdlich ... ein Bilderreigen Metropolis, uraltes Kino. Druckanzeiger, Sperrschieber, Rohrstutzen, Getriebestangen, Wasserstandsgläser ... seit einer Ewigkeit außer Betrieb, wirken sie beinahe neidisch aus Untätigkeit und grämlich vor Zuvielsein, gewissermaßen wie überholte Denkmäler ihrer selbst. Bei Menschen spräche man von Toten ohne Begräbnis. Da flackert kein Feuer, da faucht kein Gebläse, da klopft kein Kolben, da zischt kein Dampf, da glüht keine Asche mehr. Die verlassenen Schaufeln, Schürstangen und Brockenhämmer, geschmiedet für die Ewigkeit, klagen in stummem Beharren wie Bediente, deren Herrschaft auf immer gegangen ist. Nichts zu riechen vom Schweiß, den es gekostet, das Schinderzeug zu handhaben. Abschied der Verwaisten.

Oberhalb der Wasserlinie, von innen erkennbar an einem Streifen Feuchtigkeit, gibt es das zerfranzte Loch eines Granateinschlags. Vielleicht von einem echten Krieg, vielleicht von falschen Revolutionen. So viele Schüsse, so viele Tote, so viele Siege – Niederlagen auch! Die

Erfolgsgeschichte des Sterbens vor der Zeit. Nichts verbesserte das Elend der Heizer, die vor den Kesseln zu Mumien, auf Kindesgröße schrumpften, wenn Überdruck die Manometer tanzen, die Siederohre platzen ließ, weil die Sicherheitsventile blockiert waren, damit man mehr Dampf hatte, um schneller Geld zu verdienen. In den Bunkern liegen Restkohlen, zerbröselt von der Zeit, die Großes klein macht, krustige Aschenhügel unter den Kesselrosten, Korallen ähnelnd, dabei granithart. Nach der letzten Reise sei die Glut mit Seewasser gelöscht worden, bevor die Heizergang sich in alle Winde zerstreut habe, erklärt der Portier, zeigt auf ein sarglanges Behältnis und fährt beinahe schadenfroh fort, darin sei nach Jahr und Tag der Leichnam von Jim Pollack, dem verschwundenen Marinefunker gefunden worden, eingebettet in eine Hülle inzwischen glasiger Asche. Letzteres lässt Ludio Backe, als habe er darauf gewartet, aufhorchen.

„Wozu diente es während des Schiffsbetriebs?“

„Beim Feuerputzen wurden die Rückstände, glühende Schlacke etwa, von den Rosten gezogen. Sie kamen in die Ash Box, mittels Dampfwinde an Deck gehievt. Von dort ging der gasende Dreck außenbords.“

In Schachthöhe das Hakenseil zum Anhängen des Eisenkastens, der bei schwerer See niederstürzen konnte ... die Heizer standen im Aschenglutregen. Die Bedauernswerten, denkt Christa Dick, Aufnahmen machend. Fotoblitze erhellen das Kesselhaus, das im nächsten Augenblick, gleichsam zusätzlich, ein Aufschrei erfüllt, ein Zornesaufschrei. Ihr eigener. Zugleich entfährt dem Staatsanwalt ein Fluch, der nicht zum amtsüblichen Wortschatz gehört. Man starrt entgeistert hinauf. Amadeus, Karin und Medea stupsen sich; die Zwillinge kichern. Auf einem schwarzen Träger sitzen, vergnügt mit den Beinen strampelnd, Paddy Stubenrein, die Anklägertochter im weißen Röckchen, und Kurt Dick, Kurtchen genannt, Sohn des Blättchen-Reporters. Seiner erbosten Ehefrau Christa auch. Das Beisein Dritter verhindert, dass sie in Tränen ausbricht. Diese Hunsrückgöre! Man hat ihr beide anvertraut, damit sie auf sie aufpasse.

„Wieso seid ihr nicht bei Gilla?“

„Ist eingepennt“, versetzt Kurtchen mit Tadelsmiene, überlegt und fügt hinzu, dauernd halte sie ihren Bauch fest, als sei etwas darin, was rausfallen könne ... „Da sind wir am Strand abgehauen.“ Paddy wringt Wasser aus dem weißen, dunkel bis schwarz werdenden Röckchen. „Über den Hafen geschwommen.“

„Das ist gefährlich“, entfährt es dem ehrlich erschrockenen Obregón. „Es sind bereits Urlauberkinder entführt worden ... um Lösegeld zu erpressen.“

Kommissar Ungers Blick wandert von den verstörten Umstehenden zu den Kesseln und dem Schacht darüber, entdeckt an der Schottwand die Eisenleiter des Heizernotausstiegs.

„Und“, fragt er die Kinder, „wie seid ihr reingekommen?“

„Durch die Klappe auf dem Dach ... wie der Mützenmann vorgestern.“

Das verwandelt Vater Stubenrein schlagartig zurück in Staatsanwalt Stubenrein. Auch Professor Backe zeigt amtlich Mienenflagge, meint, dem müsse nachgegangen werden. Klaus Dick klettert hinauf. Zwischen den Leitersprossen Vampirspinnen, die kirschgroße Käfer auf Erbsengröße aussaugen. Offenes Oberlicht. Draußen das Schornsteindeck des alten Dampfers, von Möwen weißgeschissen, leer bis auf einige Farbquasten, die Borsten steinhart. Kurtchen, dem Vater nachgestiegen, findet einen, seiner Meinung nach, Dolch, Piratendegen, Husarensäbel, den der Kommissar besieht, ohne ihn einordnen zu können. Es ist das Kampfmesser Mk 2 der US Navy, ihm nicht eingraviert, wie es an diesen Ort gelangt. Das gilt auch für den Papierfetzen, der an einem Abspannseil hängt, wohl vom Wind dagegen getrieben. All Hands steht drauf. Weder Unger noch Dick wissen, dass das ein Magazin der amerikanischen Marine ist. Der Portier vom Steg, der Gangway des Hotelschiffs hätte es ihnen sagen können. Doch Obregón befindet sich bei Mister Gent, um ihm Bericht zu erstatten. Und Enriquez Reckers Miene ist zu entnehmen, dass ihn das Mitgeteilte einmal mehr beunruhigt.

„Diese Koblenzer müssen weg – sonst geschieht ein Unglück.“

„Befürchte ich auch, Boss.“

„Es geht nicht darum, was geschieht, wenn Leute zu neugierig sind. Sondern dass es hier geschieht! Diese Insel verzeiht nichts. Wenn wir uns die Yankees vergraulen, ist es aus mit dem Stiefelputzen.“

„Ich könnte mit O’Lynch über den Abflug reden“, anerbietet sich der Kubaner. „Brian ist der zuverlässigste Pilot von Fun Air.“

„Ja“, sagt Enriquez Recker sinnend, „und mein Fehler war, Lourdes zu verbieten, sich ihm als meine Halbschwester zu outen. Daher glaubte der Irishman, ich hätte etwas mit ihr. So komisch wie tragisch. Die Schüsse auf seinen Heli galten Jimenez.“

46 Gilla braucht kein Luftkörbchen, um mehr als andere in der Bluse zu haben, und ihr Erstes darf sicher sein, zünftig nach Säugetierart geatzt zu werden. Nicht High-Tech-Baby-Fast-Food aus der Grüne-Punkt-Norm-Dose. Auch fühlt sie sich, an der Seite des um sie besorgten Brian O'Lynch, den Umständen ihres Umstands nach wohl, abgesehen von einer gewissen Schläfrigkeit, die zum Dahinträumen verführt, und der stillen Trauer um ihre Großmutter, von deren Ableben sie, um so schmerzlicher weil völlig unerwartet, die Kappeler Paula, die aus Chicago heimgekehrte treue Hunsrückseele, unterrichtet hat. Der Irishman, dem Annegret Recker ohne sein Zutun, gleichsam unter der Hand ans Herz gewachsen ist, ihre liebevoll-spöttische Schelte, ihr sorgenvoller Blick zum Himmel, ob er heil niederkäme, empfindet es ebenfalls als Verlust. Bei der Lautzenhausenerin, die gestrige aber nützliche Ansichten vertrat, wären Gilla nebst Baby gut aufgehoben gewesen. Das Millennium ist kein Wohlfahrtsjahrhundert der Mütter.

Sie schlendern zur Materialbox des Wasserflugzeugs, das Pedro Jimenez hinterlassen hat, ein Palmblattdach, gestützt auf verschlissene Bootsriemen. Darunter etliche Kanister, graue, eingedellte, benummerte Blechbüchsen, vormals Marinebestand, der Schrottpresse abgeklaubt, zur Kühlung halb im Sand, der Sand nass vom Wasser, das spritzig anrollt, Schaumzungen, die im Licht glitzern, das Licht wie weißes Gas, schwebend ... stoßen vor, brechen aus, türmen sich, fallen nieder, rollen zurück, Wellenspiel aus der Kraft der Ewigkeit, die unerschöpflich ist, weiße Kränze, Buckel und Hütchen, Salzkringel und Zuckerschleim, mit Händen zu greifen, vom Wind abgefetzte Blasen, umherirrend wie Schnee im August.

Die Bindegarnfabrik arbeitet. Wem sie gehört, weiß niemand, jeder, dass der Ertrag, von Schwarzen erwirtschaftet, einem fetten, in New Orleans lebenden Weißen zufließt. Fädelmaschinen mit kürbisgroßen Spulen, auf denen sich das Gewickel kreuzt, lärmen unter dem Schuppenwellblech, dem helle Staubwolken entweichen, einem prustenden Dampfkolben ähnlich. Agavenschläger schwingen Haumesser zwischen Blätterstapeln, wachsigen Riesenstacheln wie aus Saurierzeiten des Naturfriedens, und beäugen scheel das Wasserflugzeug, welches bei der Materialbox unschöne, klägliche Geräusche von sich gibt. Trauernd ... auch Mulas klagen, ist ihr Mulero verschieden.

Oma Reckers Enkelin möchte nicht die ganze, aber die halbe Welt umarmen und grüßt nach allen Seiten, auf dem Kopf den Spitzhut der Zapatistas. Grüße zurück von Fischern, die an aufgespannten, harfenähnlich singenden Netzen, von welchen ihr Dasein abhängt, knoten, spleißen, bändseln und sonstwas. Unter den älteren gibt es biblische Gestalten, geledert von tropischer Sonne, im Blick ein Wissen nicht von dieser Welt. Des Meeres Frucht liegt vor den Hütten. Doch sie will ihren eigenen Schnitter haben, erbeutet sein auf die Weise der Gefahr.

Wo das Wasser die Kaipfähle umspült, kichert, gluckst, lacht es wie in hohle Hände, dazwischen das Kreischen der Möwen, welche den Fangüberresten nachjagen, und ein Geräusch, das sich beinahe anhört, als zische eine gewaltige Sense. Es kommt von den Schwimmern, die eine Gischtspur erzeugen, wenn die Maschine launig durchsackt, des Mexikaners Klapperkiste, die er ohne Lizenz flog … gut sogar, tollkühn, wie ihm vom Hafenvolk bescheinigt. Mit dem Luftgespenst von Wasserflugzeug scheint etwas nicht zu stimmen. Der Motorhaube entpuffen Qualmwölkchen.

„Die alte Tante bockt“, sagt der junge Pilot zu dem von ihm bewunderten Captain der Fun Air. „Fliegen Sie sie mal!“

„Das lässt du bleiben“, erschrickt sich Gilla.

„Wasserflugzeuge“, beruhigt O'Lynch sie, „können notwassern.“ Fügt hinzu, das sei Spielerei gegen Notlanden im Busch.

Kaum auf Touren gekommen, mit den Schwimmern abgehoben, beim Überfliegen des Löschkopfs der Petróleos Mexicanos, dessen Kaiwache schimpft, ihm die Eier aus dem Sack zu schießen, gemeinhin ihre Art nicht, bereut er seine Oberflächlichkeit. Die alte Tante bockt tatsächlich. Also zurück, wassern … checken. Darin war Jimenez kein Ass. Eher leichtfertig. Lieber fliegen als biegen. Abgehoben und hochgezogen, glücklich in den Lüften, pflegte der Leichtfuß, frei von Ballast Erde, im Wortsinn vogelfrei, auch leicht im Kopf zu werden, sich zu tummeln, dass es, gesehen von unten, an Zauberei grenzte, verbündet, wie es schien, mit Geistern, für deren Vorhandensein sprach, dass sie unsichtbar blieben. Klasse, sein Fetisch!

Bevor er Yucatáns Küste ansteuerte, sein allzeitiger Westkurs, auch wenn es ihn, den Sohn des Südens, zur Sonne trieb, sein Alibikurs gewissermaßen, verschwand Jimenez in den Wolken, welche, bauschig um den Vulkankegel gereiht, durchhängend zwischen den Bergflanken, so nass wie dicht, schwer und träge, der Nebelwald auszudünsten scheint, stieß auf Ananashaine, Kokospalmen, Zuckerrohr, Steppe und Dünen herab, dass es Sand und Staub wirbelte, brummte, röhrte, knallte, stotterte, als hätte ein boshafter Jeep das Fliegen gelernt, und zog über das Meer davon, im Radar ein weißer Floh, der aus dem Bild sprang, was jene verdross, die froh gewesen wären, mittun zu können, der Grund ihres Verdrusses. Jeder kannte ihn, denkt Captain O'Lynch, seine Maschine. Unmöglich, mit ihr anfängerhaft zu fliegen, als umkreise ein verzagter Wüstenpilot seine Oase. Auch Gilla erinnert sich an Pedro.

„Einmal", sagt sie in Gedanken, „hat er Frau Ellern geküsst ... nicht zufällig, wie es aussah. Eine ältere Liebschaft. Sabine mochte ihn, vielleicht ohne zu wissen, wer er wirklich war. Weißt du es, Brian?"

„Ungefähr."

„Das klingt dünn?"

„Erzähle ich dir später." In der Erwartung, sie vergäße die Geschichte, zum Teil seine unerfreuliche eigene, macht O'Lynch sich an dem Luftgespenst von Wasserflugzeug zu schaffen. „Geh aus der Sonne."

„Hier ist kein Schatten." Gilla hält die Hand über die Augen. „Eine abgeholzte Insel."

„Ich habe dir einen Hut groß wie eine kubanische Königspalme gekauft."

„Den müssten die Lautzenhausener sehen."

„Wir sind in Liberty Harbor."

In die Jahre gekommen ist die Kiste nicht erst seit heute, nickte, gierte, rollte schon, als der Mexikaner, von Haus aus Seemann, sie flog fürbass ... ein fliegender Seemann! Das hatte die Welt noch nicht gesehen. Der Boxermotor muckte, Leckölfäden rannen herab, die Einstiegsstufe wackelte, das Seitenruder klemmte. Das hinderte ihn nicht, waghalsige Kunststücke vorzuführen, zum Verzücken der Inselkinder, die jubelnd hinterher winkten, während Marinejets ihnen Angst machten, deren Düsenkrach sie bewog, sich die Ohren zuzuhalten. Mit dem Flugzeug hatte er auf den Ölfeldern des Maracaibosees, in einer der heißesten Gegenden Südamerikas, als Offshorekurier geflogen. Ein Job auf Abruf, weiß O'Lynch. Du kennst nie den Inhalt des Choppy, der vor dem Start hereinkommt, ein Stahlnetzsack mit Auftriebskörpern, signalfarben, Spiegel für Suchscheinwerfer daran. Gleich ob einer bügelnd oder hopsend wassert, er hat sich zu dessen Schutz – nicht zum eigenen – an das Behältnis anzuketten, bis die Campwache es in Empfang nimmt. Heute Beschaffungslisten und Lohngeldtüten, diese versiegelt, morgen in Pornos eingewickelte Dynamitstangen, die sich wie große Zigarren anfühlen.

An Zweitsitzstelle kugelsichere Zusatztanks. Die erhöhte Flugreichweite bringt nonstop jedes Hafenloch der Karibik näher. Flughöhe fünf Fuß über Wasser, damit außer Zugriff der Funkortung. Wenn überhaupt ein Radarecho, dann das eines Wellenkammes. Allein, es ist zweierlei, fünfhundert Meilen auf der Karte abzustecken oder sie zu fliegen. Wenn der Mexikaner das Stehvermögen hatte, dann nicht immer. Was ihm Ärger einbrachte, waren die Luftkunststücke auf der Insel. Der Marine unerwünscht. Den Bischof störten seine Flüche. In Englisch, Spanisch, Portugiesisch, Niederländisch, im Kreolengemisch daraus, dem Antillenlamento.

Pedro Jimenez, ach! Seinesgleichen bringt der Norden nicht hervor. Dazu gehören die Häfen des Südens, in deren Gassen die Götter barfuß laufen. Diese Gefilde der zärtlich mordenden Tropen, Friedhöfe ewigen Sommers mit versonnten Gräbern, wo nachts die Sterne aufs Meer niedertanzen, um sich die Gunst des Paris zu erschmeicheln, und die in Raum und Zeit verschmelzende Seele Tiefe gewinnt, als wäre der Tod die Wahrheit des Lebens. Gilla denkt an das Leben, dem sie zur Wahrheit verhelfen wird, und geht zum Hotelschiff Baquine, um ihren Hut zu holen.

„Diese Muffe ist locker“, befindet O'Lynch, „her mit der Rohrzange.“

Der junge Pilot sucht im Werkzeugkasten, meint, so gut der Alte habe fliegen können, so schlecht sei er als Maschinenwart gewesen. Dabei sah man ihn oft werkeln, wursteln, fummeln, Jimenez, Vater der Jimena, seiner kleinen Tochter, die bänglich kicherte, wenn die Fetzen flogen, und nun vaterlos ist, ein Inselwaisenkind ... zog, stieß, kniff, drehte, sägte, bohrte, feilte, fräste, lötete, schweißte, hämmerte, klemmte, schraubte, schmirgelte, polierte, zerteilte, fügte zusammen, nahm Augenmaß, horchte ohrscharf, befühlte dieses und jenes, beroch, dass es Kringel um die Nase warf, beleckte, dass ihm vor Öl und Fett die Lippen glänzten, Stirn und Wangen ... fluchte. Jimena weinte. Flieger bezeichnen ihr Gefährt als Schiff, ohne zu vergessen, dass es ein Vogel der Lüfte ist. Seefahrer von Haus aus, behandelte er es als Schiff, genarrt vom Klabautermann. Die Geschichte des Treibers, der sein bockendes Maultier verflucht, aber ohne es nicht leben kann. O'Lynch säubert die Hände mit Putzwolle. Sein Blick geht zum Hotelschiff Baquine. Von dort müsste Gilla mit Hut kommen. Sie kommt nicht. Weder mit noch ohne Hut. Da steigt er in die Maschine, um einen Probeflug zu wagen.

Die Lautzenhausenerin ist mit Christa und deren Sohn unterwegs zur Stadt, im Blick den Feuerberg, den sein Basalt erscheinen lässt, als umkleide schwarzer Zucker ihn, die stumpfe bis glänzende Lavahaut, je nach Einfall des Sonnenlichts. Gefährlich? Dieser hot tower von Vulkan, mächtig wie eine Hurrikanwolke, bliebe friedlich, würden jene, denen er nützt mit fruchtbarer Asche, vom Wind gesäht, und stillen Winkeln, in denen Rätsel blühen, und den Wassern, welche, dem Passathimmel entlockt, kraft seiner Güte niederregnen, sich begnügen damit, die Lavahaut anzufühlen, zu liebkosen, zu polieren, in Denkmäler und Grabmäler zu verwandeln, und darauf verzichten, ins Bergesinnere einzudringen, sich mit Gängen, Schächten, Bunkern, dem Fels abgetrotzt, abgelistet, abgestohlen, tückisch breitzumachen, sie mit Lärm zu erfüllen, die heilige Stille der Schöpfung, um Atomgranaten unterzubringen, nie dagewesen seit Anbeginn der Zeiten, die voll des Absonderlichen sind, etwas, was jeden Feuerberg, und trägt er eine Mütze aus Eis, auf Rache sinnen lässt.

Die Fotofrau des Blättchens befindet nüchtern, es liege am Ungeist des Ortes, dass man sich derlei einrede … wahrhaft! Die solche Legenden ausspinnen, sind für einen Dollar bereit, ihr Gegenteil weiszumachen. In Liberty Harbor gibt es für wenig Geld viel Katastrophe. Kurtchen ist stehen geblieben, schaut zum Krater, wo etwas in der Sonne aufblitzt.

„Mama“, vermeldet er, „da oben kurvt wer mit dem Flugzeug.“

„Hoffentlich nicht Brian“, sagt Gilla erbleichend.

„Und wenn.“ Christa Dick lächelt schwärmerisch. „Uns hat er bereits sechs Mal über den Atlantik geflogen. Der beste Captain von Fun Air!“

Als leichter Regen einsetzt, treten sie unter das Vordach einer Taverne, deren Wirtin Zigarre raucht. Verqualmt, der Laden. Indessen streift die Wetterfront nur den Westen der Insel. Wie eine Armada segeln ihre Ambosswolken, das Flaggschiff erkennbar am höchsten Turm, in Kiellinie zum nahen Estrecho de Yucatán. Giftgelbe Sonne, die in das Gebilde sticht, als solle es entflammt werden. Vor dem Fremdenbüro, Ende der Hochlandstraße, werden Stimmen laut. Abfalltonnen füllen sich mit leeren Bierdosen. Eine Reisegesellschaft aus Los Angeles verlässt den Rundfahrtbus, blassiert wirkende Yuppies mit LA-Shirts und Großstadtgehabe, welche die deutschen Urlauberinnen anstarren. Zwei fette Supermarket Ladys made in USA auch.

Die empfindlich gewordene Gilla, sich bei ihrem Umstand, an den sie dauernd denkt, ertappt fühlend, obwohl nichts, noch nichts zu sehen ist, errötet wider Willen. Die Wirtin mit der dicken Havanna mixt den Cocktail Mojito. Dessen Rum-Minze-Duft mildert den ekelhaften säuerlichen Geruch der Wellblechwände, die von Rostpocken besetzt und vom herabrinnenden Regenwasser nass sind. Eine miese Bude, findet die Fotofrau der Rhein-Mosel-Nachrichten, überdies in Sorge, der Hunsrückerin könnte übel werden. Man begibt sich zurück zum Hotelschiff.

„Da", schreit Kurtchen, „ist der mit dem Flugzeug wieder!"

Captain Brian O'Lynch von Fun Air braust mit des Mexikaners Schrottkiste, deren Schwimmern Moosbärte nachwedeln, über den alten Dampfer Baquine, einstmals der Revolution, heute der Hotelerie dienend. Jubelnde Kinder, welche glauben, Jimenez sei wiedergekehrt ... die kleine Jimena fassungslos. Mögen die Feriengäste, dankbar für jedes unterhaltsame Ärgernis, einen kubanischen Angriff fürchten – der Ire aus Shannon, in Flugnot zu alles anderem als Kurzweil aufgelegt, fürchtet um die Steuerung. Dass man ihm nachdroht, weil er Hüte, Kopftücher, Tischdecken und Sonnenschirme wirbeln lässt, schert ihn nicht. War bei Pedro, dank seiner Narrenfreiheit, ärger, ohne dass Gottvater, der Inselbischof oder der Admiral dem Einhalt geboten hätten.

Dicht über Wasser, dass sie von springenden Delfinen gestupst worden wäre, rast die Maschine der US Naval Station entgegen. Die Warnbojen, unübersehbar drohend, das militärische Sperrgebiet, der finstersten Flecke Erde eines ... kommen näher und näher. Unmöglich für den Piloten, Gas wegzunehmen, anderen Kurs zu steuern. Jemand muss die Mechanik ausgekoppelt haben, eine bei alten Typen mit Seilzügen leichte Sabotage. Von einem Kreuzer kommen Scheinwerferblitze, signalisieren Abdrehen, mehrfach wie gutgemeint ... kann Captain Brian O'Lynch nicht. Da zuckt Mündungsfeuer aus zwanzig Rohren auf, volle Breitseite Backbord. Leuchtspurgeschossfäden, sich wie Glühwürmer schlängelnd. An Deck der Baquine sieht Kurtchen einen Feuerball übers Meer kugeln, Tante Gilla aus den Latschen kippen. Ein Rettungsboot des Kriegsschiffes, mit der Eile schlechten Gewissens zu Wasser gelassen, sucht den abgeschossenen Flieger. Als man ihn findet, ist es längst aus mit ihm, er unterwegs auf dem Großkreis der Ewigkeit.

47 Von Mister Gent wissen Stubenrein, Unger und Dick um seine Beziehungen zum Hunsrück-Airport. Dennoch wird es schwer sein, das Betriebsfunknetz von Fun Air für unabhörbare Gespräche zu nut-

zen. Auch aber nicht nur, weil Brian O'Lynchs Einflug ins militärische Sperrgebiet, der ihn das Leben kostete, von der US Navy übel vermerkt worden ist. Der Kommissar entsinnt sich des Kappeler Jakob Hühnlein, Neffe von Paula Brück, der von einem Funkpartner in Liberty Harbor sprach. Mit Obregóns Hilfe wird man seiner habhaft. Unterstützt von den Bardamen Karin und Medea gelingt es ferner, Johnson, den amerikanischen Sergeanten, ein Jazzfan wie Klavierspieler Amadeus, mit dem er sich angefreundet hat, ins Vertrauen zu ziehen.

Zwar ist es ihm nicht möglich, das Belauschen von Gesprächen zu verhindern. Aber eine der Riesenspulen, die sich, todlangsam wie im Schneckentakt der Ewigkeit, auf den Protokolliermaschinen drehen, für einige Tage zu verlegen, was verzögerte Auswertung bedeutet, das kann er, sagt es zu ... nicht nur der deutschen Fräuleins wegen. Da jene, die wissen, dass man sie belauscht, ihnen gleichsam auf die Seelenspur zu kommen sucht, albern daherreden, sich durch die Blume über die Belauscher lustig machen, reizt es diese nicht, besonders eilfertig zu sein. Im Gegenteil. Mancher biedere GI wie Johnson streikt, weil er es für Schlapphutmasche hält, eines Soldaten unwürdig.

So kommt es, dass der Blättchen-Reporter mit Liesner, seinem Chefredakteur, Markus Unger mit der Kriminalpolizei Koblenz und der Staatsanwalt mit Dr. Kämper-Ehrlich, dem Leitenden Beamten seiner Dienststelle, telefonieren können, ohne zu gewärtigen, dass es morgen im Island Herald steht. Ludio Backe, der Rechtsmediziner, lässt sich von Mitarbeitern bestätigen, dass bisher erhobenen Befunde Gültigkeit behalten. Neu ist eine von Anneliese Recker vor ihrem Tod abgegebene Erklärung, dass es sich bei dem Leichnam, von dem ihr Fotos gezeigt wurden, eindeutig um den von Flight Lieutenant Stanley Frederic handelt. Was die von Hinnerk, dem Narbengesicht, bei Mildenberger vergessene Damenpistole angeht, versichert das LKA Mainz, aus ihr stamme kein Geschoss, das bei rheinland-pfälzischen Straftaten eingesetzt wurde. Betroffen macht den Staatsanwalt, als Dr. Kämper-Ehrlich verlautet, der Bremer sei auf dem Hunsrück-Airport von Polizisten, dem Joggerpärchen Albert und Margot, tot aufgefunden worden ... Herzschwäche. In der Tasche ein Flugticket nach San Francisco.

„Ich habe ihn im Seniorenheim besucht", sagt Stubenrein in Gedanken. „Glücklich war er dort nicht ... musste ständig Pillen schlucken. Dass man den Greis ziehen ließ, dünkt mir unwahrscheinlich. Es gibt gewiss eine Vermisstenanzeige." Sein Ton wird förmlich. „Hinnerks Tod verhindert weitere Ermittlungen."

„Sein Vernehmungsprotokoll ist erhalten?"

„Der Minister hat jüngst verärgert bemängelt, das Bekennerschreiben finde zu wenig Beachtung. Stimmt! Sein Verfassser nennt sich deutscher Soldat, der den Krieg fortführe, weil der US-Oberbefehlshaber mit Deutschland keinen Friedensvertrag mache. Den gibt es heute, mehr als fünfzig Jahre danach, noch immer nicht. Scheint weiter hergeholt, als ein Seemann zu greifen pflegt. So einer mag prügeln. Er beckmessert nicht, zählt keine Erbsen. Ich bin für Friedensvertrag wie Kriegserklärung. Es steckt den Kampfrahmen ab. Wo er ermangelt, wie jetzt im Irak, herrscht Chaos. Wenn Hinnerk den Brief verfasst hat, dann, vermute ich, nicht freiwillig. Gezwungen von wem? Mit ihm starb seine Antwort auf diese Frage."

„Hm", der Oberstaatsanwalt räuspert sich. Es klingt verzögert wie gehüstelt. Im Hörer ein sphärisches Rauschen, als lägen Lichtjahre zwischen den Erdteilen. „Was ist mit dem Leichnam des toten Mariners in Liberty Harbor?"

„Wurde aus der Ash Box des alten Dampfers entfernt, bevor sich für Professor Backe Zeit zur Untersuchung bot. Dennoch ist er sicher, dass es sich um Pfeilgiftmord handelt. Der Umriss des Leichnams in der erstarrten Asche, fast ein Gipsabdruck, verweist darauf. Gekrümmt ... wie es bei Muskelverkrampfung vorkommt."

„Was gedenken Sie weiter zu tun?"

Carl Stubenrein unterrichtet seinen Vorgesetzten, zusammen mit Unger und Backe den Tod der Juwelierin Ellern aufklären zu wollen, soweit das durch private Ermittlungen möglich sei. Er enthält sich aber jedes Hinweises auf den Gentilhomme, obschon dieser mit dem Falschgeld zu tun zu haben scheint. Eine Hand wäscht die andere! Auch erfährt Dr. Kämper-Ehrlich nichts vom Abschuss des Fun Air Piloten O'Lynch. Letztendlich behält der Staatsanwalt das für sich, was ihm den Abruf vom Leitenden, ja dem Minister einbringen würde. Nämlich die über Enriquez Recker zugespielte Drohung, seine Tochter Paddy und Reporter Dicks Sohn Kurt würden entführt, wenn man weiter versuche, den Morden an Maksim und Smitrok Franzischak nachzugehen.

Kann sein, auch nicht! Zwar missfällt den heutigen amerikanischen Streitkräften, die, Überlieferung bei ihnen, alles besser können wollen als die Vorgeneration, sich sagen lassen zu müssen, die gestrigen hätten Nazis in ihren Reihen gehabt, also logischerweise hierzu jedwede Ermittlung, die dem Ansehen des Ganzen schadet. Aber Carl Stubenrein argwöhnt, der Gentilhomme, auf Anhieb hilfsbereit, sähe lieber alle Koblenzer abreisen. Ein unangekündigtes, ungewöhnliches, wie zur Einschüchterung gebotenes Schauspiel im Salon des Hotelschiffs Baquine scheint das zu bestätigen.

„Ein Bandit", sagt Kurtchen ehrfurchtsvoll angesichts eines durch die Glastür tretenden Mestizen im Apachenaufzug.

„Mama", drückt sich Paddy an ihre Mutter Waltraud, die, obschon älter, der forscheren Christa Dick näher rückt. „Guck mal, ein Bandit!"

Der Staatsanwalt und Markus Unger werfen sich Blicke zu, schweigen aber. Amadeus klappt den Klavierdeckel zu. Die Zwillinge, zur Tischbedienung eingeteilt, eifern darin, ihre Rollwagen zu handhaben. Rechtsmediziner Backe, Bedächtigster von allen, studiert das Fischskelett auf seinem Teller.

„Sieht eher aus wie ein Eintänzer vom Montmartre", glaubt der Blättchen-Reporter abschätzen zu sollen ... des Irrtums größter. „Nanu?"

Der Mestize schaut zur Bar, die nach der Siesta öffnet, als wollte er einen Drink. Sein Äußeres passt zum Eierdieb, sein Betragen zum Pistolero, was für sich nichts besagt. In diesen Banditenbreiten kommt es vor, dass einer tötet, weil ein anderer ihm das Bier austrinkt. Vielleicht ist die Erde für Menschen nicht gemacht. Olé! Gleichsam wie ein Zeremonienmeister, die Stiefel klickend auf dem Hartholzboden, den Kalfaterteerfugen durchziehen, tritt er zum unbesetzten Tresen, welcher, im Flimmern des Salonoberlichts, einem kristallinen Grabmal ähnelt, zu den kühlen Kalebassen, die indianische Schnörkel tragen, zu den Gläsern im Kopfstand, um die sonnige Blitze zucken, zu den halbierten Totenschädeln, in denen Cocktailobst frisch bleibt, und erweckt den Eindruck, sich selbst bedienen zu wollen. Da seien die Barfrauen vor! Karin und Medea besetzen ihre Plätze, und der Typ bezahlt brav seinen Tequila. Weniger brav ist, dass er, ohne vom Schnaps der Agave zu trinken, das auch Mezcal genannte Gesöff auskippt, und es verläuft sich in den Bodenfugen. Obregón schimpft. Doch es wirkt abgesprochen.

Professor Backe sähe darin einen Gag zur Gästebelustigung, wüsste er nicht, dass bei den Maya ein Verurteilter sterben musste, wenn der Priesterrichter geweihtes Wasser vergoss. Im nächsten Augenblick kommt es zu einer Art Scheinhinrichtung, offenkundig gedacht dazu, den verblüfften Euroland-Touristen einen gelinden Schreck einzujagen.

Von der Bar fliegt ein Wurfmesser einher und bohrt sich in die getäfelte Schottwand, bleibt wippend stecken. Eine Handbreit neben dem anscheinend absichtlich verfehlten kubanischen Portier. Der Mestize geht erhobenen Hauptes und mit klickenden Stiefeln hinaus. Eine Warnung, denkt Stubenrein. Schreiende Gäste. Zeter und Mordio. Einigen fällt der Lunch aus dem Gesicht. Die Kinder sind begeistert.

Wer den Eindruck der Ruhe selbst erweckt, das ist Obregón, der scheinbar Verurteilte. Blickt geradezu leutselig in die Runde. Lässig zieht er das Mordsding aus der Täfelung, in deren Holz ein Loch mit Splitterrand verbleibt, prüft den ungleich ausgehöhlten Griff, der den Werfer als Rechtshänder verrät, schreitet bis zum Oberende des Speisesalons, so dass sich ein Dreißig-Fuß-Abstand ergibt, und schleudert es über die Köpfe dorthin, wo eben noch die Klinge gesteckt hat: in das Loch mit dem Splitterrand. Anerkennend lässt Amadeus den Klavierdeckel klappern. Etliche zollen Beifall wie im Zirkus, Kurtchen und Paddy am beifälligsten.

Draußen Schüsse. Auf dem Kai knallt der Slimliner von Mestize als Kunstschütze mit einem sechsschüssigen Single Action Revolver, einem echten Peacemaker von Colt im Kaliber .45. Sein fingerdickes Geschoss durchschlägt auf 45 Meter Entfernung eine 10-Zentimeter-Holzplatte, auf 90 Meter eine solche von acht Zentimetern, und dringt bei 270 Metern noch drei Zentimeter in ein Staubrett ein. Wer unter den Zuschauern dazu Mut hat, darf sich mit ihm, gestützt von des Mestizen Hand, versuchen ... fünf Dollar pro Schuss. Geschossen wird, und wie! Man steht an dazu.

Unger kauft eine Trommelladung, rechnet mit starkem Rückstoß des Schießeisens, von welchem die Legende behauptet, es habe den Wilden Westen befriedet, jedenfalls für der Sargtischler und Totengräber Auskommen gesorgt, und erzielt ein Trefferergebnis, dass der Kunstschütze, nachdenklich werdend, den Schnauzbart zwirbelt und ihn mustert, als rätselte er darüber nach, es bei dem Eurogringo mit einem Soldaten oder Polizisten zu tun zu haben. Der Koblenzer Kripomann, sich nicht als solchen zu erkennen gebend, erhält eine Urkunde, die ihm bescheinigt, mit einem hundertdreißig Jahre alten Peacemaker von Colt geschossen zu haben. Als davon unbeeindruckt erweist sich der Staatsanwalt.

„Morgen“, sagt er, „fahren wir zur Klippenhütte.“

„Wer alles ist dabei?“

„Sie, Backe, der Reporter, seine Frau und ich.“

Zehn Uhr vormittags Ortszeit. Das Wellblechdach glüht in der Sonne, als sei sie seit Jahrhunderten nicht untergegangen. Um der schimmeligen Holzpfähle Standfestigkeit zu prüfen, tritt Klaus Dick dagegen. Von oben regnet es seiner Frau Rostkrusten ins Haar, ehe sie beiseitespringen kann. Ringsum Blütendschungel, aber irgendwie geordnet, als hätte wer ihn angelegt. Da sind protzige Kamelien und duftender Jasmin, verwildert, doch von Kennerhand gepflanzt, kulturbeflissen eingemustert, als bedürfe die Natur der Willkür des Künstlichen, ersichtlich am Nebeneinander, mal diese und mal jener, wie Edelsteine in einer Krone.

Der Staatsanwalt weiß von Obregón, dass die Klippenhütte im Zweiten Weltkrieg als Wetterstation diente. Vielleicht war der Beobachter ein Freund der Blumen, hatte sie aus Langeweile gepflanzt. Sonst gibt es im verfilzt den Mangroven entsteigenden Dickicht keine Chinarosen und Gewächse des Ölbaums, Fremdlinge wie die Menschen. Manche der Pflanzen kommen von jenseits dieses Meeres, dessen Küsten sonnenhell erglänzen, und den von dunkler Ferne gesäumten Meeren dahinter. Errettet gleich Schiffbrüchigen oder angelandet wie Eroberer. Bläulich schimmernd zwischen Tag und Dunkel, wenn das Licht schon schläfrig, die Nacht noch nicht auf Wache ist.

Beim Anlegen hat Morgentau über dem Pfahlsteg gelegen. Jetzt ritzen Blätter, Zweige und Dornen die Haut, trockenhart und scharf. Es wirkt durch die Kleidung wie Reihen von Nadelstichen. Räucherdicht hängt der Blütenduft zwischen Felsen, deren bemooste Rücken die Hitze wattiert. Man schreitet über einen Feuerteppich, hat das Empfinden wie von einer zweiten Sonne, die von unten her strahlt. Das flimmert, funkelt, wabert, blitzt, glüht, lässt Blütendolche zittern, Laubwerk und Federn segeln. Jedoch sie, die Sonne, ist nicht zu sehen. Der Blick geht denn abwärts, in die Tiefe, oder ins Senkrechte. Dort steht sie so bedrohlich nahe, dass niemand den Kopf zu heben wagt. Gewisse Einheimische, etwa die Josefinos im Inselinnern, schauen nicht höher hinauf als zum Feuerberg. Sie halten ihre Götter niedrig, Buckelwesen in Kauerstellung, um dem Himmel fern zu sein. Alle Trommeln klingen nach Erde.

Kommissar Unger schätzt, dass die Verkantung des Hüttendachs Folge des Anschlags ist. Wie das so geht … ein Donnerschlag, ringsum zerfetzen Büsche, Astwerk knickt ein, es riecht nach Blitz und Feuer, eine Explosionswolke steigt auf, die Druckwelle lässt das Wellblech scheppern, es klatscht von Trümmern, die aufs Wasser schlagen … so muss es gewesen sein. Lehrbuchgemäß. Wo der Kutter gelegen hat, dümpeln Treibholzstücke. Sogar den säuerlichen Geruch von Sprengstoff, dessen Intensität dem Kenner die Stärke der Ladung verräte, glaubt er wahrzunehmen. Sein Vater, der BKA-Feuerwerker, würde es genau sagen können.

Die Fotofrau der Rhein-Mosel-Nachrichten macht Aufnahmen. Das Wrack besteht aus einem gezackten Loch. Ihr Mann rüttelt am Ruderrad, das im Geäst hängt, als wollte es das Dickicht steuern. Rechtsmediziner Backe sucht, um Unauffälligkeit bemüht, nach Leichenteilen, männlichen und weiblichen. Wird schweigend fündig, wie seinesgleichen angemessen. Steckt sie, Kopf bei Kopf, Hand bei Hand, Fuß bei Fuß, unbewegter Miene in einen Folienbeutel. Sabine Ellern und der Mexikaner together – schließlich sind sie ein Liebespaar gewesen. Collier Goldwaren im Löhr-Center Koblenz zeigt das Kärtchen, das Stubenrein, im Filzen kein Meister, der Juwelierin Handtasche entnimmt. Nebst Foto der kleinen Jimena, Tochter von Jimenez, die sie, Mutter von niemand, adoptieren, zu einer Euroländerin machen wollte.

„Plastiksprengstoff", meint der Kommissar bedächtig. „Ich tippe auf US C-4 Knete, vom Militär verwendet. Ungefähr fünf Kilogramm ... die Hälfte hätte ausgereicht. Ein Fall für meinen alten Herrn." Er hält inne, sieht von einem zum andern. „Regelmäßig beweist solch verschwenderischer Umgang, dass die Leute, die das Pulver benutzen, für dessen Anschaffung nichts zahlen. Es am Arbeitsplatz stehlen, etwa Bergleute ... oder es als Soldaten aus Arsenalen entwenden."

Die Fünf beratschlagen, ob weiter gesucht werden soll, beschließen, die Klippenhütte einzusehen, und machen ab, danach Bord zu gehen, damit zur Tagesordnung über.

„Gentlemen, die Lady ... besser nicht!", tönt es aus dem Dickicht. Hervor tritt, seinen fünfundvierziger Colt in der Hand, der Kunstschütze von der Baquine, mustert lächelnd die Verdutzten, um zu outen, dass er nicht schießen werde, und wendet sich an Unger, der mit dem Peacemaker treffsicherer gewesen ist, als gemeinhin von Norteamericanos und Eurogringos gezeigt. „Sie sind doch von der Polizei – oder?"

„Aber nicht im Dienst, hier nur Urlaubsgast."

„Dann betreten Sie die Klippenhütte."

„Na", meint Stubenrein mit einem Anflug spöttischen Unwillens, „ich werde wohl als urlaubernder Staatsanwalt mitkommen dürfen?"

Backe und Dick machen gleiches geltend.
„Ah!", funkelt Christa den Hagermann von Mestizen an, „und kraft Ihrer Machogüte habe ich außen vor zu bleiben." Sagt es, stürmt in die Wellblechbude. „Ah!"
Gebückt unter hängendem Wellblech, morschem Tauwerk und Moskitonetzfetzen tritt man zu einer reglosen Gestalt, die am Boden liegt wie schlaftrunken, zum Leben oder sterben gekrümmt, bläuliche Einstiche in beiden Armen, ein Soldat der US Navy, etwa zweiundzwanzig Jahre alt. Für Christa der erste Drogentote ihres Lebens. Den Anblick erträgt sie zu Dicks Erleichterung, ohne die Heulsuse rauszukehren. Keine Theatralik liegt Frauen mehr als Wehleidigkeit.
Wer sich seinen Teil denkt, aber schweigt, ist der Rechtsmediziner. Junkies, Säufer, Bettnässer, Berufsversager, neurotisch Benetzte, das ist der Truppenbodensatz, der die Kampfkraft schwächt, bestritten von den Verantwortlichen dafür, dass die Armee sie einstellt. Im Suff der Kolonialoffiziere gründete Englands Niedergang als Weltmacht. Frankreich verlor seine Überseegebiete, über Jahrhunderte erkämpft, durch den Cafard der Fremdenlegionäre. Für die Ewigkeit wird keiner geboren. Jedoch die Zeit, die einem bestimmt, ist auszuleben. So will es die Schöpfung, die gewusst haben muss, was Sache ist. Sonst gäbe es sie nicht.
Neben dem Leichnam, welcher bereits, abgekühlt und kiefernstarr, grauviolette Flecken zeigt, liegen ein Löffel, Brandspuren an seiner Unterseite, wie zum Erhitzen über Feuer gewesen, Spiritus in Tablettenform, eingeschlagen in ein Taschentuch, das den Aufdruck Government Issue trägt, und ein mit Injektionsnadel versehener Stechbecher, gemeinhin benutzt für Einspritzungen. Carl Stubenrein, der nicht nur als mit Drogenfällen befasster Staatsanwalt, sondern auch als Mensch für derlei Alchemie der Moderne nichts übrig hat, tritt angewidert vor die Hüttentür.
„Heute", erklärt er, „werde ich meinen Karibikurlaub beenden."
Die andern nicken dazu, als wollten sie dasselbe. Man steigt hinab zum Pfahlsteg, eine Explosionswüste. Rundum sind die Atemwurzeln der Mangroven angerissen, gesplittert, geschlitzt, geköpft, Blätter und Knospen, Blüten und Früchte weggefegt. Wie erstaunt über sich selbst schaukelt die gemischte Bombenernte auf den Wellchen, spiegelt, beleckt von Schaumzungen, die Sonne in kleinen Blitzen, aufgeworfen wie Seifenblasen. Im bis zum Grund aufgewühlten Wasser, seinen lehmgelben, roterdigen, moorschwarzen Adern stiegen gestern, mehr

und mehr, weiße Bäuche toter Fische auf ... jetzt stinken sie farbig vor Verwesung. Dazwischen ein Damenbein. Als Backe es zu länden sucht, rutscht er in die Bracke, muss selbst geländet werden. Das Krokodil vom Dienst rudert mit dem Bein der Dame davon. Zum Dinner gibt es Krötenbein, gesotten.

48 Christa Dicks schwesterliche bis mütterliche Zuneigung vermag nicht, Gilla Recker den gemeinsamen Heimflug zum Hunsrück-Airport anzuraten. Die Lautzenhausenerin, durch den Tod ihrer Großmutter gleichsam vom Dorf abhalbiert, will in Liberty Harbor bleiben, bis der Abschuss von Captain Brian O'Lynch, dem Vater ihres Ungeborenen, durch die amerikanische Marine geklärt ist.

„Jedenfalls möchte ich das Flugzeugwrack sehen."

„Es liegt im Meer unterhalb der Hängebrücke", sagt die Fotofrau in der Hoffnung, dass Gilla sich damit begnügen würde. „Oder ist von der Strömung weggetrieben ... "

„Nein, ein Fischer hat es am Strand der Nordinsel gesehen."

„Das ist militärisches Sperrgebiet."

„War der Hahn vierzig Jahre lang." Die Lautzenhausenerin bleibt eigensinnig. „Ich bin damit groß geworden."

Was sie, ohne es sich anmerken zu lassen, auf dem karibischen Affenfelsen ferner hält, das ist Jimena, das kleine Mischlingsmädchen aus Jimenez Lenden. Seine Mutter verbrühte in der Bindegarnfabrik beim crash des alten Dampfkessels, der mit dem Getöse einer Bombenexplosion auseinanderflog. Von den Nieten seines Stahlmantels waren im Lauf vieler Jahrzehnte die Köpfe abgerostet. Dazu habe die schwefelhaltige Luft geführt, hieß es im Island Herald. Es gab dreizehn sichtbar tote coloured women – jedoch keinen fassbar weißen Verantwortlichen. Beide sind unzertrennlich auf die Art des verständlich Missverständlichen, seit das Kind mit dem Gespür seinesgleichen die Kindeserwartende zu seiner Mutter erklärt hat.

Jetzt möchte Jimena einen Hut ähnlich ihrem. Es gibt Panamas, Stetsons, Kreissägen, Kalabreser, Fischerkappen, Schiffermützen, für Schläger auch, solche mit Nackenschutz, der Quetzalfeder, mit Bayernedelweiß sogar, Tropenhelme aus Kork, zum Überwintern am Südpol geeignet, Stahlhelme aus Pappe, wilhelminische Pickelhauben, Wehrhelme pyromanenrot ... ausgemusterte Militärbaretts, ebenfalls Zylinder, plattzuklappen. Die Kopfbedeckung des Aufruhrs, der Empörung, der geheiligten Banditen, die unter dem Sombrero, ihrem Wahrzeichen, stehend fallen, kommt vom Festland. Den Schmuggler, der ihn übers Meer bringt, verklärt ein Hauch Freiheit ... viva Zapata! Jimena bekommt den kleinsten, ihr zu groß ... doch sie besitzt ihn. Der Alte lächelt. Manche Soldadera der mexikanischen Revolution, sagt er in Gedanken, sei mit dem Sombrero, durch den man ein Loch für den Strick gebohrt habe, gehenkt worden.

„Es ist mein allererster Hut", sagt Jimenez Tochter stolz und betrachtet sich im Spiegel. „Nun bin ich so groß wie du."

„Vielleicht ist es besser, klein zu sein, dafür länger zu leben."

Trotz Obregóns Warnung will Gilla zu den Wrackteilen des Wasserflugzeugs, in dem ihr geliebter Irishman starb, und mietet ein altes Boot der Sorte, welche an karibischen Stränden verrottet. Die Planken werden verfeuert. Der Rauch riecht nach Tang, Hanf, Kalfaterteer. Die Asche verweht der Wind. Beim Lösen der Verbände knackt das Holz vor Zorn, gespannt, gekrümmt, gebogen, gezwängt gewesen zu sein, wo doch Bäume gerade zum Himmel wachsen, die einen nach Art des flammenden Schwertes, die andern wie gebetsgefaltete Hände, stets zum Wohlgefallen des Schöpfers.

Das Kind, brav an ihrer Seite, beginnt angesichts des Schrotthaufens zu weinen, erzählt von seinen Mitflügen auf dem Schoß des Vaters, angeklammert an dessen Bomberjacke. Gilla bekommt feuchte Augen bei dem Gedanken, auch Brian O'Lynch hätte sein Kind mitfliegen lassen. Ein Töchterchen, weizenblond wie der Hunsrück zur Zeit der Ernte, die Augen vom Grünlichen der Vaterinsel ...

„War dir nicht bange?"

„Bei Daddy nie." Jimena überlegt. „Nur manchmal."

Die Propellerflügel, nach hinten geknickt, als hätten sie sich durch widerspenstige Wolken gezwängt, ragen aus dem Wasser. Unter ihm sind Sandbänke, gewellte Dünen erkennbar. Des Bootes Schatten verdunkelt ein Makrelenschwarm, der bleisoldatensteif dasteht, Maul an Maul, Flosse an Flosse, Schwanz an Schwanz, dann, wie geleitet von einem Ballettmeister, seitlich auszuckt, Haken schlägt, verschwindet, eine Pirouette des Nichts. Jimena fährt mit einem Bambuszweig über das von Salzkringeln überzogene Wrack. Krebse fallen herab, tauchen mit Babygestrampel unter.

Wie Gibraltar ist Liberty Harbor ein Soldatenhort. Es gibt die Marinebasis im Norden, den Handelshafen im Süden, die Brücke zwischen den Teilinseln, zwei Flugplätze, die Hauptstadt mit Banken, Hotels, Industriebüros und Schiffsagenturen, hundert Advokaten, die tausend Briefkastenfirmen vertreten, neun Fischerdörfer, mehrere Ansiedlungen im Berginnern, einige an der Nebelwaldgrenze, Fabriken, Werften, Plantagen, doppelt so viele Puffs wie Kirchen, davon das Mehrfache an Bars, aber keinen Kindergarten, der den Namen verdient. Indessen Kinderarbeit. Gilla, in Mutterschaftserwartung gleichsam auf Probe fürsorglich, hat sich vorgenommen, Jimena davor zu bewahren.

Motorenbrummen. Es kommt aus Richtung Nordinsel, die finster dem Meer entsteigt, ein fast schwarzer Dickichtklotz. Doch der scheinbare Bewuchs besteht zur Hälfte aus grünbelappten Tarnnetzen. Bei starker Brise wogen sie wie ozeanische Dünung, und Möwen durchschwimmen ihre Täler mit Geschrei. Im Tiefflug nähern sich mehrere Hubschrauber, die Kanzeln benagelt mit Maschinengewehren. Dröhnen und Donnern.

Der Drehflügelsog legt Blasenteppiche auf das in Insellee ruhige Wasser. Die Maschinen gehen über in Schwebeflug, verhalten wie zur Sichtung ihrer Beute. Der Luftdruck legt das Uferdickicht platt. Blätter und Zweige, armdicke Äste wirbeln umher, fallen auf das Flugzeugwrack. Dessen lose Blechfetzen scheppern, verstärken den Motorenlärm gleich einem Resonanzboden. Gilla spürt, dass es am Sombrero reißt, zupft, rüttelt, die Krempe biegt wie Flügel, die sich entfalten. Als sie ihn herunternimmt, fliegt das lange Haar im Wind, blond – am Ufer schwarzer Küste.

„Sie tun uns was“, jammert das Kind, „nur so aus Spaß.“

„Warum? Wir tun ihnen nichts.“

„Weil es Gringos sind.“

Kein Schuss fällt. Vielleicht wäre das Gillas Seelenfrieden zuträglicher, der Anfang vom Ende des Schmerzes, ihrer Vereinsamung in fortwährender Trauer. Doch bleibt keine Muse, darüber nachzudenken. Denn geschossen wird, ohne dass Kugeln fliegen. Mit Kameras. Verwandeln sich Soldaten in Männer, um sie als Frau einzuvernehmen? Ihr rettender Gedanke ist, auf See hinauszurudern. Dort können keine Hubschrauber landen. Doch einer verfolgt sie, dreht eine Runde, schwebt raubvogelhaft über ihr, äugt herab, kommt tiefer, tiefer und tiefer. Sein Drehflügelsog peitscht das Wasser, dass es aufwellt, Schaumkronen wirft, über den Dollbord gischtet. Jetzt kentert das Boot, treibt kieloben. Gilla schwimmt sich frei. Ihr ist, als lachten welche. Der Hut des Kindes segelt davon. Das Kind ist untergangen.

Die Lautzenhausenerin erreicht das Ufer, verstört … wo ist hier und jetzt ihr Platz in der Welt? Das muss man wissen, und das muss da sein und immer vor Augen stehen, und sich melden muss es. Das Meer ist schuld! Wäre Brian über Land abgestürzt, hätte er, der gewiefte Buschpilot, sich retten können – Jimena sich nur eine Beule zugezogen, wäre sie, statt aus dem Boot, vom Pferd gefallen. Immer noch gilt, dass Wasser keine Balken hat … so albern wie wahr. Noch immer zieht die Spinne des Schicksals ihre Fäden, unsichtbar, bis man sich in ihnen verfängt. Bei ihrer Rückkehr zum Hotelschiff merken alle ihre Verstörung. Der Schmerz einer Frau, die den Geliebten verloren hat. Niemand fragt, wo sie gewesen ist. Obregón ahnt es, aber schweigt. So bleibt der Tod der kleinen Jimena ihr Geheimnis.

Um 11.32 Uhr Ortszeit startet der Jumbojet Big Fun von Liberty Harbor, Northwestern Caribbean Zone, zum Flughafen Frankfurt-Hahn, Germany. Fun Air, des Himmels rosarote Gesellschaft. Flight ATL21; Route LH-HP; Type B 747-100; Pilot Name Cpt … wir wünschen gute Reise. Östlich der Bahamas zeigt der Autopilot Kurs 053 Grad, der Altimeter 33 000 Fuß gleich Flugfläche 350. Paddy und Kurtchen, die Simser, teilen sich einen Sitz. Es gibt Mozartkugeln von Mirabell.

Über dem Atlantik, seinen Schiffen, die immer mehr, seinen Walen, die immer weniger werden, seinen, von oben betrachtet, Wolken vom Schneeweiß der Unschuld, bedeutet eine Stewardess Gilla, ihr nach vorn zu folgen. Vorbei an dösenden Passagieren. Sogar Kommissar Unger ist eingenickt. Nur Christa Dick bemerkt es, errät etwas … ist es das Richtige? Im Cockpit werfen Mechaniker und Copilot, Männer von der grünen Insel, ihr einen freundlichen Blick zu. Der Flugzeugführer erhebt sich aus seinem Sitz, lässt sie, die große Augen macht, darauf Platz nehmen.

„Von hier aus hat Ihr Freund Brian O'Lynch diese Maschine Dutzende Male über das Meer geflogen.“ Seine Stimme wird seltsam feierlich, stockt … die Betroffenheit ist ihm anzumerken. „Er war auch mein Freund.“

„Ich“, sagt Gilla verwirrt, beginnt zu weinen, „mag das Meer nicht.“

„Es zeigt des Menschen Grenzen auf. Kommt es zum Unglück, hat er sie überschritten. Letztlich sind wir alle in Gottes Hand.“

„Zukünftig bleibe ich, woher ich stamme.“

„Lautzenhausen?“ Der Captain lächelt.

„Ja – wann landen wir auf dem Hunsrück-Airport?“

„In fünf Stunden und neunzehn Minuten.“

EPILOG

Heute ist der 1. November 2004, Allerheiligen, aber keine Botschaft des Heils, was in der Glosse Kurtchen steht. Das sollen die Hintergründe des Skelettfundes auf dem Hahn sein? Ältere Hunsrücker erinnern sich, dass während des Vietnamkrieges amerikanische Soldaten verschwanden. Keiner spurlos. Skandinavien war bevorzugtes Ziel derer, die sich von der Truppe entfernten, um nicht Opfer unsinniger Machtpolitik zu werden. Bei Flight Lieutenant Stanley Frederic war es anders. Er blieb unauffindbar. Hinzu kam, so Klaus Dick, der Glossist, dass zur gleichen Zeit, nämlich Juni 1953, von einer anderen US-Garnison, dem karibischen Marinestützpunkt Liberty Harbor, ein zweiter Offizier verschwand. Ebenfalls spurlos. Sind beide nicht Brüder gewesen?

Beide waren Brüder, Mordbrüder! Beseitigt durch eigene Leute. Eingemauert ihre Leichname, spurlos aus der Welt. Als hätten sie nie gelebt. Vernichtet alle Papiere, die ihre Existenz bewiesen ... Tabula rasa. Um der US Army Ansehen zu wahren. Die damit Befassten waren andere als die, welche dieses Ansehen in Gefahr gebracht hatten. Die Altlast der Söhne, der Väter Sünden auszubaden! Es begann 1941 mit dem deutschen Einmarsch in die Sowjetunion. Tausende von Balten, Ukrainern und Weißrussen liefen zur Wehrmacht über, traten freiwillig in die Waffen-SS ein. Unter ihnen die Brüder Maksim und Smitrok Franzischak aus Minsk, fanatische Judenhasser.

Sie wurden der nach Bronislaw Kaminsky betitelten Mordbrigade in der Hitler-treuen Wlassow-Armee zugewiesen. Aufgabe war nicht der Frontkampf gegen die Rote Armee, sondern die Hinrichtung sowjetischer Partisanen, vor allem – Juden! Gegen sie gingen die weißrussischen Milizionäre so brutal vor, dass es selbst den Deutschen zuviel wurde. Sie erschossen den Brigadeführer unter dem Vorwand, er habe den von ihm ermordeten Juden Schmuck geraubt. Natürlich war es keine Untat, Juden zu berauben ... galt eher als Pflicht. Nur hatten die Edel-Nazis nun mal das Monopol darauf!

Die Brüder Franzischak zeigten sich als Meisterschützen, wenn es darum ging, die Opfer am Rand des Massengrabes mit der Maschinenpistole

P40 auf kurze Entfernung so zu treffen, dass sie kopfüber hinein stürzten. Zum Verhängnis wurde ihnen, dass sie die Leichen ihrer Opfer, besonders nackte Jüdinnen, fotografierten. Auf einigen dieser Fotos, unten abgebildet, sind die Mörder selbst zu erkennen. Als nach Kaminskys Tod die Brigade umgruppiert wurde, kamen Maksim und Smitrok Franzischak zur Waffen-SS an die Westfront. Ardennenoffensive. Später im Hürtgenwald erschossen sie dreizehn verwundete Amerikaner, die sich ergeben hatten. Das ersparte ihnen die Mühe, sie ins Lazarett für Kriegsgefangene zu schaffen.

Kurz darauf wurden sie selbst Kriegsgefangene – der amerikanischen 3. Armee unter General Patton. Der alte Haudegen liebte schneidige Soldaten, welche für ihn, Nazis hin, Nazis her, die SS-Leute waren. Die richtigen, um Moskau zu erobern! Zwar wurde bald bekannt, dass die Mordbrüder bei Niederschlagung des Warschauer Aufstands Juden Handgranaten, die von ihnen selbst abzuziehen waren, um den Hals gebunden hatten. Doch besagte das nichts oder weniger als der Umstand, dass sie, in der Tat, glühende Antikommunisten waren. Das entschied, sonst nichts.

Prompt wurden die Weißrussen aus Minsk einer jener Arbeitseinheiten zugeteilt, die, besoldet und bewaffnet von der US Army, von dieser als Displaced Persons geführt, in Nachkriegsdeutschland, rund dreißigtausend an der Zahl, stationiert waren. Die Rhein-Mosel-Nachrichten kennen ihren Tarnnamen: Service Guard Companies, Technical Labor Service Units, Industrial Police, Civilian Guard Companies, Military Labor Service. Sie unterstanden der US Army European Command's Labor Service Division. Deren Befehlshaber wusste, dass es sich um frühere SS-Volunteers handelte. Allein, mochten sie gestern Nazis, für Hitler gewesen sein. Nunmehr kam es darauf an, dass sie gegen Stalin waren.

Den Amerikanern das weiszumachen, musste den Brüdern gelungen sein. Als sie unter falschen Namen um Eintritt in die US-Streitkräfte nachsuchten, fanden sich Gönner, die das befürworteten. Der eine wurde Marinefunker, der andere kam zur Luftwaffe. Alles bestens, wären die Sowjets nicht gewesen! Zu ihren Kampfmitteln des Kalten Krieges gehörte es, belastende Materialien über Nazis im Dienst der USA zu verbreiten. Um dem entgegen zu wirken, unternahm es die Operation Clearwind, deren schlimmste Vertreter heimlich auszubooten, indem man sie umbrachte. Im Fall der Mordbrüder Franzischak gleichzeitig. Maksim – alias Stanley Frederic – auf dem Hahn; Smitrok – alias Jim Pollack – in Liberty Harbor.